古典詩歌研究彙刊

第十輯

龔鵬程 主編

第 16 冊

陳子龍詞學理論及其詞研究

蘇菁媛 著

國家圖書館出版品預行編目資料

陳子龍詞學理論及其詞研究／蘇菁媛 著 — 初版 — 新北市：
花木蘭文化出版社，2011〔民100〕
目 6+262 面；17×24 公分
（古典詩歌研究彙刊 第十輯：第 16 冊）
ISBN 978-986-254-589-8（精裝）
1.（明）陳子龍 2. 明代詞 3. 詞論
820.91   100015359

ISBN-978-986-254-589-8

9 789862 545898

古典詩歌研究彙刊
第十輯　第十六冊   ISBN：978-986-254-589-8

陳子龍詞學理論及其詞研究

作　　者　蘇菁媛
主　　編　龔鵬程
總 編 輯　杜潔祥
出　　版　花木蘭文化出版社
發 行 所　花木蘭文化出版社
發 行 人　高小娟
聯絡地址　新北市永和區中正路五九五號七樓
　　　　　電話：02-2923-1455／傳眞：02-2923-1452
網　　址　http://www.huamulan.tw 信箱 sut81518@gmail.com
印　　刷　普羅文化出版廣告事業
初　　版　2011 年 9 月
定　　價　第十輯 20 冊（精裝）新台幣 28,000 元

陳子龍詞學理論及其詞研究

蘇菁媛 著

作者簡介

蘇菁媛，臺灣省臺中縣人，國立彰化師範大學國文研究所碩士、博士。現任亞洲大學通識教育中心兼任助理教授，講授「文學賞析與習作」課程。長期追隨國內古典詩詞巨擘——黃文吉——教授，從事學術研究，尤其是對明代詞學發展的關注，近年來的研究則多聚焦在對晚明詞壇的探討。碩士論文為《陳子龍詞學理論及其詞研究》，博士論文則為《晚明女詞人研究》。已發表十餘篇晚明詞壇相關的學術論文，目前仍持續探究中，期能為長期受到忽略的明詞發微闡幽，並填補曾經被遺忘的詞史環節。

提　　要

　　本文以「陳子龍的詞學理論及其詞研究」為題，試圖為陳子龍在詞史上立出客觀的定位。研究範圍分為生平與著作概述、詞論和詞作三大部分，期能從了解陳子龍從深懷孤憤的江南才子到忠義兼資的愛國志士，如此的生命情調與著作背景開始，進一步理解其詞學理論與詞作在當時所呈現的意義和內涵。

　　在詞學理論方面，陳子龍有其相當鮮明的詞體意識，以為詩詞雖然同源，皆是抒情寓志，上繼《風》《騷》之旨，但詩、詞仍有其嚴格的區別：即詩莊詞媚，詩境闊而詞言長。必須是以纖弱之體寄寓沈摯之思的高渾典麗，豔而有骨之作，或是以婉媚之境顯微闡幽的託貞心於妍貌、隱摯念於佻言的作品，才符合其詞體期待。為此，陳子龍進一步揭示了對詞徑的追求，即是在形式體制上要依循前人的婉妍雅正之旨，追求純情自然之格；在情感上則要力陳出新，要反映現實，情主怨刺。在詞史的演進觀上，陳子龍標舉穠纖婉麗、流暢澹逸、言如貫珠、鏤裁至巧的南唐北宋令詞，而以為南宋、元、明詞是衰弱不振的。但陳子龍並未全盤否定南宋詞，他肯定反映世變之作，對於《樂府補題》，更是高度贊賞。而陳子龍對於當代詞壇的批評則是拈出明詞三大作手劉基、楊慎與王世貞，分別客觀地說明其詞有用意不深、鑄詞不纖與造境不婉之病，來說明明代詞壇不振的事實，並歸納明詞積弊的原因，在於詞樂的失傳與詞的曲化。陳子龍的詞學理論，其實是李清照「別是一家」論點的繼承和發揚，強調詞體的獨特性和以婉約為宗。另外當時文壇推尊詞體、詞主言情的思潮和其個人以範古為美與崇尚小令的審美趨向，也是陳子龍詞學理論的重要成因。

　　陳子龍不但有完整而系統的詞學理論，更有成功實踐理論的創作。陳子龍的詞依內容可分為撫時感事與誓志恢復的憂時託志之作、情愛相思的獨詠和與柳如是倡和的豔情綺懷之作、即景抒情和詠物言志的寫景詠物之作。這些詞作在形式技巧上均是以佻言妍貌來寫哀宣志：或以意象暗示忠愛之情，或藉閨怨抒發憂時之志。託喻技巧的使用，是陳子龍詞在修辭上的特點，他對春天反覆不斷的描寫，

並以香草美人來間接寓意，從而達到了情思與物境交融與柔婉中自見風骨的自然渾成造境。陳子龍詞多以小令為主，情感真摯深刻，容易引發讀者豐富的聯想，另外在選調上也能做到聲容詞意兩相諧暢。陳子龍詞無論是早期的豔情之作，或是晚期的淒婉之作，基本上是呈現婉媚纖柔的風格，具有意蘊深美的特質。而到了生命末期，目睹國家沉淪的無可挽回，則仿屈原問天，以長調慢詞縱情宣洩心中的憤懣，從而形成沈鬱悲愴的別樣風貌。

陳子龍在詞學理論上具有推尊詞體、揭示詞體獨特性和標舉詞統、存亡繼絕的成就，而其詞作則是理論的成功實踐，能得倚聲之正則，故在當時詞曲不分、卑弱無格的詞壇景況下能拔出濁流，一枝獨秀，樹立詞壇新風氣。但陳子龍的詞學成就仍有其限制存在，因欠缺通變意識和未能通觀詞史全貌，致使其理論視野和審美觀都顯得褊狹，落實在創作上，便有題材狹窄與風格單一的問題，就詞家藝術表現來說，這樣的功力是不夠深廣的。

儘管如此，在明末詞運衰頹的時代氛圍中，陳子龍的詞學仍有著振衰起弊、廓清復興道路的巨大貢獻。在理論方面，陳子龍揭示詞體要眇宜修的美學特徵和強調比興寄託的藝術手法，得到後代重視詞作本體特徵，主張維護詞體言美情長的審美傳統的詞論家們不斷的響應和發揚；而其成功實踐理論的創作，則使清初詞壇瀰漫著醇正的詞旨和婉約的詞風，導正了振興的方向。所以說陳子龍是明代詞壇不可或缺的重要人物，並為清詞的中興廓清了道路，是清詞復興的先導，應是對陳子龍在詞史上的地位所賦予的客觀評價。

目

次

第一章　緒　論

第一節　研究動機與目的

一、研究動機

　　在詞史的發展上，明代是一個極度不被重視的時期。近代出版的各種文學通史或批評史，如劉大杰《中國文學發展史》〔註1〕、王忠林等《中國文學史初稿》〔註2〕、王運熙、顧易生《中國文學批評史》〔註3〕及張少康、劉三富《中國文學理論批評發展史》，〔註4〕斷代史如季羨林等《明代文學研究》〔註5〕均未論及明代的詞學發展概況；而專體論著如劉子庚《詞史》〔註6〕及王易《詞曲史》，〔註7〕在論及

〔註1〕劉大杰：《中國文學發展史》（臺北：華正書局，1986年6月）按：或因動亂之故，原作者姓名並未在書中標示。

〔註2〕王忠林等：《中國文學史初稿》（臺北：福記文化圖書出版有限公司，1985年5月）。

〔註3〕王運熙、顧易生：《中國文學批評史》（臺北：五南圖書出版有限公司，1993年3月）。

〔註4〕張少康、劉三富：《中國文學理論批評發展史》（北京：北京大學出版社，2001年6月）。

〔註5〕季羨林等：《明代文學研究》（北京：北京出版社，2001年2月）。

〔註6〕劉子庚：《詞史》（臺北：臺灣學生書局，1972年4月）。

〔註7〕王易：《詞曲史》（北京：東方出版社，1996年3月）。

明代詞時，篇幅均相當少，且分別以「不振」及「入病」來概括之。
總之，明詞的中衰，在文學史上似乎是公認的定論。

對於明詞衰弊的原因，固有其歷史社會與文化背景的因素存在，
近代學者吳梅在其《詞學通論》中曾從四方面論述：

一、《花間》《草堂》獨盛，致使託體不尊，故難言大雅。

二、明人熱衷科舉，致使無心於聲律。

三、理學盛行，文壇充斥復古思潮。

四、南曲風靡，才士競豔。〔註8〕

以上所論大抵中肯。其他學者的相關論點亦不出此範疇。在此且就文
體本身的因素來考察。關於這點，與明代相去不遠的清代詞人批評得
相當多，其中吳衡照《蓮子居詞話》卷三，論明詞不振的觀點頗為中
肯，其言曰：

金元工於小令套數而詞亡。論詞於明，並不逮金元，遑言
兩宋哉。蓋明詞無專門名家，一二才人如楊用修、王元美、
湯義仍輩，皆以傳奇手為之，宜乎詞之不振也，其患在好
盡，而字面往往混入曲子。昔張玉田論兩宋人字面，多從
李賀、溫岐詩來，若近俗近巧，詩餘之品格在焉。又好為
之盡，去兩宋蘊藉之旨遠矣。〔註9〕

對於吳氏此說，近人王易以為「持論良確而未盡」，其在《詞曲史·
入病第八》進一步總結道：

以傳奇手為詞，自必至於好盡而失蘊藉；然而明詞之所短，
猶不僅此。其屬於形式者，為格律之疏訛；其屬於精神者，
則缺乏真切之情感與高尚之氣格也。〔註10〕

這是從樂律、形式與內容、風骨兩方面來說明明詞的弊病，所論相當
深刻。但明代的詞學是否真的一無可取？是否真的如論者所言只有

〔註8〕 吳梅：《詞學通論》（臺北：臺灣商務印書館，1969 年 12 月），頁 142
～143。

〔註9〕 唐圭璋：《詞話叢編》（臺北：新文豐出版公司，1988 年 2 月）冊三，
頁 2460。

〔註10〕 王易：《詞曲史》，頁 346。

「入病」與「不振」？

持平而論，從朱元璋開國以迄晚明萬曆年間，在詞的創作上或許沒有出現堪與南唐兩宋爭勝的傑出詞人與上好詞作，在詞學理論上也沒有出現如清代雲蒸霞蔚的盛況。但從明初的劉基、高啟、楊基，明代中葉的陳霆、陳鐸、楊慎、張綖，及稍後的王世貞，一直到明末的陳子龍，他們作品的思想性和藝術性或恐無法與南唐兩宋的李後主、李清照及蘇軾等人媲美，但也都達到了相當的水準，各有其特色。且在理論上，無論是詞話的撰著、詞譜的研究與詞集的編選、整理，都有繼承前代，甚至超越前代，而爲後代奠定基礎的成就。

大體言之，明初作者，基本上還保存著宋、元的遺風；中葉以後，或因受到戲曲興盛的影響，雖仍有詞的創作，但總體成就是不高的，詞風日趨卑下。到了晚明，由於社會動蕩，清人入關，不少英勇卓絕之士目睹時局的艱難，慷慨悲歌，創作出大量的愛國詞篇，一掃詞壇卑弱的頹風，重新放射出耀眼的光芒。這樣起衰繼絕的功績，在詞史上實在是不容抹殺的。也因如此，詞至清代才能出現「中興」的局面。從宏觀的角度來看，明詞在從中唐到清代這一千三百餘年的詞史中，所扮演的正是承先啓後的積極作用。

明詞承先啓後的作用，不僅表現在詞的創作實踐方面，更爲突出的，還表現在理論的研究上。在詞話著作上，據唐圭璋《詞話叢編》所輯的，〔註11〕計有陳霆《渚山堂詞話》三卷、王世貞《藝苑卮言》一卷、俞彥《爰園詞話》一卷及楊慎《詞品》六卷與拾遺一卷共四部，雖不能與清代風起雲湧的詞學理論盛況相提並論，但亦非毫無建樹。尤其是張綖在其《詩餘圖譜·凡例》中將宋代詞人分爲「婉約」與「豪放」二派，將詞話推向了理論研究的領域，對後代的詞學研究產生了相當深遠的影響。而明人所編選的總集與選集，至今流傳的不下數十種，其中以陳耀文所輯的《花草粹編》、吳訥的《百家詞》、毛晉的《宋

〔註11〕唐圭璋：《詞話叢編》，（臺北：新文豐出版公司，1988年2月）共五冊。

六十名家詞》最爲有名。這些詞集的編成，爲後代保存了大量的詞學文獻，功勞實不可滅。

張綖《詩餘圖譜》一書的問世，有著相當重要的意義。他擇取宋詞中聲律合拍的，度其平仄，制定詞譜，開「依譜塡詞」的先聲。這在當時詞樂失傳、詞聲日下的情況下，無疑是具有補救之功。在張綖的開導下，掀起了聲律、韻調研究的高潮，相繼有程明善的《嘯餘譜》、胡文煥的《文會堂詞韻》、沈謙的《詞韻略》、毛先舒的《塡詞名解》等書相繼問世，從而使塡詞者有所依據，而爲創作提供了方便。

據張璋所編的《全明詞》，〔註12〕所收明詞作者共一千三百餘家，詞作二萬多首，規模與宋代的詞人詞作相當接近。由上述可知，明代的詞學在整體上或恐是衰落，但詞學活動並沒有中斷，無論創作成就或理論建樹，仍有令人心喜的亮麗表現，所以只以「中衰」或「不振」來概論明代詞壇，實在是有失公允。

要言之，在中國千餘年的詞史賡續和發展上，明詞是居於一個不可或缺的環節。對上而言，它是宋元詞學的一脈相傳；對下而言，又是清代詞學中興的前提。所以對於明代詞學的研究，當是不容或缺的。

近來學者對明詞的研究亦有日漸重視的趨勢，歷來爲明代詞作選輯的有清代嘉慶年間王昶輯刻的《明詞綜》，〔註13〕近人趙尊嶽在本世紀二三十年代所刻的《明詞彙刊》，〔註14〕所輯詞集的數量已相當可觀，提供有志研究明詞者莫大的方便。而近幾年尤振中、尤以丁所著的《明詞紀事會評》〔註15〕則提供更多詞人傳紀資料與詞作相關的紀事，雖然張璋等人所編的《全明詞》至今尚未出版，但有著諸先輩蓽路藍縷的輯佚之功，已爲後學者大大地擴增了視野。而在詞史方

〔註12〕 《全明詞》至今尚未出版，文中數字乃據張仲謀在《明詞史·緒論》
　　　　（北京：人民文學出版社，2002 年 2 月），頁 1 所言。
〔註13〕 王昶：《明詞綜》（臺北：臺灣中華書局，1970 年 6 月）。
〔註14〕 趙尊嶽：《明詞彙刊》（上海：上海古籍出版社，1992 年 7 月）。
〔註15〕 尤振中、尤以丁：《明詞紀事會評》（合肥：黃山書社，1995 年 12 月）。

面，則有張仲謀的《明詞史》，對明代詞學的發展，有了全面的剖析與介紹。〔註16〕

　　放眼國內，以明詞為研究範圍的學位論文亦所在多有，計有朴永珠《明代詞論研究》（中國文化大學中國文學研究所碩士論文，1970 年）、陳美《明末忠義詞人研究》（東吳大學中國文學研究所碩士論文，1985 年）、涂茂齡《陳大樽詞的研究》（高雄師範大學國文研究所碩士論文，1991 年）、黃慧禎《王世貞詞學研究》（東吳大學中國文學研究所碩士論文，1996 年）、江俊亮《楊慎及其詞研究》（東海大學中國文學研究所碩士論文，1997 年）、雷佩怡《楊基「眉菴詞」研究》（高雄師範大學國文研究所碩士論文，1999 年）、李雅雲《高啓「扣舷詞」研究》（東吳大學中國文學研究所碩士論文，1999 年）、潘麗琳《劉基「寫情集」研究》（東吳大學中國文學研究所碩士論文，1999 年）、杜靜鶴《陳霆詞學研究》（東吳大學中國文學研究所碩士論文，1999 年）、陶子珍《明代詞選研究》（東吳大學中國文學研究所博士論文，2000 年）等，是以明代代表詞家之詞論及詞作為主要研究對象；但似乎仍偏重在作品實踐的研究，對詞學理論的研究較少觸及。而如前所述，明代詞學在理論方面的成就，更有著不可磨滅的意義與價值，可見學人對明代詞學的研究，正方興未艾；而且明代詞學的探究，尤其是詞學理論部分，仍有極大的空間，等待有心的研究者來開拓。

二、研究目的

　　明詞的發展過程，論者每稱呈馬蹄型，在明代眾多詞人與詞作中，以明初與明末兩頭最佳。因同樣歷經改朝換代的巨變，在詞人心中產生了無限的激蕩。然而或許是因為異族入主，山河易幟的刺激，在朱明國家社稷土崩瓦解的前後，誠如趙翼〈讀元遺山〉詩中所云：「國家不幸詩家幸，賦到滄桑句便工。」竟然成就了明代詞壇最悲壯而且瑰

〔註16〕張仲謀：《明詞史》（北京：人民文學出版社，2002 年 2 月）。

麗的最後樂章，而陳子龍更是其中最有光彩的英烈詞人！〔註17〕而相當難能可貴的是陳子龍不僅以其詞作照亮晚明晦暗的詞壇，且更有著指導創作的詞學理論，為久靡不振的詞學開拓了復興的道路。

陳子龍（1608～1647），原名介，字人中，後更字臥子，號軼符，晚年又號大樽，松江華亭（今上海市松江縣）人。關於陳子龍的詞學成就，歷來詞論者已多所推崇，如譚獻在其《復堂詞話》卷三即云：「李重光後身，惟臥子足以當之。……直接唐人，為天才。」〔註18〕以為陳詞可以上接唐人，直接李後主，是明代第一人。況周頤在其《蕙風詞話》卷五亦稱美陳詞：「含婀娜於剛健，有《風》《騷》之遺則。」〔註19〕吳梅在其《詞學通論》中亦贊美曰：「余謂明詞非用於酬應，即用於閨闥，其能上接風騷，得倚聲之正則者，獨有大樽而已。」〔註20〕充分肯定了陳詞在繼承方面，能得淵源之正。

而在影響方面，近代學者龍榆生在其所編選的《近三百年名家詞選》中，則不僅取陳詞以冠篇首，且更在子龍小傳中下斷語云：「詞學衰於明代，至子龍出，宗風大振，遂開三百年來詞學中興之盛。」〔註21〕對陳子龍之詞學成就推崇備至。而龍氏的言論，也成了歷來喜愛陳子龍詞作的學者所樂於引用的「名言」了。

在詞學理論方面，陳子龍並沒有單獨的詞學理論專著，但從他所撰寫的〈三子詩餘序〉、〈幽蘭草詞序〉、〈王介人詩餘序〉與〈宋子九秋詞稿序〉等詞集序文中，則充分地表現了他的詞學觀。以上四篇文章，前三篇見於《安雅堂稿》，〔註22〕末篇則見於《陳忠裕

〔註17〕這一時期的詞（按指明清易代之際），比前此各期都更顯得底氣十足。修辭或有未精，格律容有未合，然而情至文生，真氣流衍，足以彌補技藝層面的種種瑕疵。在這一時期，產生了明代詞史上最有光彩的英烈詞人陳子龍。張仲謀：《明詞史》，頁286～287。

〔註18〕唐圭璋：《詞話叢編》冊四，頁3997～3998。

〔註19〕唐圭璋：《詞話叢編》冊五，頁4510。

〔註20〕吳梅：《詞學通論》（臺北：臺灣商務印書館。1969年12月），頁153。

〔註21〕龍榆生：《近三百年名家詞選》（臺北：宏業書局，1979年1月），頁4。

〔註22〕《安雅堂稿》於宣統元年（1909）由上海時中書局出版，今藏於上

公全集》。〔註23〕而在詞作方面，見於《陳忠裕公全集》的有 79 首，再加《倚聲初集》所收的五首佚詞，〔註24〕故陳子龍現存詞作共有 84 首。

　　陳子龍在明清之交的詞壇上自有其振弊起衰之功，但是否足以大到開三百年來詞學之盛的地步？似乎有待深入論證。力主詞體之美在於「要眇宜修」的王國維，〔註25〕在其《人間詞話》中對子龍的詞論雖多所肯定，甚至繼承之，但對於陳子龍的詞作卻加以貶抑，甚至視之爲沒有生命的「綵花」：

　　　　唐五代北宋之詞，可謂生香眞色。若雲間諸公，則綵花耳。
　　　　湘眞（按指陳子龍，著有詞集《湘眞閣》）且然，況其次也
　　　　者乎。〔註26〕

今人張仲謀則從詞史的角度來肯定陳子龍的詞學成就，在《明詞史》中推稱陳子龍是明代詞史上「一個不可或缺的傑出人物」。〔註27〕

　　究竟陳子龍的創作是否眞爲無生命可言的「綵花」？而其詞學成就究竟傑出至何種程度？爲何在明詞史上有其不可或缺的地位？與其同期及前後期的詞人相較，應賦予何種意義？如此諸多問題，均實可再作深入探討。

　　歷來對陳子龍詞學的研究論文有：葉嘉瑩〈由詞之特質論令詞之潛能與陳子龍詞的成就〉〔註28〕、劉月珠〈評析大樽詞的風格技

〔註23〕臺灣現所存的《陳忠裕公全集》是嘉慶八年（1803）的斡山草堂鋟版，中研院史語所與國家圖書館善本書室均有典藏。

〔註24〕鄒祇謨、王士禎：《倚聲初集》（清順治庚子刻本），現典藏於傅斯年圖書館。

〔註25〕王國維《人間詞話》言：「詞之爲體，要眇宜修。能言詩之所不能言，而不能盡詩之所能言。詩之境闊，詞之言長。」，見唐圭璋：《詞話叢編》冊五，頁 4258。

〔註26〕見唐圭璋：《詞話叢編》冊五，頁 4260。

〔註27〕張仲謀：《明詞史》，頁 288。

〔註28〕繆鉞、葉嘉瑩：《詞學古今談》（臺北：萬卷樓圖書公司，1992 年 10 月）頁 219～259。

巧〉〔註 29〕、趙山林〈陳子龍的詞和詞論〉〔註 30〕、王英志〈陳子龍詞學觀初探〉〔註 31〕、劉揚忠〈論陳子龍在詞史上的貢獻及其地位〉〔註 32〕等單篇論文及涂茂齡《陳大樽詞的研究》（高雄師範大學國文研究所碩士論文，1992 年）的學位論文，除了趙山林與劉揚忠的論文稍有涉及陳子龍的詞學理論之外，其餘諸篇重點多是對詞作的闡述與分析，未能全面地對陳子龍的詞學理論和創作做一梳理，從而給予他在詞史上立一客觀的定位。故本論文擬以「陳子龍的詞學理論及其詞研究」為題，深入探討其詞學理論和詞作內容，及對前、後代詞學的繼承與影響究竟為何，從而對陳子龍在詞史上的成就及地位給予較公允的評價。

第二節　研究範圍、方法與論文架構

一、研究範圍

本論文以「陳子龍的詞學理論及其詞研究」為題，研究主體自以陳子龍的詞學理論相關著作〈三子詩餘序〉、〈幽蘭草詞序〉、〈王介人詩餘序〉與〈宋子九秋詞稿序〉，及今所存的 84 首詞作為主。另外陳子龍著作如《詩問略》、《安雅堂稿》、《陳忠裕公全集》中相關的文學理論與詩集《岳起堂稿》、《陳李倡和集》、《湘眞閣稿》、《三子詩稿》等亦為重要參考資料；而陳子龍生平及其所處的晚明時代，當時的詩文理論、文壇趨勢與詞壇風氣，亦在探究之列。確定取材範圍之後，按內容分項，逐一討論，分為：陳子龍的生平與著作概述、陳子龍的詞學理論與陳子龍的詞作三大部分，茲將研究重點說明如下：

〔註 29〕《中國文化月刊》143 期（1990 年 9 月），頁 104～117。
〔註 30〕《詞學・第七輯》（上海：華東師範大學出版社，1989 年 2 月），頁 184～196。
〔註 31〕《齊魯學刊》（1984 年 3 期），頁 113～117。
〔註 32〕曾純純主編：《第一屆詞學國際研討會論文集》（臺北：中央研究院文哲研究所所，1994 年 11 月），頁 291～314。

（一）陳子龍的生平與著作概況

陳子龍是晚明（1608，萬曆 36 年）到清初（1647，順治 4 年）的人物，關於其生平，蔡勝德《陳子龍詩學研究》（東吳大學中文研究所碩士論文，1981 年）、朱東潤《陳子龍及其時代》（上海：東方出版中心，1999 年 1 月）、陳美《明末忠義詞人研究》（東吳大學中文研究所碩士論文，1986 年）、王坤地《陳子龍及其經世思想》（東海大學歷史研究所碩士論文，1992 年）等，皆已詳細論述。尤其是朱東潤《陳子龍及其時代》一書，融合各種史料，以洋洋二十餘萬字，爲子龍生平及其所處時代做了詳盡的介紹，融人物於時代，在明政權日益崩潰、東北清兵進逼中原、西北廣大人民直圍北京的背景下，生動地刻畫陳子龍從只關心詩文的名士，到以天下國家爲己任，最後終於以身殉國的鬥士形象。

故本文參閱所能見到的陳子龍相關文獻，將其短短四十年的生命歷程分爲江南才子與愛國志士前後兩期，從其家世、宦歷、交遊等方面來了解其生命情調所產生的背景，以便對其詞作之內涵境界有更深入的了解；並探討陳子龍的著作，期能對其詞學理論的淵源與影響，能有更深入的認識。

（二）陳子龍的詞學理論

陳子龍並沒有專門的詞學理論著作，有關他的詞論，集中地表現在〈三子詩餘序〉、〈幽蘭草詞序〉、〈王介人詩餘序〉與〈宋子九秋詞稿序〉等四篇文章中，文章雖少，但論點卻頗爲深刻。

《安雅堂稿》於宣統元年（1909）由上海時中書局出版，現藏於上海圖書館。而臺灣現所存的《陳忠裕公全集》，則是嘉慶八年（1803）的斡山草堂鋟板（中研院史語所與國家圖書館善本書室均有典藏）。1988 年 11 月，上海華東師範大學在陳子龍誕生 380 周年時出版《陳子龍文集》上下兩冊，所收錄的陳子龍著作相當完備，所以是本論文在寫作時主要的參考依據。

關於陳子龍詞學理論的內容，本論文擬歸納爲詞體意識、詞體期待、詞徑的追求、詞史的演進觀、對當代詞壇的批評與詞學理論成因的探討等六項，期能深入分析其中內涵，以得陳子龍論詞之要旨及在詞史上的意義與價值，並能對其詞論之成就與缺陷有公允的評價。

（三）陳子龍的詞作

陳子龍的詞作，據莊師洛在《陳忠裕公全集·凡例》所言，有《湘眞閣》、《江離檻》兩種，又曾選入《棣萼香詞》、《幽蘭草》、《四家詞》等書中，但這些詞集久已散佚。清王昶等人所編的《陳忠裕公全集》，共收其詞一卷 79 首。

1983 年 7 月上海華東師範大學施蟄存、馬祖熙教授即以《陳忠裕公全集》卷三至卷二十的詩和詩餘、詞餘等部分爲主，另據《棣萼香詞》補入散曲一套，定名爲《陳子龍詩集》，共上下兩冊，除依據著作原刻本詳加點校勘誤外，並爲原集中觸清廷忌諱而殘缺空白之處做了添補，且註明出處，予後人在研讀陳子龍詩、詞時以莫大的便利，故本文在探討陳子龍詞作時將以此爲主要的版本依據。

另今人趙山林在〈陳子龍的詞和詞論〉一文中提及，曾依鄒祗謨、王士禎所編的《倚聲初集》（清順治庚子刻本）校補出五首《陳忠裕公全集》未收的詞。〔註33〕因趙山林在文中只列出此五首詞的詞調與前二句，並未將全詞刊出，經筆者翻閱現藏於中央研究院傅斯年圖書館的《倚聲初集》（清順治庚子刻本），因原書缺頁的關係，只覓得其中三首。故在討論子龍詞作內容與風格技巧時，缺頁的二詞僅能存而不論。〔註34〕

〔註33〕《詞學·第七輯》（上海：華東師範大學出版社，1989 年 2 月），頁 184～196。
〔註34〕此五首詞依筆者所校得的三首如下：
    （1）思往事，花月正朦朧。玉燕風斜雲鬢上，金猊香爐畫屏中，半醉倚輕紅。〈望江南·憶舊〉（卷一）
    （2）幾遍閒愁都過了，餘得三更少，轉覺碧澄澄。玉枕香綃，相對銀缸小。　任他憔悴傷懷抱，尚怕憐雞早。倘有夢來時，辜

　　本文將子龍詞篇的內容依前人品評與個人體會，分爲情愛相思、寫景詠物與憂時託志三大類，參酌陳子龍的生平遭遇循序析論，盼能窺得子龍塡詞的動機與欲寄託的深層旨意，末並就形式技巧與風格二項，來探討陳子龍詞作的藝術特色，以審核其詞論與創作是否彼此呼應，並期能爲陳子龍詞之所以爲晚明衰頹的詞壇注入清新的活水，留下燦爛尾聲的原因做出合理的解釋。至於陳子龍詞是否開啓清詞三百年中興之盛，亦在討論範圍之內。

二、研究方法

　　本研究在方法上仍以文獻資料的爬梳爲主，先融合各種史料的記載，以便對陳子龍的生命歷程與時代背景有基本的把握，了解其生命情調對詞學理論與創作的影響；然後進一步從詞學理論與詞作兩個面向出發，來探討陳子龍的詞學成就。

　　因陳子龍的詞學理論主要見於〈三子詩餘序〉、〈幽蘭草詞序〉、〈王介人詩餘序〉與〈宋子九秋詞稿序〉等四篇文章中，故在文獻運用上自是以此四篇文章爲主，再參閱學者對子龍詞論的分析，進一步歸納出陳子龍的詞學理論，並爲這些理論尋找淵源與繼承。而對陳子龍的詞史觀，也以史實來佐證，以明其所言是否眞確。在文末並試圖爲陳子龍的詞學理論釐出形成因素。

　　而陳子龍的詞作除了是其理論的高度實踐外，更是其生命曲折眞實的反映。在探討陳子龍的詞作時，主要是從其由深懷孤出的江南才子到忠義兼資的愛國志士，這樣的生命歷程，來詮釋他寄意幽邈的詞作內容，並討論子龍詞作的形式技巧與風格。

　　　　負多情。一夜天涯繞。〈醉花陰‧不寐〉（卷八）
　　（3）雨初晴，風驟起，漠漠一天雲墮水。眞似夢也，無愁撩亂春心，
　　　　　何日止？　　耐纏綿，空徒倚，此去誰家金屋裏？寧蕩漾，莫
　　　　　沾泥，爲儂留卻輕狂矣。〈木蘭花‧楊花〉（卷八）
　　另外〈錦帳春‧畫眉〉（黛角新調）與〈一剪梅‧詠燕〉（前側輕風
　　翠尾流）二詞，則因原書缺頁的關係，無法窺得原貌。

最後歸納上述的研究成果，期能爲陳子龍在詞史上的地位做出客觀的說明。

三、論文架構

本研究共分八章，主要是從詞學理論與詞作兩個面向，試圖爲陳子龍在詞史上立出客觀的定位，全文架構如下：

第一章　緒　論

說明本文的研究動機、目的，研究範圍、版本依據、研究方法與全文架構。

第二章　陳子龍的生平與著作概述

簡介陳子龍的生平，期能了解其生命情調所產生的背景，從而對其詞作內涵與意境能更深刻的認識，了解其詞學理論在當代所呈現的意義。除此之外，也介紹陳子龍的著作概況，期能對子龍的詞學理論淵源與創作有進一步的認識。

第三章　陳子龍的詞學理論（一）

本章先闡述陳子龍的部分詞學理論：從抒情寓志、上繼《風》《騷》與嚴詩詞之界，來說明子龍的詞體意識；從以纖弱之體寄寓沉摯之思與以婉媚之境顯微闡幽等二個向度，來詮釋陳子龍的詞體期待；並從形式體制上依循前人，與情感意境上推陳出新二條途徑，來說明陳子龍對詞徑的追求。

第四章　陳子龍的詞學理論（二）

本章乃承前章，從標舉南唐、北宋令詞，且認爲南宋、元、明詞爲衰微的基本論述，來說明陳子龍的詞史觀；並探討陳子龍對當代詞壇的批評，歸納明詞積弊的原因；最後從李清照詞「別是一家」論點的繼承和發揮、時代風氣的影響與個人審美觀的趨向等方面，來歸納陳子龍詞學理論的成因。

第五章　陳子龍詞的內容

陳子龍的詞作是其一生從深懷孤出的江南才子到忠義兼資的愛

國志士，如此的生命歷程曲折的反映。故本章將陳子龍現存的詞作依內容分爲憂時託志、豔情綺懷與寫景抒情三類，試圖以詞作來詮釋陳子龍短暫卻充滿光彩的人生。

第六章　陳子龍詞的形式技巧

陳子龍詞自來即獲得歷代詞評家高度的讚賞，因其在形式技巧上有過人之處。本章即從詞調特色、表現手法、修辭技巧與藝術境界等四方面來探討。

第七章　陳子龍詞的風格

陳子龍的詞作是其理論的高度實踐，故在風格上大致是呈現婉媚纖柔的基調，又因個人人生的遭遇與審美的傾向，故其詞別有意蘊深美的特質。而晚期的詞作，感慨身世飄零與報國無門，則展現了沉鬱悲愴的別樣風貌。

第八章　結　論

從陳子龍詞學的成就、限制與影響三方面來總結個人研究陳子龍詞學理論及其詞的心得，期能爲陳子龍在詞史上立出客觀的定位。

第二章　陳子龍的生平及著作概述

　　陳子龍（1608～1647），原名介，字人中，後更字臥子，號軼符，晚年又號大樽，松江華亭（今上海市松江縣）人。生有異才，工舉子業，兼擅治詩、賦、古文，取法魏、晉，駢體尤爲精妙。崇禎三年（1630）舉人，崇禎十年（1637）進士，除紹興推官。南明弘光帝時任兵科給事中。清軍破南京後，子龍在松江起兵，事敗後避匿山中。又先後受福州唐王、浙東魯王封銜，結太湖兵抗清。事洩，在蘇州乘間投水死，得年四十歲。

第一節　陳子龍的生平

　　朱東潤先生在其《陳子龍及其時代》一書中，將陳子龍的生平分爲名士、志士與鬥士三個階段：

> 陳子龍的一生，大約可分爲三個階段，從青年到三十歲，他是名士，他關心的主要是詩文，他的作品，和當時的一般名士比較，沒有多大的不同，摹古的氣息甚至比同時人更突出。從三十歲到現在（按即崇禎十七年，1644，時陳子龍年 37 歲），由於他接觸到黃道周，他認清了對國家的責任和國步的艱難，他不再是一般的名士了。他是志士，確實以國家爲己任。待到這一年他出任兵科給事中以後。

他是戰士，他看到國家的艱難，決心把自己的一切獻給國
家，最後終於在三萬六千頃的太湖邊上，獻出了自己的身
命。我們可以從陳子龍的一生中，學到做人的道理。〔註1〕

這一段話，的確為陳子龍的一生做了精要的概述。但個人以為朱東潤
所謂志士與鬥士，均是指子龍以國家興亡為己任，致力於反清復明的
階段。故在陳子龍短短四十年的生命中，可以概分為前後兩期：前期
的子龍，是深懷孤出的江南才子，一心嚮慕的是科舉中第，以詩名顯
揚於世。其間當然有讀書人對天下民生的關懷，但不免也有風流浪漫
的才子佳人遇合。而後期的子龍，在良師的提攜感召之下，更加認清
了時局的艱難，不但擴大了襟抱視野，更肩負了時代的使命，以反清
復明，救亡圖存為唯一的職志；最後終於以身殉國，留下他光彩的英
魂，永遠照亮人間。而前後兩期的分野，正是陳子龍獲黃道周提攜而
中進士的崇禎十年（1637），時子龍正是三十歲。朱東潤在其書中如
此言道：

> 自從子龍中了進士，接受黃道周的薰陶和認識時代的艱危
> 以後，他變了，成為以國家興亡為己任的人物。〔註2〕

而陳子龍在其自撰的《年譜》（崇禎十年丁丑）中亦云：

> 榜發，予與彝仲俱得雋，素稱同心，而予又出於漳浦黃石
> 齋先生之門，生平所宗君也。時人多舉廬陵、眉山之事相
> 譽，予深得良師友之助，而廷對則予與仲彝俱在丙科，當
> 就外吏。

> 當是時烏程相秉政久，得君專，韓城、清苑輩附之。交通
> 受賕，搆害忠正，道路側目。賢士大夫之在列者，亦深謀
> 危行以備之。予與仲彝雖新進，以素知名，賢公卿多就議
> 者。予惟勉飭行以防奸，積誠以悟主，其他稍涉傾危，
> 脣舌筆札，皆無與也。識者稱為雅正，而宵人耽耽，目為

〔註1〕 朱東潤：《陳子龍及其時代》（上海：東方出版中心，1999年1月），
頁181。
〔註2〕 朱東潤：《陳子龍及其時代》，頁100。

　　黨魁矣。〔註3〕

可見崇禎十年（1637）獲黃道周提攜，進士及第後，因道周在精神上的感召，讓陳子龍擴大了襟抱，更加認清自我在危難時代中的使命，而提高了生命的格局與情調。故崇禎十年（1637），乃是陳子龍由專力於詩文的江南才士，晉身為以天下國家為己任的愛國志士的轉捩點，而其中的關鍵，便是朝中忠耿大臣黃道周的知遇與提攜感召。〔註4〕以下即以崇禎十年（1637）為界限，將陳子龍的生命分為江南才子與愛國志士前後兩期，簡要地介紹子龍短暫卻充滿光彩的人生。

一、深懷孤出的江南才子（1608～1637）

　　三十歲以前的陳子龍，雖未中進士第，但因天生的才華，加上自幼即專攻舉子業，又兼治詩賦古文，故在文學上已取有相當大的成就。〔註5〕崇禎二年（1629），二十二歲時即與同郡夏允彝等人同組幾社，致力於古詩文的創作。同時亦因時局的紊亂，青年陳子龍對於國計民生，自有讀書人的關懷，亦慨然有用世之意。子龍五歲時慈母即見背，十九歲時父親又過世，由祖母高太安人扶養長大，〔註6〕這樣

〔註3〕 陳子龍《陳子龍年譜》，施蟄存、馬祖熙標校：《陳子龍詩集·附錄二》（上海：上海古籍出版社，1983 年 7 月）下冊，頁 635。陳子龍自撰的《陳子龍年譜》及其弟子王澐所撰的《續陳子龍年譜》是本文在探討陳子龍生平時重要的參考依據，故爾後逢《年譜》文字，僅在文末標明該書的頁次，不再另外註明出處。

〔註4〕 據《明史·黃道周傳》：「黃道周，字幼平，漳浦人，天啓二年進士。道周學貫古今，所至學者雲集。銅山在孤島中，有石室，道周自幼坐臥其中，故學者稱為石齋先生。」楊家駱主編：《校本明史并附編六種》（臺北：鼎文書局，1970 年 1 月）冊九，頁 6601。

〔註5〕 據《明史·陳子龍傳》：「陳子龍，字臥子，松江華亭人。生有異才，工舉子業，兼治詩賦古文，取法魏晉，駢體尤精妙。」楊家駱主編：《校本明史并附編六種》冊十，頁 7096～7097。

〔註6〕 據陳子龍《陳子龍年譜》：「天啓六年丙寅，先君病日甚，至是竟不起。臨歿，惟勗予為善士，又公不得終養老母為恨，諄諄以屬藐孤，今屈指二十年矣。」施蟄存、馬祖熙標校：《陳子龍詩集·附錄二》

孤弱的成長背景，使他「心多傷悼，遇物纏綿。……是以遊思流暢，不廢兒女之情；深懷孤出，動有風雲之氣也。」﹝註7﹞而二十五歲時與秦淮名伎柳如是的遇合，纏綿悱惻的情感與不可抗拒的離分，更是豐富了子龍的文學生命。

（一）孤露的弱年時期

陳子龍家族世居江蘇華亭，祖先則來自穎川。從高祖陳綬到祖父善謨都沒有作官，但家道卻是殷實的，在當地具有一定的聲望。在傳統的教育養成觀念下，子龍的父親所聞便以讀書起家，在萬曆四十七年己未（1619）中進士第，當時子龍年十二，並在天啟元年（1621）官刑部郎中，不久改工部郎中。同年終所聞因父親過世，奔喪南歸，從此即不再參與政治活動，但身體也因哀傷過度而日益耗損，終於在五年後（即天啟六年，1626 年）亦過世，時子龍年方十九歲。因子龍的母親韓宜人在子龍五歲時（萬曆四十年，1612）即以暴疾見背，故教養子龍的責任，便落在祖母高太安人的身上。﹝註8﹞了解子龍與祖母孤寡相依的成長背景後，便可體會何以弘光元年乙酉（1645），清兵攻陷南京，好友夏允彝為國捐軀之時，愛國的子龍為了高年的祖母，託為浮屠，隱忍苟活，﹝註9﹞直至順治三年（1646）祖母過世後，因孝養責任已畢，方隨從好友之魂，自沉深淵，以身殉國。

1. 幼年專攻舉子業

幼年家道殷實的陳子龍家庭，雖然自高祖到祖父三代都沒有人作官，但仍是以中國傳統讀書→科舉→作官的士子養成教育方式來教導

下冊，頁 638。

﹝註7﹞ 宋存楠《陳李倡和集‧序》，施蟄存、馬祖熙標校：《陳子龍詩集‧附錄三》下冊，頁 759～760。

﹝註8﹞ 以上關於陳子龍身世的說明，乃參考其自撰的《陳子龍年譜》，施蟄存、馬祖熙標校：《陳子龍詩集‧附錄二》下冊，頁 628～749。

﹝註9﹞ 〔清〕楊開第修、姚光發等纂：《重修華亭縣志‧陳子龍傳》：「大兵下松江，子龍以祖母年九十，挈家潛遁泖湖間。」《中國方志叢書‧華中地方》（臺北：成文出版社，1983 年）冊 45，頁 1170。

陳子龍，所以在他六歲時即延師教導，經、傳皆能琅琅上口，八歲便能做對子，祖父與父親對子龍的督課亦稱嚴格，為他的文學根基奠下了良好的基礎。

子龍從萬曆四十七年（1619），父親陳所聞中進士第後便開始專治舉子業，天啓三年（1623），十六歲的子龍首次參加童子試，充滿才氣的文章雖為松江府知府張石林破格列為第一，但卻遭當時學政孫六吉以才氣非「代聖立言」的八股文所須而摒棄。〔註10〕而此刻，明朝的政治也因熹宗的昏庸與宦官魏忠賢的囂張，〔註11〕導致忠臣如楊漣、左光斗、魏大中等人因揭發魏閹之罪遭廷杖致死，引發朝野士族的義憤。這種逆閹與忠臣對立的黨禍，也成為日後明朝走向衰亡的重要因素。

2. 庭訓以忠國孝親為要

子龍的父親陳所聞自從天啓元年（1621）父喪之後，因毀瘠過禮與庸醫的戕害，身體日益虛弱，於是自此在家養病，不再參與政治。但對逆閹禍國，每扼腕嘆息，常為子龍詳細剖析邪正，甚至為閹禍的日熾，憤懣於心，而使疾病增劇，後終於天啓六年（1626）與世長眠，時陳子龍不過十九歲而已。臨終之前，勤懇囑咐子龍必為善士，並要終養祖母。〔註12〕

父親的遺訓，對陳子龍的生命有著決定性的作用。子龍一生為國

〔註10〕據陳子龍自撰的《陳子龍年譜》所言：「就童子試於青溪，時侍御德清徐未孩先生為令，甚賞之。欲拔置第一。已而知為貴人子也，改第二。蓋是時守令當張謗議，薦紳子弟，雖高才不得居寒峻之上云。清源大中丞張石林先生方守郡，與先君有磬折之嫌，然奇予文，竟置高等。西蜀孫六吉先生督學政，獨擯不錄。」，施蟄存、馬祖熙標校：《陳子龍詩集・附錄二》下冊，頁634。

〔註11〕有關魏忠賢的惡行惡狀，可參閱《明史・宦官傳二》，楊家駱主編：《校本明史并附編六種》冊十一，頁7816～7825。

〔註12〕陳子龍《陳子龍年譜》：「天啓六年（1626）……先君病日甚，至是竟不起。臨歿，惟勗予為善士，罪不得終事老母為恨，諄諄以屬蔑孤，成屈指二十年矣。」頁638。

事奔走，以復國為職志，並在順治四年（1647），高齡九十的祖母高太安人安息後的次年，方才以身殉國，讓光潔的英魂永照南明晦暗的長空，都是對父親未竟遺志的承諾與實踐。

（二）文學天才的展現

天啓六年（1626），陳子龍的文學天才終於為同郡夏允彝等人發現，[註13] 好友們的推崇和父執輩們的肯定，讓陳子龍對自己的文章有了一定程度的自信。同時在這一年，陳子龍在府縣中的考試獲得錄取，補為博士弟子，即俗稱的秀才。陳子龍在文學上是主張學習秦漢之文和盛唐之詩，要求文學內容要與社會現實緊密結合，對前後七子的主張有所繼承與修正。崇禎元年（1628），少年陳子龍與當時唐宋派的學究艾南英曾有過一場相當精彩的文學爭論。

1. 父執師友的肯定

夏允彝在子龍少年詩集《岳起堂稿·序》中如此盛贊子龍：[註14]

> 臥子年弱冠，而才高天下。其學自經、史、百家，言無不窺；其才自騷、賦、詩歌、古文詞以下，迨博士業，無不精造而橫出。天下之士，亦不得不震而尊之矣。[註15]

而幾社社友彭賓在同書中亦美之曰：

> 臥子之所享者，未嘗博觀宇內名山大川，以快其筆墨之所欲騁；又非有極歡厚遇獲明天子賜帛，如漢詔能遵七言者得上坐。則是集也，以盡臥子可乎？惟不足以盡臥子，而魚龍各變，諸體咸備。自漢魏以上，晉宋間顏、謝以後三唐諸家，

[註13] 據張廷玉《明史·夏允彝傳》：「夏允彝，字彝仲。弱冠舉於鄉，好古博學，工屬文。是時東林講席盛，蘇州高才生張溥、楊庭樞等慕之，結文會名復社。允彝與同邑陳子龍、徐孚遠、王先承等亦結幾社相應和。」楊家駱主編：《校本明史并附編六種》冊十，頁7098。

[註14] 據王昶在《陳忠裕公全集·凡例》所言：「詩文次序先後，關乎生平梗概。如《岳起堂稿》之作於庚午以前。」則《岳起堂稿》乃子龍在23歲以前的作品。施蟄存、馬祖熙標校：《陳子龍詩集·附錄三》下冊，頁776。

[註15] 施蟄存、馬祖熙標校：《陳子龍詩集·附錄三》下冊，頁750。

　　　　業已備於臥子之胸中，則是終無以盡臥子也。〔註16〕
可見少年子龍的文才在同儕中的確是備受推崇，而父親對子龍在文學
上的成就亦感到欣慰，認爲以子龍之才，在科舉考試中必能脫穎而
出。其在自撰的《陳子龍年譜》中亦云：「天啓六年（1626），予時爲
文，頗尚瑋麗橫決，而彝仲稱譽揚厲之過其實，名益顯。先君亦深感
賞慰，以爲可望特達。」（頁638）

　　子龍的文才，不但爲同輩所賞，父執輩們亦多所肯定，其在《陳
子龍年譜》云：「父黨姚現聞、魏仲雪、龔淵孟、文湛持諸先生咸賞
其文，互相揚譽焉。」（頁640）此刻的陳子龍，隱然已是名動一方
的華亭才子。

　　在國勢日漸衰亂的局面下，子龍亦慨然有用世意，在崇禎二年
（1629），張溥、楊庭樞等人因慕東林學風而組「復社」時，子龍亦
與好友夏允彝等人組「幾社」相呼應。據杜登春〈社事本末〉所言：

　　　　復者，興復絕學之義也。先君與彝仲，有《幾社六子會義》
　　　　之刻。幾者，絕學有再興之幾，而得知幾其神之義也。兩
　　　　社對峙，皆起於己巳歲。〔註17〕

子龍已將其觸角伸展到國計民生的關懷，展現了在動亂時代下的書生
救國本色。

2. 重視文學的社會教育作用

　　充滿文才的陳子龍在文學上有其獨特的見解。大體說來，他是立
足於前後七子，傾向復古，但亦吸取了公安派提倡抒寫眞情的特點，提
倡學習秦、漢文和盛唐之詩，在內容上則要與社會現實相結和，重視文
學的社會作用，此點應和其積極的愛國主義觀念有密切的關連。〔註18〕

　　在明末天啓、崇禎的文壇上有古文派與唐宋派的爭論，前者主張

〔註16〕施蟄存、馬祖熙標校：《陳子龍詩集・附錄三》下冊，頁752～753。

〔註17〕施蟄存、馬祖熙標校：《陳子龍詩集・附錄二》下冊，頁729。

〔註18〕以上關於陳子龍的文學論點，乃參考張少康、劉三富：《中國文學理
　　　　論批評發展史》（北京：北京大學出版社，2001年6月）下冊，頁
　　　　278。

文必秦漢、詩必盛唐，可以前、後七子爲代表；後者則在散文上特別
推崇唐宋八大家，以艾南英爲代表。

　　崇禎元年（1628）年方二十一的陳子龍與長他二十五歲的唐宋派
學者艾南英曾有過精彩的文學爭論，子龍在《年譜》中如此記載：

　　秋，豫章孝廉艾千子有時名，甚矜誕，挾譎詐以恫喝時流，
　　人多弓之。與予晤於婁江之弇園，妄謂秦、漢文不足學，
　　而曹、劉、杜之詩，皆無可取。其詈北地、濟南諸公尤甚，
　　眾皆唯唯。予年少方在末坐，抗衣與爭，頗折其角。彝仲
　　輩稍助之，艾子諍矣。然猶作書往返，辯難不休。（頁 642）

而朱彝尊《靜志居詩話》亦言：

　　王李教衰，公安之派浸廣，竟陵之燄頓興，一時好異者，
　　譸張爲幻，……臥子張以太陰之弓，射以枉矢，腰鼓百面，
　　破盡蒼蠅蟋蟀之聲，其功不可泯也。〔註 19〕

則反映了陳子龍在復古方面所作的努力。但子龍對前後七子的主張並
非一味認同，而是切中要害地指出其模擬多而天然少的弊病：「特數
君子者，摹擬之功多，而天然之資少，意主博大，差減風逸，氣極沈
雄，未能深永。」（〈彷彿樓詩稿序〉）〔註 20〕

　　他極力主張文學要與現實社會相結合，應繼承〈風〉〈雅〉以來
的美刺比興傳統，贊揚唐詩的博大精深，特別是杜甫詩能以高超的藝
術形式體現「忠君憂國」之心，即所謂「序世變，刺當途，悲憤峭激，
深切著明，無所隱忌，讀之使人慷慨奮迅而不能止。」（〈左伯子古詩
序〉）〔註 21〕他也深刻地批評當世的文人不敢揭發時弊，暢所欲言的
畏縮心態：

　　今之爲詩者，我惑焉，當其放形山澤之中，意不在遠，適

〔註 19〕朱彝尊：《靜志居詩話》（北京：人民文學出版社，1990 年）上冊，
　　　　頁 181。
〔註 20〕王昶等編《陳忠裕公全集》卷 25，上海文獻叢書編委會主編：《陳子
　　　　龍文集》（上海：華東師範大學出版社，1988 年 11 月）上冊，頁 378。
〔註 21〕陳子龍《安雅堂稿》卷三，上海文獻叢書編委會主編：《陳子龍文集》
　　　　下冊，頁 82。

境而止。又曰：我恐以言爲戮也，一旦歷玉階，登清廟，
則詳緩其步，坐論公卿，彼柔翰徒滑我神，何益殿最爲？
如是，則國家之文，安能燦然與三代比隆，而人主何以采
風存褒刺哉？〈《白雲草自序》〉〔註22〕

子龍這種強調文學創作要和現實密切結合的主張，是他強烈愛國精神
在文學思想上的具體表現，在當時的文壇體現了一種蓬勃的生氣，是
頗有影響力的。子龍從詩歌、古文、賦到博士業，都相當擅長。除前
引夏允彝在《岳起堂稿·序》中的美詞外，吳偉業在《梅村詩話》中
盛讚之曰：

臥子負曠世逸才，年二十，與臨川艾千子論文不合，面斥
之。其六四跨徐、庾，論策視二蘇。詩特高華雄渾，睥睨
一世。好推崇右丞，後又模擬太白，而少陵則微有異同，
要亦崛強語，非由中也。……當是時，幾社名聞天下，臥
子奕奕眼光，意氣籠罩千人，見者莫不辟易，登臨贈答，
淋漓慷慨，雖百世猶想見其人也。〔註23〕

總之，陳子龍才高學富，文采華贍，不僅震響明末文壇，更是遺響後
世。深入研究子龍的文學成就，在明末清初的文學史上自有其重要的
價值。

（三）對國計民生的關懷

　　陳子龍生當政治惡化的明朝末年。因生長在富庶的江南，雖然在
父親的帶領與幾社同儕的影響下，對黑暗的朝政常有扼腕嘆息之慨，
但終尚未親眼目睹民間的疾苦。直到崇禎四年（1631）開始三次進京
應進士考試，在幾次南北往返的路途中，他親眼見到了時局的艱危與
人民的疾苦，這樣的認識，更加深了子龍憂國憂民的情懷。

1. 了解民生疾苦

　　陳子龍生長江左，受到東林黨人論政之風的影響，故幾社同人聚

〔註22〕王昶等編《陳忠裕公全集》卷26，上海文獻叢書編委會主編：《陳子
　　　　龍文集》上冊，頁446～447。
〔註23〕丁福保：《清詩話》（臺北：西南書局，1979年11月）頁18～19。

會，論文而外，對當時烏程當國而致使政事苛促，[註24] 亦常詆排指訶之，並以砥礪名節爲尙。在親眼目睹人民生活的苦難之後，子龍不禁以漢樂府白描的手法，傳達他內心沉痛傷心的呼號，如其〈小車行〉所描述的，即是一幅慘絕人寰的災民流離圖：

> 小車斑斑黃塵晚，夫爲推，妻爲輓。出門茫然何所之？青青
> 者楡療我饑，願得樂土共哺糜。風吹黃蒿，望見垣堵，中有
> 主人當飼汝。叩門無人室無釜，躑躅空巷淚如雨。[註25]

此詩乃作於崇禎十年（1637），是時京城與山西大旱，山東又遇蝗災，一時間難民遍地，餓殍遍野。陳子龍將所見寫入詩中，以白描手法和高超的對比技巧（有聲與無聲、現實與理想、希望與失望）如實地將這一對災民夫妻的所見所爲、所思所願一一呈現在讀者面前，讓人不由得爲之一掬同情之淚。再如〈賣兒行〉言：

> 高顙長齔青源貫，十錢買一男，百錢買一女。心中有悲不
> 自覺，但羨汝得生處樂。卻車十餘步，跪問客何之？客怒
> 勿復語，回身抱兒啼。死當長別離，生當永不歸。（頁86）

到了這種以賣兒女方能活下去的日子，豈不如人間煉獄？當時人民生活的苦難，在子龍的這些新樂府詩作中如實地呈現。陳子龍以他敏銳的觀察力與高超的文學天才，對明末衰亂的政治做了強而有力的控訴。

2. 針砭時弊

陳子龍終究是積極愛國的，在目睹人民的苦難後，他認爲自己應

[註24] 張廷玉《明史‧奸臣傳》：「溫體仁，字長卿，烏程人。萬曆二十六年進士，改庶吉士，授修，累官禮部侍郎。崇禎初，遷尚書，協理詹事府事。爲人外曲謹而中猛鷙，機深刺骨。崇禎元年冬，詔會推閣臣，體仁望輕，不與也。……遂上疏訐謙益關節受賄，神奸結黨，不當與閣臣選。……明年六月，遂命體仁以禮部尚書兼東閣大學士。」楊家駱主編：《校本明史并附編六種》冊十一，頁7931～7933。

[註25] 施蟄存、馬祖熙標校：《陳子龍詩集》上冊，頁85。本文所引用子龍的詩詞均出自該書，爾後爲免繁瑣，僅在所引詩、詞後註明該書的頁次，不再另外註明出處。

肩負起時代的使命，為提振衰頹的朝政，改善人民的生活，貢獻出自己的力量。其在自撰《年譜》崇禎四年（1631）即言：

> 是時意氣甚盛，作書數萬言，極論時政，擬上之，……上以仲春朝日於東郊，予竊從道旁見千乘萬騎之盛，因作〈東郊賦〉，又作〈江南父老難中原子弟中州災異對〉、〈擬漢有司核張京兆奏〉、〈自式表〉諸篇。（頁647）

子龍以為當時國勢衰弱的根本原因，是因為執政當局未重視民生大業——即農業所致，其在〈江南父老難中原子弟中州災異對〉即慨然言道：

> 今國家困急，大農不饒，天下蕪其田而寇盜日滋，下不足以資身而上無以佐縣官之急，非忠臣之志也。且民之力田也，豈特廣收豐盈，因相腐敗，積倉囷，規貨財以資飽食云爾哉，必將輸家委邊，削己益上，為天下先。所謂賢者宜死節，有財者輸助也，然猶未有通顯之賞，為吏所持。今吾子於國家無毫毛之分，己惰失食而阻兵不恭，不以甚乎？然非獨為盜之罪也，田疇之制不修而艱苦之事不習，計慮淺小而俗不重農也，微夫斯之為勤而飾說浮慕，又安往而可哉！〔註26〕

因不在其位不能謀其政，故子龍仍積極準備會試，終於在崇禎十年（1637）時獲黃道周賞識而中進士第。因識見的增廣，他更加了解他所處的時代，故子龍不再作那些文必秦漢、詩必盛唐的文士之論，而是積極地思考如何為他所處的動亂時代服務。他與幾社同志宋徵璧、徐孚遠、李雯等共同搜集明代所有涉及世務國政的文章，花了年餘的時間，編成一部540卷，一萬多頁的《皇明經世文編》，並在序中言：

> 明興二百七十年，海內治平，駕周漂漢，賢才輩生，勳在竹帛，而遺文緒論，未有統匯，散於江海。蓋有三患焉，一曰朝無良史，二曰國無世家，三曰士無實學。……祖宗立國，規模宏遠，先朝大臣，學術醇正，非有縱橫奇詭之論也。夫王業之深淺，觀於人才之盛衰，我明既代有翊運

〔註26〕王昶等編《陳忠裕公全集》卷24，上海文獻叢書編委會等編：《陳子龍文集》上冊，頁292～293。

> 輔世之臣，而主上傍求俊義，用人如江湖，則是編也，豈
> 惟益智，其以教忠哉。〔註27〕

在這兒我們看到三十歲的子龍，已不再是普通以中科舉爲務的文士，而是深刻地認識他的時代，決心要爲時代出力的志士了。當然，這其間的關鍵，是陳子龍在崇禎十年（1637）進士及第的考官——大學士黃道周的人格與精神的感召與提攜，此部分容後再詳述。

（四）與柳如是的遇合

青年期的陳子龍，在以文才名動江南的同時，與當時秦淮名伎柳如是之間，亦有一段纏綿悱惻的愛情。關於這段愛情，陳寅恪《柳如是別傳》及孫康宜《陳子龍柳如是詩詞情緣》均有詳細的介紹與考證，〔註28〕茲不再贅述。在此所欲突顯的是子龍忠愛纏綿的天性，與此段情深意摯的露水姻緣所豐富子龍的文學（尤其是詞的創作）生命。

1. 強直之士，懷情正深

關於陳子龍與柳如是的關係，據陳寅恪《柳如是別傳》所言：

> 其同在蘇州及松江者，最早約自崇禎三年至崇禎七年冬。
> 此期臥子與河東君（按即柳如是的別稱）情感雖甚摯，似
> 未達成熟程度。第貳期爲崇禎八年春季並首夏一部分之
> 時，此期兩人實已同居。第參期自崇禎八年首夏河東君不
> 與臥子同居後，仍寓居松江之時，至是年秋深離去松江，
> 移居盛澤止。蓋陳楊兩人在此時期內，雖不與同居，關係
> 依舊密切。凡臥子在崇禎八年首夏後，秋深前，所作諸篇，
> 皆是與河東君同在松江往還酬和之作。若在此年秋深以後
> 所作，可別視爲一時期。雖皆眷戀舊情，絲蓮藕斷，但今
> 不復計入此三期之內也。〔註29〕

〔註27〕王昶等編《陳忠裕公全集》卷26，上海文獻叢書編委會等編：《陳子龍文集》上冊，頁436～438。

〔註28〕陳寅恪：《柳如是別傳》（北京：生活、讀書、新知三聯書店，2001年1月）；孫康宜著、李奭學譯：《陳子龍柳如是詩詞情緣》（臺北：允晨文化實業公司，1992年2月）。

〔註29〕陳寅恪：《柳如是別傳》上冊，頁106～107。

陳寅恪並舉子龍的多首詩詞以印證此段戀情。從此可看出陳子龍在各種史冊所載的烈士形象外，青年時期亦有其浪漫才子的情懷與行徑。其在自撰的《年譜》崇禎六年（1633）中亦言：「文史之暇，流連聲酒，多與舒章倡和，今《陳李倡和集》是也。」（頁 648）而幾社好友宋存楠在《陳李倡和集・序》中亦言：「臥子弱年孤露，心多傷悼，遇物纏綿。……是以遊思流暢，不廢兒女之情；深懷孤出，動有風雲之氣。」〔註 30〕可見陳、柳此段才子與名伎的露水姻緣雖然短暫，卻是轟動江南。

　　陳子龍與柳如是的感情相當真摯，其詞作中有相當大的部分是與此段愛情本事有關的，此部分在討論子龍詞的內容時將有所說明。葉嘉瑩先生甚至認為因為此段姻緣，與陳子龍「強直之士，懷情正深」的性格特質相結合，而形成子龍詞具有一種可以引人產生感發與聯想的潛能。〔註 31〕

2. 對詞作的影響

　　陳子龍的詞最為人所稱道的是那些作於明亡之後，抒寫民族危亡之恨、故國舊君之思的作品。其中相當特出的是，陳子龍的這些忠君愛國詞與他早年的豔情詞幾無差別，他依然是用綺羅紅袖語來抒發他對故國的黍離麥秀之悲。（在第六章論子龍詞的形式技巧時會有詳細的探討）此一特點固然與子龍個人的詞體意識有關，但與他這種「強直之士，懷情正深」的真誠深摯性格，或許更有關聯。晚明周銓在其〈英雄氣短說〉中曾言道：

> 夫天下無大存者，必不能大割；有大忘者，其始必有大不忍。故天下一情所聚也。情之所在，一往輒深。移之以事君，事君忠；以交友，交友信；以處世，處事深。……惟兒女情深，乃不為英雄氣短。嘗觀古來能讀書善文章者，其始皆有所不屑之事，後乃有不測之功。觸白刃，死患難，

〔註 30〕施蟄存、馬祖熙標校：《陳子龍詩集・附錄三》下冊，頁 761～762。
〔註 31〕葉嘉瑩：〈論陳子龍詞〉，繆鉞、葉嘉瑩《詞學古今談》（臺北：萬卷樓圖書公司，1992 年 10 月），頁 219～259。

　　一旦乘時大作，義不返顧，是豈所置之殊乎？〔註32〕

吾人雖不能據此推斷所有文士詞中的豔情均與忠君相通，但就子龍而言，其對柳如是的摯意與對朱明故國的眞情是一致的，故他早年雖大作豔詞，但最後終於甘願爲國家犧牲性命，而成了光照汗青的民族英烈。子龍之「情」，正足以涵蓋其「忠」。〔註33〕

二、忠義兼資的愛國志士（1637～1647）

　　崇禎十年（1637）進士及第後的陳子龍，因受到大學士黃道周的薰陶與精神上的感召，更加認識時代的艱難。他擴大了他的襟抱與視野，不再只關心詩文與科考，而是以國家興亡爲己任。出任紹興推官之後，以卓越的智慧與能力整飭了兩浙的吏治，並平定了許都之亂。在農民起義、清兵叩關、京城淪陷，思宗自縊之時，更是出任兵科給事中，慨然肩負起時代的使命，爲岌岌可危的南明王朝貢獻自己全部的力量。可惜南明諸朝終是扶不起的阿斗，小人滿廷，子龍在言路不過五十餘日，上策三十餘起，竟皆不獲採納。心灰意冷之際，只得乞歸終養。但子龍的心終是熾熱的，雖不在朝，仍參與江南義旅的抗清行動，並在清順治四年（1647），即祖母謝世後的次年，跟隨好友夏允彝的腳步，自沉深淵，以身殉國，留給後人無限的追思與感念。清高宗乾隆皇帝在陳子龍死後的 129 年（即乾隆 41 年，1776）追贈謚文，即稱之曰：「溯流芳於廉頑立懦，死竟重於泰山；彰定論於世遠風微，榮更逾於華袞。幽光特闡，鑒當年皎日之心；正氣咸伸，勵萬古疾風之節。」〔註34〕陳子龍偉大的人格，足與日月爭輝。

（一）襟抱視野的擴大

　　崇禎十年（1637），子龍第三次參加殿試，終於獲得大學士黃道

〔註32〕致新主編：《明清性靈小品》（武漢：湖北辭書出版社，1994 年 10 月），頁 139～140。
〔註33〕孫康宜著、李奭學譯：《陳子龍柳如是詩詞情緣》，頁 211～217。
〔註34〕施蟄存、馬祖熙標校：《陳子龍詩集‧附錄一》下冊，頁 626。

周的拔擢而登進士第，在良師黃道周與益友夏允彝等人的精神感召下，陳子龍對自己有了更深切的期許，他不再是終日談論詩文，偶爾觸及時政的文士，而是擴大了襟抱與視野，認清時局的艱難，慨然以國家興亡爲己任的志士了。

1. 良師益友的提攜與感召

黃道周（1585～1646）是提昇陳子龍生命情境的關鍵人物。子龍在其自撰《年譜》中曾多次提及對黃道周人格、學養與識見的感佩。另外好友夏允彝是子龍肝膽相照的生死之交，子龍在以死殉國的前一年（即順治三年，1646）有〈報夏考功書〉，詳盡地說明其平生志行與對摯友的追念和嚮慕，讓後人讀之，都不免爲其忠貞的志節所動容。

據《明史・黃道周傳》與《南疆繹史・黃道周傳》所載：

> 道周字幼平，漳浦（今福建漳浦）人。天啓二年（1622）
> 進士。改庶吉士，授編修，爲經筵展書官。崇禎時任右中
> 允少詹事。曾三疏劾重臣楊嗣昌、陳新甲、方一藻，受貶
> 至江西，又謫戍廣西。福王監國，拜禮部尚書。南京陷，
> 與鄭芝龍等在福建擁立唐王聿鍵爲隆武帝。自請出兵北
> 伐，往江西徵義兵，至婺源，爲清兵所俘，就義於南，隆
> 武帝追贈忠烈。〔註35〕

在這樣的志節之士的識見與精神感召下，陳子龍不自覺地提昇了其生命情境，他瞭解到身處在這樣艱難的時代中，他必須肩負起時代的使命，將天下興亡視爲自己的責任。

而夏允彝是子龍自幾社時代所結交的摯友，兩人在崇禎十年（1637）同登進士第，不但同樣好古博學，工屬文，亦同具俠義之氣與凜然節操，據《明史・夏允彝傳》所載：

> 崇禎十年，與子龍同成進士，授長樂知縣，善決疑獄。他
> 郡邑不能決者，上官多下長樂。居五年，邑大治。吏部尚

〔註35〕楊家駱主編：《校本明史并附編六種》冊九，頁 6592～6601；溫睿德《南疆逸史》，《臺灣文獻叢刊・第五輯》（臺北：大通書局，1986 年 10 月），頁 159～240。

> 書鄭三俊舉天下廉能知縣七人，以允彝爲首。……未幾，
> 南都失，徬徨山澤間，欲有所爲。聞友人侯峒曾、黃淳耀、
> 徐汧等皆死，乃以八月中賦絕命詞，自投深淵以死。〔註36〕

而在夏允彝以身殉國的次年，陳子龍面對小人當道、復國無望的絕境時，慨然賦下〈報夏考功書〉，除追悼好友、感嘆時政外，亦說明自己不能即刻隨知己於黃泉，隱忍苟活的原因，實在是不忍割捨年邁的祖母：

> 僕門祚衰薄，五世一子，少失怙恃，育於大母，報劉之志，
> 已非一日，奉詔歸養，計終親年。嬰難以來，驚悸憂虞，
> 老病侵尋，日以益甚。……所以徘徊君臣親親之間，交戰
> 而不能決也。悲夫悲夫，老親以八十之年，流離野死，忠
> 孝大節，兩置塗地，僕眞非人哉。〔註37〕

果然在祖母過世後的次年（即順治四年，1647），子龍在起義失敗後，亦追隨好友芳魂，自沉深淵，完成他忠孝兩全的偉大志節。

2. 認清時局的艱難

陳子龍所處的年代（1608～1647），正是朱明王朝內憂外患齊聚的時代：在內因皇帝的昏憒，縱容奸臣如魏忠賢、溫體仁、楊嗣昌等結黨營私，致使賢良如楊漣、左光斗、黃道周等連遭構陷；陝北一帶廣大的農民則因土地貧瘠，又受盡統治階級無情的欺壓，致使生靈塗炭，民怨載道，甚至組成反抗政府的義勇軍。而處在山海關外的滿州族，亦虎視眈眈地看著這個千瘡百孔的宗祖國，隨時準備取而代之。

崇禎十年（1637）甫中進士，年僅三十歲的陳子龍，因生長在富庶的江南，對西北人民起義和東北外族入侵的情況，或許較不了解。但在座師黃道周的引領下，對朝中結黨營私，忠良遭害的情形卻是相當清楚。其在崇禎十年（1637）的自撰《年譜》即言道：「當是時烏程相秉政久，得君專，韓城、清苑輩附之。交通受賕，構害忠正，道

〔註36〕楊家駱主編：《校本明史并附編六種》冊十，頁7098～7099
〔註37〕王昶等編：《陳忠裕公全集》卷九，陳子龍《陳子龍文集》上冊，頁
486～487。

路側目。賢士大夫之在列者，亦深謀危行以備之。」（頁653）

　　及至崇禎十一年（1638）黃道周在三疏彈劾重臣楊嗣昌、陳新甲、方一藻，遭貶至江西布政司都事後，又在二年後遭押解至北京且受廷杖，陳子龍對朝政的腐敗眞是痛心疾首。但忠貞的子龍，還是衷心期盼能積誠以悟主。其在〈寄獻石齋先生五首〉之二即言道：「可憐舉世學浮沉，燭龍回照杳難尋。蒼茫不解時人意，慰藉還憑明主心。」〔註38〕面對昏暗的朝政，子龍有舉世皆濁的漁父之慨。

　　視野擴大後的陳子龍，對國家內憂外患，腹背受敵的情形益加了解。崇禎十一年末（1638），一心孤忠的東北總督盧象昇，在朝中權臣的掣肘下，不幸兵敗戰死。子龍在其〈吊盧司馬〉詩中慨然言道：「豈無推轂儀，恐有當肘掣。令多不易遵，將驕誰能罰？倉卒重圍間，短盡弦亦絕，當免文吏議，難爲世人說。」（頁182～183）清楚地說明了明末兩面作戰的艱苦，與將帥在混亂朝政下的左支右絀。在這種情形下，戰敗豈是將領之過？

　　在艱難的時局下，子龍仍不放棄他救世報國的心志，雖然青年子龍不能擠進權力的核心，〔註39〕且對黑暗的朝政相當失望，但他仍一本書生救國的初衷，除與幾社同志編輯《皇明經世文編》，希望能從先賢智慧中尋找治國良方外，並收集故相徐光啓的遺稿，編成《農政全書》，以爲欲挽救朝政，首在安定人民，而安定人民的當務之急則在昌明農政。其在崇禎十二年（1639）自撰《年譜》中言道：

> 故相徐文定公負經世之學，首欲明農。袞古今田里溝洫之制，黍稷桑麻之宜，下至於蔬果漁牧之利，以荒政終焉。有草稿數十卷藏於家，未成書也。予從其孫得之，慨然以富國化民本在是，遂刪其繁蕪，補其缺略，粲然備矣。（頁660）

從這些言論中，可以清楚地看出，陳子龍的心志是在如何爲此一動盪

〔註38〕施蟄存、馬祖熙標校：《陳子龍詩集》上冊，頁289。

〔註39〕據陳子龍自撰《年譜》，崇禎十年（1637）「而廷對予與仲彝俱在丙科，當就外吏。」後因繼母唐宜人歿，遂返家治喪。施蟄存、馬祖熙標校：《陳子龍詩集・附錄二》下冊，頁653。

不安時代，貢獻一己的力量。

（二）經世濟民的實踐

崇禎十三年（1640）秋後至十七年（1644）初，陳子龍擔任紹興推官兼諸暨縣令，子龍在自撰《年譜》中，對此階段的生活多所記錄，且其子弟王澐亦有一篇〈越游記〉，描述子龍此時期的生活。在這短短不到四年的時間中，正是陳子龍經世濟民理想的實踐。

1. 斐然卓越的政績

崇禎十三年（1640）的諸暨縣，因連續五年水災，人民生活困頓，被迫為盜，治安相當不好。子龍到任後即用計擒盜，改進當地治安，〔註40〕並以務實的審獄態度力改當地殺人誣訟的陋俗。在子龍到任後的次年（即崇禎十四年，1641）諸暨縣大饑，子龍為設賑救法，「不過旬日，金歸庫藏，不稽上供，而兩利存之，民始有更生之望矣。境內帖然，無狗吠之警。」（頁653）

陳子龍在出仕之前，在文壇上即有其相當的威望。任官之後，仍不釋書史，故文士都爭師事之，〔註41〕清初著名的西冷十子均出自子龍之門。〔註42〕子龍亦樂於拔擢後進，不論出身如何，概以為國舉才為務，深得明末大儒劉宗周的嘉許。子龍在自撰《年譜》中即云：「予所拔多名士及才而單者，雖於貴遊不甚屬，而終事帖然。劉念臺先生

〔註40〕〔清〕沈椿齡等修、樓卜瀍等纂《諸暨縣志·陳子龍傳》：「子龍為紹興司理，署諸暨篆，時歲大饑，奸民聚誘亡命，肆以剽掠，子龍以計擒之，民賴以安。」《中國方志叢書·華中地方》（臺北：成文書局，1983年）冊598，頁953～954。

〔註41〕〔清〕李特亨總裁、平恕等修，周徐彩纂：《紹興府志·陳子龍傳》：「子龍為紹興推官，士以其夙有文望，爭師事之，皆無峻拒。雖居官不釋書史，極聽訟明決，庭清如水。」《中國方志叢書·華中地方》（臺北：成文書局，1975年）冊221，頁1039。

〔註42〕毛先舒《白榆小傳》：「先舒著《白榆集》，流傳山陰祁中丞之座，適陳臥子於祁公座上見之，稱賞，遂投分引歡，即成詩友。其後西冷十子，各以文章就正，故十子皆出臥子先生之門。國初，西冷派即雲間派也。」

素方正，移予書曰：『公之試事，可謂十得其八，數十年所無也。』」
（頁671）

　　崇禎年間閩浙山區流民聚而爲盜，騷擾民眾，官兵每每入山征
討，均因受制於山險，無功而返。及至崇禎十五年（1642）五月，子
龍督撫標兵千人，與義烏知縣升工部主事熊人霖共同剿賊，二人以身
先士卒的精神將士用命，終於降服山賊。崇禎十六年（1643）李自成
攻破承德，並東下金陵之際，陳子龍亦破除地方官僚貪污之弊，充實
兩浙的軍備，在在皆可看出子龍經世致用的非凡成就。同年京師舉行
計吏大典，即以子龍爲天下廉卓有司的第一人，父母妻子同獲晉贈，
子龍以其斐然卓越的治績，光耀祖宗門楣。

2. 平定許都之亂

　　關於陳子龍在崇禎十七年（1644）平定浙東許都之亂，子龍自撰
《年譜》、《明史・本傳》、《南疆逸史・本傳》均有詳細的記載。在此
所特別提出來的是，子龍何以能以一介書生，單騎說服聚眾數萬，危
逼郡城的許都投降？除了其過人的膽識之外，最重要的乃是其知人之
明與凜然的氣節。許都之所以叛亂，實在是官逼民反；而陳子龍所以
能勸服許都，亦是望其能以一代豪傑而爲國家效命。但昏庸的明末官
僚，竟不肯採子龍之計而將許都斬首示眾，令子龍痛負許都而大恨，
不肯接受朝廷以招撫之功而擢兵科給事中。從許都事件中，亦看出朱
明必將走向衰亡的跡象，《南疆逸史・本傳》即言：

> 夫都以一書生能聚萬眾，其才必有過人者；感知己一言投
> 戈就縛，此豈悖逆之人哉！激於貪令無以自明，不得已而
> 走險耳。使赦其死，令率所撫眾度江逐賊自贖，將必有得
> 當以報者；而顧令豪俊之士駢首同盡！子龍紀事曰：「激變
> 之虐令不誅、受降之功績不敘，內軍勦殺平民，株連無辜。
> 賊平數月，猶騷擾不得寧。」嗚呼！即此一事，知明之所
> 以亡也。以招撫之功，擢兵科給事中；子龍痛負都，不赴

也。〔註43〕

（三）肩負時代的使命

崇禎十七年（1644）三月闖賊李自成攻陷北京之後，五月兵部尚書史可法等即奉福王朱由崧監國於南京，子龍補任原官。復國心切的子龍以為當國家傾覆之際，江左形式尚有可為，遂決定赴召。擔任兵科給事中的陳子龍，相當盡責地提出各項主張，但小人當道的南明政權根本無心恢復，只圖偏安江左，無力回天的子龍在心灰意冷之餘，只得乞歸終養。一心期盼復國的志士，看出了南明局勢的終不可挽。

1. 出任兵科給事中

崇禎十七年（1644）三月甲申國變，京城淪陷後，五月福王即監國於南京，改國號為弘光。子龍奉兵科給事中之命，六月中旬入都之後，他相當盡責地提出了對當前國是的建言，以為當此乾坤板蕩之時，南明僅保有東南一隅，欲漸圖恢復，必須先力求自治。除了四境要有強力的守禦之外，並當因應東南的局勢，練舟師以扼要。朝廷內部更應同舟共濟，上下一心，以恢復中原為職志。他上三疏：「一勸主上勸學定志，以立中興之基。一上經略荊、襄布置兩淮之策，以為奠安南服之本。一歷陳先朝致亂之由，在於上下相猜，朋黨互角，以為鑒誡。」〔註44〕可惜這些當時的至計，皆未獲採用。

當時的南明小朝瀰漫著一股姑息苟安的氣氛：「人情泄沓，無異昇平」，甚至「清歌漏舟之中、痛飲焚屋之內。」〔註45〕這一切看在以復國為己任的陳子龍眼中，真是痛心疾首之至。因姑息一、二武臣，

〔註43〕溫睿德《南疆逸史》，《臺灣文獻叢刊・第五輯》（臺北：大通書局，1986年10月），頁245～246。

〔註44〕陳子龍《陳子龍年譜》，施蟄存、馬祖熙標校：《陳子龍詩集・附錄二》下冊，頁694。

〔註45〕溫睿德：《南疆逸史・陳子龍傳》，《臺灣文獻叢刊・第五輯》，頁246。楊家駱主編：《校本明史并附編六種》冊十，頁7098。

致凡百政令皆因循苟且，怎不令人寒心呢？至明年二月，子龍念時事不可爲，乃請假回籍，營父祖窀穸之事。回顧在朝五十日，陳子龍相當感慨，他知道群小當道的南明政權，終必走向毀滅，其在《年譜》中言道：「予在言路，不過五十日，章無慮三十餘上，多觸時之言，時人見嫉如仇。及予歸而政益異，木瓜盈路，小人成群。海內無智愚，皆知顚覆不遠矣。」（頁702）

2. 可挽的南明政局

陳子龍入南明弘光朝不過月餘，即因痛心朝政的腐敗而請假回籍營葬，至次年（即1645）二月，以時事不可爲，且祖母高太安人年老多病，於是乞歸終養。子龍自五歲生母韓宜人過世後，由祖母撫育長大。子龍與祖母的關係，正如李密在〈陳情表〉中所言：「臣無祖母，無以至今日；祖母無臣，無以終餘年。母孫二人，更相爲命，是以區區不能廢遠。」二月十三日詔許終養後，子龍一直留在故里青浦縣奉養祖母。

當時南明的朝政由馬士英所把持，馬士英並非治國良才，甚至勾結黨羽，終日以掃除異己爲務。據《明史·馬士英傳》所言：「朝政濁亂，賄賂公行，四方警報狎至，士英身掌中樞，一無籌畫，日以鋤正人引兇黨爲務。」〔註46〕

果然在子龍乞歸三個月後，清政權消滅李自成，權鞏固北京，即渡江直搗南都。可憐的福王甚至還不知抵抗，荒宴至夜半，至大軍入城，才倉皇逃至守將黃得功的大營。有如此荒淫無道之君，南明豈有不亡之理？在談遷的《國榷》中即生動地描述了守將黃得功對此昏君輕易棄國的沉重表白：

> 先是上奔太平，誠意侯劉孔昭閉城不納，乃奔板子磯，入靖國公黃得功行營，得功方拒左兵，聞之遽歸，泣曰：「陛下固守京城，臣力易效，奈何輕出，進退失據。臣非負陛

〔註46〕張廷玉《明史·奸臣傳》楊家駱主編：《校本明史并附編六種》冊十一，頁7941。

下，如力之未任何？」〔註47〕

後來黃得功以身殉國，福王朱由崧亦由總兵田雄挾持向清兵投降，短暫荒亂的南明政權，就此結束。〔註48〕

（四）永照人間的英烈

乞歸終養的陳子龍，雖對南京的弘光朝廷相當失望，但始終堅持復國的決心。順治元年（1645）五月南京被清兵攻陷，同年閏六月子龍即設明太祖朱元璋之像，稱監軍在松江起義。閩中的隆武帝和浙東的魯監國分別授予子龍兵部右侍郎和兵部尚書、節制七省漕務的官職。當清兵下松江時，子龍以祖母高太安人年九十，不忍割捨，故託為浮屠，潛逃在泖湖間。及至次年（1646）祖母辭世，子龍心中再無牽掛，參與吳江長興伯吳易在太湖的起義，隔年（1647）又助松江提督吳勝兆起義，不幸被捕，乘隙投水死，完成他以死殉國的決心。以芳潔的人格，照亮晚明晦暗的長空。

1. 堅持復國的決心

子龍自崇禎十年（1637）進士及第後，在座師黃道周的提攜與精神感召下，擴大了襟抱與視野，認識到時局的艱難，並以國家興亡為己任。在南京弘光朝毀滅後，陳子龍明知復國無望，卻始終堅持復國的決心。他除了以實際的行動反清復明外，並在詩歌中慨然陳述自我的心志，且看其在〈歲晏仿子美同谷七歌〉第七首中的沉吟：

> 生平慷慨追賢豪，垂頭屏氣棲蓬蒿。固知殺身良不易，報韓復楚心徒勞。百年奄忽竟同盡，可憐七尺如鴻毛。嗚呼七歌兮歌不息，青天為我無顏色。（頁311）

〔註47〕談遷：《國榷》（北京：中華書局，1988年6月）冊六，頁6213。

〔註48〕〔清〕傅恆等監修，龔德柏斷句：《歷代通鑑輯覽》：「順治二年五月，我大清兵臨江，南京大震。福王荒宴至夜半，跨馬自通濟門出走，遂奔太平，京口敗軍奔還，……時黃得功方收兵屯蕪湖，福王潛入其營。……我大清兵至蕪湖，明總兵田雄劫福王由崧以降。靖國公黃得功死之，明亡。」（臺北：臺灣商務印書館，1972年1月）冊四，頁3776～3777。

子龍爲國爲民的決心是相當堅定的，但對一己的生命應如何處置？子龍亦有他的徬徨：是慷慨激昂地爲國捐軀？抑或如鴻毛般的默默死去？在祖母高太安人尚健在的時候，陳子龍是不能率性獻出生命的。這是我國忠臣多出孝子之門的典範，也是子龍對父親的承諾。

直至祖母在順治三年（1646）三月以九十高齡往生，安葬祖母後，子龍終可移孝作忠，爲國家奉獻自己的全部。其在〈奉先大母歸葬廬居述懷四首〉之四中言：

> 右軍曾誓墓，平子亟歸田，此日君親盡，非關出處偏。大夫離泰賦，小雅蓼莪篇，併作今朝淚，煩冤莫問天。（頁397）

「此日君親盡，非關出處偏」，在孝道已盡，國事飄零無望之中，子龍慷慨陳述了自己捨身爲國的決心。

2. 永不屈服的凜然氣節

作爲一個愛國的志士，爲了國家和民族的前途，子龍是不甘心自殺的，他始終堅持要以實際的行動來展現復國的心志。及至順治三年（1646）祖母過世，越、閩陸續失守，子龍知道復國已經無望，殉國之心已隱然呈現。在〈報夏考功書〉中，子龍以斑斑血淚對知己傾吐了自己矢志報國的心願：〔註49〕

> 常思上負國家生成之恩，下負良友責望之旨，終夜不寐，當食輒嘆，竊不自量，以爲崩城隕霜，不絕於天，義徒逸民，不乏於世。……僕雖駑弱，安敢寧處？三冬之際，苟完塋域，將鶉衣跣足，……倘天下滔滔，民望已絕，便當鑿坯待期，歸死丘墓。……數夕之間，必相見夢，或歡笑如平時，或憂戚若急難，卒未正告以後事，開發以徑途。豈人鬼殊途，事理蒙昧，已不可問耶？抑僕志懶行污，永見棄於節士耶！〔註50〕

〔註49〕 王澐《續陳子龍年譜》順治三年：「有〈報夏考功書〉，自道平生志行甚具，人讀其書，知先生意矣。」施蟄存、馬祖熙標校：《陳子龍詩集・附錄二》，頁715。

〔註50〕 王昶等編：《陳忠裕公全集》卷27，上海文獻叢書編委會編：《陳子龍文集》上冊，頁488～489。

如此知其不可爲而爲之的執著，與忠貞的節操，令人爲之動容。果然在次年四月，子龍明知擧兵無望，卻還是聯絡了松江吳勝兆，結兵太湖起義，事後兵敗被捕，子龍直立不屈，神色泰若，並答清吏何不薙髮之詰問：「吾惟留此髮，以見先帝於地下也。」〔註51〕並乘隙投水而死，時爲清順治四年（1647）五月十三日。陳子龍結束他短暫而充滿光彩的人生，追隨摯友的芳魄，展現崇高的民族氣節。

第二節　陳子龍的著作

　　陳子龍是晚明鼎革之際，在詩、詞文章等各方面都有卓然成就的大家。子龍的文章，雄健豪邁，尤重經世之學。對朝廷腐敗及其政治、軍事、民生諸大端，無不詳剖得失，痛陳利害，尤其甲申、乙酉之後，更爲慨憤。子龍的詩歌，早期曾受前後七子的影響，多摹擬古人之作。隨著政局的遞變，子龍將深沈激憤的情感、念亂望治的意志與強烈的民族氣節注入詩作，形成了高邁雄渾、雄壯激昂的特有風格。而子龍的詞則以北宋與《花間》的雅麗爲依歸，早年多纖柔婉媚之作，後期則將滿腹的家國之思寄託在花月閨襜之中，以輕靈細巧之境來寄寓幽深悲愴的情懷，形成特有的哀婉詞風，從而爲衰頹的晚明詞壇，注入一股鮮活的清流。

　　陳子龍的著作相當豐贍，但在死難之後，家屋被抄索，以致多所損毀。清初文網森嚴，朱明忠烈之作多被禁錮。及至清高宗乾隆四十一年（1776）頒行《勝朝殉節諸臣錄》，追諡子龍爲「忠裕」，並以爲：

> 明季諸人書集詞意抵觸朝者，如錢謙益等，均不能死節，妄肆狂猖，自應查明燬棄。劉宗周、黃道周立朝守正，熊廷弼材優幹濟。諸人所言，若當時採用，敗亡未必若彼其速。惟改易違礙字句，無庸銷毀。又直臣如楊漣等，即有一二語傷

〔註51〕王澐《續陳子龍年譜》，施蟄存、馬祖熙標校：《陳子龍詩集・附錄二》下冊，頁721。

觸，本屬各爲其主，亦止須酌改，實不忍並從焚棄。〔註52〕

於是王澐、王昶等人方能大力蒐集陳子龍遺著，尤其王昶從乾隆 47年（1822）至嘉慶八年（1840），歷時近二十年的搜羅，編成《陳忠裕公全集》，讓陳子龍大部分作品能重新彰顯於世，但仍有遺珠之憾。而近年來大陸學界致力於文獻的整理，1983 年上海古籍出版社出版《陳子龍詩集》，1988 年上海華東師範大學出版《陳子龍文集》各上下兩冊，均是以王昶所編的《陳忠裕公全集》爲基礎而進一步搜輯，但仍未臻完備，如載有陳子龍詞的《幽蘭草》與《棣萼香詞》，均未在《陳子龍詩集》的搜輯之內。

　　本節即從陳子龍編纂著述的內容、版本流傳等方面來介紹子龍的著作，又因本論文研究重點在陳子龍的詞學，故對於詞學相關著作，有較詳細的介紹。

一、編纂著述內容

　　陳子龍爲一代文學領袖，其著作或是個人專著、或是與幾社友人合著、或共同編選名篇，或是經他鑑定的作品，種類不一而足。且子龍的著作與其生平有相當大的關連，此點莊師洛在《陳忠裕公全集・凡例》即有說明：

> 詩文次序先後，關乎生平梗概。如《岳起堂稿》之作於庚午以前，《采山堂稿》、《幾社稿》之作於庚午、辛未、壬申，《陳李倡和集》之作於乙亥、丙子，《白雲草》、《湘眞閣稿》之作於丑、寅、卯、辰，《三子新詩》之作於辰、巳、午、未，《焚餘草》之作於乙酉至丁亥，按之《年譜》，瞭如指掌。〔註53〕

今試就個人閱讀資料所及，〔註54〕按專著、合著、編著與鑑定等分類，

〔註52〕趙爾巽等撰，楊家駱標校：《標校本清史稿附索引》（（臺北：鼎文書局，1981 年 9 月）且，頁 507。

〔註53〕莊師洛《陳忠裕公全集・凡例》，施蟄存、馬祖熙標校：《陳子龍詩集・附錄三》下冊，頁 776。

〔註54〕論及陳子龍著作的資料，如子龍自撰《年譜》，王澐《續陳子龍年譜》、《陳子龍文集》中所載各集原序與王昶等人對子龍詩的考證等。另

將子龍的著作列成下表：

分類	著作名稱	著成年代	內容大要	現今流通狀況
專著	《岳起堂稿》	1630 以前	詩集	現存七十餘首，編入《陳忠裕公全集》
	《詩問略》	約 1630 前後	讀《詩》箚記之文	收入《叢書集成》初編與《四庫全書存目叢書》
	《采山堂稿》	1630～1631	文集	現存古文三十餘篇，編入《陳忠裕公全集》
	《屬玉堂集》	1635	詩集	編入《陳忠裕公全集》
	《平露堂集》	1636	詩集	編入《陳忠裕公全集》
	《白雲草》	1637	詩集	編入《陳忠裕公全集》
	《湘眞閣稿》	1637～1640間	詩、詞集	編入《陳忠裕公全集》
	《安雅堂稿》	1640 以前	文集	1909 年由時中書局出版，現藏於上海圖書館。
	《江蘺檻》	1644 以前	詞集	收入《幽蘭草》卷中，現藏於上海圖書館。
	《兵垣奏議》	1644	子龍於南都任兵科給事中時對弘光皇帝的建言	1897 年有石印本，現藏於上海圖書館。
	《陳子龍年譜》	1645	子龍自述其生平，共二卷，記至 1645 年 8 月止，後由弟子王澐作《續年譜》	編入《陳忠裕公全集》
	《焚餘草》	1645～1647	詞集	編入《陳忠裕公全集》
合著	《陳李倡和集》	1633～1634	與李雯相倡合之作	編入《陳忠裕公全集》
	《三子新詩》	1640～1643	與李雯、宋徵輿合著	編入《陳忠裕公全集》與《叢書集成》
	《幽蘭草》	1644 以前	與李雯、宋徵輿合著	現藏於上海圖書館，2000 年瀋陽教育出版社出版標校本。

筆者亦從兩岸圖書館藏書目錄中搜尋子龍著作。

	《史記測議》	1644 以前	與徐孚遠合著，共 120 卷	1806 年同人堂刊本共 31 冊，現藏於臺北國家圖書館。
編著	《壬申幾社文選》	1632	與夏允彝合選	編入《陳忠裕公全集》
	《皇明經世文編》	1637	與徐孚遠、宋徵璧等合編，共 540 卷，補遺 4 卷	現收入《四庫禁毀叢刊》
	《農政全書》	1639	從徐光啟之孫得其未竟之草稿編成	現收入《文淵閣四庫全書》
	《皇明詩選》	約 1643	與李雯、宋徵輿合編	1991 年上海文獻叢書編委會重新編就，並由華東師範大學出版。
鑑定	《史拾載補》	1644 以前	吳弘基箋	2002 年由西安市三秦出版社出版

二、版本流傳

　　陳子龍的著作，當他在世的時候，曾刻有《岳起堂稿》、《采山堂稿》、《屬玉堂集》、《平露堂集》、《白雲草》、《湘眞閣稿》、《安雅堂文稿》等數種，詞集則有《湘眞閣》和《江蘺檻》兩種，還有些詩詞文章則散見於《幾社文選》、《陳李倡和集》、《三子新詩》、《棣萼香詞》、《四家詞》等。任職南都後，又刻有《兵垣奏議》一卷。順治四年（1647）五月殉國，因家屋遭受抄索，遺著頗有毀損。後來其門人王澐收集陳子龍從順治二年（1645）至順治四年（1647）的詩詞爲《焚餘草》。至於陳子龍自撰的《年譜》，則是其曾孫陳世貴所錄。以上各種刻本或鈔本，均曾流布人間，但未有全集的編訂。

　　以下擬從陳子龍詩文的結集、全集的編定、遺珠的發現與文獻的整理四部分來說明子龍著作現今流傳的情形。

（一）詩文的結集

　　關於陳子龍詩文的結集，見於記載的約有三次，分別是：

1. 殉節以後宋轅文（字微輿，1618～1667）的收存

據吳偉業《梅村詩話》所言：「臥子殉國後，其友人宋轅文收其遺文，今並存。」〔註55〕吳偉業與陳子龍交誼極深，宋轅文亦爲吳偉業之友，故偉業知其遺文尚存。

但同爲雲間三子之一的宋轅文，在子龍殉國當年即成爲清朝的進士，因政治上取捨的異路，再加上陳子龍詩文集中有許多觸犯清廷忌諱之處，致使宋轅文所收者並未能彙編成集。宋轅文卒後，文網日益嚴密，並屢次大興文字獄，子龍的遺著在如此文化氛圍中，即使轅文的後嗣能爲之藏匿，時日一久，亦難免殘缺散佚。

至於子龍生前所刻的詩文集，人亦多深藏不敢出。且往往爲輾轉傳鈔本，其中觸犯禁忌的字面，都被銷除塗毀，不可通讀。

2. 殉節後約三十年，其門人王澐（約 1619～1694 以後）的編輯

陳子龍的弟子王澐在康熙十七年（1678）獲得其〈寓山賦〉，跋文中敘述他「謀與同志，裒采遺文，都爲一集，漸有次序，而茲賦遭逢喪亂，篇目缺焉」又云「晚獲茲賦，克成全集。」〔註56〕可知王澐以畢生之力，搜集陳子龍的著作，並編成了全集。但王澐所輯，當時還不可能刊版流傳，只能祕藏於家。

3. 乾隆十三年至十四年（1748～1749）婁縣吳光裕的輯集

據王昶在《陳忠裕公全集‧序》中所言：

> 乾隆丁卯、戊辰間，婁縣吳君光裕，零星掇拾，或得於江湖書賈，或得之舊家僧舍，叢殘缺軼，以致章亡其句，句亡其字，字失偏旁點畫。積有多篇，授之剞劂。未幾，吳君客死，板亦散失。〔註57〕

〔註55〕丁福保：《清詩話》，頁 19。
〔註56〕王昶等編：《陳忠裕公全集》卷二，上海文獻叢書編委會主編：《陳子龍文集》上冊，頁 93～94。
〔註57〕施蟄存、馬祖熙標校：《陳子龍詩集‧附錄三》下冊，頁 773。

吳光裕刊刻陳子龍遺著時，清政權雖已鞏固，但文網並未鬆弛，且被焚毀的禁書更多，此刻當亦難免遭遇浩劫；故吳刻本陳子龍遺著，今已不傳。

（二）全集的編定

陳子龍遺著的明文解禁，是在乾隆 41 年（1776）頒行《勝朝殉節諸臣錄》，追諡子龍為「忠裕」以後。至此，子龍的後學才突破顧慮，為陳子龍的遺著進行蒐訪編輯。但這項工作，還得遵照乾隆皇帝的意旨，改易掉許多所謂的「違礙字句」，故現所見的子龍遺著，是經過修改或塗抹的。

現在所流傳的《陳忠裕公全集》，是陳子龍的同鄉王昶（1725～1807）所編定，開始於乾隆四十七年（1782），成書於嘉慶八年（1803）。關於編輯的過程，王昶在《陳忠裕公全集・序》中敘述頗詳，〔註58〕茲不贅述。至於遺稿的來源，從莊師洛的《陳忠裕公全集・跋後識》可知主要是以王澐所收藏編纂者為主，〔註59〕加上王昶、王希來、王鴻達、莊師洛、趙汝霖、何其偉所收輯的部分，打破各原集的次序，而按文體分類，計含賦二卷、詩十七卷（含風雅體、琴操、四言詩、古樂府、新樂府、五言古詩、七言古詩、五言律詩、七言律詩、五言排律、七言絕句）、詞一卷、文十卷（含詔、論、議、對、難、教、表、檄、判、序、跋、記、書、啟、說、問、頌、贊、銘、傳、誄、行狀、行述、墓表、雜著、時文自記等）的編排方式，彙成三十卷的《陳忠裕公全集》，於嘉慶八年刻成，另外王昶等人所覓得的子龍自撰《年譜》，和王澐所撰的《續年譜》，亦分成正續年譜共三卷一併刊出。

值得提出來的是王昶等人當年在編《全集》時，對子龍在詩中所提到的時地及交遊事蹟，曾博采群書，用心來搜羅掇拾，而為之詳加

〔註58〕施蟄存、馬祖熙標校：《陳子龍詩集・附錄三》下冊，頁773～774。
〔註59〕施蟄存、馬祖熙標校：《陳子龍詩集・附錄三》下冊，頁775。

考證與附錄，甚加案語，爲讀者及研究者提供了重要的史料。至此，陳子龍的遺著大部分得以重顯於世，但仍有些許的遺珠之憾。

（三）遺珠的發現

除《陳忠裕公全集》所收輯的作品外，陳子龍的著作尚有陸續發現者，說明如下：

1. 《安雅堂稿》十四卷

據何其偉在《陳忠裕公全集·跋後識》所言，在編《陳忠裕公全集》時，曾聽說尚有《安雅堂文集》未編入，在廣覓不著情況下，只得將已搜羅的文稿先行付梓。不料就在兩個月後，金山徐香沙竟訪得此集，無奈卷帙浩繁，不易分體加入，故何其偉言：「茲先已刻者印行，而本集所遺，姑俟續刻，以成全璧云。」可見稱爲《全集》在開始即名實不相符。但無論如何，王昶等編成的《陳忠裕公全集》，仍有其不可泯沒的價值。

現所見的《安雅堂文集》稱爲《安雅堂稿》，共有十四卷，是光緒末年經高燮、高煌、閔瓛校訂。當時註明第八卷有一篇，第九卷有四篇已被抽毀，另增入《史論》一卷，於宣統元年（1909）由時中書局出版，現藏於上海圖書館。

2. 《詩問略》一卷

首爲陳子龍自序，計問四十六則，道光十一年（1831）由曹溶輯入《學海類編》，後收入《叢書集成》初編。

3. 《兵垣奏議》二冊

此爲陳子龍在順治元年（1644）六月至八月間，任弘光朝兵科給事中所上疏的「觸時之言」，共有 37 篇。自第 31 篇以下，已或殘破或缺漏，至於最後兩篇，據原注乃係密封，故僅存篇目而無內文。本書在光緒中爲松江張錫恭所藏，光緒二十三年（1897）由當時松江知府陳遹聲爲之刻在融齋精舍，此書現有陳遹聲爲之作序的石印本，謂長期以來「世不得盡讀其稿，猶以忌諱，祕不敢示」。

這部書無疑是研究陳子龍經世思想或南明弘光朝的重要史料，現藏於上海圖書館。

（四）文獻的整理

近年來大陸學者致力於古籍的整理與校刊，上海地區學者對此一明清之際，愛國志士與重要文學家著作的標校與彙整，更是不遺餘力。分別在 1983 年 7 月由上海古籍出版社出版《陳子龍詩集》兩冊。1988 年 11 月由上海華東師範大學出版《陳子龍文集》兩冊。雖然其中仍不免有少數作品搜羅未盡，但總體說來，仍是瑕不掩瑜，對陳子龍文獻的整理，做出了劃時代的貢獻。

1. 《陳子龍詩集》

上海華東師範大學施蟄存與馬祖熙兩位教授，將《陳忠裕公全集》卷三至卷二十的詩和詩餘、詞餘部分析出，定名爲《陳子龍詩集》，卷末並附錄《明史‧本傳》、清乾隆皇帝所頒《欽定勝朝殉節諸臣錄‧御製詩並序》、〈禮部頒發專謚文〉、陳子龍〈祠墓文〉、陳子龍自撰的《年譜》、王澐的《續年譜》、〈三世苦節記〉、〈陳子龍世系表〉、〈越遊記〉、軼事與各集原序文、另有諸家評論、哀悼詩、投贈詩等附在最後。

本書主要是以王昶所編的《陳忠裕公全集》爲底本，而王昶編本在輯注部分頗費心力，故本書全部加以保留。

另外據點校者所言，因陳子龍著作的原刻本亡佚頗多，故可提供校勘的資料極少。經出版社的徵詢訪問，僅得《湘眞閣稿》、《幾社文選》、《棣萼香詞》等數種，故點校者即據此數書與《明詩綜》等選本加以校核，改正了《陳忠裕公全集》中的字句，而原來殘缺空白處則多爲清廷忌諱的詞語。凡是確實有依據的，則爲之添補並註明出處，而一時尚無從覓得原本爲之校補的，則仍存空格。

因王昶在編《陳忠裕公全集》時，所搜集者尚有不全，但施、馬二教授除據《棣萼香詞》補入散曲一套，其餘則未加增補，故言「待

他日纂輯補編，以竟王昶、何其偉之志。」（《陳子龍詩集‧前言》）

雖是如此，本書在點校整理陳子龍詩、詞與生平的各種史料上，仍有其不可抹滅的貢獻。本書在 1983 年 7 月由上海古籍出版社印行。

2.《陳子龍文集》

在陳子龍誕生 380 周年，亦即 1988 年，上海文獻叢書編委會特別將《陳忠裕公全集》中所輯各文（按因詩、詞先前已有出版，故不在收集之內）和後來藏於上海圖書館的《詩問略》、《兵垣奏議》、《安雅堂稿》（含論史十一篇）各照原刻版式及篇次，編爲《陳子龍文集》文獻本，並由華東師範大學出版社影印出版。

《陳子龍詩集》與《陳子龍文集》二書所搜集的子龍著作尚未完備，如詞集中的《江蘺檻》、《幽蘭草》、《棣萼香詞》並未見輯於《陳子龍詩集》內。但無可否認的，此二書的出版，的確提供後學研讀陳子龍著作時莫大的方便，在保存陳子龍文獻資料上，也作出了相當大的貢獻，同時此二書亦是筆者在撰寫論文時最主要的版本依據。

三、詞學相關著作

從前述陳子龍的著作可知，子龍畢生的精力主要是在創作詩文，堂堂一部三十卷的《陳忠裕公全集》，詞的部分僅佔一卷，就算子龍的詞曾有散佚，這樣的比重仍是相當輕微。

但相當難能可貴的是，陳子龍雖然身處在詞學衰微的明末，但卻是以創作詩歌的嚴肅態度來填詞。對於詞，陳子龍有他不同於當時流俗的見解，而他的創作，就是他理論的高度實踐，故近人龍榆生在編《近三百年名家詞選》時，不但冠子龍於卷首，且在陳子龍小傳中下斷語稱：「詞學衰於明代，至子龍出，宗風大振，遂開三百年來詞學中興之盛。」〔註60〕對陳子龍的詞學成就推崇備至。

而王昶等人在編《陳忠裕公全集》時，亦在凡例中特別說明：

> 公詞有《湘眞閣》、《江蘺檻》兩種。國朝王阮亭、鄒程村

〔註60〕龍榆生：《近三百年名家詞選》（北：宏業書局，1979 年 1 月），頁 4。

> 諸先生極爲推許。又曾選入《棣萼香詞》、《幽蘭草》、《四
> 家詞》，俱未之見。今錄公高弟王勝時澐所輯《焚餘草》，
> 並以散見別本者數闋，彙成一卷，並略采前人評語附之。
> 俾讀者知公亦爲塡詞家正宗，如宋廣平賦〈梅花〉，不礙鐵
> 石心腸也。〔註61〕

可見對於子龍在詞學上的成就，是眾所肯定的。

（一）詞學理論

　　陳子龍的詞學觀集中見於〈幽蘭草詞序〉、〈三子詩餘序〉、〈王介
人詩餘序〉與〈宋子九秋遺詞稿序〉等四篇文章，其中前三篇見於《安
雅堂稿》，末篇則見於《陳忠裕公全集》，均作成於甲申（1644）國變
以前。

　　子龍充分肯定詞言情的特點，嚴格區別詩和詞的分際，主張要以
婉媚纖柔的體裁來抒情寓志，並標榜南唐北宋的婉約令詞爲「正統」，
後世學者當規摹盛世。「情以獨至爲爲眞，文以範古爲美」（〈佩月堂詩
稿序〉）是陳子龍在文學創作上的理論旨要。這樣的擬古主義，忽略了
與現實的有機契合，自有其缺點存在。但在明詞一片偎紅倚翠，以曲
爲詞的中衰困境中，亦有其接續詞統、正本清源的意義與價值。故身
處易代之際的子龍，雖沒有爲明代的詞論做出總結，卻爲清初詞壇提
供了理論文獻與進一步申論的材料，從而爲清代詞論譜下了第一個音
符。

（二）詞　作

　　現所見陳子龍的詞作有《陳忠裕公全集》卷十八所輯錄的七十九
首，今人趙山林又從鄒祇謨與王士禎所編的《倚聲初集》（清順治刻
本）中補得五首，〔註62〕所以共是八十四首，但學者們均認爲還有散
佚。子龍的詞作雖不多，但歷來卻爲評論家所注目且給予相當高的評

〔註61〕施蟄存、馬祖熙標校：《陳子龍詩集・附錄三》下冊，頁 777。
〔註62〕趙山林〈陳子龍的詞和詞論〉，《詞學》編輯委員會編：《詞學》（上
　　　　海：華東師範大學出版社，1989 年 2 月）第七輯，頁 188。

價。

　　陳子龍的詞作正是其理論的高度實踐，再加上從深懷孤出的江南才子到忠義兼資的愛國志士的人生際遇，讓子龍將滿腹的赤忱寄寓在幽邈的詞境中，從而形成相當特別的哀婉詞風，且具有引人豐富聯想的特質。

　　子龍的詞，正是其真摯高尚人品曲折而真實的反映，不但情真意切，且寓意深刻；在技巧上更是長於比興，深於寄託，故能剛柔相濟，風骨健舉，與明詞中大部分的纖靡之作形成鮮明的對照。

　　陳子龍不但一掃明詞萎靡的頹風，爲明詞留下光燦的尾聲，與其光彩的英烈人格相輝映，並且開啓一代風氣，成爲清詞復興的先導。

　　陳子龍的詞在清初影響很大，清初詞人吳綺（1619～1694）、王士禎（1634～1711）、王士祿（1626～1673）、納蘭性德（1655～1685）等多有和湘真的詞作。王士禎喜作小令，以風韻取勝，在風格上明顯受其影響。納蘭性德小令清麗淒婉，風格上與子龍也非常接近，故譚獻在其《復堂詞話》中多次以陳子龍、納蘭性德並提，認爲他們都是李煜詞風的繼承者，因此說陳子龍爲清詞的中興廓清了道路，應是可令人接受的。

第三章　陳子龍的詞學理論（一）

　　正如清代以前大多數文人一樣，陳子龍一生中主要的精力是在創作詩文，而僅視詞爲小道，這從他在論文中屢將詞稱爲「詩餘」、「小道」可知；（註1）且就現存的文獻資料來看，堂堂一部三十卷的《陳忠裕公全集》，詩餘（含詞餘）只占一卷，就算陳子龍的詞作曾有散佚，這樣的比重仍是相當輕微，可見陳子龍在日常的文學活動中僅是以其餘力來從事詞的創作。

　　但相當可貴的一點，是陳子龍雖以餘事來做詞人，卻不像許多明代的詞人一樣，將詞視爲文人風流放浪生活的一部分，以戲墨之筆來嘲風月弄花草，而是以作詩的態度來塡詞，將詞視爲泄導賢人君子高尚性情的嚴肅文學，這也是他在詞學創作上能取得重大的成就，爲晚明漸趨頹廢的詞壇注入活水，而留下光燦尾聲的重要原因。從根本的創作精神來看，陳子龍的詞論是受他詩文理論的影響，故探討他的詞論，有必要連同其詩文理論一同討論，並試圖爲其理論尋找根源與脈絡。本論文即從此觀點出發，以其詩文理論爲大方向，進而從詞體意

〔註1〕　如在〈幽蘭草詞序〉中言：「明興以來，才人輩出，文宗兩漢，詩儷開元，獨斯小道，有慚宋轍。」；在〈王介人詩餘序〉言：「故凡其歡愉愁怨之致，動於中而不能抑者，類發於詩餘。」陳子龍《安雅堂稿》卷三；卷二，上海文獻叢書編委會編：《陳子龍文集》下冊，頁85；頁55。

識、詞體期待、詞徑的追求、詞史的演進觀及對當代詞壇的批評等視角，來探討陳子龍的詞學理論，並歸納其詞學理論的成因，期能對陳子龍的詞學觀有進一步的認識與了解。

第一節　詞體意識

首先從陳子龍對詞體傳統和詞體慣例的認知著手，來探討陳子龍的詞體意識。學界一般都同意詞源於中唐的說法，[註2] 若此說成立，那麼從中唐到陳子龍的時代，詞體已有九百年的歷史。在這九百年的演進歷程中，詞體已形成詞之為詞的特定規範，而對這種外在的規範所接受的程度，就內化為詞人的詞體意識。陳子龍的詞體意識大抵是從與詩的甄別中得到彰顯的，彭賓《彭燕又先生文集》卷二〈二宋倡和春詞序〉中有一段陳子龍論詞的文字，為陳子龍的詞體意識提供了有力的證明：

> 二十五年前，大樽方弱冠，自嘆章句之末於世，資蹉跎十年，不得恣意作詩間，於余私分一韻，依仿古則，揮寫情性，……大樽每與舒章論詞最盛，客有唱之者，謂得毋傷綺語戒耶？大樽答云：吾等方少年，綺羅香澤之態，綢繆婉孌之情，當不能免，若芳心花夢，不於斷詞游戲時發露而傾泄之，則短長諸調與近體相混，才人之致不得盡展，必至濫觴於格律之間，西崑之漸流為靡蕩，勢使然也。故少年有才，宜大作於詞。[註3]

陳子龍認為少年「綺羅香澤之態，綢繆婉孌之情」應在詞中傾洩，否則會使近體詩與詞相混而流於靡蕩，宋初西崑體詩的靡蕩即是歷史的佐證。

〔註2〕 現有最早的可靠文人詞文獻資料是劉禹錫（772～842）在〈憶江南〉前的自注：「和樂天春詞，依〈憶江南〉曲拍為句。」張璋、黃畬編：《全唐五代詞》（臺北：文史哲出版社，1986年10月），頁97。

〔註3〕 彭賓《彭燕又先生文集》卷二，《四庫全書存目叢書·集部》（臺南：莊嚴文化事業有限公司，1997年6月）冊197，頁345。

　　在陳子龍的認知裏，詞即是傾洩綢繆婉變之情的文體，又須具有綺羅香澤之態，如此方能與詩有所區隔。但陳子龍自己也承認「詞雖小道，工之實難」，〔註4〕究竟所抒之情應如何表現，才符合陳子龍的詞體意識呢？以下擬從陳子龍他篇文字來爲他的詞體意識作詮釋。

一、抒情寓志，上繼《風》《騷》

　　據歐陽炯《花間集・序》所言，詞原是「綺筵公子，繡幌佳人，遞葉葉花牋，舉纖纖之玉指，拍按香檀，不無清絕之辭，用助嬌饒之態。」〔註5〕所以是音尚女聲而詞意尚婉媚的應歌之作，不一定有作者的眞性情在其中，是爲「詩客曲子詞」，掩蔽了創作者的主體精神。而到了士大夫如馮延巳、晏殊、歐陽修等輩開始塡詞之後，雖然他們是以游戲的筆墨塡歌詞，但因這些詩人文士們早已習慣詩學傳統中言志抒情的寫作方式，所以在游戲小詞中也不自覺地流露出主體的學養襟抱與性情，於是有李後主以血淚爲詞，晏幾道的以詞自抒性情，使小詞具有一定的主體精神，轉入了「言志抒情」的詩化階段，而且在本質上向詩的抒情性、表現性回歸。

　　像這樣以情致做爲詞的本質，是陳子龍所讚賞的，他甚至以爲宋詞之所以有如此偉大的成就，主要是因爲有情，他在〈王介人詩餘序〉中如此說道：

> 然宋人亦不免於有情也。故凡其歡愉愁怨之致，動於中而不能抑者，類發於詩餘，故其所造獨工，非後世可及。〔註6〕

　　陳子龍認爲宋詞之所以能獨步千古，達於極盛，主要是因爲詞中

〔註4〕陳子龍〈三子詩餘序〉，陳子龍《安雅堂稿》卷二，上海文獻叢書編委會編：《陳子龍文集》下冊，頁54。

〔註5〕楊家駱主編，李冰若校注：《宋紹興本花間集附校注》（臺北：鼎文書局，1974年10月），頁2。

〔註6〕陳子龍《安雅堂稿》卷二，上海文獻叢書編委會編：《陳子龍文集》下冊，頁55。按〈王介人詩餘序〉是陳子龍詞學理論的重要作品之一，本論文將多次引述，爲免繁瑣，爾後只在引文前或後標明篇名及《安雅堂稿》卷二，不再註明出處。

所發的都是「歡愉愁苦之致，動於中而不能抑者」，如此的真情摯性之作，當然能令人感動而千古流傳。

　　陳子龍這種以情致為詞作內涵的論點雖是極有見地，但並不新鮮，自從《毛詩・大序》提出「情動於中而形於言」的文學產生的情動說之後，歷代都有論述。但陳子龍論詞強調詞體現了不能抑制的歡愉愁苦之情，卻是有其特定的理論內涵。以下擬從憂時託志及託意於閨襜兒女兩方面來做說明。

（一）憂時託志

　　在〈秋望賦・序〉裏，陳子龍從文學發生與感興的關係做了本質性的論述：

> 僕聞淒榮之態同觀，而傷搖落之感獨發。何則？履裕者難擾，而境頹者易激也。故鯨鯢震澁，貴彥忘懷；柯葉吟飆，羈人疾首。非云大小殊途，亦淺深之異致矣。〔註7〕

貴彥志得意滿，現實生活無所攖其心，因此對外界的刺激反應是遲緩的，微弱的，甚至「鯨鯢震澁」也無動於中，這樣就決定了他所感之淺。相反地，那些逐臣孽子，思婦離人，鬱志不遂，現實生活攖於其心，自然對外物的刺激反應是敏銳而傷感的。

　　文學的發生繫於感興，感興的深淺決定文學的深淺，沒有感興者當然談不上文學的創作。陳子龍從感興的深淺說明文學創作的成功與否，這樣的理論，其實早在司馬遷寫《史記・屈原賈生列傳》，分析屈原的作品時即已提出：

> 離騷者，猶離憂也。……屈平正道直行，竭忠盡職以事其君，讒人間之，可謂窮矣。信而見疑，忠而被謗，能無怨乎？屈平之作〈離騷〉，蓋自怨生也。〔註8〕

因心有所鬱積不得抒發，而行之於文字，當然能形成感人的力量。而

〔註7〕　王昶編：《陳忠裕全集》卷一，上海文獻叢書編委會編：《陳子龍文集》上冊，頁9。

〔註8〕　瀧川龜太郎：《史記會注考證》（臺北：洪氏出版社，1986年9月），頁1009～1010。

司馬遷更是聯繫自己的遭遇和創作經驗，在〈太史公自序〉中提出這樣的命題：

> 夫《詩》《書》隱約者，欲遂其志思也。昔西伯拘羑里而演《周易》；孔子厄陳、蔡，作《春秋》，屈原放逐，著《離騷》；左丘失明，厥有《國語》；孫子臏腳，而論兵法；不韋遷蜀，世傳《呂覽》；韓非囚秦，〈說難〉、〈孤憤〉著；《詩》三百篇，大抵聖賢發憤之所為作也。此人皆有所鬱結，不得通其道也。〔註9〕

司馬遷闡述了文藝與政治、生活的關聯，及個人身世遭遇對文學創作的巨大影響。而司馬遷所著《史記》，就是一部發憤著書的作品，不但在歷史上有其深遠的意義，在文學上更是具有不可抹滅的價值。

後來韓愈對司馬遷的「發憤著書」說做了較全面的闡發，其在〈送孟東野序〉中言：

> 大凡物不得其平則鳴，……人於言也亦然。有不得已者而後言，其歌也有思，其哭也有懷，出乎口而為聲者，其皆有不平者乎！〔註10〕

韓愈以為人之所以發出不平之聲，是因為人間有不平之事。有壓迫就有反抗，就如同風之搖而有草木之鳴，是極為自然的事。而作者的思想感情也是與他們的遭遇密切相關的。他們必然會自鳴不幸來反抗和反映他們所受到的不平等待遇，這樣的反映是真實的，也只有這樣的作品才能代表那個時代的真正文學。在〈荊潭唱和詩序〉中，他提出了文學作品成功的祕訣：

> 夫和平之音淡薄，而愁思之聲要妙；懽愉之辭難工，而窮苦之言易好也。是故文章之作，恆發於羈旅草野。〔註11〕

他強調嘗盡辛苦，受過磨難的人，對社會和人生有真切的體驗，才能寫出感動人心的好作品。

〔註9〕 瀧川龜太郎：《史記會注考證》，頁1372。
〔註10〕 韓愈：《韓昌黎集》（臺北：河洛圖書出版社，1975年3月），頁136。
〔註11〕 韓愈：《韓昌黎集》，頁153～154。

　　到了宋代，歐陽修進一步發揮了韓愈的觀點，提出了「文窮而後工」的著名理論，他在〈梅聖俞詩集序〉中說：

> 予聞世謂詩人少達而多窮。夫豈然哉？蓋世所傳詩者，多
> 出於古窮人之辭也。……內有憂思感奮之鬱積，其興於怨
> 刺，以道羈臣寡婦之所嘆，而寫人情之難言；蓋愈窮則愈
> 工。然則非詩之能窮人，殆窮者而後工也。〔註12〕

韓愈和歐陽修做了現象性的描述，陳子龍則從文學的發生與感興的關係做了本質性的論述，強調感興愈深則作品愈成功，尤其是在詞的創作上，情感更是最重要的關鍵。這樣的論點，顯然又比韓、歐更進一步。

　　當然，陳子龍也肯定歡愉之作，肯定歌頌之辭。但陳子龍從美刺的角度出發，以為這些乃是發憤之作，吾人觀其〈詩論〉可知：

> 事有所不獲於心，何終能鬱鬱耶？我觀於《詩》，雖頌皆刺
> 也。時衰而思古之盛王，〈嵩高〉之美申，〈生民〉之譽肯，
> 皆宣王之衰也。至於寄之離人思婦，必有甚深之思，而過
> 情之怨，甚於後世者。故皆曰聖賢發憤之所為作也。〔註13〕

陳子龍以為《詩》三百篇，雖有歡愉贊頌之作，但承司馬遷的聖賢發憤之所為作的說法，以為美不過是手段，刺才是目的。他以為作詩當通過比興，託物連興，把作者對現實的批評、個人的志趣和理想，化為綿邈之思而興寄於無窮，其在〈六子詩序〉中說：

> 詩之本不在是，蓋憂時託志者之所作也。苟比興備而褒刺
> 義合，雖塗歌巷語，亦有取焉。……夫作詩而不足以導揚
> 盛美，刺譏當時，託物連類而見其志，……雖工而余不好
> 也。〔註14〕

〔註12〕歐陽修：《歐陽修全集》（臺北：世界書局，1991 年 10 月）上冊，頁
　　　　295。
〔註13〕王昶編：《陳忠裕全集》卷二十一，上海文獻叢書編委會編：《陳子
　　　　龍文集》上冊，頁 141～142。
〔註14〕王昶編：《陳忠裕全集》卷二十五，《陳子龍文集》上冊，頁 375
　　　　～376。

他以為詩歌創作當與社會現實密切地關聯，好詩應是「憂時託志者之所作也。」由上可知，陳子龍從連物興感到憂時託志的理論思想，在我國的文學史上具有深遠的傳統。

但對於必須有「綺羅香澤之態」的詞體，這樣的「綢繆婉孌之情」當如何表現，才符合文學抒情寓志的要求呢？陳子龍提出了託意於閨襜兒女的主張。

（二）託意於閨襜兒女

陳子龍在其著名論詞專篇〈三子詩餘序〉中，鮮明地提出了如下一個與作詩大旨相一致的作詞總綱：

> 夫《風》《騷》之旨，皆本言情。言情之作，必託於閨襜之際。
> 〔註15〕

他以為言情是一切文學所共具的體式，而詞尤其是以抒情為主的文體。「詞家先要辨得情字，〈詩序〉言發乎情，〈文賦〉言詩緣情，所貴於情者，為得其正也。忠臣、孝子、義夫、節婦，皆世間極有情之人。」〔註16〕所以表現在詞作上，就該寄情於香草美人，託意於閨襜兒女，使溫厚之篇，能表達含蓄之旨，從而達到「寄寓」的境界。

以為詞應重「寄寓」的觀念，並不是陳子龍所獨創的。早在宋代，張炎的《詞源》即以「言外之意」作為主要的理論基礎，並貫串終結，認為一切的語言形式、用典用事、風月材料、物態的模擬與物境的創造，都是為此「言外之意」所服務、發揮和驅遣的。〔註17〕而更早的胡仔在其《苕溪漁隱詞話》卷二評東坡〈賀新郎〉（乳燕飛華屋）一詞時即指出：「東坡此詞，冠絕古今，託意高遠，寧為一妓而發邪。」

〔註15〕陳子龍《安雅堂稿》卷二，上海文獻叢書編委會編：《陳子龍文集》下冊，頁 54。按〈三子詩餘序〉亦是陳子龍重要的詞學理論專著，本論文多次引述，為免繁瑣，爾後不再註明出處。

〔註16〕劉熙載《藝概・詞概》，唐圭璋：《詞話叢編》冊四，頁 3711。

〔註17〕張惠民：《宋代詞學審美理想》（北京：人民文學出版社，1995 年 4 月），頁 72～73。

〔註18〕他指出的正是東坡詞對風月閨情的超載，在其中寄寓著高遠的意趣，包蘊著深刻豐富的內涵。以下擬從身世的感慨與社會政治的感慨兩方面來探討閨情詞的寄寓，以明子龍所見的眞確。

1. 以閨情寄託身世之慨

以閨情來寄寓身世的感慨，晏幾道與秦觀可說是最典型的例子，而他們的成就，也是陳子龍所極力稱許的。〔註19〕晏幾道身世與其詞的關連，在其〈小山詞自序〉及黃庭堅的〈小山詞序〉中都說得很清楚。〈小山詞自序〉言：

> 不獨敘其所懷，兼寫一時杯酒間聞見，所同游者意中事。……始時，沈十二廉叔，陳十君龍，家有蓮、鴻、蘋、雲、品請謳娛客，每得一解，即以草授諸兒。吾三人持酒聽之，爲一笑樂而已。……考其篇中所記，悲歡合離之事，如幻如電，如昨夢前塵，但能掩卷憮然，感光陰之易遷，嘆境緣之無實也。〔註20〕

而黃庭堅的〈小山詞序〉則說得更爲沉痛：

> 晏叔原，臨淄公之暮子也。磊隗權奇，疏於顧忌，文章翰墨自立規摹。常欲軒輊人而不受世之輕重。諸公雖稱愛之，而又以小謹望之，遂陸沈於下位。……乃獨嬉弄於樂府之餘，而寓以詩人之句法，清壯頓挫，能動搖人心，士大夫傳之，以爲有臨淄之風耳。〔註21〕

小山本是一時人傑，又是貴相暮子，本應大有作爲。卻因性格的疏誕，

〔註18〕胡仔《苕溪漁隱詞話》卷二，唐圭璋：《詞話叢編》冊一，頁182。

〔註19〕陳子龍在〈幽蘭草詞序〉中極力贊美南唐北宋詞人，其言曰：「自金陵二主，以至靖康，代有作者，或穠纖婉麗，極哀豔之情；或流暢澹逸，窮盼倩之趣。然皆境由心生，辭隨意啓，天機偶發，元音自成，繁促之中，當存高渾，其爲最盛也。」見陳子龍《安雅堂稿》卷三，上海文獻叢書編委會編：《陳子龍文集》下冊，頁85。

〔註20〕金啓華、張惠民等：《唐宋詞集序跋匯編》（臺北：臺灣商務印書館，1993年2月），頁25。

〔註21〕金啓華、張惠民等：《唐宋詞集序跋匯編》（臺北：臺灣商務印書館，1993年2月），頁25。

以「小謹」得罪於當道，導致一生沈淪落魄。在歷盡世路坎坷與嘗盡人情冷暖之餘，將各種感慨寫入小詞而付諸蘋、雲之口，使身世與豔情同出，在聆聽女聲的閨情詞時，回首往日，而有如夢如電的幻滅與失落感。小山的閨情詞，實在是大有深意的。

而讀秦觀的《淮海詞》，更可以體會到秦觀的詞並不僅是表現才華的工具，而是借小詞來傾注心靈深處的全部真誠，表現他對坎坷人生的深刻感受。馮煦在《蒿庵論詞》中即深刻地論述到：

> 少游以絕塵之才，早與勝流，不可一世，而一謫南荒，遂喪靈寶。故所為詞，寄慨身世，閑雅有情思，酒邊花下，一往而深，而怨悱不亂，悄乎〈小雅〉之遺，後主而後，一人而已。昔張天如論相如之賦云：「他人之賦，賦才也，長卿，賦心也。」予於少游詞亦云：「他人之詞，詞才也；少游，詞心也；得之於內，不可以傳。」〔註22〕

秦觀的詞，在酒邊花下的綺旎風光之中，寄寓著難言的身世之感，且能做到閑雅有則，深長有致，含無盡的言外之意。

且以秦觀的〈滿庭芳〉（山抹微雲）來說明：

> 山抹微雲，天黏衰草，畫角聲斷譙門。暫停征棹，聊共引離尊。多少蓬萊舊事，空回首，煙靄紛紛，斜陽外，寒鴉萬點。流水繞孤村。　消魂，當此際，香囊暗解，羅帶輕分。漫贏得、青樓薄倖名存。此去何時見也？襟袖上、空惹啼痕。傷情處，高城望斷，燈火已黃昏。〔註23〕

起首「山抹微雲」三句，極寫蕭索淒涼的氣氛，以烘托離別之情；而「多少蓬萊舊事」以下，本可敘事，卻以「空回首」句蕩開，正是抒情的含蓄處，也是寄慨無端，欲言又止之處。「煙靄紛紛」，寫景亦寫情，虛實兼顧，令人感受到往事如煙，紛亂不可理與渺茫不可及。「斜

〔註22〕馮煦《蒿庵論詞》，唐圭璋：《詞話叢編》（臺北：新文豐出版公司，1988 年 2 月）冊四，頁 3586～3587。

〔註23〕唐圭璋編：《全宋詞》（臺北：世界書局，1984 年 3 月）冊一，頁458。

陽外」三句，若實若虛的景色，呈現一派空靈與動蕩，彷彿傳達著離人那種千言萬語，無從訴說的迷茫。

下片由景入情，用「杜郎俊賞」的典故來概括前塵往事，而末句又是融情入景，透露出無限凄涼悲婉的情思，使人體會出凝聚在其中的，不僅是一齣豔動人的愛情悲劇，且是濃縮著更為豐富深沉，但又具體可感的人生體驗。

而詞人在面對重大社會政治問題，有著不能自己的感慨，而又不能直言的時候，往往也寄託於閨情婉轉地表達，這類詞最能顯現作者的襟懷與抱負。而子龍的〈蝶戀花·春日〉（雨外黃昏花外曉）、〈武陵春·閨怨〉（看盡雕梁雙燕子）正是這樣的作品。

2. 以閨情寄託社會政治之慨

中國文學自來就有以閨襜婉孌之情喻君臣際遇、邦國興衰的傳統。待詞的發展由「歌辭之詞」進入「詩化之詞」後，詞人們便以美人香草之辭，寫他們對國家民族的隱憂，及政治上的抑鬱不得志。於是這些作品就上接《風》、《騷》比興的傳統，〔註24〕而形成詞在題材上偏於閨情而語意每多寄託的突出特點。

其實在中國傳統的政治裏，文人的命運與婦女在家族中的命運是相類似的，他們都沒有自主權，不可能自為與自立，於是「士為知己者死，女為悅己者容」的命題互古存在，是共同的悲劇性格之源。遠在屈原《離騷》，就以美人遲暮，蛾眉見嫉來寄託身世的坎坷與憤世的情緒。而君臣際遇之難能，一如男女好合之難得，這也正是男女之情可以寄寓君臣忠愛的地方。這樣以閨情寄託忠愛之情的詞作，在辛棄疾、劉克莊等愛國詞人的作品中最為常見。且以辛棄疾的〈摸魚兒〉（更能消幾番風雨）一詞來說明：

> 更能消、幾番風雨，匆匆春又歸去。惜春長恨花開早，何
> 況落紅無數。春且住！見說道、天涯芳草迷歸路。怨春不

〔註24〕葉嘉瑩：《中國詞學的現代觀》（臺北：大安出版社，1993 年 9 月），頁 5～19。

語，算只有殷勤，畫簷蛛網，盡日惹飛絮。　　長門事，
準擬佳期又誤，蛾眉曾有人妒。千金縱買相如賦，脈脈此
情誰訴？君莫舞！君不見、玉環飛燕皆塵土。閒愁最苦，
休去倚危樓，斜陽正在，煙柳斷腸處。〔註25〕

全詞借由多情的閨女惜春又怨春的情思，表現他對南宋王朝愛深恨亦
深的矛盾心情。下半闋更借遭嫉的怨恨，表現他對自身遭遇的不平，
和對南宋王朝的不滿，以多情而又不幸的婦女，來傾訴與寄託政治的
憤慨。

宋人羅大經在其《鶴林玉露》中言：

辛幼安晚春詞「更能消幾番風雨」云云，詞意殊怨。「斜陽
煙柳」之句，其與「未須愁日暮，天際乍輕陰」者異矣。
使在漢唐時，寧不貫種桃種豆之禍哉！愚聞壽皇（按指宋
孝宗）見此詞頗不悅，然終不加罪，可謂至德也已。〔註26〕

可見此詞所流露出來的對國事、朝廷的擔憂與慨嘆是相當強烈的。再
如其〈祝英台近・晚春〉（寶釵分）一詞，亦是通過深閨思婦對春光
虛度、游子不歸的怨恨，表現對南宋政局的憂傷。恰如劉克莊在〈跋
劉叔安感秋八詞〉中所說的：「借花卉以發騷人墨客之豪，借閨怨以
寓放臣逐子之感。」〔註27〕

　　總之，詞的比興寄託之說，經兩宋以來的創作實踐，以及理論的
開掘發揮，到了清代以朱彝尊為首的浙西詞派，以張惠言、周濟為領
袖的常州詞派，已形成系統的寄託理論。

　　陳子龍在詞學漸趨衰頹的晚明時期，提出此一「夫《風》《騷》
之旨，皆本言情，言情之作，必託於閨襜之際」的主張，為力挽明詞
的纖豔無骨，覓得了「上接《風》《騷》，抒情寓志」的詞統，無疑是
具有撥亂反正，扶正袪邪的理論意義和實踐意義。

〔註25〕唐圭璋編：《全宋詞》冊三，頁1867。
〔註26〕王瑞來點校、羅大經：《鶴林玉露》（北京：中華書局，1997年12月），
　　　　頁12。
〔註27〕金啓華、張惠民等：《唐宋詞集序跋匯編》，頁253。

二、嚴格區別詩詞的分際

　　由上述可知，在陳子龍的文學觀念中，雖然詩詞皆源於《風》《騷》，都主言情，也都是賢人君子「憂時託志」，抒寫「甚深之思」和「過情之怨」的工具，但是二者的體製還是頗有不同的。

　　做爲明末的愛國志士，與政治的熱烈參與者，陳子龍的詩歌理論，強調要與社會現實緊密地結合。其在〈六子詩序〉中要求作詩要「體兼〈風〉〈雅〉，意主深勁」，好詩是「憂時託志者之所爲作也」。〔註28〕其在〈佩月堂詩稿序〉中即高度讚賞能反映現實生活苦難的民間詩歌：

> 古者民間之詩，多出於紝織井臼之餘，勞枯怨慕之語，動
> 於情之不容已耳。至於文辭，何其婉麗而雋永也。〔註29〕

民間詩歌如此，文人創作又何嘗不然，其成功的關鍵，都是在深刻地反映作者所處時代的苦難，和身世的遭遇。其〈申長公詩稿序〉則舉了箕子過殷墟不能自勝其情，與曹植、王粲的〈七哀詩〉爲例來說明：

> 古之君子遇世衰變，身攖荼痛，宣鬱達情，何嘗不以詩歟！
> 〔註30〕

　　陳子龍依據自己的詞體意識，知道詩歌可以盡情地宣洩奔放的情感，但表現在詞體上，卻不能如此了。因詞必須託意於閨襜兒女，其在〈三子詩餘序〉中即明白指出作詞之難：

> 思極於追琢，而纖刻之辭來；情深於柔靡，而婉孌之趣合；
> 志溺於燕婉，而妍綺之境出；態趨於蕩逸，而流暢之調生。
> 是以鏤裁至巧而若出於自然，警露已深而意含未盡。雖曰
> 小道，工之實難。(《安雅堂稿》卷二)

可見在陳子龍的認知裏，要作好詞是相當不容易的，既要有深刻的思

〔註28〕王昶等編《陳忠裕全集》卷 25，上海文獻叢書編委會編：《陳子龍文集》上冊，頁 373～375。

〔註29〕王昶等編《陳忠裕全集》卷 25，上海文獻叢書編委會編：《陳子龍文集》上冊，頁 380。

〔註30〕王昶等編《陳忠裕全集》卷 26，上海文獻叢書編委會編：《陳子龍文集》上冊，頁 416。

想，又要有柔媚的情態與詞境；而流暢的音調，更是不容忽略的。

關於詩詞體貌的不同，歷來詞論家屢有論述，大致而言，詩莊詞媚，詩境闊而而詞言長；詩能大開大合，所以質重直率，而詞則適合曲折為言，所以委婉柔媚。〔註31〕

而陳子龍的作品，更是他理論的高度實踐，雖然「憂時託志」是這位愛國志士詩詞中最令人感動的中心主題，但在詩、詞二體中的呈現面貌卻大不相同。以下擬從陳子龍的詩詞作品來印證其「嚴詩詞之界」的理論。

（一）久誦而得沉吟之趣

如同是抒寫亡國之痛，陳子龍的七言律詩〈秋日雜感·之二〉言：

> 行吟坐嘯獨悲秋，海霧江雲引暮愁。不信有天常似醉，最
> 憐無地可埋憂。荒荒葵井多新鬼，寂寂瓜田識故侯。見說
> 五湖供飲馬，滄浪何處著漁舟。（頁526）

此詩約作於順治二、三年間，〔註32〕題注言「客吳中作」。吳中即是蘇州，當時蘇州一帶已被清兵占領，詩人客寓此地，觸景生情，作詩以抒發亡國之痛。

首兩句即有點明全詩題旨的作用，而頷聯則進一步深化主題，加入現實內容以抒發亡國的悲痛與堅強的意志。頸聯則由下層百姓寫到上層貴族，反映在明清易代的戰亂中，人民所受到的災難。而尾聯則是抒發家國淪亡之嘆。

全詩巧用典故，首尾呼應，層次分明，結構謹嚴，反映主題相當突出，散發著鬱勃之氣，格調沉雄悲壯。而〈點絳唇·春日風雨有感〉則是刻意傷心，即景抒懷，以狼藉的殘紅，啼血的杜鵑，寄寓深沉的亡國之痛：

〔註31〕如王國維《人間詞話》言：「詞之為體，要眇宜修。能言詩之所不能言，而不能盡詩之所能言。詩之境闊，詞之言長。」唐圭璋：《詞話叢編》冊五，頁4258。

〔註32〕見《陳子龍詩集》下冊，此詩末考證引《吳江縣志》，頁526。

> 滿眼韶華，東風慣是吹紅去。幾番煙霧，只有花難護。　　夢裏相思，故國王孫路。春無主！杜鵑啼處，淚染胭脂雨。(頁596)

上片以春日風雨，春花凋零，春光消逝無可挽回，來概括當時的政治氛圍：清兵入侵，北陰犯陽，明朝的一派「韶華」就如同落花流水，一去不返。而「只有花難護」一句看似平常，卻有作者深刻的感慨在其中，包含他為挽救明朝滅亡所作的各種努力，以及對明朝滅亡的刻骨之痛。

下片則深入一層寫其亡國之痛，寫大明王室的凋零。以「春無主」喻國破家亡，無可依附；以杜鵑啼血極言亡國之痛，再用「淚染胭脂雨」誇張渲染，使作者的悲痛收到了感天地泣鬼神的效果。

本詞以風起句，以雨結句，一路寫來，情景相生，處處扣題，善用比興而託旨遙深，在婉媚的詞境中寓有不盡的亡國之痛。

一樣是抒發故國沉淪的意旨，前者是直抒胸臆，後者卻是迂迴曲折，詩莊嚴而詞婉媚，二體的表現是如此的大相逕庭。而在意境表現上，二者亦有不同之處。

（二）有餘不盡

如同是悲嘆政局，感慨朝廷的昏闇，不能任用賢良，致使英雄無用武之地，在其七言絕句〈渡易水〉中，可以慷慨悲壯地吟道：

> 并刀昨夜匣中鳴，燕趙悲歌最不平。易水潺湲云草碧，可憐無處送荊卿。(頁586)

任誰都看得出來，詩中充滿了「壯士有心」卻「報國無門」的深沉悲痛，對當時昏暗的政治做了無情的控訴，真是慷慨淋漓。而在〈浪淘沙‧春恨〉一詞中，卻是委婉含蓄地寄寓著：

> 閣外曉雲生，煙草初醒。一番風雨一番晴，幾度銷魂還未了，又是清明。　　不嫁惜娉婷，特定飄零。落花春夢兩無憑，滿眼離愁留不住，斷送多情。(頁606)

以迷濛的春景暗示國家黯淡的前途，更以閨中貞婦，來比喻自我的請

縹無路，與對明朝的一片忠貞，在綢繆婉轉中寄託著無限的愛國深情。

　　關於陳子龍詩詞風貌的不同，沈雄在《古今詞話·詞評》卷下引《蘭皋集》說：

> 大樽文高兩漢，詩軼三唐，蒼勁之色，與節義相符者，乃《湘眞》一集，風流婉麗如此。傳稱河南亮節，作字不勝綺羅，廣平鐵心，梅賦偏工清豔，吾於大樽益信。〔註33〕

這段話將陳子龍的詩文與詞進行對比，認爲他的詞風不但與其詩、文風格迥異，也與其爲人處世外在的剛健與遒勁判若兩人，對照其詞學理論與所實踐的作品，是相當具有見地的。

　　陳子龍在理論及實踐上都極力嚴格區別詩、詞的分際，究竟其心目中理想的詞作應達到什麼樣的標準，這又涉及到他的詞體期待，下節即擬繼續探討。

第二節　詞體期待

　　所謂詞體期待，是在閱讀詞時所形成對詞體特定的注意類型或閱讀態度，是由傳統的詞體規範及個人的審美觀點所內化而成的。陳子龍說詞除「雖日小道，工之實難」（〈三子詩餘序〉）外，並在〈王介人詩餘序〉中從創作的角度，提出作詞的四大難，具體而微地說明了自己的詞體期待：

> 蓋以沉至之思而出之必淺近，使讀之者驟遇如在耳目之表，久誦而得沉永之趣，則用意難也。以嬛利之辭而制之實工煉，使篇無累句，句無累字，圓潤明密，言如貫珠，則鑄調難也。其爲體也纖弱，所謂明璫翠羽，尚嫌其重，何況龍鸞，必有鮮妍之姿，而不借粉澤，則設色難也。其爲境也婉媚，雖以警露取妍，實貴含蓄，有餘不盡，時在低徊唱嘆之際，則命篇難也。（《安雅堂稿》卷二）

雖然陳子龍在〈三子詩餘序〉中說「夫《風》《騷》之旨，皆本言情」，

〔註33〕沈雄《古今詞話·詞評》卷下，唐圭璋：《詞話叢編》冊一，頁1032。

說明言情是一切文學的基本體式，但顯然地「言情」並不是詞的特質，而是文學體裁的共性，陳子龍並不滿足於在共性的層面上，浮泛地談論詞的體性，於是他嚴格甚至苛刻地從詞體的藝術特性出發，為詞立下了界標「立意」（按即「用意」）要寄淺於深，思趣雋永；謀篇（按即「鑄調」）要寓繁於簡，氣脈流暢；行文（按即「設色」）要避重就輕，色調穠麗；定格（按即「意境」）要捨露取妍，韻味悠長。其實，行文即含謀篇在內，定格即含立意在其中；所以陳子龍的「四難」思考，其實是以「其為體也纖弱」，「其為境也婉媚」為出發點及歸結點的。以下即擬從此二個角度來探討陳子龍的詞體期待。

一、以纖弱之體寓情沉思

作為一種文學體裁，詞本身即有屬於自己的風格。早在北宋，李之儀〈跋吳思道小詞〉中便指出：「長短句於遣詞中最為難工，自有一種風格，稍不如格，便覺齟齬。」〔註34〕因詞本是在歌筵酒席間伴隨著樂曲而成長的一種作品，在內容方面，又是突破中國詩之言志與文以載道的傳統，以敘寫美女愛情為主，所以自然形成一種女性化的品質，特別適合表達深刻幽微的情思，這也決定了詞體「纖弱」的特質。「纖弱」即是「綺靡」，所以「綺靡」即是詞的本色，〔註35〕陳子龍以為詞體纖弱，其實只是詞體尚綺靡柔麗的另一種說法。

關於詞體的綺豔婉麗特質，沈義父在其《樂府指迷》中即明白指出：

> 作詞與作詩不同，縱是花卉之類，亦須略用情意，或要入閨房之意。然多流淫豔之語，當自斟酌。如只詠花卉，而不著些豔語，又不似詞家體例，所以為難。又有直為情賦

〔註34〕金啟華、張惠民等：《唐宋詞集序跋匯編》，頁36。
〔註35〕詩莊詞靡（媚），靡即綺靡，這裏的纖弱屬之。王世貞曰：「《金荃》、《蘭畹》蓋皆取其香而弱也。」（《弇州山人詞評》）邱世友：《詞論史論稿》（北京：人民文學出版社，2002年1月），頁109。）

曲者，尤宜宛轉回互可也。〔註36〕

強調成為定式的「詞家體例」即在「著豔語」、「入閨房」，多寫風月之情而有節制，且能委婉含蓄，這正是詞體綺豔和委婉的兩大特點。

陳子龍在其詞論中每每稱美南唐至北宋詞人，如在〈幽蘭草詞序〉中言：

> 自金陵二主，以至靖康，代有作者，或穠纖婉麗，極哀婉之情；或流暢澹逸，窮盼倩之趣。然皆境由心生，詞隨意啟，天機偶發，元音自成，繁促之中，尚存高渾，斯為最盛也。〔註37〕

或將其稱許的詞人與南唐、北宋詞人並論，如稱美王介人「與昇元（即李璟）父子、汴京（即北宋）諸公連鑣競逐」（〈王介人詩餘序〉）；稱美李雯之詞「麗而逸，可以昆季璟煜，娣似清照。」嘉許宋徵輿之詞「幽以婉，淮海、屯田肩隨而已。」（〈幽蘭草詞序〉）

顯然地，陳子龍在從晚唐至明代長達七百年的詞史中，獨取南唐至北宋這一段約二百年的歷史，尤其特別拈出李璟父子、李清照、秦觀、柳永等人為標榜的對象，是與他對詞體的審美趨向有密切關連的。綜觀這些詞家的作品，有一個共同的特色，即皆是「高渾典麗，豔而有骨」婉約之作。

以下擬從高渾典麗與豔而有骨兩方面來討論陳子龍對詞體纖弱特質的審美觀。

（一）高渾典麗

詞原是與音樂藝術血肉關聯的歌韻文學之一，開始是訴諸音樂以扣人心絃的。隨著時代的推移與社會生活的演進，人的抒情要求愈趨豐富強烈，審美情趣也不斷發生嬗變，而倚聲譜曲的複雜技術性問

〔註36〕沈義父《樂府指迷》，唐圭璋：《詞話叢編》冊一，頁281。

〔註37〕陳子龍《安雅堂稿》卷三，上海文獻叢書編委會編：《陳子龍文集》，頁85～86。〈幽蘭草詞序〉乃陳子龍重要的詞學理論著作，爾後逢該篇文字則只在篇末標明《安雅堂稿》卷三，不再註明出處。

題，更是多有因革變易。於是，詞逐漸與「樂」相游離，審美感官也就由以聽覺為主，轉向以視覺接受為主。由此，詞的抒情功能愈益增強，抒情主體的特性也逐漸顯明，作為一種廣義的抒情詩的一體的獨立性完全確定了。〔註38〕

就文學的特性而言，歷代詞論家已多所評論，如前述李之儀的風格說之外，清代的謝章鋌在其《賭棋山莊詞話》卷八中，首先提出「稱體」二字：

> 予謂詞亦如是，高下疾徐，抗墜抑揚，音之理也。景地物事，悲歡去就，情之理也。按之譜之無礙，音理得矣。揆之心而大順，情理得矣。理何由見，於音之離合、情之是非見之，理具，而後文成也。然後而文則必求稱體，詩不可以似詞，詞不可以似曲，詞似曲則靡而易俚，似詩則矜而寡趣，皆非當行之技。吾請於音、情、理外益之曰有文。〔註39〕

謝氏所謂的「文」，指的是文體，所謂「有文」，即是要與文體相稱；而詞之所以為詞，照前所論者，即是在於具有要眇宜修，言美情長之體，必須上不似詩，下不似曲，才是本色當行之作。

而現代學者對詞體的特性也有相當的研究，如繆鉞歸納詞體的特質，提出：「文小」、「質輕」、「徑狹」、「境隱」四點；〔註40〕林玫儀則著眼於詞的風味與本色，以「細」、「隱」、「精」、「雅」概括文體的特質；〔註41〕楊海明更將詞的「主體風格」形容為「真」、「豔」、「深」、「婉」、「美」五者統一。〔註42〕各家探討的角度雖各有不同，但共同處即是均道出了詞深婉、柔美、含蓄的抒情特性。可見陳子龍的審美

〔註38〕嚴迪昌：《清詞史》（南京：江蘇古籍出版社，2001年7月），頁2。

〔註39〕謝章鋌《賭棋山莊詞話》卷八，唐圭璋：《詞話叢編》冊四，頁3425。

〔註40〕繆鉞〈詞之體性〉，方智范、方笑一主編：《詞林屧步》（南昌：江西教育出版社，1999年1月），頁382～388。

〔註41〕林玫儀：〈李清照〈詞論〉評析〉，林玫儀《詞學考詮》（臺北：聯經出版事業公司，1993年5月），頁317～335。

〔註42〕楊海明：《唐宋詞的風格學》（臺北：木鐸出版社，1987年6月），頁13～27。

觀相當符合詞體抒情本色的特質。

　　而陳子龍亦認為好詞是所謂「思極於追逐，而纖刻之辭來；情深於柔靡，而婉變之趣合。」（〈三子詩餘序〉）即不但是文詞要華豔柔靡，情感更要深刻含蓄，即是須要「豔而有骨」。

（二）豔而有骨

　　如前所述，詞體的婉美特質不但在於文辭的華豔柔靡，更在於情感內涵的深長與豐富。而這種「麗而則」的藝術表現，自然以《花間集》為正宗，誠如晁謙之在《花間集‧跋》中所說的：「情真而調逸，思深而言婉」。〔註43〕「深」者幽深，「婉」者委婉，情感內蘊的深長與藝術表現的委婉含蓄，正是詞體的藝術特徵。因有深厚之情才能委婉，能委婉則更顯情深，所以柔靡與深情，其實是一體的兩面，不相衝突的。

　　關於詞體「言美思深」的命題，早在北宋李之儀讚美賀鑄詞：「宛轉紬繹，能到人所不到處」時即已提出，〔註44〕所謂「紬繹」，據《漢書‧谷永傳》顏師古注：「紬繹者，引其端緒也。」即是引人多方思緒。故李之儀稱賀鑄詞之美即在於婉轉含蓄，能引人深思尋味，表現詞人深刻幽微，不易言傳的情思與趣味。此說已近於王國維所提出的著名理論：

> 詞之為體，要眇宜修。能言詩之所不能言，而不能盡詩所
> 能言。詩之境闊，詞之言長。〔註45〕

詞體的要眇宜修之美，正在於能到詩所不能到處，在於描寫幽細深隱之情時，能言婉而含意無窮的韻味。

　　南宋王炎在〈雙溪詩餘自序〉言：「長短句命曰曲，取其曲盡人

〔註43〕金啓華、張惠民等：《唐宋詞集序跋匯編》（臺北：臺灣商務印書館，1993年2月），頁339。

〔註44〕李之儀〈跋小重山詞〉，卷四，金啓華、張惠民等：《唐宋詞集序跋匯編》，頁58。

〔註45〕如王國維《人間詞話》，唐圭璋：《詞話叢編》冊五，頁4258。

情，惟婉轉嫵媚爲善，豪壯語何貴焉？」〔註46〕正指出了詞之爲體在於能曲，最善於「曲盡人情」而具有柔婉嫵媚的女性美。

　　詞體這樣婉媚的特質，最適合表現人的情感世界，表現人不能自制的情感。所以詞中自然也多偏於「憐景泥情」之作。張炎《詞源》卷下亦以此來分別詩與詞的不同：

> 簸弄風月，陶寫性情，詞婉於詩。蓋聲出鶯吭燕舌間，稍
> 近乎情可也。若鄰乎鄭衛，與纏令何異也。……皆景中帶
> 情，而存騷雅。故其燕酣之樂，回文題葉之思，覓首西州
> 之淚，一寓於詞。若能屏去浮豔，樂而不淫，是亦漢魏樂
> 府之遺意。〔註47〕

張炎清楚地指出，詞體的特點正是以適合女聲嬌美的鶯聲燕語爲前提，故內容當然是「稍近乎情」。但詞婉美的特點也包含情感的表現要有節制，不能太過顯露，應異乎鄭衛之音而合於騷雅之則，所以在藝術的表現上要求意境化，情由景出，即「景中帶情」。

　　這種合於騷雅之則的意境化藝術表現方式，即是詞人在詞中託意於香草美人及閨襜兒女的原因所在，也形成了陳子龍所謂「其爲體也纖弱」的特性。而以纖弱的詞體，寄以深至之情、沉頓之思，正是陳子龍「情深於柔靡，婉變之趣合」（〈三子詩餘序〉）的詞體期待。

　　前述由高渾典麗與豔而有骨兩方面，來詮釋陳子龍以爲詞當以纖弱之體，寄寓沉摯情思的期待。以下擬再申論其以爲詞境應尙婉媚的理論淵源。

二、以婉媚之境顯微闡幽

　　認爲文學創作應與社會現實密切結合，強調詩歌的怨刺作用，是陳子龍一貫的文學思想。其在〈六子詩序〉中明言詩之本不在於揚名後世，而在憂時託志：

〔註46〕王炎〈雙溪詩餘自序〉，金啓華、張惠民等：《唐宋詞集序跋匯編》，頁170。

〔註47〕張炎《詞源》卷下，唐圭璋：《詞話叢編》冊一，頁263～264。

> 《詩》之本不在是，蓋憂時託志者之所作也。苟比興道備
> 而褒刺義合，雖塗歌巷語，亦有所取焉。……一人有盛名，
> 余讀其詩，謂之曰：「君之詩甚善，然傳之後世，不知君爲
> 何代人，奈何？」夫作詩而不足以導揚盛美，刺譏當時，
> 託物連類，而見其志；則是〈風〉不必列十五國而〈雅〉
> 不必分大小也，雖工而余不好也。〔註48〕

陳子龍在〈三子詩餘序〉中讚美同郡的徐麗沖、計子山及王彙升三人
的詞作：

> 寄情於思士怨女，以陶詠物色，袪遺伊怨。……婉弱倩豔，
> 俊辭絡繹，纏綿猗娜，逸態橫生，眞宋人之流亞也。

但這樣婉媚的作品，是否將有違陳子龍情主怨刺的思想呢？他接下來
以自問自答的方式，澄清讀者的觀念。並舉周邦彥「并刀吳鹽」與蘇
軾「瓊樓玉宇」的例子，說明婉媚之詞實可寄寓深刻的意旨：

> 或曰：「是無傷於大雅乎？」予曰：「不然。夫并刀吳鹽，
> 美成所以被貶；瓊樓玉宇，子瞻遂稱愛君。端人麗而不淫，
> 荒才刺而實諛，其旨殊也。三子者，託貞心於妍貌，隱摯
> 念於佻言，則元亮閒情，不能與總持賡和於臨春結綺之間
> 矣。

在此陳子龍闡明了其詞學思想中一個相當重要的觀念，即詞體雖是柔
弱婉媚，但詞人應寄情於思士怨女，以陶詠物色來袪遺伊怨，即是上
繼《風》《騷》的精神，寄寓香草美人，風月閨秀，以達〈大雅〉反
映現實、刺譏當道的目的。其在〈王介人詩餘序〉中亦再次強調其以
婉媚的詞境，寄寓深刻思想內涵的論點：

> 其爲境也婉媚，雖以警露取妍，實貴含蓄而有餘不盡，時在
> 低迴唱嘆之際，則命篇難也。惟宋人專力之篇什既多，觸景
> 皆會，天機所致，若出自然，雖高談〈大雅〉，而亦覺其不可
> 廢，何則？物有獨至，小道可觀也。（《安雅堂稿》卷二）

可見陳子龍對情主怨刺的詞學思想，及警露取妍、柔婉沉摯的藝術特

〔註48〕 王昶編：《陳忠裕全集》卷二十五，上海文獻編委會編：《陳子龍文
　　　　集》上冊，頁375～376。

徵表現，是相當執著且堅持的。以下擬從陳子龍本人所標榜的「託貞心於妍貌」與「隱摯念於佻言」二個特點，來為其力主「應以婉媚之境顯微闡幽」的詞體期待，做理論源流的爬梳與印證。

（一）託貞心於妍貌

鄒祇謨《遠志齋詞衷》載王士禎的話說：

> 有詩人之詞，有詞人之詞。詩人之詞，自然引勝，託寄高曠，……詞人之詞，纏綿蕩往，窮纖極隱。〔註49〕

近人繆鉞也有一段類似的妙論：

> 蓋詩以情為主，故詩人皆深於哀樂；然同為於哀樂，而又有兩種殊異之方式，一為入而能出，一為往而不返。入而能出者超曠，往而不返者纏綿。〔註50〕

說明了詞按風格的不同可分為兩類。一為詩人之詞，對於哀樂有根本的超脫，所以能自然引勝，託寄高曠。詩人之詞當然以個性疏雋，追求自然，不受束縛，使得詞體從內容到形式都得到重大突破的蘇軾為代表。而陳子龍所稱道的諸如李後主、秦觀、晏殊、周邦彥等人都是純粹的詞人，在感情上總是一往情深，入而不能返，恰如春蠶作繭般愈縛愈深，纏綿深曲不能自己，所以善於表達幽隱深細的情愫。也唯具有這樣幽約的情思，表現在詞作上，才能呈現「其述情怨，則鬱伊而易感；述離居，則愴怏而難懷；論山水，則循聲而得貌；言節候，則披文而見時。」（《文心雕龍·辨騷》）的風貌，矛盾抑塞的心情表現為鬱結的意象，而達到王又華在《古今詞論》錄《毛稚黃詞論》所說的：「詞家意欲層深，語欲渾成」的柔婉含蓄之境。〔註51〕

在陳子龍所稱美的南唐北宋諸詞家中，最能達到「託貞心於妍貌」境地的莫過於周邦彥，今試舉其〈六醜·薔薇謝後作〉一詞說明之：

> 正單衣試酒，悵客裏、光陰虛擲。願春暫留，春歸如過翼，

〔註49〕鄒祇謨《遠志齋詞衷》，唐圭璋：《詞話叢編》冊一，頁656。

〔註50〕繆鉞：〈論蘇、辛詞與《莊》《騷》〉，繆鉞、葉嘉瑩《靈谿詞說》（臺北：正中書局，1993年8月），頁229。

〔註51〕王又華《古今詞論》，唐圭璋：《詞話叢編》冊一，頁608。

一去無跡。爲問家何在？夜來風雨，葬楚宮傾國。釵鈿墮
處遺香澤，亂點桃蹊，輕翻陌。多情爲誰追惜？但蜂媒蝶
使，時叩窗隔。　　東園岑寂，漸蒙籠暗碧，靜繞珍叢底。
成歎息：長條故惹行客，似牽衣待話，別情無極。殘英小、
強簪巾幘，終不似、一朵釵頭顫嫋，向人敧側。漂流處、
莫趁潮汐，恐斷紅、尚有相思字，何由見得？〔註52〕

這是一首借詠凋謝的薔薇，來抒發傷春惜花，及自傷羈旅落寞情懷的
詞，典型地表現周邦彥「寄貞心於妍貌」的審美特徵。

　　關於此詞的題旨及藝術特徵，陳廷焯《白雨齋詞話》卷一解釋得
相當好：

美成詞極其感慨，而無處不鬱，令人不能遽窺其旨。……
〈六醜・薔薇謝後作〉云：「爲問家何在。」上文有「悵客
裏光陰虛擲」之句。此處點醒題旨，既突兀又綿密，妙只
五字束住。下文反覆纏綿，更不糾纏一筆，卻滿紙是羈愁
抑鬱，且有許多不敢說處，言中有物，吞吐盡致。大抵美
成詞一篇有一篇之旨，尋得其旨，不難迎刃而解。否則病
其繁碎重複，何足以知清眞也。〔註53〕

陳氏指出此詞的題旨即是抒寫倦客落寞，思鄉難歸的「羈旅抑鬱」之
情，這種羈旅的客愁，在周邦彥的詞作中是常見的主題，如〈瑣窗寒〉
中的「似楚江暝宿，風燈零亂，少年羈旅」；〈浣溪沙〉中的「新筍已
成堂下竹，落花都上燕巢泥，忍聽林表杜鵑啼」；〈滿庭芳・夏日溧水
無想山作〉的「憔悴江南倦客，不堪聽、急管繁絃」……等均是。這
些羈旅行役的詞作，若是再聯繫到作者的生平經歷，將會發現周邦彥
在抒發鄉愁的背後，更有深沈的宦海浮沈，身世飄零之慨在其中。周
邦彥（1506～1121）自從在神宗元豐七年（1084）獻〈汴都賦〉歌頌
熙寧、元豐新法之後，受到神宗的贊賞，在政治上即明確表態結於新
黨。不久，神宗逝世，舊黨得勢，黨爭傾軋愈烈，政海風濤險惡，周

〔註52〕唐圭璋編：《全宋詞》冊二，頁610。
〔註53〕陳廷焯《白雨齋詞話》卷一，唐圭璋：《詞話叢編》冊四，頁3787。

邦彥屢遭放逐外任，政治上極度抑鬱不得志。〔註54〕

這種自嘆身世，自悲落寞的情緒，一直是周邦彥詞中的基調。所以黃蓼園在其《蓼園詞評》中評曰：

> 自嘆年老遠宦，意境落漠，借花起興。以下是花是自己，比興無端。指與物化，奇情四溢，不可方物。人巧極而天工生矣。結處意致尤纏綿無已，耐人尋味。〔註55〕

周邦彥借詠物以抒懷，寄情於有意無意之間，神到興來，情感得以自然流露，使得藝術形象與作者主觀情感之間的關聯，既密切，又和諧，達到了融合無間，無跡可尋的境地。蓼園指出詞的結尾「意致猶纏綿無已，耐人尋味」，則是指出作者在對傷春惜花之情有了淋漓盡致而又婉轉的表現後，再翻一層，使意韻更加深長，給予讀者更多的想像空間。

陳子龍在在詞史上標榜南唐至北宋之詞，主張要恢復「高渾典麗，豔而有骨」的本色，其實是爲了扭轉明代中葉以來以曲爲詞，以俗豔無骨爲尚的衰頹之風，進而以他所提倡的「俊逸之韻、深刻之思、流暢之調、穠麗之態」（〈王介人詩餘序〉）來爲詞壇樹立新的風格，無疑是想上接《詩》《騷》美刺的傳統，「託貞心於妍貌，隱摯念於佻言」（〈三子詩餘序〉），即南宋後期劉克莊所謂：「借花卉以發騷人墨客之豪，託閨怨以寓放臣逐子之感」。〔註56〕

標舉《風》《騷》之旨，並進行論證和宣傳，在晚明委靡的詞壇，是具有撥亂反正的理論和實踐意義的。以下擬再從「隱摯念於佻言」的方向來闡述陳子龍「其爲境也婉媚」的詞體期待。

（二）隱摯念於佻言

「隱摯念於佻言」其實只是「託貞心於妍貌」的另一面。標榜上

〔註54〕馬興榮、吳熊和等編：《中國詞學大辭典》（杭州：浙江教育出版社，1996年10月），頁58～59。

〔註55〕黃蓼園：《蓼園詞評》，唐圭璋：《詞話叢編》冊四，頁3095。

〔註56〕劉克莊《後村題跋》卷二，金啓華、張惠民等：《唐宋詞集序跋匯編》，頁253。

繼《風》《騷》，強調詩歌的美刺作用，注重文學與現實的密切結合，既是陳子龍一貫的文學主張，而其在詞體意識上又是主張詞體應具備「綺羅香澤之態」，則兩者之間應如何諧調？自然是繼承《詩經》採蘭贈芍與《楚辭》香草美人的傳統，借物寓情而意存比興，將真摯的情感隱藏在妍麗的言語之中，言近旨遠，寄託遙深。

　　陳子龍在〈三子詩餘序〉中也明白指出「夫《風》《騷》之旨，皆本言情，言情之作，必託於閨襜之際。」強調詞的比興傳統與寄託觀念。作為明末的愛國志士，陳子龍目睹政治的黑暗與生民的苦難，所以他更重視的是借閨襜兒女來寄寓家國之愛，不應忽略現實，一味奉承阿諛，粉飾太平，那些浮靡無骨的豔體詩，是陳子龍所不屑的。此一論點，即是他在〈三子詩餘序〉中所說的：

　　　　夫幷刀吳鹽，美成所以被貶；瓊樓玉宇，子瞻遂稱愛君。
　　　　端人麗而不淫，荒才刺而實諛，其旨殊也。……則元亮閒
　　　　情，不能與總持賡和於臨春結綺之間矣。（《安雅堂稿》卷二）

以下擬申論子龍此段話的意義，來闡明其力主詞應以婉約綿麗的詞體，來表達溫柔敦厚的諷諫內容的主張，即是「隱摯念於佻言」的詞體期待。

　　如前節所述，詞學中的寄託觀念，早在北宋黃庭堅為晏幾道所作的《小山詞·序》中已經萌生，但其重點仍是借此為小山鳴不平、抒孤憤，對詞學上的寄託說還缺乏理論的自覺，且小山詞亦多借花酒以抒憤懣，將身世之感打入豔情，多屬離別相思與感士不遇等個人的情感。以詞自覺地寄託忠愛怨憤難言之情，誠如子龍所說的：「幷刀吳鹽，美成所以被貶；瓊樓玉宇，子瞻遂稱愛君」，直到蘇東坡與周邦彥，才有合格之作品出現。

　　「瓊樓玉宇」指的是蘇軾的〈水調歌頭〉（明月幾時有）一詞，張宗橚《詞林紀事》卷五引《坡仙集外紀》云：

　　　　元豐七年，都下傳唱此詞。神宗問內侍外面新行小詞，卷
　　　　侍錄此瓶呈。讀至「唯恐瓊樓玉宇，高處不勝寒。」上曰：

「蘇軾終是愛君。」遂令量移汝州。〔註57〕

本詞題曰：「丙辰中秋，歡飲達旦，大醉，作此篇，兼懷子由。」由上述可知，蘇軾以中秋抒情懷人如此尋常的題材，卻能寄寓君國忠愛之思。另外宋代楊湜《古今詞話》評蘇軾〈西江月〉（世事一場大夢）時說：

> 坡以讒言謫居黃州，鬱鬱不得志。凡賦詩綴詞，必寫其所
> 懷。然一日不負朝廷，其懷之心，末句可見矣。〔註58〕

所以蘇軾在詞境的開拓，使詞能包蘊更深更廣的思想內容上，是相當有貢獻的，這點陳子龍也是看出來的。論者每謂陳子龍論詞重北宋而輕南宋，對東坡尤其不置一詞，〔註59〕這樣的評論，對陳子龍來說是不公平的。

而「并刀、吳鹽」指的是周邦彥〈少年游〉一詞，關於此詞，張端義《貴耳集》卷下記有一則本事：

> 道君（宋徽宗）幸李師師家，偶值周邦彥先在焉，知道君
> 至，遂匿於床下。道君自攜新橙一顆，云江南初進來，遂
> 與師師謔語。邦彥悉聞之，隱括成〈少年游〉云。……道
> 君大怒，……邦彥職事廢弛，可日下押出國門。〔註60〕

就詞意而言，本詞所寫的乃是男女在秋夜相會，意態纏綿。但若與本事相結合，則周邦彥是借豔詞來暴露帝王的冶游生活，而遭到貶謫。可見陳子龍對能反映現實，刺譏當道的豔詞，仍以爲其是豔而有骨，是符合其詞體期待的。

在這樣的基礎上，陳子龍認爲不能把陶淵明的〈閑情賦〉與江總的豔體詩相提並論。《陳書・江總傳》謂江總「篤行義，寬和溫裕，

〔註57〕張宗橚：《詞林紀事》（臺北：河洛圖書出版社，1975年9月），頁140。
〔註58〕楊湜《古今詞話》，唐圭璋：《詞話叢編》冊一，頁30。
〔註59〕如劉揚忠〈論陳子龍在詞史上的貢獻及其地位〉一文即如是認爲，
見曾純純主編：《第一屆詞學國際研討體論文集》（臺北：中央研究
院文哲所，1994年11月），頁305。
〔註60〕張端義《貴耳集》卷下，《叢書集成新編》（臺北：新文豐出版公司，
1985年1月）冊84，頁586。

好學能屬文，於五、七言尤善，然傷於浮豔，故爲後主所愛幸。多有側篇，好事者相傳諷玩，於今不絕。」〔註61〕大體言之，江總之詞，諷諫無有，卻滿是阿諛；而陶淵明的〈閑情賦〉雖被昭明太子視爲「白璧微瑕」，〔註62〕其實是「傷己之不遇，寄情於所願，其愛君憂國之心，惓惓不忘，蓋文之雄麗者也。」〔註63〕

清人陳廷焯在其〈閑情集序〉中更爲陶淵明申志：

> 〈閑情〉一賦，白璧微瑕，昭明誤會其旨矣。淵明以名臣之後，際易代之時，欲言難言，時時寄託。閑情云者，閑其情做不得逸也。是以歷寫諸願，而終以所願必違，其不仕劉宋之心，言外可見。淺見者膠柱鼓瑟，致使美人香草之遺意，等諸桑間濮上之淫聲，此昭明之道也。〔註64〕

江總浮豔阿諛的豔詞，豈可與陶淵明傷己不遇、愛君憂國的〈閑情賦〉等同視之？可見陳子龍以「情主怨刺」來貫穿他的詞學思想，而「託貞心於妍貌，隱摯念於佻言」，正符合他以婉媚之境顯微闡幽的詞體期待。

第三節　詞徑的追求

陳子龍的詞體意識既以爲應上繼《風》《騷》，抒情寓志；又應嚴格區別詩、詞的分際，以綺羅香澤之態來表達溫柔敦厚的意旨。故在詞體期待上是主張以纖弱之體來寄寓沉摯之思，以婉媚之境來顯微闡幽。這樣的意識與期待要如何達到呢？這就涉及到詞徑追求的問題，

〔註61〕姚思廉《陳書》，《景印文淵閣四庫全書》（臺北：臺灣商務數書館，1984 年 3 月）冊 260，頁 715。

〔註62〕蕭統《陶淵明集・序》：「余愛嗜其文，不能釋手，尚想其德，恨不同時，故更加搜求，粗爲區目。白璧微瑕者，惟在〈閑情〉一賦；楊雄所謂勸百而諷一者，本無諷諫，何必搖其筆端，惜哉！無是可也。」李公煥：《箋註陶淵明集》（臺北：國立中央圖書館善本叢刊第七種，1991 年 2 月），頁 4～5。

〔註63〕王觀國《學林》卷七，《叢書集成新編》（臺北：新文豐出版公司，1985 年 1 月）冊 12，頁 67。

〔註64〕陳廷焯《詞則》，金啓華、張惠民等：《唐宋詞集序跋匯編》，頁 442。

即是通過一定的藝術途徑來達成目的。

身處明末民族危急存亡之秋，陳子龍對文學創作，特別強調要與現實結合。上繼《風》《雅》以來的比興傳統，讚揚唐詩的博大精深，特別是杜甫的詩，能以高超的藝術形式體現「忠君憂國」之心，即所謂「序世變，刺當途，悲憤峭激，深切著明，無所隱忌，讀之使人慷慨奮迅而不能止。」（〈左伯子古詩序〉）〔註65〕他以為「近世以來，淺陋鄙薄，浸淫於衰亂矣。」（〈皇明詩選序〉），〔註66〕所以他肯定「北地（李夢陽）、信陽（何景明），力返《風》《雅》；歷下（李攀龍）、瑯琊（王世貞），復長壇坫，其功不可掩，其宗尚不可非也。」（〈彷彿樓詩稿序〉）〔註67〕但他對七子的弊病又有很清楚的認識，他在〈彷彿樓詩稿序〉中緊接上文所引肯定七子之語後，又尖銳地指出：

> 特數君子者，摹擬之功多，而天然之資少，意主博大，差減風逸；氣極沉雄，未能深永。空同（李夢陽）壯矣，而每多累句；滄溟（李攀龍）精矣，而好襲陳華；弇州（王世貞）大矣，而時見卑詞。惟大復（何景明）弈弈，頗能潔秀，而弱篇靡響，慨乎不能免。後人自矜其能，欲矯斯弊者，惟宜盛其才情，不必廢此簡格。發其眇渺，豈得蕩然律呂，不意一時師心詭貌，惟求自別於前人，不願見笑於來稷，此萬曆以來數十年間，文苑有魑魅之狀，詩人多侏離之音也。〔註68〕

在這兒他不但對前後七子，切中要害地指出其模擬多而天然少等弊病，且對其代表人物李夢陽、李攀龍、王世貞、何景明等人的優缺點

〔註65〕陳子龍《安雅堂稿》卷三，上海文獻叢書編委會編：《陳子龍文集》下冊，頁82。

〔註66〕王昶等編《陳忠裕全集》卷二十五，上海文獻叢書編委會編：《陳子龍文集》上冊，頁357～358。

〔註67〕王昶等編《陳忠裕全集》卷二十五，上海文獻叢書編委會編：《陳子龍文集》上冊，頁378。

〔註68〕王昶等編《陳忠裕全集》卷二十五，上海文獻叢書編委會編：《陳子龍文集》上冊，頁378～379。

都做了扼要的分析。同時，他又指出萬曆以後數十年間，文壇在批評前後七子時，又有很大的片面性，不能充分肯定其優點，不懂得「宜盛其才情」而不廢其「簡格」。

從他在〈皇明詩選序〉中批評當時「元音之寂寥」，〔註69〕在〈彷彿樓詩稿序〉中批評前後七子「摹擬之功多，而天然之資少」，在〈王介人詩餘序〉中贊美宋人之篇什多「觸景皆會，天機所啟，若出自然。」〔註70〕在〈佩月堂詩稿序〉中提倡「情以獨至為真」之作，〔註71〕都可說明陳子龍提倡詩歌創作，要表現詩人獨有的，發自內心的真情。

在這樣的認知基礎上，陳子龍提出了「情以獨至為真，文以範古為美」（〈佩月堂詩稿序〉）〔註72〕的文學創作原則，即是在形式體制上依循前人，但在情感意境上要推陳出新。

一、形式體制上依循前人

陳子龍在〈彷彿樓詩稿序〉中進一步論證此觀點曰：

> 蓋詩之為道，不必專意為同，亦不必強求其異。既生古人之後，其體格之雅，音調之美，此前哲之所已備，無可獨造者也。至於色采之有鮮萎，丰姿之有妍拙，寄寓之有深淺，此天致人工，各不相借也。譬之美女焉，其託心於窈窕，流媚於盼倩者，雖南威不假顏於夷光，各有動人之處耳。若必異其眉目，殊其玄素，以為古今未有之麗，則駭而走矣。〔註73〕

〔註69〕王昶等編《陳忠裕全集》卷二十五，上海文獻叢書編委會編：《陳子龍文集》上冊，頁358。

〔註70〕陳子龍《安雅堂稿》卷二，上海文獻叢書編委會編：《陳子龍文集》下冊，頁55。

〔註71〕王昶等編《陳忠裕全集》卷二十五，上海文獻叢書編委會編：《陳子龍文集》上冊，頁381。

〔註72〕王昶等編《陳忠裕全集》卷二十五，上海文獻叢書編委會編：《陳子龍文集》上冊，頁381。

〔註73〕王昶編《陳忠裕全集》卷二十五，上海文獻叢書編委會編：《陳子龍文集》上冊，頁377～378。

可見在文學的藝術形式上，陳子龍所提出的「範古」並非對古人一味地因襲模仿，而是在繼承古代優秀文學藝術傳統的基礎而有所創造，有所發明的一種創作思想。基於這樣的認知，所以陳子龍在詞學創作上亦是持復古理論，標舉南唐、北宋時期抒寫婉妍雅正之旨與純情自然之格的「高渾」詞統，以為唯有如此，方能復興詞學。

（一）上繼婉妍雅正之旨

標舉《風》《雅》，要求文學與現實密切地結合，是陳子龍一貫的文學思想，誠如《毛詩・序》所言：「是以一國之事，繫一人之本，謂之風；言天下之事，形四方之風，謂之雅。」〔註74〕所以情感真摯，能夠反映現實，洩導人情，有益教化的優秀作品，向來是陳子龍所推崇的。如其在〈白雲草自序〉中贊揚屈原、曹植與司馬相如、揚雄等人的作品曰：

> 夫左徒、陳王之作，淒側而纏綿，推其大旨，又何忠愛之至乎。長卿、子雲當大漢之隆，宣導盛美，文詞瑋麗；然而〈上林〉則曰：「忘國家之政，貪雉兔之獲，仁者不繇也。」〈甘泉〉則曰：「想西王母欣然而壽分，屏玉女而卻宓妃。」是故怨而不傷，頌而不諛者，君子之事君也。〔註75〕

可見優秀的作品，除了要有瑋麗的文采，纏綿的情感外，更要有忠君愛國之志，導人君向善之旨才算合格。

同樣地，陳子龍對於詞體的創作，也主張要以婉妍之貌來表達雅正的旨意，上繼《風》《騷》精神，從根本上來推尊詞體，用婉麗的詞篇含蓄地傳達溫柔敦厚的詞旨，方是詞家寫作的正格。其在〈三子詩餘序〉中即言：

> 夫《風》《騷》之旨，皆本言情，言情之作，必託於閨襜之際，代有新聲而想窮擬議，於是以溫厚之篇，含蓄之旨，

〔註74〕阮元《詩經注疏》，《十三經注疏》（臺北：藝文印書館，1973年5月）冊1，頁18。

〔註75〕王昶編《陳忠裕全集》卷二十六，上海文獻叢書編委會編：《陳子龍文集》上冊，頁446。

未足以寫哀而宣志也。（《安雅堂稿》卷二）

主張以《風》《騷》精神來作詞，使婉媚小詞能上比古之詩歌的理論，其實在南宋末期張鎡爲史達祖所題的〈梅溪詞序〉中已鮮明地提出：

〈關雎〉而下三百篇，當時之歌詞也，聖師刪以爲經，後世播詩章於樂府，被之金石管絃，屈宋班馬，由是乎出。而自變體以來，司花傍輦之嘲，沉香亭北之詠，至與人主相友善，則世之文人才士，游戲筆墨於長短之間，有能瑰奇警邁，清新閒婉，不流於施蕩污淫者，未易以小伎言也。

〔註76〕

張鎡以藝術的眼光，借《詩經》以推尊詞體，力主形式上的「瑰奇警邁，清新閒婉」與情感上「不流於施蕩污淫」的婉妍雅正之作，方是才士所獨造，可上比於有《詩》三百之風的佳作。

就以陳子龍所推崇的柳永詞爲例，雖然一般人以爲柳永的《樂章集》以寫歌妓主體，且用語淺近俚俗，因此格調不高。〔註77〕但柳永詞所反映宋仁宗朝物阜民康的承平景象，論者以爲直可與杜甫詩所反映的唐代安史之亂殘破景象相提並論，如黃裳〈書樂章集後〉云：

予觀柳氏樂章，嘉其能道嘉佑中太平氣象，如觀杜甫詩，典雅文華，無所不有。是時予方爲兒，猶想其風格，歡聲和氣，洋溢道路之間，動植咸若。令人歌柳詞，聞其聲、聽其詞，如丁斯時，使人慨然所感。嗚呼！太平氣象，柳能一寫於樂章，所稱詞人盛世餙藻，豈可廢耶？〔註78〕

張端義《貴耳集》卷上亦載：

項平齋（按即安世）自號江陵病叟。余侍先君往荊南，所訓：「學詩當學杜詩，學詞當學柳詞。」叩其所云：「杜詩、

〔註76〕張鎡〈梅溪詞序〉，金啓華、張惠民等：《唐宋詞集序跋匯編》，頁238。
〔註77〕如陳師道《後山詩話》云：「柳三變游東都南、北二巷，作新樂府，骪骳從俗，天下詠之。」再如胡仔《苕溪漁隱叢話》後集卷三十引《藝苑雌黃》云：「柳之樂章，人多稱之。……彼其所以傳名者，直以言多近俗，俗子易悅故也。」
〔註78〕黃裳《演山集》卷三十五，金啓華、張惠民等：《唐宋詞集序跋匯編》，頁15。

柳詞皆無表德，只是實說。」〔註79〕

杜甫與柳永所反映的時代治亂雖有不同，但兩者「皆無表德」（即不是為政治宣傳），只是據實說出來。柳詞鋪敍展衍與描寫的客觀性，使他的詞具有反映現實的作用。杜甫詩是「傷而不怨」，柳永詞是「頌而不諛」，皆是繼承《風》《騷》精神，能達雅正婉妍之旨，故同為陳子龍所稱許。

（二）追求純情自然之格

陳子龍主張作詞應追求純情自然的「高渾」之格，並推尊南唐李璟父子至北宋時期的作品，以為是詞作的典範。其在〈幽蘭草詞序〉說：

> 自金陵二主，以至靖康，代有作者，或穠纖婉麗，極哀豔之情；或流暢澹逸，窮盼倩之趣。然皆境由心生，詞隨意啓，天機偶發，元音自成。繁促之中尚存高渾，斯為最盛也。（《安雅堂稿》卷三）

雖然詞在創作上多寫豔情，是唐五代以來詞壇上既成的事實。但人本多情，且五倫肇端於夫婦，抒寫男女之情並不妨礙其旨之雅正，這從孔子在《論語・為政》言：「《詩》三百，一言以蔽之，曰：『思無邪』」可證明。將深摯之情寄諸婉麗之詞，既出於溫柔敦厚，且義歸雅正，自然能深沉含蓄，品性自高。

作為一種抒情的文學體裁，詞中之情，當然貴在一個「真」字，以真摯來感動人心，誠如清代沈祥龍在《論詞隨筆》中所言的：「詞之言情，貴得其真。勞人思婦，孝子忠臣，各有其情。古無無情之詞，亦無假託其情之詞。」〔註80〕

但要寫好合乎雅正之旨的純情詞並不容易，如陳廷焯在《白雨齋詞話》卷五中即言：

> 閑情之作，雖屬下乘，然亦不易工。蓋摹色繪聲，礙難著

〔註79〕張端義《貴耳集》卷上，《叢書集成新編》冊84，頁578。
〔註80〕沈祥龍《論詞隨筆》，唐圭璋：《詞話叢編》冊四，頁4053。

筆。第言姚冶，易近纖佻。兼寫幽貞，又病迂腐。然則何
爲而可，曰：「根柢於《風》《騷》，涵泳於溫、韋，以之作
正聲也可，以之作豔體亦無不可。」……今人不知作詞之
難，至於豔詞，更以爲無足輕重，率爾操觚，揚揚得意，
不自知可恥。此〈關雎〉所以不作也，此鄭聲之所以盈天
下也，此則余之所大懼也。〔註81〕

陳廷焯所主張的情詞作法：「根柢於《風》《騷》，涵泳於溫、韋」，與
陳子龍所言「夫《風》《騷》之旨，皆本言情，言情之作，必託於閨
襜之際。」（〈三子詩餘序〉）的看法是相一致的。今試以陳子龍所稱
許的李後主詞作來說明，以闡釋子龍所謂「境由心生，詞隨意啓，天
機偶發，元音自成。」的純情自然之格的意涵。

　　李後主的詞作，自來最爲論者所稱道的即是其情感的眞摯，如王
國維在《人間詞話》即言：

　　　　詞人者，不失其赤子之心者也，故生於深宮之中，長於婦
　　　　人之手，是後主爲人君所短處，亦即爲詞人所長處。〔註82〕

的確，做爲一個「好聲色，不恤政事」的亡國之君，後主在政事上確
是乏善可陳。但作爲一個情感眞實豐富的詞人，以血淚塡詞，後主留
給我們的，卻是感人肺腑的抒情佳篇。因情感的眞摯，又歷經亡國之
痛，李後主以自然精練的語言，將身世家國之感納入詞中，從而擴大
了詞的題材範圍，故王國維又贊之曰：「詞至李後主而眼界始大，感
慨遂深，遂變伶工之詞爲士大夫之詞。」〔註83〕如其〈相見歡〉（無
言獨上西樓）云：

　　　　無言獨上西樓，月如鉤。寂寞梧桐深院，鎖清秋。　　　剪
　　　　不斷，理還亂，是離愁。別是一番滋味，在心頭。〔註84〕

〔註81〕陳廷焯《白雨齋詞話》卷五，唐圭璋：《詞話叢編》冊四，頁　3885
　　　　～3886。
〔註82〕王國維《人間詞話》，唐圭璋：《詞話叢編》冊五，頁 4242。
〔註83〕王國維《人間詞話》，唐圭璋：《詞話叢編》冊五，頁 4242。
〔註84〕張璋、黃畬：《全唐五代詞》（臺北：文史哲出版社，1986 年 10 月），
　　　　頁 450。

據《舊五代史》卷一三四、《新五代史》卷二十六、陸游《南唐書》卷三所記：李煜（937～978）自從宋建隆二年（961）南唐中主李璟逝世後，嗣位於金陵（今江蘇南京市）。開寶八年（975）宋滅南唐，李煜肉袒出降，被封爲「違命侯」。自此幽居在汴京（今河南開封）的深院小樓，至太平興國三年（978）被毒死，時年42。大致而言，亡國前耽於享樂，亡國後溺於悲哀，即是李後主的一生。

〈相見歡〉（無言獨上西樓）即是後主寫幽囚生活的愁苦滋味。上闋所寫，全是後主眼中之景，被鎖在深院之中的人，悲愁無限，只有清冷的秋天相對，怎不令人孤寂！此即王國維所謂：「以我觀物，物皆著我之色彩」，〔註85〕後主寫景，即寫他純情的感受，故「一切景語皆情語也」。〔註86〕下闋詞人直抒胸臆，深刻而形象地用「剪不斷，理還亂」的絲縷比喻愁思的紛繁難解，並以只可意會，不可言傳的沉痛傷心語來結束，更令人感到無限淒惋。

全詞寫情極其自然，語言亦樸素如口語，雖不假任何雕琢與修飾，但純情自然的高渾之格卻自在其中。其餘如〈虞美人〉（春花秋月何時了）、〈子夜歌〉（人生愁恨何能免）、〈破陣子〉（四十年來家國）……等皆是不假雕飾而眞情洋溢的自然高渾之作，故周濟在《介存齋論詞雜著》中以「粗服亂頭，不掩國色」〔註87〕來評李後主的詞，實在是因爲李後主出自眞切情感的卓越才華，已到了不須借助雕飾的地步了。

陳子龍除了在理論上力主詞作當追求自然純情的高渾之格外，在創作上亦是遵行不悖。同是性情中人，同樣面臨國破家亡之境，故均以小詞來寄寓眞摯的身世之慨。二人的時代雖相差六、七百年，但詞風竟是如此神似。故譚獻在其《復堂詞話》中稱美陳子龍詞：「然則重光（李煜字）後身，唯臥子足以當之。」〔註88〕關於這一部分的問

〔註85〕王國維《人間詞話》，唐圭璋：《詞話叢編》冊五，頁4239。
〔註86〕王國維《人間詞話刪稿》，唐圭璋：《詞話叢編》冊五，頁4257。
〔註87〕周濟在《介存齋論詞雜著》，唐圭璋：《詞話叢編》冊二，頁1633。
〔註88〕譚獻《復堂詞話》，唐圭璋：《詞話叢編》冊四，頁3997。

題，本論文擬在討論陳子龍詞的形式技巧時再加以論述。

二、情感意境上推陳出新

　　從〈白雲草自序〉中可以知道，陳子龍所強調的是從現實生活中體會出來，有益於國家社稷的眞情，所以他批評當朝「身在山林，心懷魏闕」的詩人曰：

> 今之爲詩者，我惑焉，當其放形山澤之中，意不在遠，適境而止。又曰：「我恐以言爲戮也。」一旦歷玉階，登清廟，則詳緩其步，坐論公卿，彼柔翰徒滑我神，何益殿最爲？如是，則國家之文，安能燦然與三代比隆，而人主何所采風存褒刺哉？〔註89〕

但他也知道，要針對時弊，大膽揭露現實黑暗的創作是不容易的，往往會爲作者遭來殺身之禍，其在〈詩論〉中即感嘆道：

> 鳴呼？三代以後，文章之士，不亦難乎！欲稱引盛德，贊宣顯人，雖典頌衰雅乎，即何得非諂。其或慷慨陳辭，譏切當世，朝脫於口，暮嬰其戮。鳴呼！當今之世，其可以有言者鮮矣。〔註90〕

雖然如此，他還是力主眞正的、有價値的文學創作，必須要求有怨刺。從此角度出發，如前所述，他相當贊成司馬遷的發憤著書說，以爲應當突出詩歌的怨刺作用，故在〈白雲草自序〉中進一步申發此旨云：

> 《詩》三百篇，雖愁嘉之言不一，而大約必極於治亂盛衰之際。遠則怨，怨則愛；近則頌，頌則規。怨之與頌，其文異也；愛之與規，其情均也。〔註91〕

他這種強調文學創作要與現實密切結合的主張，是他強烈愛國主義精神在文學思想上的具體表現，爲當時的文壇帶來一股蓬勃的生氣。當

〔註89〕王昶編《陳忠裕全集》卷二十六，上海文獻叢書編委會編：《陳子龍文集》上冊，頁446～447。

〔註90〕王昶編《陳忠裕全集》卷二十一，上海文獻叢書編委會編：《陳子龍文集》上冊，頁140～141。

〔註91〕王昶編《陳忠裕全集》卷二十六，上海文獻叢書編委會編：《陳子龍文集》上冊，頁446。

然，這樣反映現實與情主怨刺的審美理想，也展現在他對詞體的要求
上。

（一）反映現實

陳子龍所謂「情以獨至為真」，即是要求詩歌創作要表現詩人所
獨有的，發自內心的真情；且這種真情又是詩人有感於現實，激蕩於
內心，而不得不發的結果。即其在〈王介人詩餘序〉中所言的：「其
歡愉愁怨之致，動於中而不能抑者」，而子龍也認為宋詞因為能表現
這種經由現實的衝擊而產生的真情，所以能比以言哲理為主的宋詩有
較高的成就。

陳子龍因生長在明清易代、家國多難的時代，又是忠貞的愛國英
烈，故以詩詞來反映時代的苦難，進而與時代精神相結合，無疑是他
文學理論和創作的核心。使詞成為反映社會國家盛衰存亡的工具，寄
書生感慨不能已的情懷，在南宋抗金救國的時代氛圍下，已成為詞學
上普遍的自覺。如劉學箕〈賀新郎〉（往事何堪說）小序即云：

> 近聞北虜衰亂，諸公未有勸上修治內治以待外攘者。書生
> 感慨不能已，用辛稼軒〈金縷〉詞韻述懷。此詞蓋鷺鷥林
> 寄陳同甫者，韻險甚。稼軒自和凡三篇，語意俱到。〔註92〕

而這些能反映現實，寄寓書生不能自已之慨的詞作，大多能超脫個人
小我之愁，而執著於整個國家社會的大悲與大喜，所以格調自然高
尚，境界自然深遠。誠如陳人傑在〈沁園春〉（我自無憂）一詞的小
序中所說的：

> 丈夫涉世，非心木石，安得無愁時。顧所愁何如爾。杜子
> 美平生困躓不偶，而嘆老羞卑之言少，愛君憂國之意多，
> 可謂知所愁矣。若顧著衣吃飯，一一未能忘情，此為不知
> 命者。〔註93〕

此段文字極具理論價值，肯定人生之多艱與多愁，也肯定詞作為文藝

〔註92〕唐圭璋編：《全宋詞》冊四，頁2434。
〔註93〕唐圭璋編：《全宋詞》冊五，頁3083。

的抒懷寫愁功能。但主張應以天下君國之愁為愁，抒發以天下為己任的憂患意識，而不屑於抒寫一己的得失窮通之愁。將個人窮通與家國盛衰相結合，這樣的觀念，是南宋前中期，充滿激揚感憤的抗金救國的社會精神在詞學上的反映。

　　一般人受陳子龍在〈幽蘭草詞序〉中「南渡以來，此聲遂渺」的影響，以為陳子龍不欲涉南宋詞一筆，〔註94〕其實陳子龍之所以如此說，是和他自己的詞體意識，和南宋詞「寄慨者亢率，而近儈武；諧俗者鄙淺，而入優伶。」（〈幽蘭草詞序〉）的史實而得出來的。關於陳子龍詞史的演進觀，將在下節深究之。

　　其實陳子龍對南宋詞並非不涉一詞，在金人馮金伯所輯的《詞苑萃編》卷五〈品藻篇〉即輯錄子龍評文天祥〈念奴嬌〉詞曰：「文文山驛中與友人言別，賦〈百字令〉，氣衝牛斗，無一毫委靡之色。」〔註95〕文天祥此詞風格悲壯，與陳子龍所力主的柔婉綿麗並不一致，但因詞中所抒，乃是因山河變色所激發的憂愁感慨，頗能反映「蜀鳥吳花殘照裏，忍見荒城頹壁。銅雀春情，金人秋淚，此恨憑誰雪。」的黍離麥秀之悲，與「伴人無寐，秦淮應是孤月」的孤臣無力可回天的淒涼之感，與現實緊密相結合，故陳子龍予以高度的評價。另外對南宋亡後的一批愛國志士們，如唐玨、林景熙等人的詠物之作，因能表現高尚的愛國情志，故陳子龍也極為讚賞。關於這一部分，將在下節做深入的論述。

（二）情主怨刺

　　從前述可知，陳子龍論詞以為詞源本《風》《騷》，託意於閨襜，而成言情之作。是以詞體雖纖弱，詞境雖婉媚，卻必須「託貞心於妍貌，隱摯念於佻言」（〈三子詩餘序〉），即近以致遠，顯微而闡幽。雖

〔註94〕如王士禎《花草蒙拾》言：「雲間數公論詩拘格律，崇神韻。……其於詞，亦不欲涉南宋一筆，佳處在此，短處亦在此。」唐圭璋：《詞話叢編》冊一，頁685。
〔註95〕馮金伯所輯的《詞苑萃編》卷五，唐圭璋：《詞話叢編》冊二，頁1888。

然文以範古為美，情感卻是以獨至為真，文中所表達的思想，要能反映社會現實。與社會密切地結合，這樣的文學理論，是陳子龍強烈愛國主義下的產物。在這樣的基礎上，他極力贊成司馬遷的發憤著書說，並以為唯有深刻反映時代苦難與身世遭遇的創作，才能動於情而不容於己，從而呈現婉麗雋永與深遠之致，其在〈三子詩選序〉中言：

> 人生離合，豈有常期哉！當此之時，雖飛鳥疾風之聲，猶為魂驚，況乎追念疇昔，紬繹篇章，思燕笑之期，體詠歌之志，詩則猶是也，而衰可知矣。〔註96〕

「思燕笑之期」，乃是為「體詠歌之志」，而這兒所說的「志」，即是其在〈六子詩序〉中所說的「刺譏當時，託物連類而見其志」的憤積不得通之志。故其在〈方密之流寓草序〉中又進一步申論道：

> 憂愁感慨之文，生乎志者也；生乎志者其言切。故善觀世變者，於其憂愁感慨之文可以見矣。〔註97〕

凡此皆可以看出陳子龍情主怨刺的思想，而這樣的思想，當然也表現在他對詞徑的追求上。其在〈王介人詩餘序〉即明白指出宋人「動於中而不能抑者，類發於詩餘，故其所造獨工，非後世可及。」

　　情主怨刺，乃是子龍對《詩經》詩言志與《離騷》借抒情以言志傳統的繼承，其以為《詩經》中雖有頌詩，但實際上是以贊美古之聖王來諷刺現實的衰世，其〈詩論〉言：

> 我觀於《詩》，雖頌皆刺也。時衰而思古之盛王，〈嵩高〉之美申，〈生民〉之譽甫，皆宣王之衰也。至於寄之離人思婦，必有甚深之思，而過情之怨，甚於後世者。故曰皆聖賢發憤之所為作也。〔註98〕

當然，在文學的藝術表現上，《離騷》遠比《詩經》更為豐富與瑰麗，

〔註96〕王昶編《陳忠裕全集》卷二十六，上海文獻叢書編委會編：《陳子龍文集》上冊，頁425。

〔註97〕王昶編《陳忠裕全集》卷二十六，上海文獻叢書編委會編：《陳子龍文集》上冊，頁361。

〔註98〕王昶編《陳忠裕全集》卷二十一，上海文獻叢書編委會編：《陳子龍文集》上冊，頁142～143。

誠如王逸在《離騷經‧序》中所說的：

> 《離騷》之文，依《詩》取興，引類譬喻。故善鳥香草，
> 以配忠貞；惡禽臭物，以比讒佞；靈修美人，以媲於君；
> 宓妃佚女，以譬賢臣；虬龍鸞鳳，以托君子；飄風雲霓，
> 以爲小人。〔註99〕

《離騷》所善用的比興與寄託，也爲陳子龍所繼承，故其在詞體意識上言「夫《風》《騷》之旨，皆本言情。言情之作，必託於閨襜之際。」而在詞體意識上則力主宜「託貞心於妍貌，隱摯念於佻言」。經由這樣的創作理論所寫出來的作品，即如南宋劉克莊在〈跋劉叔安感秋八詞〉中所說的：「麗不至褻，新不犯陳，借花卉以發騷人墨客之豪，託閨怨以寓放臣逐子之感。」〔註100〕

　　而陳子龍本人的詞作即是他詞學理論的徹底實踐，故清人況周頤在其《蕙風詞話》卷五中即贊美子龍的詞作「含婀娜於剛健，有《風》《騷》之遺則」，〔註101〕關於這一部分，本文在探討陳子龍詞作時將會有進一步的論述。

〔註99〕王逸《楚辭章句‧序》《叢書集成新編》冊58，頁399。

〔註100〕劉克莊《後村題跋》卷二，金啓華、張惠民等：《唐宋詞集序跋匯編》，頁253。

〔註101〕況周頤《蕙風詞話》卷五，唐圭璋：《詞話叢編》冊五，頁4510。

第四章　陳子龍的詞學理論（二）

第一節　詞史的演進觀

　　有關陳子龍的詞史觀，集中表現在他著名的詞學論文〈幽蘭草詞序〉中，爲說明其論點，茲不憚詞費，將〈幽蘭草詞序〉抄錄如下：

> 詞者，樂府之衰變，而歌曲之將啓也。然就其體製，厥有盛衰，晚唐語多俊巧而意鮮深至，比之於詩，猶齊梁對偶之開律也。自金陵二主以至靖康，代有作者，或穠纖婉麗，極哀豔之情；或流暢澹逸，窮盼倩之趣。然皆境由情生，辭隨意啓，天機偶發，元音自成，繁促之中尚存高渾，斯爲最盛也。南渡以還，此聲遂渺。寄慨者亢率而近於傖武，諧俗者鄙淺而入於優伶，以視周、李諸君，即有「彼都人士」之嘆。元濫填詞，茲無論已。明興以來，才人輩出，文宗兩漢，詩儷開元，獨斯小道，有慚宋轍。其最著者爲青田、新都、婁江。然誠意音體俱合，實無驚魂動魄之處；用修以學問爲巧便，如明眸玉屑，纖眉積黛，祇爲累耳。元美取境，似酌蘇、柳間，然如「鳳凰橋下」語，未免時墜吳歌。此非才之不逮也，巨手鴻筆，既不經意；荒才蕩色，時竊濫觴。且南北九宮既盛，而綺袖紅牙，不復按度，

> 其用既少，作者自希，宜其鮮工也。
>
> 吾友李子、宋子，當今文章之雄也，又以妙有才情，性通宮徵，時屈其班、張宏博之姿，枚蘇大雅之致，作爲小詞，以當博奕，予以暇日，每懷見獵之心，偶有屬和，宋子彙而梓之曰：《幽蘭草》。今觀李子之詞麗而逸，可以昆季璟、煜，娣姒清照。宋子之詞幽以婉，淮海、屯田肩隨而已。要而論之，本朝所未有也。獨以予之椎魯，鼎廁其間，此何異薦敦洽於瑤室，奏瓦缶於帝庭哉！昔人形穢之憂，增其踧踖耳，二子豈以幽蘭之寡和，而求助於巴人乎。〔註1〕

陳子龍這段論詞文字，清晰地勾勒出從晚唐到當代詞體發展的軌跡，認定晚唐爲詞的濫觴期，南唐北宋爲詞的鼎盛期，南宋元明則爲詞的衰微期。並特別拈出明詞三個代表作家劉基（青田、誠意）、楊慎（新都、用修）、王世貞（婁江、元美）來加以批評，以顯明詞積弊之深，並以復興當代詞風來自我期許。

若考證其他文獻資料，將會發現陳子龍對南宋詞並不因「南渡以來，此聲遂渺」而不置一詞，事實上子龍對能反映世變之作，如文天祥的〈念奴嬌〉及南宋末年愛國詞人所塡的《樂府補題》，評價是相當高的。

以下即擬以〈幽蘭草詞序〉的論述爲主，並參酌其他資料，來詮釋陳子龍詞學的演進觀。至於陳子龍對明代詞壇的批評，因論題頗深入，將在下節另作探討。

一、標舉南唐、北宋令詞

如前所述，陳子龍在文學創作上有復古的傾向，主張在形式體製上依循前人，認爲「詩之爲道，不必專意爲同，亦不必強求其異。既生古人之後，其體格之雅，音調之美，此前哲之所已備，無可獨造者

〔註1〕陳子龍《安雅堂稿》卷三，上海文獻叢書編委會編：《陳子龍文集》上冊，頁85～86。〈幽蘭草詞序〉乃陳子龍重要的詞學理論著作，爾後引該篇文字則只在篇末標明《安雅堂稿》卷三，不再註明出處。

也。」（〈彷彿樓詩稿序〉）〔註2〕所以力主「文以範古爲美」（〈佩月堂詩稿序〉）。〔註3〕同樣地，對於詞，他也是有復古之意，故標舉以南唐北宋詞爲典範。此從其〈幽蘭草詞序〉中極力稱美從南唐二主到北宋之間的詞作，雖然風格各有不同，「或穠纖婉麗，極哀豔之情；或流暢淡逸，窮盼倩之趣。」但皆是「境由情生，辭隨意啓，天機偶發，元音自成。」的高渾之作可知。

　　且從陳子龍在評判當代詞人常以南唐北宋詞家爲標準，亦可以窺見他對南唐北宋詞的推崇。如其評李雯詞「麗而逸，可以昆季璟、煜，娣姒清照。」宋徵輿詞「幽以婉，淮海、屯田肩隨而已。」評宋九秋詞「方駕金陵（南唐），齊鑣汴雒（北宋）矣」（〈宋子九秋詞稿序〉），〔註4〕評王介人詞「與昇元（李璟）父子、汴京諸人，連鑣競逐。」（〈王介人詩餘序〉）〔註5〕等無不以南唐北宋詞家爲參照標準。

　　但陳子龍的推崇南唐北宋詞，一如他對晚唐詞作的「語多俊巧，而意鮮深至」的情形不滿一樣，因這樣的作品是不符合他對詞要求須有「深刻之思」與「未盡之意」的期待，故當然不會是他標舉的對象。由上文的敘述可知，南唐北宋詞是深符合陳子龍「以纖弱之體寄寓沉摯之思」與「以婉媚之境顯微闡幽」的詞體期待的。且一如本論文在前章第一節所提到的，詞人詞體意識的形成，乃是其對外在規範所接受的程度，故陳子龍「抒情寓志，上繼《風》《騷》」與「嚴詩詞之界」的詞體意識的形成，與他對南唐北宋詞的推崇，二者之間不是前後或因果關係，而是從不同向度思考的二而一的結果。

〔註2〕王昶等編：《陳忠裕全集》卷二十五，上海文獻叢書編委會編：《陳子龍文集》上冊，頁377～378。

〔註3〕王昶等編：《陳忠裕全集》卷二十五，上海文獻叢書編委會編：《陳子龍文集》上冊，頁381。

〔註4〕王昶等編：《陳忠裕全集》卷二十六，上海文獻叢書編委會編：《陳子龍文集》上冊，頁435～436。

〔註5〕陳子龍《安雅堂稿》卷二，上海文獻叢書編委會編：《陳子龍文集》下冊，頁55。

以下即從陳子龍所標舉的南唐北宋詞的特色，並舉其所推崇的名家如李璟父子、李清照、秦觀、柳永等人的詞作來加以印證，期能對釐清陳子龍之所以推崇南唐北宋詞的原因有所助益。

（一）穠纖婉麗，流暢澹逸

陳子龍在〈幽蘭草詞序〉中極力稱美南唐北宋詞作是「或穠纖婉麗，極哀豔之情；或流暢淡逸，窮盼倩之趣。」可見其認為穠纖婉麗與流暢澹逸乃此一時期詞作的特色。

大致上說來，穠纖婉麗與流暢澹逸乃婉約派的詞風，而這一派的詞作又是以《花間集》的「情眞而調逸，思深而言婉」為宗，〔註6〕情眞調逸、思深言婉之作所表現出來的風格必是「穠纖婉麗，流暢澹逸」。今試以南唐中主李璟的〈山花子〉一詞來說明：

菡萏香消翠葉殘，西風愁起綠波間。還與韶光共憔悴，不堪看。　　細雨夢回雞塞遠，小樓吹徹玉笙寒。多少淚珠何限恨，倚欄干。〔註7〕

本詞乃寫閨中思婦的情意。上半闋寫思婦眼中所見之景與所感之情：夏末秋初之際，菡萏（即荷花）在西風蕭瑟處凋零，令人聯想到年華的易衰，故更覺此香銷葉殘之景的不堪看。下半闋則進一步深寫和細寫此思婦的念遠之情，與征夫在夢中相會，而雨聲驚夢醒，夢回獨處時，點滴雨聲更增人孤寒淒寂之情，只好吹玉笙以自遣。「多少淚珠何限恨，倚欄干」既將前二句所渲染的悲苦之情質直地敘述，又戛然而止，與前半闋開端數句寫景之辭遙相呼應，使前句之「淚」與「恨」也都有了一種悠遠含蓄的餘味。

如此搖蕩迴環的敘寫，既使景語與情語相生，又使遠筆與近筆相互映襯，全詞如行雲流水般自然，無任何造作安排之意。且遣詞造語

〔註6〕晁謙之〈花間集‧跋〉：「右《花間集》十卷，皆唐末才士長短句，情眞而調逸，思深而言婉。」金啓華、張惠民等編：《唐宋詞集序跋》，頁339。

〔註7〕張璋、黃畬編：《全唐五代詞》（臺北：文史哲出版社，1986年10月），頁439。

極講究，如稱「菡萏、翠葉」而不言「蓮花、荷葉」，因前者傳達給人的是一種莊嚴珍貴之感。又以「韶光」泛指春光與美好的青春年華，更予人多重的感發。凡此皆可看出李璟此詞的穠纖婉麗與流暢澹逸。

其餘如李煜〈虞美人〉（春花秋月何時了）、柳永〈甘草子〉（秋暮）、秦觀〈減字木蘭花〉（天涯舊恨）和李清照的〈武陵春〉（風住塵香花已盡）等皆是情深調逸，言婉而思深的作品。可見陳子龍之所以推舉南唐北宋婉約綿麗之作，其實是與他自己的詞體意識和詞體期待相一致的。

（二）言如貫珠，鏤裁至巧

陳子龍在〈三子詩餘序〉中主張作詞要「鏤裁至巧，而若出自然」，即是對〈王介人詩餘序〉中「以嫚利之詞而製之實工煉，使篇無累句，句無累字。圓潤明密，言如貫珠，則鑄調難也。」的概括，可見陳子龍詞學觀中對此一作法的執著。事實上，注重「言如貫珠」與「鏤裁至巧」即是小令的特色，故陳子龍所推崇及引以爲模範的即是南唐北宋的小令。這從陳子龍本人現存的詞作中小令即佔百分九十以上（參見本論文第六章陳子龍詞的形式技巧中第四節陳子龍詞的詞調特色），及清初鄒祗謨委婉地指出陳子龍等雲間諸子的作品「所微短者，長篇不足耳」〔註8〕可知。

今試以秦觀的〈畫堂春〉爲例，來說明南唐北宋令詞言如貫珠，鏤裁至巧的特色：

> 落紅鋪徑水平池，弄晴小雨霏霏。杏園憔悴杜鵑啼，無奈春歸。　　柳外畫樓獨上，憑欄手撚花枝。放花無語對斜暉，此恨誰知。〔註9〕

秦觀詞中所呈現的纖柔婉約，乃是來自於他心靈中善感敏銳的天性。在蘇軾以賦詩之法作詞並達到頂峰之後，這種回歸詞體纖柔本質的婉

〔註8〕 鄒祗謨《遠志齋詞衷》，唐圭璋：《詞話叢編》（臺北：新文豐出版社，1988年2月）冊一，頁651。
〔註9〕 唐圭璋編：《全宋詞》（臺北：世界書局，1984年3月）冊一，頁460。

約之作，就更顯得難能可貴。且秦觀詞這種出自心性本質的婉約特點，又不同於《花間》、《尊前》的女聲歌筵之作，故劉熙載在其《藝概·詞概》中言：「秦少游得《花間》、《尊前》遺韻，卻能自出清新。」〔註10〕乃是對秦觀詞體會有得之言。

本詞所述乃是詞人因暮春之景所引起的一片單純敏銳的柔情。上半闋以輕靈之筆，寫出詞人眼中耳中所見所聞的春歸之景，含蓄的意致所表現出來的纖柔婉麗，正是秦詞的特美處。下半闋由寫景轉而寫人，情致更是委婉動人。對花深惜與多情，卻無奈日又將斜，更顯春去難留，故結語言「此恨誰知」，令人感受到其中果然有極深的哀感。周濟在其《宋四家詞選·目錄序論》中言：「少游意在含蓄，如花初胎，故少重筆。」〔註11〕〈畫堂春〉此首小詞，可以為此評語的印證；而與陳子龍所言的「言如貫珠，鏤裁至巧」亦不謀而合。

秦觀是子龍相當欽羨的對象，陳子龍的詞作中有兩首〈畫堂春〉，亦是仿秦詞手法，以輕靈之筆來刻畫傷春的深情。而其餘子龍所稱美的南唐北宋詞家所作的令詞，如李煜〈烏夜啼〉（昨夜風兼雨）、柳永〈少年游〉（長安古道馬遲遲）、李清照〈如夢令〉（昨夜雨疏風驟）……等均是言如貫珠、鏤裁至巧的佳篇。這些「言如貫珠」「鏤裁至巧」的南唐北宋的小令所呈現出來的美感，恰與陳子龍所力主的「穠纖婉麗」「流暢澹逸」相一致。故陳子龍之稱美南唐北宋令詞，實在是因此期小令言如貫珠、鏤裁至巧與穠纖婉麗、流暢澹逸的特性，正符合子龍對詞體的審美趨向。

二、以南宋、元、明詞為衰微

陳子龍在〈幽蘭草詞序〉中言：「南渡以還，此聲遂渺。寄慨者亢率而近於傖武，諧俗者鄙淺而入於優伶，以視周、李諸君，即有彼都人士之嘆。元濫填詞，茲無論已。明興以來，才人輩出，文宗兩漢，

〔註10〕劉熙載《藝概·詞概》，唐圭璋：《詞話叢編》冊四，頁 3691。
〔註11〕周濟《宋四家詞選》，唐圭璋：《詞話叢編》冊二，頁 1643。

詩儷開元，獨斯小道，有慚宋轍。」明顯地指出南宋、元、明爲詞的衰微期。究竟這一論斷是否符合史實？本文擬援引其他資料來佐證陳子龍的看法。先探討南宋及元兩代詞的弊端所在，至於明詞之弊，因子龍著墨較多，故擬在下節討論。

（一）南宋詞之弊

　　陳子龍對於南宋詞的看法，因其曾說「南渡以還，此聲遂渺。寄慨者亢率而近於傖武，諧俗者鄙淺而入於優伶，以視周、李諸君，即有彼都人士之嘆。」是最易惹人爭議的，以爲其對南宋詞鄙夷之至。事實上，陳子龍對南宋詞並未全盤否定，這在下一小節中有詳細的論述。而陳子龍所謂「寄慨者亢率而近於傖武，諧俗者鄙淺而入於優伶。」乃是針對南宋詞的末流而發。

　　南宋詞除承北宋周、李遺緒，在婉約詞風上多所闡發外，有志之士面臨偏安江左，外患頻仍，君臣苟安的政治局面，更是藉由詞來抒發心中的憤慨，此類詞作堂廡之大，格調之高，更是北宋詞所無法企及，故南宋詞的成就在詞史上是有目共睹的。朱彝尊《詞綜‧發凡》云：「世人言詞必稱北宋；然詞至南宋始極其工，至宋季而始極其變。」〔註12〕此語是說明詞發展到了南宋已達登峰造極之境，但也因其已將北宋詞的種種規模都充實和完美了，自己又無法開拓出新的境界，故亦「極其變」，即無法再發展下去了。

　　南宋詞約可分爲二派，一派藉詞來抒發其憂時愛國之志，與時代精神相結合，此派作家自是以辛棄疾（1140～1207）爲代表。另一派則是與辛棄疾同時而別樹一幟，精於音律，能自制曲的姜夔（1155～1221？）爲代表。此二派之佳構在詞史上自有其不可抹滅的地位與成就，但陳子龍對辛派之成就略而不談，應是與其個人以爲詞體當纖弱的審美觀有關；而忽略姜夔、張炎等婉約派作手之成

〔註12〕朱彝尊《詞綜‧發凡》（臺北：臺灣中華書局，1970 年 6 月臺二版），頁 4。

就，則或許以為其「狀兒女之情，托風月之興，仍無以越北宋也。」
〔註13〕總之，不提辛棄疾、姜夔、張炎等南宋詞人的成就，固然是
陳子龍在詞史演進觀上一個令人相當遺憾的疏漏，但此二派的末流
詞人，或由豪放而轉為議論，或由婉約而流為輕藝，即子龍所謂「寄
慨者亢率而近於傖武，諧俗者鄙淺而入於優伶」的弊病，卻是不爭
的事實。故子龍所謂「南渡之後，此聲逐渺」乃是針對南宋末流而
發，今試舉例以說明之：

1. 寄慨者亢率而近於傖武

劉克莊（1187～1269），字潛夫，號後村，莆田（今屬福建）人。
楊慎《詞品》卷五稱：「《後村別調》一卷，大抵直致近俗，效稼軒而
不及也。」〔註14〕觀其名作〈沁園春‧夢浮若〉云：

> 何處相逢，登寶釵樓，訪銅雀臺。喚廚人斫就，東溟鯨膾，
> 圉人呈罷，西極龍媒。天下英雄，使君與操，餘子誰堪共
> 酒杯。車千兩，載燕南趙北，劍客奇才。　　飲酣鼻鼓如
> 雷。誰道被晨雞輕喚回。嘆年光過盡，功名未立，書生老
> 去，機會方來。使李將軍，遇高皇帝，萬戶侯何足道哉。
> 推衣起，但淒涼感舊，慷慨生哀。〔註15〕

全詞直抒胸臆，氣勢雖不如辛稼軒豪邁，但頗能反映當時君臣苟安，
志士報國無門的政治現實，於詞可得其憂時念亂之怨與忠國之志。故
其詞雖直率，但詞品仍是可取的。再看其另一首〈沁園春‧答九華葉
賢良〉云：

> 一卷陰符，二石硬弓，百斤寶刀。更玉花驄噴，鳴鞭電抹，
> 烏絲闌展，醉墨龍跳。牛角書生，蝸髯豪客，談笑皆堪折
> 簡招。依稀記，曾請纓繫粵，草檄征遼。　　當年目視雲
> 霄。誰信道淒涼成折腰。悵燕然未勒，南歸草草，長安不
> 見，北望迢迢。老去胸中，有些磊塊，歌罷猶須著酒澆。

〔註13〕王易：《詞曲史》，頁169。
〔註14〕楊慎《詞品》卷五，唐圭璋：《詞話叢編》冊一，頁510。
〔註15〕唐圭璋編：《全宋詞》冊四，頁2594。

　　　　休休也，但帽邊鬢改，鏡裏顏凋。〔註16〕

全詞自述其平生抱負與壯志難酬的境遇。上片表明自己文武雙全，志
在殺敵報國；下片慨嘆功業無成，為自己坎坷的身世鳴不平。通過上
下片的強烈對比，一個失路英雄的形象生動地展現在眼前。全詞筆墨
酣暢，直抒胸臆，一氣呵成，極盡悲壯蒼涼。像這樣的作品，詞品誠
然可取，但若從詞體「要眇宜修」的美學角度來看，不免又覺其太過
粗獷直率。故馮煦《蒿庵論詞》曰：「後村詞，與放翁、稼軒，猶鼎
三足。其生丁南渡，拳拳君國，似放翁。志在有為，不欲以詞人自域，
似稼軒。」〔註17〕「不欲以詞人自域」正委婉地指出了劉克莊詞的不
符合審美標準。

　　在南宋前後期熱烈期待渡河復國的時代氛圍下，劉克莊的人品與
詞品均可稱上乘。但其抒發愛國情操的感慨之作，尚且有直而近俗的
弊病；則其他人品與詞品均不及克莊的詞人，其抒慨之作，有直俗之
弊，必是無庸置疑的。故陳子龍所言的「寄慨者亢率而近於傖武」，
雖然不能概括南宋詞壇的全部實況，但也清楚地說明當時詞壇所存在
的某些現象。

2. 諧俗者鄙淺而入於優伶

　　作為一種音樂文藝，詞本即存在著娛樂與交際功能。北宋初期柳
永（987？～1055後）詞為求合歌能唱，詞語或許不甚高明，但在審
音協律上的確下了很大的功夫，故能流傳久遠。沈義父《樂府指迷》
即指出：「柳耆卿音律甚協，句法亦多有好處，然未免有鄙俗語。」
〔註18〕葉夢得《避暑錄話》卷三記西夏歸朝官語曰：「凡有井水飲處，
皆能歌柳詞。」〔註19〕如此重視音律的詞家，經李清照至南宋姜夔、
張炎等作手，除了重視審音協律外，在修辭上亦相當講究，故成就了

〔註16〕唐圭璋編：《全宋詞》冊四，頁2595。
〔註17〕馮煦《蒿庵論詞》，唐圭璋編：《詞話叢編》冊四，頁3595。
〔註18〕沈義父《樂府指迷》，唐圭璋：《詞話叢編》冊一，頁278。
〔註19〕葉夢得《避暑錄話》卷下，《叢書集成新編》冊84，頁630。

「意度超玄，律呂協洽，不特可寫青檀口，亦可被歌管薦清廟，方之古人，當與百石老仙相鼓吹。」（仇遠〈玉田詞題辭〉）〔註20〕的聲情相諧的盛況。但此派的末流之輩，一味求諧俗能唱，易忽略詞體「要眇宜修」的美學規範，而流為俳優樂工之作，如石孝友（字次仲，生卒年不詳，乾道二年（1166）進士，著有《金谷遺音》一卷）〈惜奴嬌〉：

> 合下相逢，算鬼病須沾惹。閑深裏做場話霸。負我看承，柱駝許多時價。冤家，你教我如何割捨。　　苦苦孜孜，獨自個空嗟訝。便心腸捉他不下。你試思量，亮從前說風話。冤家，休直待教人咒罵。〔註21〕

詞中以俚語寫男女情事，幾無詞境可言，已有濃厚的曲味存在，真是子龍所謂「諧俗者鄙淺而入於優伶」的代表。《四庫總目提要》評之曰：「長調類多獻諛之作，小令亦間近俚俗。」〔註22〕馮煦《蒿庵論詞》亦云：「《金谷遺音》小調，間有可采。然好為俳語，在山谷、屯田、竹山之間，而雋不及山谷，深不及屯田，密不及竹山，蓋皆有其失，而無其得也。」〔註23〕可見俚俗的俳優之作，是不足為道的。其餘南宋詞人如趙長卿《仙源居士樂府》、康與之（伯可）《順庵樂府》亦多鄙俗之作，故可見子龍所言「諧俗者鄙淺而入於優伶」，的確是南宋詞為鼎盛鋒芒所掩蓋的重大瑕疵。

（二）元詞衰弱不振

元詞的衰弱，除了詞本在發展的歷程上有其不可避免的原因外，與曲的興盛亦有相當大的關係。此即王國維在《宋元戲曲考・序》所謂：「凡一代有一代之文學：楚之騷，漢之賦，六代之駢語，唐之詩，

〔註20〕 仇遠《山中白雲詞・序》，金啓華、張惠民等編：《唐宋詞集序跋匯編》，頁306。
〔註21〕 唐圭璋編：《全宋詞》冊三，頁2042。
〔註22〕 紀昀等《四庫總目提要》，《景印文淵閣四庫全書》（臺北：臺灣商務印書館，1984年3月）冊5，頁333。
〔註23〕 馮煦《蒿庵論詞》，唐圭璋：《詞話叢編》冊四，頁3594。

宋之詞，元之曲，皆所謂一代文學，而後世莫能繼焉者也。」〔註24〕
王世貞《藝苑卮言》亦言：「元有曲而無詞，如虞、趙諸公輩，不免
以才情屬曲，而以氣概屬詞，詞所以亡也。」〔註25〕

　　但王世貞說詞亡於元，則是有欠公允。因元去宋未遠，雖處於衰
弱，但仍存在著不可靜止的餘勢。關於元代詞曲的關係及元詞的特殊
地位，王易在其《詞曲史・啓變第七》中闡釋得最爲清楚：

> 大抵曲之見於戲劇者，爲社會群眾所共賞；曲之見於小令
> 套數者，亦文人學士抒寫懷抱之具，與詞同功，而但變其
> 體格耳。故元之詞未衰，而漸於衰者，以作者力無形而分
> 其大半於曲也；而所以不終歸於衰者，詞之本體特精，而
> 用各有宜也。〔註26〕

大體言之，元詞是南宋姜夔、張炎婉約詞派的延續，〔註27〕其所以被
視爲衰弱，是因爲無法超越。其上者尚能婉約深邃，音節柔和，而呈
現秀豔圓融的丰采，而下者則流於纖弱輕淺。無可否認的，在元代戲
曲極度盛行的時代風氣下，整個文壇趨勢必受其影響，而與曲相近的
詞所受的影響必定更大。當時的詞家如劉秉忠（1216～1274，今存有
《藏春樂府》一卷，收詞 81 首）、虞集（1272～1348，今存有《道園
樂府》一卷，收詞 30 首）、張雨（1283～1350，今存有《貞居詞》一
卷）等詞壇大家幾乎無不寫曲，甚或以曲調來譜曲，或以曲法來塡詞，
更使得當時的詞曲幾乎混而爲一，無法劃分清楚。雖說以曲爲詞，在
一定程度上可以吸取散曲清新淺切的特色，但詞含蓄的本質也因此而
受到曲率直特性所衝激，而轉向輕淺一路。試看王惲（1228～1304，
字仲謀，號秋澗，衛州汲縣人，著有《秋澗樂府》四卷）〈點絳唇・
春雨後小桃〉云：

〔註24〕王國維：〈宋元戲曲考〉，《王國維戲曲論文集》（北京：中國戲劇出
　　　　版社，1957 年 11 月），頁 3。
〔註25〕王世貞《藝苑卮言》，唐圭璋：《詞話叢編》冊一，頁 393。
〔註26〕王易：《詞曲史》，頁 325。
〔註27〕黃兆漢：《金元詞史》（臺北：臺灣學生書局，1992 年 12 月），頁 16。

　　　端正樓空，一枝春色誰偷得。夜來消息，暮雨胭脂涯。

　　　　倚竹佳人，翠袖嬌無力。須相覓。一尊休惜，轉首春

　　　狼藉。〔註28〕

再如張雨〈早春怨‧擬白石〉云：

　　　盼得春來，春寒春困，陡頓困無聊。半剝殘紅，片時春夢，

　　　過了元宵。　　　空山暮暮朝朝。到此際無魂可消。卻倚東

　　　風，水如衣帶，草似裙腰。〔註29〕

前詞極力刻畫女子飲佳釀的媚態，後詞亦露骨地鋪寫傷春情懷；不僅
題材淺俗，寫法亦不見詞應有的蘊藉與渾厚，全不耐人尋味。王惲與
張雨均可稱是元代詞壇的作手，沈雄《古今詞話‧詞評》卷下曾引《樂
府紀聞》評《秋澗詞》曰：「詞不引用故實，而淡宕可喜」。〔註30〕清
代厲鶚亦曾稱讚張雨之詞，謂其不但詞品高絕，且樂章、氣韻皆不平
凡。但細觀二人詞作，仍不免有淺陋鄙俗之弊，則其餘品級較不相稱
的詞家作品就更不必說了；可見深受曲風的影響，而展現淺薄輕浮的
風格，真是普遍存在元代的詞壇。故陳子龍所謂「元濫填詞，茲無論
已」，以為元代詞壇衰弱而不足論道，不但是詞史上公認的事實，也
是符合文體發展的趨勢。

三、不全盤否定南宋詞

　　陳子龍雖說「南渡以來，此聲遂渺」（〈幽蘭草詞序〉），但這是他
基於自己的詞體意識，和南宋末期詞作「寄慨者亢率而近於傖武，諧
俗者鄙淺而入於優伶」的史實而得出的，並不表示他真的「于詞亦不
欲涉南宋一筆」（王士禎《花草蒙拾》）。〔註31〕事實上，陳子龍論詞
的「佳處」和「短處」是以其詞體意識為標準，而不是以時代來劃分
的。他對北宋詞固是贊賞有加，事實上，他對南宋詞也並非一筆抹殺。

〔註28〕唐圭璋編：《全金元詞》（臺北：洪氏出版社，1970 年 11 月）冊二，
　　　　頁 692。
〔註29〕唐圭璋編：《全金元詞》冊二，頁 915。
〔註30〕沈雄《古今詞話‧詞評》卷下，唐圭璋：《詞話叢編》冊一，頁 1018。
〔註31〕王士禎《花草蒙拾》，唐圭璋：《詞話叢編》冊一，頁 685。

這從他肯定文天祥〈念奴嬌・驛中與友人言別〉，及對《樂府補題》的高度評價中可以看出。

（一）肯定反映世變之作

南宋末年親遇世變，身嬰荼毒的文人詞家，他們感慨身世，甚至國家覆亡了，還做出可歌可泣的義烈行動。這樣的情操與志節，與數百年後明代末年陳子龍等愛國英烈的義行是遙相呼應的，發而爲詞，也必同是貞潔感人。

強調文學要能反映現實，上承《風》《騷》之旨，寄寓憂時愛國之志是陳子龍一貫的文學主張。而「留取丹心照汗青」的民族英雄文天祥，他光照千古的人格是子龍所稱道，以身殉國的志節亦爲子龍所繼承。如此勤王護主的心志表現在詞作上，必是充滿《風》《騷》之旨，這樣的詞作，是子龍所肯定的。如其〈酹江月・驛中言別友人〉云：

> 水天空闊，恨東風不借、世間英物。蜀鳥吳花殘照裏，忍見荒城頹壁。銅雀春情，金人秋淚，此恨憑誰雪。堂堂劍氣，斗牛空認奇傑。　　那信江海餘生，南行萬里，屬扁舟齊發。正爲鷗盟留醉眼，細看濤生雲滅。睨柱吞嬴，回旗走懿，千古衝冠髮，伴人無寐，秦淮應是孤月。〔註32〕

上闋寫出在敵人蹂躪下，詞人對「蜀鳥吳花殘照裏，忍見荒城頹壁」的變色山河不忍之情，雖力圖恢復，卻是充滿「東風不借」的時不我予之悲憤。但詞人愛國之志終不稍減，在下闋詞人重新明志，即使是四面楚歌，江海餘生，也要「南行萬里，屬扁舟齊發」以圖恢復。在如此豪氣干雲之時，詞人聯想到在整個抗元行動中的孤單，不禁以「伴人無寐，秦淮應是孤月」結拍，雖是無限凄涼，但絕無委靡之色。

全詞所敘的乃是因遭世變，河山破碎所激發的憂愁感慨，寫得極爲深至。故陳子龍贊之曰：「文文山驛中與友人言別，賦百字令，氣衝牛斗，無一毫委靡之色。」〔註33〕此詞的風格悲壯，與子龍力主的

〔註32〕唐圭璋編：《全宋詞》冊五，頁3305。
〔註33〕馮金伯：《詞苑萃編》卷五，唐圭璋：《詞話叢編》冊二，頁1888。

「其爲體也纖弱」「其爲境也婉媚」（〈王介人詩餘序〉）的詞體期待固不一致，但其反映世變，憂時託志的內容仍與其「上繼《風》《騷》，抒情寓志」的詞體意識相符合，故仍爲子龍所肯定。

（二）贊賞《樂府補題》諸作

南宋末年一些有民族思想的文人，如王沂孫、周密、張炎、唐珏、李居仁……等十四家，深感遺民之慟，爲此而託物寄情，分詠蓮、蟬、龍涎香等物，以志其國土淪亡之悲，後經人輯爲《樂府補題》。陳子龍對此諸作極爲贊賞，甚至以「亦宋人所未有」來稱美之，清人王奕清等人所撰的《歷代詞話》卷八引陳子龍評唐珏（1247～？，字玉潛，會稽人）詞云：

> 唐玉潛與林景熙同爲採藥之行，潛葬諸陵骨，樹以冬青，世人高其義烈。而詠蓴、詠蓮、詠蟬諸作，巧奪天工，亦宋人所未有也。〔註34〕

南宋末年元兵入會稽（今浙江紹興），元僧楊璉眞珈發掘宋帝六陵，斷殘肢體，劫掠珍寶，大施暴虐。唐珏出家資，招里中少年潛收遺骸，葬於蘭亭山，並移宋故宮冬青樹植其上；後來謝翱爲作〈冬青引〉以頌其事。〔註35〕

《樂府補題》諸位詞人，通過詠物，寄託他們的家國身世之感，抒發世變國亡的哀思。不但思想性強，藝術性也高，堪稱是詞史上以詠物言寄託的佳構。今且以陳子龍所贊賞的唐珏詞作〈水龍吟·白蓮〉爲例來說明：

> 淡妝人更嬋娟，晚奩淨洗鉛華膩。泠泠月色，蕭蕭風度，嬌紅斂避。太液池空，霓裳舞倦，不堪重記。嘆冰魂猶在，翠輿難駐，玉簪爲誰輕墜。　　別有凌空一葉，泛清寒、素波千里。珠房淚溼，明璫恨遠，舊游夢裏。羽扇生秋，瓊樓不夜，尚遺仙意，奈香魂易散，綃衣半脫，露涼如水。

〔註34〕王奕清等《歷代詞話》卷八，唐圭璋：《詞話叢編》冊二，頁 1260。

〔註35〕有關唐珏其人其事，《宋史翼》、《新元史》均有傳。

〔註36〕

上片以月冷風蕭中白蓮的飄蕩，來暗喻宮人遭擄。起首五句寫白蓮的品格與風度，儼然如淡妝宮人，使人與物渾然一體。「霓裳舞倦」極戀歡愉之時，「翠輿難駐」則嘆流亡之日。下片總寫宮女飄零遠去之苦。先以荷葉飄落暗喻宮女的飄零，哀豔之至；而結拍三句寫花殞香銷之狀，以景結情，取神於形外，而興寄彌遠，令人淒然欲絕。故譚獻評此詞云：「字字鈇麗，字字玲瓏。」（《復堂詞話》）〔註37〕周濟更評之曰：「信乎忠信之士，性情流露，不求工而自工。」（《介齋論詞雜著》）〔註38〕凡此種種，皆可證明陳子龍所謂「巧奪天工」的藝術內涵。

　　經由以上說明，更可了解陳子龍之所以高度贊賞《樂府補題》諸作，是因其深刻地反映了世變之下志士的哀感，並且善用託物，「其為體也纖弱」、「其為境也婉媚」（〈王介人詩餘序〉），且「託貞心於妍貌，隱摯念於佻言」（〈三子詩餘序〉），完全符合陳子龍的詞體意識與詞體期待。

　　由此更可見陳子龍詞史的演進觀，與其詞體意識和詞體期待是相一致的。標舉南唐北宋令詞，是因其即是以此為學習楷模，而逐漸形成其個人的詞體意識與審美趨向。以南宋、元、明為詞的衰頹期，乃是基於此期的詞作不符合其審美標準，故言「寄慨者亢率而近於傖武，諧俗者鄙淺而入於優伶」，但其對南宋詞，是沒有全盤否定的，甚至對完全符合其詞體意識與詞體期待的《樂府補題》諸作，給予「巧奪天工，亦宋人所未有也」的評價。王士禎《花草蒙拾》以為陳子龍於詞「不欲涉南宋一筆」，實在不是公允的評斷。

第二節　對當代詞壇的批評

　　陳子龍在〈幽蘭草詞序〉有一段文字，說明他對明代詞壇的看

〔註36〕唐圭璋編：《全宋詞》冊五，頁3426。
〔註37〕譚獻《復堂詞話》，唐圭璋：《詞話叢編》冊四，頁3992。
〔註38〕周濟《介齋論詞雜著》，唐圭璋：《詞話叢編》冊二，頁1636。

法：「明興以來，才人輩出，文宗兩漢，詩儷開元，獨斯小道，有慚宋轍。其最著者爲青田、新都、婁江。然誠意音體俱合，實無驚魂動魄之處；用修以學問爲巧便，如明眸玉屑，纖眉積黛，祇爲累耳。元美取境，似酌蘇、柳間，然如『鳳凰橋下』語，未免時墜吳歌。此非才之不逮也，巨手鴻筆，既不經意；荒才蕩色，時竊濫觴。且南北九宮既盛，而綺袖紅牙，不復按度，其用既少，作者自希，宜其鮮工也。」從這裏可以歸納出兩個重點：一是抉出明代詞壇最具代表性的三位作家——劉基（青田）、楊愼（新都）、王世貞（婁江）來加以批評，來說明明代詞壇不振的事實；二是歸納明詞積弊的原因。以下即從這兩方面來闡釋陳子龍對明代詞壇的批評。

一、說明明代詞壇不振的事實

關於明代詞壇不振的情況，明代中葉的詞論家早已提出，如陳霆（生卒年不詳，約 1515 年前後在世）在其《渚山堂詞話》卷三即言：

> 予嘗妄謂我朝文人才士，鮮工南詞。間有作者，病其賦情遣思、殊乏圓妙。甚則音律失諧，又甚則語句塵俗。求所謂清楚流麗，綺靡醞藉，不多見也。〔註39〕

陳霆對當代文士鮮工南詞的表現如賦情遣思，殊乏圓妙、音律失諧與語句塵俗的情形識見頗深，但未對於明人爲何會「鮮工南詞」的原因加以探討。稍後的王世貞（1526～1590）亦指出了明初至中葉，最具代表性的詞人不足之處，其《藝苑卮言》言：

> 我明以詞名家者，劉誠意伯溫，穠纖有致，去宋尚隔一塵。楊狀元用修，好入六朝麗事，近似而遠。夏文愍公謹最號雄爽，比之辛稼軒，覺少精思。〔註40〕

而陳子龍則賡續陳霆、王世貞對明詞的態度，並將王世貞也推上批評的席次，指出劉基詞之弊在於「無驚心動魄之處」，即用意不夠深刻；楊愼詞之病在「以學問爲巧便」，即鑄詞不夠纖致；而王世貞詞之弊

〔註39〕陳霆《渚山堂詞話》卷三，唐圭璋：《詞話叢編》冊一，頁 378～379。
〔註40〕王世貞《藝苑卮言》，唐圭璋：《詞話叢編》冊一，頁 393。

則是「時墜吳歌」，即造境不夠婉麗。今試以子龍所列的劉基、楊慎與王世貞等明詞三大作手的詞作，來驗證子龍所言是否眞確，期能借此說明明代詞壇不振的事實。

（一）劉基詞用意不深

劉基（1311～1375），字伯溫，號犁眉，處州青田（今屬浙江）人。洪武十三年（1380），次子仲璟與長孫薦謀以其詞集付梓，題爲《寫情集》，凡四卷，收詞 242 首，是爲劉基詞別集之祖本。關於《寫情集》的內容與風格，葉蕃的《寫情集·序》頗能得其要旨：

> 先生於元季早蘊係呂之志，遭時變更，命世之才，沉於下僚，浩然之氣，厄於不用，因著書立言，以俟知者。……或其言之不聽，不鬱乎志之弗舒，感四時景物，託風月情懷，皆所以寫其憂世拯民之心，故名之曰《寫情集》，釐爲四卷。其詞藻絢爛，慷慨激烈，盎然而春溫，肅然而秋清，靡不得其性情之正焉。〔註41〕

由這一敘述，可以知道劉基的詞作，大部分是入明前所作的，此時詞人的身份乃是身處元末動盪時代，有志不得伸展的志士。

歷來詞論家對劉基詞均給予相當高的評價，如王國維言：「明初誠意伯詞，非季迪、孟載諸人所敢望也。」〔註42〕可見劉基在明初詞壇地位的重要。但劉基詞與其他明人相較，或爲上乘，若與宋人相比，則是相去甚遠。如陳霆在《渚山堂詞話》卷一即言：「劉伯溫有《寫情集》，皆詞曲也。惟其大闋頗窒滯，惟小令數首，覺有風味。故予所選小令獨多，然視宋人亦遠矣。」〔註43〕

持平而論，唐五代的長調只是在醞釀嘗試的階段，到張先才算是成功，加上柳永的大量製作，使長調變成宋的新體製。〔註44〕其內容

〔註41〕葉蕃《寫情集·序》，趙尊嶽輯：《明詞彙刊》（上海：上海古籍出版社，1992 年 7 月）下冊，頁 1456。

〔註42〕王國維《人間詞話·刪稿》，唐圭璋：《詞話叢編》冊五，頁 4262。

〔註43〕陳霆《渚山堂詞話》卷一，唐圭璋：《詞話叢編》冊一，頁 359。

〔註44〕黃文吉：《北宋十大詞家研究》（臺北：文史哲出版社，1986 牛 3 月），

重在鋪敘，故常有窒滯之弊，只見佳句不見佳篇，是長調的通病。至
於小令，恰如詩體中的絕句，慧心巧思偶然拈住，便可成就佳篇。故
陳霆所言劉基詞「大闋頗窒滯，惟小令覺有風味」，乃是詞章普遍的
現象，非劉基詞的個別情形。大體言之，劉詞小令多清新疏快，長調
則是沉鬱頓挫，各有其佳處，不宜遽判高下。其成就在明人中誠屬上
品，但與宋人相較，終隔一層。試舉其長調〈摸魚兒〉為例說明之：

> 問春光、尚餘幾許，傷心前夜風雨。夭桃嬌杏都吹盡，蘭
> 芷變成荒楚。春欲去，但渺渺青煙，白水迷津渚。多情杜
> 宇，有恨血滋宵，哀音破曉，千叫一延佇。　　蓬萊路，
> 還是鯨濤間阻。神仙縹緲何處？瓊樓玉殿深留景，不見下
> 方塵土。誰最苦？暝色滯，雙飛燕子歸無主。那堪訴與。
> 又暗壁殘燈，重門轉漏，嗚咽夢中語。〔註45〕

雖然保留著詞體原有的傷春情調，卻和唐宋詞中的表現方式大相逕
庭。不用任何閨情的託寓，詞人直抒傷時悲亂的感慨。蓬萊神仙與瓊
樓玉殿，彷彿是唐宋詩詞中常見的意象，但與「下方塵土」合看，可
知只是隱逸的象徵。詞人在兼濟與獨善間徘徊，最後仍是回歸到現實。

　　此詞初讀下似稼軒名作〈摸魚兒〉（更能消幾番風雨）一詞，但
稼軒詞中固有個人遭遇的感慨，更重要的是他對南宋朝廷暗淡前途的
擔憂，故以畫檐蜘蛛自比，殷勤地為國家織網一片忠心。全詞善用比
興與寄託，將高尚的志向表現在婉麗的詞體中，與劉詞的直抒胸臆相
較，雖然二者在音律、體製上均屬上乘，但稼軒之作更令人感到餘意
綿邈且意高一層，更貼近詞體的本色。

　　再看其小令的風味如何？其〈蝶戀花〉云：

> 白水茫茫煙渺渺。原野高低觸處生芳草。草綠花紅人自老，
> 有情爭似無情好。　　喪亂餘身歡意少。腸斷江山不肯留
> 殘照。門掩黃昏寒料峭，角聲吹起雙棲鳥。〔註46〕

頁109。

〔註45〕劉基《誠意伯詞》，趙尊嶽輯：《明詞彙刊》下冊，頁1459。

〔註46〕劉基《誠意伯詞》，趙尊嶽輯：《明詞彙刊》下冊，頁1475～1476。

本詞寫在原野蒼茫中，戰亂餘生後的感受。文字清新可喜，但見萬物皆有情意。且將之與同是用〈蝶戀花〉來寓情於景的柳永之作相較，柳詞曰：

> 倚危樓風細細，望極春愁，黯黯生天際。草色煙光殘照裏，無言誰會憑闌意。　擬把疏狂圖一醉，對酒當歌，強樂還無味。衣帶漸寬終不悔，爲伊消得人憔悴。〔註47〕

柳詞登高望遠，將飄泊異鄉的落魄感受，與懷念意中人的纏綿情思相結合，迤邐而寫，構思巧妙，又戛然而止，具有強大的吸引力，頗能顯現出主人公的精神境界。筆墨曲折綽約，逐層深入，終而激情迴蕩，成功地刻畫出心志專一的男子形象。而劉基詞雖是穠纖有致，但與之相較，終是欠缺一股動人心魄之處。

故王世貞評劉基之作「穠纖有致，去宋尚隔一塵」，子龍評之曰：「音體俱合，實無驚魂動魄之處」，實是公允之論。

（二）楊慎詞鑄詞不纖

楊慎（1488～1559），字用修，號升庵，四川新都人。楊慎是明代文壇上以知識博洽，撰著繁富著稱的人物。李贄《續藏書》卷二十六〈文學名臣修撰楊公傳〉云：

> 慎孝友性直，穎敏過人，家學相承，益以該博。凡宇宙名物，經史百家，下至稗官小說，醫卜技能、草木蟲魚，靡不究心多識。闡其理，博其趣，而訂其訛誤。……好學窮理，老而不倦，平生著述，百餘種。〔註48〕

《明史・楊慎傳》亦言：「明世記誦之博，著述之富，推慎爲第一，詩文雜著一百餘種，並行於世。」〔註49〕可見楊慎的博學是眾所肯定的。

〔註47〕柳永此作《全宋詞》作〈鳳棲梧〉（按〈鳳棲梧〉乃〈蝶戀花〉之同調異名），《全宋詞》冊一，頁25。
〔註48〕李贄：《續藏書》（臺北：臺灣學生書局，1974年5月），頁503～504。
〔註49〕張廷玉《明史》，楊家駱主編：《新校本明史并附編六種》冊七，頁5083。

關於楊慎在詞學方面的成就，現存及見於著錄的有《批點草堂詩餘》、《詞林萬選》、《百琲明珠》、《古今詞英》、《塡詞選格》、《詞苑增奇》、《塡詞玉屑》、《詩餘輯要》及在詞學史上具有較大影響，對詞人詞作做具體評賞的《詞品》。故就詞學而言，楊慎也是明朝乃至歷代詞人中著述最多的。《歷代詞話・明》「楊慎博洽」條云：「成都楊慎所著書百餘種，號爲博洽。……然楊所輯《百琲眞珠》、《詞林萬選》，王弇州亦謂詞家功臣也。」﹝註50﹞這表明楊慎並非如時人以游戲的態度隨手拼湊，就一個詞選家來說，也是頗有眼光的。

楊慎的詞作亦如他其餘的著作，非常豐富，今雖不見別集傳世，但從晚明選本來看，錢允治《類編箋釋國朝詩餘》選楊慎詞多達116首，約占整部詞選的四分之一，而時人周遜〈刻詞品序〉亦推其「爲當代詞宗」。﹝註51﹞清人胡薇元《歲寒堂詞話》更云：「明人詞，以楊用修升庵爲第一。」﹝註52﹞凡此皆可見楊慎詞作在明代詞壇的地位。

但楊慎亦因著述太多，涉獵太廣，出手太易，故予人以才學自矜，沽名釣譽之感。其詞作大多感情醞釀不深，修辭不精，搖筆即來，易成空泛之作。今且舉其詞作中流傳最廣的篇章〈臨江仙〉來說明：

> 滾滾長江東逝水，浪花淘盡英雄。是非成敗轉頭空。青山依舊在，幾度夕陽紅。　　白髮漁翁江渚上，慣看秋月春風。一壺濁酒喜相逢。古今多少事，都付談笑中。﹝註53﹞

這是楊慎在其《歷代史略詞話》﹝註54﹞第三段〈說秦漢〉中的開場詞，

﹝註50﹞王弈清等撰《歷代詞話》卷十，唐圭璋：《詞話叢編》冊二，頁1309。
﹝註51﹞楊慎《詞品》，唐圭璋：《詞話叢編》冊一，頁407。
﹝註52﹞胡薇元《歲寒堂詞話》，唐圭璋：《詞話叢編》冊五，頁4037。
﹝註53﹞王文才輯校：《楊慎詞曲集》（成都：四川人民出版社，1984年1月）
﹝註54﹞楊慎《歷代史論略話》又稱《史略十段錦》或《二十一史彈詞》，此乃楊慎用講唱形式所寫的講述遠古至元代歷史大事的一部通俗讀物。依歷史發展分爲十段，每段先是一首詞，再來數首詩，然後以淺近文言講述歷史大事及王朝更迭，唱文均用十字句，後再繫以詩或曲。張仲謀：《明詞史》（北京：人民文學出版社，2002年2月），頁132。

清初毛宗崗父子取之置於《三國演義》卷首，故傳播極廣。細味之，前三句「滾滾長江東逝水，浪花淘盡英雄。是非成敗轉頭空。」乃化用蘇軾名作〈念奴嬌〉之意，而詞人著眼於江水滔滔，歷史千古不息，一代風流人物卻早成過眼雲煙的歷史現象，而有了「青山依舊在，幾度夕陽紅」，即宇宙永恆，人生卻短暫的感慨。下半闋詞人託志漁樵，以敘寫自己的人生態度，表現了一種鄙夷世事的曠達與灑脫，此與屈原〈漁父〉「眾人皆醉我獨醒，舉世皆濁我獨清」的意念相近；而以「秋月春風」指歲月的流逝，亦取自白居易〈琵琶行〉中的名句「今年歡笑復明年，秋月春風等閒度」，凡此皆可看出楊慎學問的廣博。

全詞乍讀之下，與蘇軾〈念奴嬌〉（大江東去）有相似的感受。二者同是感慨歷史的興衰與人生的榮辱。蘇詞氣象磅礴，格調雄渾，境界雄大，以昂奮的豪情與超曠的感慨迭相遞轉，使讀者更能體會到作者有志報國，卻壯志難酬的感慨。而楊慎詞全由他人作品中取意，並未提到任何英雄人物和具體事跡，雖然是站在歷史之上，表現出對歷代興亡的徹悟，但終究顯得欠缺真切的感受。宋人與明人詞之差別，在此又可看出一端。

其餘小令中的佳作如〈浪淘沙〉云：

> 春夢似楊花，繞遍天涯。黃鶯啼過窗紗。驚散香雲飛不去，篆縷煙斜。　　油壁小香車，水渺雲賒。青樓竹箔那人家，舊日羅巾今日淚，涇盡韶華。〔註55〕

再如〈少年游〉曰：

> 紅稠綠暗遍天涯，春色在誰家？花謝人稀，柳浪鶯懶，煙景屬蜂衙。　　日長睡起無情思，窗外夕陽斜。帶眼頻移，琴心慵理，多病負年華。〔註56〕

此類詞作清新俊雅，風格近似五代宋初，在明代中期一片偎紅倚翠的委靡詞風中，仍屬雅正之作。但此類詞寫得再好，仍不過是賦離別相

〔註55〕楊慎《升庵長短句》卷一，趙尊嶽輯：《明詞彙刊》上冊，頁352。
〔註56〕楊慎《升庵長短句》卷一，趙尊嶽輯：《明詞彙刊》上冊，頁349～350。

思，從中可見五代人遺意，卻不見作者的眞性情。故王世貞評楊愼詞
「好用六朝麗事，近似而遠」（《藝苑巵言》）〔註57〕所謂「近似而遠」
指的應就是欠缺眞切的感受。沈雄在《古今詞話·詞評》下卷亦言：
「成都楊用修，正德辛未第一人，……所作極典贍而少生動，正李于
鱗所云銅山金埒之句，雕繪滿前者也。」〔註58〕

所以陳子龍稱楊愼詞作「以學問爲巧便，如明眸玉屑，纖眉積黛，
祇爲累耳。」（〈幽蘭草詞序〉），應是公允之論了。

（三）王世貞詞造境不婉

王世貞（1526～1590），字元美，號鳳洲，別號弇州山人，江蘇
太倉人。趙尊岳《明詞彙刊》收入《弇州山人詞》86 首。王世貞是
明代後期最負盛名的文學家和詞壇領袖，此從《明史·文苑傳三·本
傳》可知：

> 世貞始與李攀龍狎主文盟，攀龍歿，獨操柄二十年。才最高，
> 地望最顯，聲華意氣，籠蓋海內。一時士大夫及山人、詞客、
> 衲子、羽流，莫不奔走門下。片言褒賞，聲價驟起。〔註59〕

關於王世貞在詞學方面的成就，後人也給予相當高的評價。如沈雄《古
今詞話·詞評》卷下即引汪道昆語稱其「詩如孫武、韓信用兵，宮嬪
市人，無不可陣，詞則沾沾自喜，亦出人一頭地。」〔註60〕王世貞對
自己亦自視甚高，此從其對當代前人詞作的批評中可看出。他在《藝
苑巵言》中評「我明以詞名家者」即言：「劉誠意伯溫，穠纖有致，
去宋尚隔一塵。楊狀元用修，好入六朝麗事，近似而遠。夏文愍公謹
最好雄爽，比之辛稼軒，覺少精思。」〔註61〕

如此批評前人，似有後來居上，顧盼自雄之意。但事實上，觀其

〔註57〕王世貞《藝苑巵言》，唐圭璋：《詞話叢編》冊一，頁393。
〔註58〕沈雄《古今詞話·詞評》卷下，唐圭璋：《詞話叢編》冊一，頁1026。
〔註59〕張廷玉《明史》，楊家駱主編：《新校本明史并附編六種》冊10，頁
7381。
〔註60〕沈雄《古今詞話·詞評》卷下，唐圭璋：《詞話叢編》冊一，頁1027。
〔註61〕王世貞《藝苑巵言》，唐圭璋：《詞話叢編》冊一，頁393。

詞作，覺又較劉基詞去宋更遠。且舉他最爲世所稱道的〈望江南・即事〉來說明：

> 歌起處，斜日半江紅。柔綠篙添梅千雨，淡黃衫耐藕絲風，家在五湖東。〔註62〕

讀完全詞，但覺呈現在眼前的是一幅秀麗多姿、色彩鮮明的江南暮春圖，意境清新高雅；但總覺開頭三字過於生硬，應更輕圓些，則更能表現江南暮春的柔婉。關於這一點，王世貞頗有自知之明，其在〈念奴嬌・小序〉有云：

> 王明佐別創新詞數闋見示，流利輕圓，殊富風人之致。僕素拙於調，未敢效顰，聊據古〈大江〉一章爲贈。辭既不工，更慚作者。〔註63〕

此處的「拙於調」乃與上文的「流利輕圓」、「風人之致」相應，故應是音節風調的欠缺流利婉轉。

基本上，王世貞論詞是重婉約而輕豪放的，其《藝苑卮言》有言：

> 詞須宛轉綿麗，淺至儇俏，挾春月煙花於閨幨內奏之，一語之豔，令人魂絕，一字之工，令人色飛，乃爲貴耳。至於慷慨磊落，縱橫豪爽，抑亦其次，不作可耳。〔註64〕

其理論認知雖是如此，但落實到創作上，淺至儇俏或許有之，宛轉綿麗則終是不足，試看其詞作中刻意以傳統詞風寫傳統題材的「本色」之作〈玉蝴蝶・擬豔〉詞云：

> 記得秋娘，家住皋橋西弄，疏柳藏鴉，翠袖初翻金縷，鉤月暈紅牙。啓朱唇，含風桂子，喚殘醉、微雨梨花。最堪誇，玉纖親自，濃點新茶。　　嗟呀。顚風妒雨，落英千片，斷送年華。海角山尖，不應飄向那人家。惹新愁、高樓燕子，賺人淚、芳草天涯。況潯陽、偶然江上，一曲琵琶。〔註65〕

〔註62〕王世貞《弇州山人詞》，趙尊嶽輯：《明詞彙刊》上冊，頁581。
〔註63〕王世貞《弇州山人詞》，趙尊嶽輯：《明詞彙刊》上冊，頁588。
〔註64〕王世貞《藝苑卮言》，唐圭璋：《詞話叢編》冊一，頁385。
〔註65〕王世貞《弇州山人詞》，趙尊嶽輯：《明詞彙刊》上冊，頁590。

此詞從藝術表現來看，頗有秦觀、周邦彥之味；但細究之，便知只擬得其表象而未得其神髓。上片以「記得」點醒，寫昔時相識情事，然整個上片只是靜態、平列式的描寫；下片亦是同一種情感的表達，全無秦詞與周詞中那樣時間、空間、視點的交錯變幻。雖力求婉約，但終無峰回路轉，柳暗花明之妙，較宋人如秦觀〈滿庭芳〉、周邦彥〈瑣窗寒〉等真正「宛轉綿麗」的本色之作，終是相差太遠。

王世貞評本朝劉基詞「去宋尚隔一塵」，而他自己的詞較宋人佳作或許又不只與塵之隔了。除此之外，王世貞的詞作也同時人一樣有著曲化的現象，如其〈更漏子〉云：

> 楚天低，雲葉瑩，飛過畫樓還凝。蘭口蹙，雪牙攢，一聲春月寒。　　燈才熒，香初爐，又被子規催緊。最是你，奈何人，臨歧波眼頻。〔註66〕

其中「蘭口蹙，雪牙攢」純是通俗文學筆法；而「一聲春月寒」不免令人想起張可久〈山坡羊・閨思〉中的「柳飛花，小瓊姬，一聲雪下呈祥瑞。」全詞散發著濃厚的散曲風味，故陳子龍評世貞詞作「取境似酌蘇、柳間，然如『鳳凰橋下語』，未免時墜吳歌。」即是說明世貞之作在取境上尚能接受，但在遣詞造句上，則是未能掌握詞婉轉綿麗的特色，而墜入吳歌之流。這樣的批評，對照其詞作來檢視，可說是切中其弊了。

劉基、楊慎與王世貞分別是明代前、中、後期的代表性詞人，其詞作尚存在著用意不深、鑄詞不纖與造境不婉的弊病，其餘人之詞作就更不必說了。子龍拈此明詞的三大代表作家，並各中肯地指出其詞作中的缺點來加以批判，無非是想借此說明明代詞壇不振的事實。

二、歸納明詞積弊的原因

接著陳子龍又指出，明詞之所以有如此的弊病，致使有慚宋轍的原因，不是文人才士學力不足，而是「巨手鴻筆，既不經意；荒才蕩色，時竊濫觴。且南北九宮既盛，而綺袖紅牙，不復按度，其用既少，

〔註66〕王世貞《弇州山人詞》，趙尊嶽輯：《明詞彙刊》上冊，頁583。

作者自希，宜其鮮工也。」從這段話中可梳理出陳子龍以爲明詞之所
以不振的主要原因，是因爲戲曲的勃興。而戲曲的勃興使得「綺袖紅
牙，不復按度」，即詞樂的失傳；又因戲曲的興盛而造成「荒才蕩色，
時竊濫觴」，即詞的曲化現象。以下擬從子龍所提出的這二點來考諸
戲曲的興盛造成明詞中衰的原因，以求證子龍所言是否合乎事實。

（一）詞樂的失傳

詞本是「曲子詞」的簡稱，詞不稱「作」而稱「塡」，這都說明
了詞家在創作的時候，必須依樂家製成的曲調。凡句度的長短，字音
的輕重，都必須與樂聲的抑揚高下相諧會，才能被之管絃，合付歌喉。
但在詞體的演進過程中，詞樂卻逐漸失傳，此或許與傳統中國文人重
義理之說而輕聲歌之學的傳統有關。但這樣的傳統，對本即是詩樂合
一的詩詞曲等音樂文學，卻是一種相當大的傷害。明代中葉陸深在其
〈停驂續錄〉中即指出：

> 鄭漁仲謂「樂以詩爲本，詩以聲爲用」。又謂「古之詩，今
> 之詞曲也。若不能歌，但能誦其文而說其義，可乎？不幸
> 世儒義理之說日勝，而聲歌之學日微。」馬貴與則謂「義
> 理布在方冊，聲則湮沒無詞。」其文皆有見。而朱文公亦
> 謂「聲氣之和，有不可得聞者，此讀詩之所以難也。」夫
> 樂之義理，詩詞是也；而聲歌，猶後世之腔調也。兩者俱
> 諧，乃爲大成。……且唐世之樂章，即今之律詩。而李太
> 白立進〈清平調〉與王維之〈陽關曲〉於今皆在，不知格
> 以被之弦索。宋之小詞，今人亦不能歌矣。今人能歌元曲、
> 南北詞，皆有腔拍，如〈月兒高〉、〈黃鶯兒〉之類，亦有
> 律呂可按。一入於耳，即能辨之，恐後世一失其聲，亦但
> 詠月詠鶯而已，此樂之所以難也。〔註67〕

陸深這一段論音樂文學的文字極有見地。的確，「義理之說日勝，
聲歌之學日微」是歷來各種音樂文學，屢次失傳的主要原因。當然，

〔註67〕陸深：《儼山外集》卷十五，《景印文淵閣四庫全書》（臺北：臺灣商
　　　務印書館，1984 年 3 月）冊 885，頁 77。

其中不可避免，有新樂代興而舊樂衰亡的原因存在，但後人偏重文詞與義理，而忽視音樂背景的意義，確實是研治音樂文學人的通病，進而使此一文體逐漸衰亡。如漢樂府曲調衰亡之後，後人所作的樂府詩只是模其文辭節奏風格，結果得其形而遺其神，仿作的樂府也就失去了其精神與活力。相同的道理，詞亦是如此，誠如王世貞所言：「詞興而樂府亡矣，曲興而詞亡矣，非樂府與詞亡，其調亡也。」〔註68〕

這其中當然也有互為因果的關係，純是詞衰而詞調遂亡，然後是詞調既亡而詞益衰而不可振。至於詞樂究竟是何時失傳，這是詞史上一個尚未有定論的問題，吾人只能推論，元人去宋未遠，且與生活在宋末元初的周密（1232～1298）、張炎（1248～1319後）等熟諳音律的詞壇作手尤近，故詞樂在元代戲曲流行之際，尚能薪火相傳，不絕如縷；但入明之後，隨著戲曲愈來愈受歡迎，詞樂竟然漸次失傳了。清．杜文瀾《憩園詞話》卷一即言：

> 詞學肇自隋、唐，盛於兩宋。崇寧間設大晟樂府，命周美成等諸詞人討論古今，撰集樂章，每一調成，即可播之絃管。於時有五聲八音十二律七均八十四調，後增至百餘，換羽移商，品目詳具。迨南度之末，張叔夏已有舊譜零落之嘆。至元季盛行南北曲，競趨製曲之易，益憚填詞之難，宮調遂從此失傳矣。有明一代，未尋廢墜，絕少專門名家。間或為詞，輒率意自度曲，音律因之益棼。〔註69〕

在此詳細地說明了詞樂衰亡的原因，乃是元代南北曲盛行，且製曲又較填詞容易，故文人競相製曲，宮調遂漸亡。至明代既少專門詞家，庸俗詞人又率意自度曲，於是使音律更加棼亂。詞至此種地步，焉有不衰亡的道理。故明人李葵在《花草粹編．序》即說：

> 北曲起而詩餘漸不逮前，其在於今則益泯泯也。蓋士大夫既不素嫻弦索，又不概諳腔譜，漫焉隨人後而造次塗抹，淺易

〔註68〕王世貞《藝苑巵言》，唐圭璋：《詞話叢編》冊一，頁385。
〔註69〕杜文瀾《憩園詞話》卷一，唐圭璋：《詞話叢編》冊三，頁2851～2852。

> 生硬，讀之不可解。筆之冗於簡冊，不知迴視古法，猶有毫
> 末存焉？否也！無怪乎其詞湮而書之存者稀也。〔註70〕

這與陳子龍所言「綺袖紅牙，不復按度」的意思是一樣的。而從上面
的論述溯源，詞樂的衰亡是明詞中衰的重要原因，而詞樂的衰亡又與
戲曲的盛行有密不可分的關係，故陳子龍言：「南北九宮既盛，而綺
袖紅牙，不復按度，其用既少，作者自希，宜其鮮工也。」以下擬討
論子龍所言南北九宮既盛，而造成明詞中衰的情形。

（二）詞的曲化

　　由上述可知，就文體本身而言，明詞的中衰與戲曲的繁興有密不
可分的關係。但就實際情形而言，曲代詞興卻也是不得不然的結果，
因就語言藝術形式與音樂藝術形式而言，詞至明代中期均無法與新興
的曲體相比，關於這一點，王驥德《曲律》卷四中指出「詩不如詞，
詞不如曲，故是漸近人情」時有明確的說明：

> 詞之限於調也，也不盡於吻，欲為一語之益，不可得也。
> 若曲，則調可累用，字可襯增。詩與詞不得以諧語方言入，
> 而曲則惟吾意之欲至，口之欲宣，縱橫出入，無之而無不
> 可也。……宋詞句有長短，聲有次第矣，亦尚限邊幅，未
> 暢人情。至金、元之南北曲而極之長套，斂之小令，能令
> 聽者色飛，觸者腸靡，洋洋纏纏，聲茂以加矣。〔註71〕

王氏從藝術形式自身的特性，來考察文體與人情表現的因緣關係。並
從文學藝術的內在構成要素，來說明文學發展演變的原因，這樣的說
法是相當精闢的。故曲代詞興，實在是文體上不得不然的趨勢，而這
也造成了楊慎《詞品》卷一所言：「近日多尚海鹽南曲，士夫稟心房
之精，從婉孌之習者，風靡如一。甚者北土亦移而耽之。」〔註72〕的

〔註70〕李葂《花草粹編・序》，金啟華、張惠民等：《唐宋詞集序跋匯編》，
　　　　頁407。
〔註71〕王驥德《曲律》卷四，楊家駱主編：《歷代詩史長編二輯》（臺北：
　　　　鼎文書局，1974年2月）冊四，頁160。
〔註72〕楊慎《詞品》卷一，唐圭璋：《詞話叢編》冊一，頁438。

情形。

　　既然明人醉心於更趨近人情，且又能付歌喉，引起聽眾共鳴的散曲之製作，詞的創作自然不盛，即便填詞，也易如子龍所言的「荒才蕩色，時竊濫觴」，以曲語來填詞，而造成詞的曲化現象。故吳衡照在其《蓮子居詞話》卷三中論及「明詞不振」即言道：

> 金元工於小令套數而詞亡。論詞於明，並不逮金元，遑言兩宋哉。蓋明詞無專門名家，一二才人如楊用修、王元美、湯義仍輩，皆以傳奇手爲之，宜乎詞之不振也。其患在好盡，而字面往往混入曲子。昔張玉田論兩宋人字面，多從李賀、溫岐詩來，若近俗近巧，詩餘之品何在焉。又好爲之盡，去兩宋醞藉之旨遠矣。〔註73〕

這說明了混入曲子將造成好盡失醞藉、近俗又近巧的後果。關於楊用修與王世貞詞的流弊，前已論述，而湯顯祖主要是戲劇作家，現所見的詞作大多自〈牡丹亭〉等劇本摘出，有濃厚的曲味，自是不待言說。

　　其實明詞曲化的現象，早在明初瞿佑（1347～1433）的詞中已見端倪，首先從其著作《樂府遺音》將樂府體詩與詞、曲編爲一集，無論是否爲瞿佑本人之意，都顯示了一種泯沒諸體界限，強調合樂之共性的意識，尤其是將詞曲編爲一集，從別集上也開了明代詞曲不分的先河。《四庫全書總目提要·《樂府遺音》提要》評云：「詞欲兼學南北宋，反致夾雜不純，殊不稱其名也。」實際上，瞿佑的問題不在雜學南北宋，而是在詞與曲的雜糅滲透。至於詞、曲之辨，王易在其《詞曲史》中曾提出結構、音律與命意三項標準，〔註74〕觀察瞿佑詞，雖然在結構與音律二者上一仍舊格，但在精神意度上卻已與唐宋詞作大相逕庭，取而代之的是濃厚的散曲意味，今試以其〈漁家傲·壽楊復初先生〉爲例來說明：

> 喜來不涉邯鄲道，愁來不竄沙門島。惟有村居閒最好。無事惱，苔階竹徑頻頻掃。　　有酒可斟琴可抱，長年擬看三松

〔註73〕吳衡照《蓮子居詞話》卷三，唐圭璋：《詞話叢編》冊三，頁2461。
〔註74〕王易《詞曲史》，頁13～14。

倒。白內靈砂親自搗。歸隱早，朝廷未放玄眞老。〔註75〕

以詞作爲交際應酬的工具，在基本上格調就不會太高，且詞中所表現出來的隱居避世、自足自娛的主題情調在唐宋詞中並不常見，反而常見於元曲中。至於「喜來」、「愁來」、「惟有」等句所體現的思維方式與句法，都散發出濃厚的散曲風味。

瞿佑詞的曲化傾向不是體現在個別詞章中，而是一種普遍的現象，摘句如〈賀新郎・題素女吹簫圖〉：「天若有情天也許，願人間夫婦咸如是。歡樂事、莫相棄。」〈踏莎行・秋夜〉：「木犀花底立多時，待他後院燒香罷。」〈千秋歲・辭謝趙尚書等〉：「形影在，底須添個閑煩惱。」……等皆可看出散曲淺白眞樸的風格，而少了傳統詞作的含蓄與蘊藉。

以瞿佑這樣一個明初詞壇作手，其詞作曲化情形尙且如此，而晚明如卓人月（1606～1636）〈如夢令・來問〉曰：

今日問郎來麼？明日問郎來麼？向晚問還殷：有箇夢兒來麼？癡麼，癡麼，好夢可如眞麼？〔註76〕

寫思婦盼情郎早日歸來，全用內心獨白的語氣，將思婦感情的焦渴狀態表達得淋漓盡致。這樣的主題在宋詞中是常見的，但表現方式絕不類宋詞，在淋漓暢快之餘似乎少了一分屬於詞的含蓄，而與質樸的散曲或民歌接近。故沈雄《古今詞話・詞評》卷下引王庭評卓人月詞云：「《蕊淵》（按卓人月詩詞曲文集）於詞家獨闢生面，但於宋人蘊藉處，不無快意欲盡之病。」〔註77〕

在文體發展的演進觀來論，詞的曲化或許也是詞史發展上必然的邏輯，如此與詞的本色漸行漸遠。本來詞、曲即各有特色，一旦「稍涉曲法，即嫌傷格」，〔註78〕詞格委靡不振，焉有不衰之理。難怪陳子龍在詞樂失傳、曲代詞興的晚明詞壇要登高疾呼，標舉南

〔註75〕瞿佑《樂府遺音》，趙尊嶽輯：《明詞彙刊》下冊，頁1207。
〔註76〕卓人月《蕊淵集》，趙尊嶽輯：《明詞彙刊》下冊，頁1770。
〔註77〕沈雄《古今詞話・詞評》卷下，唐圭璋：《詞話叢編》冊一，頁1032。
〔註78〕況周頤《蕙風詞話》卷一，唐圭璋：《詞話叢編》冊五，頁4419。

唐北宋婉麗的詞統，繼承《風》、《騷》遺則，恢復詞體「麗而逸」、「幽以婉」的本色。所以陳子龍在詞學上主張復古，是為了恢復詞的本色，期能扭轉自明初以來即存在的以曲為詞，以纖豔俗巧為尚的頹風，從而以他所提倡的「俊逸之韻、深刻之思、流暢之調與穠麗之態」（〈王介人詩餘序〉）來樹立詞壇新風。這樣的主張在當時一片偎紅倚翠、詞曲不分的時代氛圍中，無疑是具有正本清源、障百川而東之的指導意義。

第三節　詞學理論的成因

　　由前述可知陳子龍在詞學上有其自成一家的理論架構，即是在思想上要上繼《詩經》採蘭贈芍與《楚辭》香草美人的傳統，借物寓情；並期能以纖弱之體來寄寓沉摰之思，以婉媚之境來顯微闡幽，做到意存比興而寄託遙深；在詞史上則標舉南唐到北宋之間高渾典麗，豔而有骨的令詞；風格上則要求要柔婉俊逸，含蓄蘊藉。這些理論固然是陳子龍為了矯正當時明代詞壇或以學問為巧，以致弄巧成拙；或是以曲為詞，導致時墜吳歌的荒腔走調的情形，所懸立的高規格標準。但若從其形成因素來探尋，則不難發現原來還是有跡可尋；約可歸納為李清照「別是一家」理論的繼承和發揮，時代風氣的影響與陳子龍個人審美觀趨向等三方面。以下分別深入探討之：

一、李清照「別是一家」論點的繼承和發揮

　　李清照的〈詞論〉首見於胡仔《苕溪漁隱叢話》後集卷 33，[註79] 表面看來，是李清照對宋代各詞家的評論，但其內在的理論架構卻是十分完備，且其重點就在於詞「別是一家」四字，即說明詞的特殊文體，與詩、文迥異，故不可以作詩或作文之法來填詞。關

[註79] 胡仔《苕溪漁隱叢話・後集》，楊家駱主編：《中國學術名著第三輯・詩話叢編第一集》（臺北：世界書局，1976 年 2 月）冊二，頁 666～667。關於李清照〈詞論〉的原文，詳見附錄一。

於李清照的〈詞論〉，近代學者多所詳盡的闡發，〔註 80〕其中洪昭〈李清照的詞論〉以爲：

> 這種「別是一家」的詞似乎應是這樣的：在整個格調上，不可拿作詩和作文的方法作詞，應該把這兩者嚴格區別開來。在內容和風格方面要「典重」，不能輕佻浮蕩。在表現方法上要講究通篇一氣渾成。在表現「情致」的同時還要講用典和鋪敘。使用的語言要高雅，要協音律。〔註 81〕

分別就內容、風格、表現方法和使用語言來說明詞「別是一家」之義；而顧易生〈北宋婉約詞的創作思想和李清照的〈詞論〉〉則以爲詞「別是一家」即是宋人所謂「本色」：

> 所謂「別是一家」即相當於「本色」。顯然作者是以婉約爲主的。但他對歷來以婉約擅場的詞人，既肯定了他們的成就與長處，也指出了各自的缺點與不足。那麼誰是最合理想的標準呢？看來只有他本人當仁不讓了。這篇〈詞論〉也可說是詞史上第一篇完整的獨立宣言，也是婉約詞的第一階段的理論總結。〔註 82〕

以爲李清照所標榜並引以爲標準的即是他本人的作品，而李清照詞的特色乃是「用淺俗之語，發清新之思，詞意並工，閑情絕調。」（彭孫遹《金粟詞話》）〔註 83〕是「婉約之宗」。〔註 84〕

綜合上述，可知李清照「別是一家」所闡述的重點有二，即是強調詞體的獨特性與以婉約爲宗，而此理論正爲陳子龍所繼承與發揮。

〔註 80〕據黃文吉《詞學研究書目 1912～1992》（臺北：文津出版社，1993 年 4 月）下冊，頁 631～636 即有 57 篇論文討論李清照〈詞論〉。

〔註 81〕洪昭〈李清照的詞論〉，《藝林叢錄‧七編》（香港：商務印書館，1973 年 1 月），頁 255～257。

〔註 82〕顧易生〈北宋約婉詞的創作思想和李清照的〈詞論〉〉，《文藝理論研究》（1982 年第 2 期），頁 84～92。

〔註 83〕彭孫遹《金粟詞話》，唐圭璋：《詞話叢編》冊一，頁 721。

〔註 84〕王士禎《花草蒙拾》：「張南湖論詞派有二：一曰婉約，一曰豪放。僕謂婉約以易安爲宗，豪放惟幼安稱首。」唐圭璋：《詞話叢編》冊一，頁 685。

（一）強調詞體的獨特性

為了挽救日益衰頹的明末詞壇，陳子龍除了提出總體上的高標準外，他在幾篇論詞的文字中也多次地強調作詞之難，為什麼說詞「雖曰小道，工之實難呢？」（〈三子詩餘序〉）因為在陳子龍的心目中，詞雖小道，但亦應本《風》《騷》之旨，抒情寓志，「託貞心於妍貌，隱摯念於佻言」（同上）。而要寫出思想內容與藝術形式相統一的作品，實非易事，用他自己的話說，即是「代有新聲，而想窮擬議，於是以溫厚之篇，含蓄之旨，未足以寫哀而宣志也。」（同上）。為了示以正道，他在〈王介人詩餘序〉中通過闡明作詞的四大「難」，具體而微地提出了寫好詞作的四項標準：

> 蓋以沉至之思，而出之必淺近，使讀之者驟遇之如在耳目之表，久誦而得沉永之趣，則用意難也。以嬫利之詞而製之實工練，使篇無累句，句無累字，圓潤明密，言如貫珠，則鑄調難也。其為體也纖弱，所謂明珠翠羽，尚嫌其重，何況龍鸞。必有鮮妍之姿，而不藉粉澤，則設色難也。其為境也婉媚，雖以警露取妍，實貴含蓄有餘不盡，時在低回唱嘆之際，則命篇難也。（《安雅堂稿》卷二）

在此，陳子龍從詞體的藝術獨特性出發，嚴格地要求作詞要作到：一、言淺思深，即以淺近明白的語言寫出具體生動，耐人尋味的藝術形象；二、鑄詞工練，圓潤明密，言如貫珠；三、為體應纖弱輕靈，色調鮮妍；四、造境宜婉媚隱秀，以含蓄蘊藉為美。凡此種種皆在全面地界定詞之為體的本質特徵，且子龍這段話是在將宋詩和宋詞進行比對的情況下說出來的，一抑一揚之間，不但將宋詞和「言理不言情」的宋詩區分開來，且更強調詞體的獨特性。而這些觀點和主張，正是對李清照在〈詞論〉中首倡詞「別是一家」，強調詞在藝術形式上的獨特性的理論，進行了最忠實的繼承和發揮。從宋迄明，還沒有人如此全面而細緻地闡述過詞體的獨特性。

（二）以婉約為宗

　　李清照在〈詞論〉中並未提出「婉約」一詞，此詞最早見於明・張綖（生卒年不詳，字世文，（一作世昌），號南湖居士，高郵（今屬江蘇）人，正德八年（1513）舉人）《詩餘圖譜・凡例》後之附識：

> 按詞體大約有二：一體婉約，一體豪放。婉約者欲其詞情蘊藉，豪放者欲其氣象恢宏。蓋亦存乎其人，如秦少游之作，多是婉約；蘇子瞻之作，多是豪放。大抵詞以婉約爲正，故東坡稱少游爲「今之詞手」；後山評東坡詞「雖極天下工，要非本色」。今所錄爲式者，必是婉約，庶得詞體，又有惟取音節中調、不暇擇其詞之工者，覽者詳之。〔註85〕

張綖對詞所作的約略畫分，有助於在總體上把握詞的兩種最基本的風格傾向，所以明以後爲詞學界廣泛沿用，其影響直至於今。其實從李清照評各家詞曰「無鋪敍、少典重、少故實、尚故實而多疵病」等語，已隱約透露出詞須思致婉約，意蘊深長的觀念。婉約詞多以兒女閨情、傷春傷別爲直接題材，以柔婉、纏綿的心緒爲基本情結，而通過「情景交融」的意境，含蓄地表現耐人尋味的情思，並在其中融入微妙而又廣泛的人生體驗。秦觀與周邦彥爲北宋婉約詞最有成就的詞人，觀李清照評秦觀詞「專主情致而少故實，譬如貧家美女，雖極妍麗丰逸，而終乏富貴態。」以貧家美女稱之，應是目之爲尚可之作；而對周邦彥終是不置一詞，可見其應是贊許的，故在「別是一家」中，其詞風的傾向應是婉約的。而婉約派上溯源頭，則可至花間詞及南唐二主詞，而這些詞人，都是陳子龍所稱許的；並且從陳子龍所揭示的作詞「四難」及「思極於追琢，而纖刻之詞來；情深於柔靡，而婉孌之趣合；志溺於燕媠，而妍綺之境出；態趨於蕩逸，而流暢之調生。」（〈三子詩餘序〉）來審視，可知其是在總結婉約派的創作經驗，期能授予明末志在振衰的詞家們以創作依據，

〔註85〕《詩餘圖譜》之明刻通行者爲汲古閣《詞苑英華》本，卻無〈凡例〉及按語。王水照〈蘇軾豪放的涵義和評價問題〉一文曾據北京圖書館所藏明刊本及萬曆29年游元涇校刊的《增正詩餘圖譜》本引，見王水照《蘇軾論稿》（臺北：萬卷樓圖書公司，1994年12月），頁186～187。此爲轉引。

從而能恢復自南宋以來，即逐漸衰頹的詞統。在清代以前詞學理論普遍不發達的歷史背景中，陳子龍的理論探討和建樹，雖然不甚完備，但在婉約詞派的發展上，仍具有里程碑的意義和存亡繼絕的價值。

二、時代風氣的影響

陳子龍在〈三子詩餘序〉中，曾鮮明地提出一個類似作詩大旨的作詞總綱：「夫《風》《騷》之旨，皆本言情。言情之作，必託於閨襜之際。」即是說「詞雖小道，工之實難」（同上），必須與詩同源，上繼《風》《騷》之旨，以言情為貴。從這個大綱中可以尋得兩個要點，即是推尊詞體與詞主言情。此一上接《風》《騷》，自尊其體與抒情寓志的主張，在明代詞運衰微之際，無疑是具有撥亂反正的理論意義和實踐意義。但這樣的主張並非陳子龍所獨創，而是與當時的文壇風氣有著相當密切的關係。

（一）推尊詞體

無可否認的，明代詞在創作上是衰微的，但若由此便演繹出明人卑視詞體的結論，則是與史實相違。雖然在明人的詞論中，仍見如「詞曲於道末矣」〔註86〕與「詩詞，末技也」、「詞於不朽之業，最為小乘」〔註87〕的說法，但這只是他們沿襲「文章經國之大業，不朽之盛事」（曹丕〈典論‧論文〉）的習慣說法，並不表示他們真的卑視詞體，否則便不會有如陳霆《渚山堂詞話》、俞彥《爰園詞話》與楊慎《詞品》這樣的詞學專著出現。所以從總體言，明代詞作因無法超越宋代及深受戲曲的影響，所以在創作上是衰微的，但詞學理論並不衰，這可從他們推尊詞體的主張中看出來。

明人推尊詞體之法有二：一是明辨詞體的特色；二是比附於《風》《騷》。

〔註86〕陳霆《渚山堂詞話‧序》，唐圭璋：《詞話叢編》冊一，頁347。
〔註87〕以上二說均見於俞彥《爰園詞話》，唐圭璋：《詞話叢編》冊一，頁399。

1. 明辨詞體的特色

明人對詞體的辨認，一如李清照「別是一家」之說，是通過對詩、詞、曲的體類特徵之辨來進行的。王驥德《曲律》卷四即謂：「詞之異於曲也，曲之異於詞也，道迥不相侔也。」〔註88〕指出詩、詞、曲各有不同的「道」，而此處的「道」，即包括音律、文字技巧和風格。

就音律而言，徐師曾在其《文體明辨序說・詩餘》即提出：「詩餘謂之填詞，則調有定格，字有定數，韻有定聲。至於句之長短，雖可損益，然亦不當率意爲之。」〔註89〕就技巧而言，朱存爵《存餘堂詩話》有言：「詩詞雖同一機杼，而詞家意象，亦或與詩略有不同。句欲敏，字欲捷，長篇須曲折三致意，而氣自流貫，乃得。」就風格而言，何良俊《草堂詩餘序》即謂：「樂府以皦逕揚厲爲工，詩餘以婉麗流暢爲美。」〔註90〕而陳子龍所提出的作詞「四難」之說，以突出詞之爲體的獨特性，正是這些理論的總結。

而陳子龍所力主的婉約詞風，其實也是明代詞學界對詞體性認識的主流。正是基於這樣的認知，所以明人在選擇仿效的對象時，大多崇尚婉曲的秦、周而排斥質直的蘇、辛。如王驥德《曲律》卷四即謂：「詞曲不尚雄勁險峻，只一味嫵媚閑豔，便稱合作。是故蘇長公、辛幼安並置兩廡，不得入室。」〔註91〕何良俊〈草堂詩餘序〉亦言：「周清眞、張子野、秦少游、晏叔原諸人之作，柔情曼聲，摹寫殆盡，正辭家所謂當行，所謂本色者也。」〔註92〕

〔註88〕王驥德《曲律》卷四，楊家駱主編：《歷代詩史長編二輯》（臺北：鼎文書局，1974 年 2 月）冊四，頁 159。

〔註89〕吳訥・徐師曾：《文章辨體序說・文體明辨序說》（臺北：泰順書局，1973 年 9 月），頁 164。

〔註90〕何良俊〈草堂詩餘序〉，金啓華、張惠民等：《唐宋詞集序跋匯編》，頁 393。

〔註91〕王驥德《曲律》卷四，楊家駱主編：《歷代詩史長編二輯》冊四，頁 179。

〔註92〕何良俊〈草堂詩餘序〉，金啓華、張惠民等：《唐宋詞集序跋匯編》，

　　可見子龍所提出的詞體藝術的特殊性與崇尚南唐至北宋間的婉約之作，除了個人的審美觀之外，也受到當代詞壇思潮的影響。

2. 比附於《風》《騷》

　　大凡任何一種文學體式，若想躋身於文學結構的中心，就必須借鑒《詩》《騷》的抒情特徵，[註 93]而明人推尊詞體的另一個方法則是比附於《風》《騷》。

　　首先是從音樂的角度認定詞源於《風》《騷》。任良幹在《詞林萬選・序》中言：

> 古之詩，今之詞也。二雅二頌，有義理之詞也；填詞小令，無義理之詞也。在古曰詩，在今曰詞，其分以此，……然其比於律呂，葉於樂府則無古今，一也。雖然，邪正在人，不在世代。於心，不於詩詞。若詩之〈溱洧〉、〈桑中〉、〈鶉奔〉、〈雉鳴〉，雖謂今之淫曲可也。張于湖、李冠之〈六州歌頭〉，辛稼軒之〈永遇樂〉，岳忠武之〈小重山〉，雖謂古之雅詩可也。填詞之不可廢者以此。[註 94]

雖然任良幹忽略了詞體產生的過程中，有如此的事實存在：即燕樂的興盛是詞體產生的前因，而詞體的產生是樂曲流行的後果，兩者實在不能一概而論；但其意識到詩詞所表現的內容有正邪之別，邪正在於人心，而不在文體，詩中有淫曲，詞中有雅詩，卻也是不可否認的事實。在此已傳達出填詞須上承《風》《騷》雅正之旨的原則。

　　而朱日藩在《南湖詩餘・序》中則進一步強調詞應繼承《風》《騷》的香草美人之旨，使具託喻諷諫的功能：

> 魏晉以還，歷代制作，只郊廟、燕饗樂章，稍存雅則，自餘閨情宮怨之什，芬如矣。然美人托詠於顯王，宓妃取諭於賢臣，使其哀音柔弄，果足以達誠所天，一旦聆之，為

頁 393。

[註93] 李康化：《明清之際江南詞學思想研究》（成都：巴蜀書社，2001 年11 月），頁 34。

[註94] 任良幹《詞林萬選・序》，金啟華、張惠民等：《唐宋詞集序跋匯編》，頁 405。

之眩然回心焉，是故亦諷諫之一端也，可盡少哉？〔註95〕
而這種力主詞應上繼《風》《騷》醇雅之旨，使能抒情寓志，反映現
實，而藉以憂時託志的主張，更是直接爲陳子龍所吸納。

（二）詞主言情

明人在詞體的風格上既崇尚婉約詞風，在詞體功能上亦言「婉變
而近情」（王世貞《藝苑卮言》）〔註96〕，其實以言情爲詞的基本功能
並非始於明人，早在北宋晁補之論本朝樂章時，即有「眉山公之詞短
於情」的評論，〔註97〕已透露出詞應以言情爲主的主張。到明代中期，
因心學的流行，故在詞論上對詞言情的體性特徵格外有興趣，〔註98〕
如楊愼在《詞品》卷三評韓琦與范仲淹詞情致委婉的特徵時即云：

> 大抵人自情中生，焉能無情，但不過甚而已。宋儒云：「禪
> 家有爲絕欲之說者，欲之所以益熾也。道家有爲忘情之說
> 者，情之所以益蕩也。聖賢但云寡欲養心，約情合中而已。」
> 予友朱良矩嘗云：「天之風月，地之花柳，與人之歌舞，無
> 此不成三才。」雖戲語亦有理也。〔註99〕

楊愼在此立論的根基是「人自情中生，焉能無情」，且其所理解的
「情」，是指人的生存和享樂欲望的滿足，如風月、花柳與歌舞等。
楊愼此說，爲詞的抒情功能之說邁出了有力的一步。

但楊愼尚未直接觸及到詞的體性問題，明確地以言情爲詞體特質
的是明人沈際飛（生卒年不詳，約崇禎間在世），其在〈草堂詩餘四
集序〉中力主「以詞傳情」之說：

> 文章殆莫備於是（按指詞）矣。非體備也，情至也。情生
> 文，文生情，何文非情？而以參差不齊之句，寫郁勃難狀
> 之情，則尤至也。……故詩餘之傳，非傳詩也，傳情也。

〔註95〕朱日藩《南湖詩餘·序》，趙尊嶽：《明詞彙刊》上冊，頁84。
〔註96〕王世貞《藝苑卮言》，唐圭璋：《詞話叢編》冊一，頁385。
〔註97〕胡仔《苕溪漁隱叢話·前集》卷五十一，楊家駱主編：《中國學術名
　　　　著第三輯·詩話叢編第一集》冊一，頁346。
〔註98〕李康化：《明清之際江南詞學思想研究》，頁36。
〔註99〕楊愼《詞品》卷三，唐圭璋：《詞話叢編》冊一，頁467。

其縱古橫今，體莫備於斯也。〔註100〕

沈際飛以爲雖然任何文體都是表現情感的，但以詞的形式特徵，最適宜把人內心的情感表現得淋漓盡致。雖然他對詞爲什麼宜於抒發婉變之情的原因交待不清，但結論無疑是正確的。

由上述可知，陳子龍所力主的作詞總綱「夫《風》《騷》之旨，皆本言情。言情之作，必託於閨襜之際。」其實在明代詞學界皆有跡可循，這是陳子龍詞學理論受時代風氣影響的又一有力證明。

三、個人審美觀的趨向

陳子龍的詞學思想固然受當時文壇風氣的影響，但若將之與同時代的學者如孟稱舜相較，就會發現陳子龍的詞學觀呈現相當大的保守性，有令人遺憾的局限和偏失存在，這其實和他個人褊狹的審美觀有極大的關係。

嚴迪昌先生在其《清詞史》第一章評論陳子龍〈幽蘭草詞序〉的論點時即稱：

> 主張「天機偶發，元音自成」，卻忽視此「機」此「音」與時代社會播邊不可分離的關係。無視「天機」、「元音」的所從由來，不能不導致天賦決定說，也爲僅以前代楷模爲範本，只求形態體勢而失卻其精神的模擬之風授口藉。後來王士禛等的擬作《漱玉詞》和次韻《湘眞閣》之作的習氣，可以佐證。試想推賞李煜，豈能不探究其最爲世人感動的情思的由來？李清照前期詞作固是天機元音，靖康亂後諸篇什又何嘗不是「境由情生」？……造成這種局限性的關鍵是他們追尋的「詞統」未越過雅正婉妍之旨的範疇，這樣，所説的「天機」、「元音」也就勢必有人爲的規定性和選擇性，狹隘和局限必然發生。〔註101〕

陳子龍對詞史採取簡單的回歸認同方式，以「直接唐人」、「無慚宋轍」

〔註100〕 沈際飛〈草堂詩餘四集序〉，金啓華、張惠民等：《唐宋詞集序跋匯編》，頁399～400。
〔註101〕 嚴迪昌：《清詞史》（南京：江蘇古籍出版社，2001年7月），頁14。

爲標準，欠缺通變的意識，忽略「復古」僅是手段，創新才是目的的基本出發點，無視於作詞抒情和創作其他文學創造一樣，必須與自己所處的時代與現實環境，密切契合的迫切性。如此不但使其理論不夠周全，連帶亦限制其詞作的成就（關於陳子龍詞作的得失，在第八章結論時會有詳細的探討）。

　　再比較同時期且稍早的孟稱舜詞學觀，將更凸顯子龍詞學理論的保守與局限。孟稱舜作於崇禎二年（1629）的《古今詞統‧序》云：

> 詞者，詩之餘而曲之祖也。樂府以嫩逕揚厲爲工，詩餘以宛麗流暢爲美。故作詞者率取柔音曼聲，如張三影、柳三變之屬。而蘇子瞻、辛稼軒之清俊雄放，皆以爲豪而不入於格。宋伶人所評〈雨霖鈴〉與〈酹江月〉之優劣，遂爲後世塡詞者定律矣。予竊以爲不然。蓋詞與詩、曲，體格雖異，而詞本於作者之情。古來才人豪客，淑妹名媛，悲者喜者，怨者慕者，懷者想者，寄興不一。或言之而低迴焉，宛戀焉；或言之而纏綿焉，悽愴焉；又或言之而嘲笑焉，憤悵焉，淋漓痛快焉，作者極情盡態而聽者洞心聳耳，如是者皆爲當行，皆爲本色。寧必妹妹媛媛，學兒女子語而後爲詞哉？故幽思而曲想，則張、柳之詞工矣。然其失則俗而膩也。古者妖童冶婦之所遺也。傷時弔古，蘇辛之詞工矣。然其失則莽而俚也。加者征夫放士之所託也。兩家各有其美，亦各有其病。然達其情而不以詞掩，則皆塡詞者之所宗，不可以優劣言也。〔註102〕

孟稱舜這種論證詞以傳情爲貴的論點，就完全打破明代詞壇自王世貞以來分正變，並以正（婉約）爲貴的偏見。〔註103〕可惜這樣通變的

〔註102〕　孟稱舜《古今詞統‧序》，金啓華、張惠民等：《唐宋詞集序跋匯編》，頁403。

〔註103〕　王世貞《藝苑卮言》言：「詞須宛轉綿麗，淺至儇俏，挾春月煙花於閨幨內奏之，一語之豔，令人魂絕，一字之工，令人色飛，乃爲貴耳。至於慷慨磊落，縱橫豪爽，抑亦其次，不作可耳。」又言：「李氏、晏氏父子、耆卿、子野、美成、少游、易安至矣，詞之正宗也。溫韋豔而促，黃九精而險，長公麗而壯，幼安辨而奇，又其

詞學觀並沒有爲陳子龍所秉承，未能認同婉約與豪放皆是作者「極情盡態之作」，應皆爲「塡詞者之所宗」的正確觀點，而是以詞「別具一種風格」爲口實，返回到崇尚婉約小令的歷史窠臼，而暴露出審美眼光的褊狹。

（一）以範古爲美

陳子龍在〈佩月堂詩稿序〉中即揭示創作的原則爲「情以獨至爲眞，文以範古爲美」，〔註 104〕並在解釋爲何要範古時言：「既生古人之後，其體格之雅，音調之美，此前哲之所已備，無可獨造者也。」〔註 105〕以爲後人只能在寓意上創新，其實不盡然。以詞而論，固然唐五代人所創造的句式、格律、聲韻等屬於形式上的格式，大致已成定格，後人塡詞只須按譜製作，的確也是「無可獨造」了。但所謂的「體格」，則不但關乎文字形式，且更與詞人的情感內容有密切的相關，必隨時代風尚、社會條件與心境變化而不同。詞人要有自己的創造性，就應該在寓意獨創的同時，由裏及表地顯示自己獨特的作風、體格及音調韻味等等。子龍慮未及此，一味與唐宋體格風尚認同，一切以南唐至北宋爲依歸，這就限制了自我抒情主體的充分發展，拘泥於前人的體制，而削弱了自我本極充沛的創造力。

試想若無張先將詩體的實用功能移之於詞，使詞體能與文人的生活緊密結合，而深受文人喜愛，進而大量從事創作，則詞將永遠只是花間尊前的產物，難登大雅之堂。再若蘇軾亦一味向古人看齊，不以作詩之法來塡詞，則焉能開創詞境，將詞從「偎紅倚翠」、「淺斟低唱」的庸俗環境中解放出來？

再看看陳子龍所處的時代，不也和李後主、李清照等人一樣，同

次也，詞之變體也。」唐圭璋：《詞話叢編》冊一，頁 385。
〔註 104〕王昶等編：《陳忠裕全集》卷二十五，上海文獻叢書編委會：《陳子龍文集》上冊，頁 381。
〔註 105〕王昶等編：《陳忠裕全集》卷二十五，上海文獻叢書編委會：《陳子龍文集》上冊，頁 377。

樣是天翻地覆、陵谷變遷的悲壯境地嗎？而其忠國愛君之志，較之蘇軾、辛棄疾等人，豈有絲毫的遜色？以陳子龍之才，若不爲其狹隘的審美觀所限，抑或天能假之以長年，使其能在實際創作中體認到自我詞學觀的保守，而有所突破或修正，進而能運用詞盡情地表現劇變時期的心態，爲知其不能如辛棄疾般，創造出兼具婉麗曠逸與豪放沉鬱的詞作，而在詞學上取得更高的成就。

（二）崇尚小令

陳子龍受其褊狹審美觀的影響，只標榜南唐至北宋的婉約之作，而造成詞學觀的局限與保守。再細觀其詞學理論所揄揚者，如「鑢裁至巧」（〈三子詩餘序〉）、「言如貫珠」、「明珠翠羽，尚嫌其重」（〈王介人詩餘序〉）等幾乎都是小令的藝術特色，而且這種偏嗜小令的傾向，也具體地反映在其創作上。據筆者統計陳子龍現存的 84 首詞作，小令即有 77 首之多，占其全部詞作的百分之九十以上。（關於這一部分，將在第六章論陳子龍詞的形式技巧時探討之）

雖然小令是詞早期發展的形式，具有纖柔婉約的風格，且可以引起讀者豐富的感發與聯想等潛能，〔註106〕但若無柳永（987？～1055後）與張先（990～1078）開始大量製作長調慢詞，讓詞人有更寬廣的揮灑空間，可以包容更多的內容；或作誇張鋪敘，或作細膩刻畫，使詞可由抒情傳統轉向敘事說理，使之由歌辭之詞轉爲文人之詞，因而擴大詞作內涵與提昇詞的境界，詞又怎能展現它蓬勃的生命力，而成爲有宋一代最有成就的代表文學呢？故長調慢詞在詞史上，實具有其不可磨滅的意義與價值。

且就陳子龍最爲推崇的李清照（1084～1155？）與周邦彥（1056～1121）的作品來看，他們都是小令、長調兼擅的作手，尤其是周邦彥，其在長調慢詞的製作上，除了審音協律外，各體詞章法的曲

〔註106〕　葉嘉瑩：〈論陳子龍詞——從一個新的理論角度談令詞之潛能與陳子龍詞之成就〉，繆鉞、葉嘉瑩：《詞學古今談》，頁 223。

折多變，技巧繁富，歷來多受詞家的贊賞，如張炎在《詞源》卷下即贊之曰：

> 美成諸人又復增演慢曲、引、近，或移宮換羽，為三犯、四犯之曲，按月律為之，其曲遂繁。美成負一代詞名，所作之詞，渾厚和雅，善於融化詞句，而於音譜，且間有未諧，可見其難矣。〔註107〕

沈雄《古今詞話‧詞評》上卷亦引陳質齋語曰：「清真詞，多用唐人詩句，檃括入律，渾然天成。其在長調，尤善鋪敘。」〔註108〕

　　可見周邦彥在長調方面的成就，較其小令更是有過之而無不及。但陳子龍卻忽略了北宋諸位婉約派大師在長調慢詞方面的成就，而造成理論與實踐上的偏頗。如果陳子龍僅以單個作家的身份出現，其偏嗜小令，惟工短調本也不是太大的缺點；但子龍既是雲間詞派的領袖，又以挽救明代衰頹詞風，再開詞壇新氣象的使命自任，在理論與創作上有此一偏，就是相當明顯的缺陷了。難怪連對子龍相當推崇的王士禎，都不免要委婉地指出雲間諸子「所微短者，長篇不足耳。」〔註109〕陳子龍這種專崇小令的審美偏向，在他身後被雲間詞派的後學推至極端，此從蔣平階在順治九年（1652）為沈億年編選的《支機集‧凡例》八則所論大抵即可看出，其以為作詞應宗法晚唐小令體，守《花間》軌制，就連北宋的小令亦不可取：

> 詞雖小道，亦風人餘事。吾黨持論，頗極謹嚴。五季猶有唐風，入宋便開元曲。故專意小令，冀復古音，屏去宋調，庶防流失。〔註110〕

屏棄宋詞，雖非子龍初衷，但亦可看出其理論與實踐之偏，已授人以藉口了。單就此一點來看，龍榆生在其《近三百年來名家詞選》中言子龍開三百年來詞學中興之盛的評價，是過譽之言了。試想，若清人

〔註107〕張炎《詞源》卷下，唐圭璋：《詞話叢編》冊一，頁255。
〔註108〕沈雄《古今詞話‧詞評》上卷，唐圭璋：《詞話叢編》冊一，頁990。
〔註109〕鄒祗謨《遠志齋詞衷》引，唐圭璋：《詞話叢編》冊一，頁651。
〔註110〕蔣平階、周積賢、沈億年《支機集》，《明詞彙刊》上冊，頁556。

對陳子龍均亦步亦趨，就只能在婉約小令中打轉，又何來清詞百花競放，中興繁盛的局面呢？

　　由此可見，陳子龍在詞學理論上，雖有其不可抹滅的意義與價值存在。但因受其褊狹審美觀的影響，仍出現令人遺憾的局限和缺失，這在詞史上是無法否認的事實。

第五章　陳子龍詞的內容

　　陳子龍的詞作，見於《陳忠裕公全集》卷二十詩餘部分的有七十九首。趙山林在〈陳子龍的詞和詞論〉一文中，從鄒祗謨、王士禎所編的《倚聲初集》（清順治庚子刻本）中補得五首，〔註1〕故陳子龍的詞作現傳於世的共有共八十四首。

　　今見於《陳忠裕公全集》的詞集，是以王澐所輯的《焚餘草》中的詞作爲主，再加上王昶編全集時所見散於別本的數闋，彙爲一卷。但全集中所載的詞是以詞調字數多寡爲序，將同詞調的諸作編排在一起，所以很難看出諸詞的寫作時間。

　　陳子龍的詞傳世雖然僅有其詩的十八分之一（以施蟄存、馬祖熙所標校的《陳子龍詩集》而言，全部十八卷作品中，詞僅佔一卷），但成就卻是有過之而無不及，且影響更爲深遠。故陳子龍的詞歷來即爲詞評家所注目，茲援引數則如下：

　　　　大樽文高兩漢，詩軼三唐，蒼勁之色與節義相符者。乃《湘
　　　　眞》一集，風流婉麗如此。傳稱河南亮節，作字不勝綺羅；
　　　　廣平鐵心，〈梅賦〉偏工清豔，吾於大樽益信。（沈雄《古今
　　　　詞話・詞評》下卷）〔註2〕

〔註1〕 趙山林：〈陳子龍的詞和詞論〉，《詞學》編輯委員會編：《詞學》第
　　　　七輯，（上海：華東師範大學出版社，1989 年 2 月），頁 188。
〔註2〕 唐圭璋：《詞話叢編》冊一，頁 1032～1033。

大樽諸詞，神韻天然，風韻不盡，如瑤台天子，獨立卻扇時。而《湘眞》一刻，晚年所作，寄意更綿邈悽惻。（王士禛《倚聲初集》卷一）〔註3〕

余嘗謂明詞非用於應酬，即用於閨闥，其能上接《風》《騷》，得倚聲之正則者，獨有大樽而已。（吳梅《詞學通論》）〔註4〕

詞學衰於明代，至子龍出，宗風大振，遂開三百年來詞學中興之盛，故特取冠斯編。（龍榆生《近三百年名家詞選》）〔註5〕

從以上詞評家之言可明確看出，他們對陳子龍的詞作均相當推崇。

大體而言，陳子龍的詞以《花間》、北宋的雅麗爲依歸。當明代詞學衰微之際，他和李雯、宋徵輿、宋徵璧、蔣平階等幾社名士皆致力於詞的創作，〔註6〕形成雲間詞派，對明末清初的詞學有一定程度的影響。

華東師範大學施蟄存、馬祖熙兩位教授將《陳忠裕公全集》卷三至卷二十的詩和詩餘、詞餘部分重新標校，定名爲《陳子龍詩集》，並在 1983 年由上海古籍出版社出版印行。〔註7〕是研究陳子龍生平和詩詞著作相當齊備的文本。本文所討論的陳子龍的詞作，即以《陳子龍詩集》下冊卷十八所輯的 79 首和趙山林從鄒祗謨、王士禛所編的《倚聲初集》（清順治庚子刻本）中補入的五首，合計 84 首爲範疇。

陳子龍的詞作，依內容而言，大致可分爲一、憂時託志；二、豔情綺懷；三、寫景詠物等三大類；而各大類又可再細分爲若干子項，今以表格列之如下：

〔註3〕 王士禛、鄒祗謨《倚聲初集》（清順治庚子刻本）卷一。

〔註4〕 吳梅：《詞學通論》（臺北：臺灣商務印書館，1969 年 12 月），頁 146。

〔註5〕 龍榆生：《近三百年名家詞選》（臺北：宏業書局，1979 年 1 月），頁 4。

〔註6〕 據杜登春〈社事本末〉所言：「幾者，絕學有再興之幾，而得知幾其神之義也。」施蟄存、馬祖熙標校：《陳子龍詩集》下冊，頁 729。

〔註7〕 施蟄存、馬祖熙標校：《陳子龍詩集》（上海：上海古籍出版社，1983 年 7 月）

類別	子項		詞作名稱	闋數	小計
憂時託志	撫時感事		〈蝶戀花・春日〉、〈山花子・春恨〉、〈柳梢青・春望〉、〈武陵春・閨怨〉、〈踏莎行・春寒〉、〈天仙子・春恨〉、〈浪淘沙・感舊〉、〈千秋歲・有恨〉、〈小重山・憶舊〉、〈滿江紅・五日同子建、尚木〉、〈二郎神・清明感舊〉等。	11	18
	誓志恢復		〈浪淘沙・春恨〉、〈虞美人・有感〉、〈唐多令・寒食〉、〈蘇幕遮・清明〉、〈漁家傲・春暮〉、〈點絳唇・春日風雨有感〉、〈望仙樓・夜宿大蒸西莊〉等。	7	
豔情綺懷	情愛相思的獨詠		〈如夢令・本意〉四首、〈如夢令・豔情〉、〈點絳唇〉、〈點絳唇・閨情〉、〈浣溪沙・閨情〉、〈桃源憶故人・南樓雨暮〉、〈蝶戀花・春曉〉、〈蝶戀花〉（裊裊花陰羅襪軟，……）、〈蝶戀花〉（金屋珠樓都遍了，……）、〈蘇幕遮〉、〈驀山溪・寒食〉、〈滿庭芳・送別〉、〈乳燕飛〉等。	16	28
	與柳如是的倡和	同調同題	〈浣溪沙・五更〉、〈踏莎行・寄書〉等。	2	
		同調不同題	〈南鄉子・春閨〉、〈南鄉子・春寒〉、〈南鄉子〉、〈雙調望江南・感舊〉、〈江城子・病起春盡〉等。	5	
		不同調而詞意相關	〈少年遊・春情〉、〈青玉案・春暮〉、〈青玉案・春思〉、〈醉落魄・春閨風雨〉二首等。	5	
寫景詠物	即景抒情		〈醉花陰・豔情〉、〈醉花陰・不寐〉、〈長相思・西湖雨中〉、〈菩薩蠻・春曉〉、〈菩薩蠻・春雨〉、〈訴衷情・春遊〉、〈醜奴兒令・春潮〉、〈謁金門・五月雨〉、〈清平樂・春繡〉、〈更漏子・春閨〉、〈畫堂春・春閨〉、〈醉桃源・題畫〉、〈山花子〉、〈眼兒媚〉、〈探春令・上元雨〉、〈望遠行・人日〉、〈木蘭花令・寒食〉、〈踏莎行・春寒〉、〈踏莎行・春寒閨恨〉、〈蝶戀花・春閨〉、〈臨江仙・小春〉、〈虞美人・立春〉、〈虞美人〉、〈天仙子・春夜〉等。	24	38
	詠物言志		〈木蘭花・楊花〉、〈錦帳春・畫眉〉、〈浣溪沙・楊花〉、〈憶秦娥・楊花〉、〈畫堂春・雨中杏花〉、〈惜分飛・詠柳〉、〈醉紅妝・詠螢〉、〈上元雨・游絲〉、〈南柯子・春月〉、〈虞美人・詠鏡〉、〈蝶戀花・落葉〉、〈念奴嬌・春雪詠蘭〉、〈一剪梅・詠燕〉、〈玉蝴蝶・美人〉等。	14	

由上表可知，在陳子龍現存的詞作中，以寫景詠物之作佔最多，共有
38 首；幾乎接近全部作品的一半。其次是豔情綺懷之作，共有 28 首；
再其次是可看出特定時代背景的憂時託志之作，共有 18 首。其次，
從本表亦可看出，陳子龍所使用的詞牌共有 54 種（關於子龍詞的詞
調特色，將在第六章論陳子詞的形式技巧時深入討論）。以下則就此
表的分類來探討陳子龍詞作的內容。

第一節　憂時託志

　　身為一個愛國志士，又生逢在國家面臨土崩瓦解之際，陳子龍將
滿腔熱血，甚至生命，都奉獻給了國家。在短短四十年的生命中，他
一方面慷慨共赴國難，一方面致力於創作，用詩詞來反映時代的苦
難，與戮力報國的心志。「憂時託志」是此位志士的詩詞所共有，最
動人心絃的中心主題；但同一主題在詩詞二體中的表現面貌卻大不相
同。他的詩沿前後七子之緒，宗盛唐，以雄壯慷慨為依歸；而他的詞
則專走南唐、北宋之路，深盡柔麗淒婉之美。所以他極少用宜於鋪展
壯闊之景和深廣之志的長調慢詞來縱情宣洩家國之懷，而是託諸小
令，寄寓於香草美人、花月閨秀、春雨秋風與亂紅落葉之間。以輕靈
細巧之境傳達幽約悽愴之情，從而形成色彩頗為鮮明的淒麗哀婉詞
風。在明詞不振之際，拔出流俗，一枝獨秀，成為後世詠嘆的對象。
以下分別從「撫時感事」與「誓志恢復」兩部分來探討。

一、撫時感事

　　清兵入關之後，勢如破竹，將朱明政權打得落花流水，一蹶不振；
這種情形看在愛國志士眼中，自是萬分悲愴與不捨。陳子龍用香草美
人之思，寄寓國破家亡之痛；把山河易幟，風雲慘變的悲哀，與不堪
回首故國的黍離麥秀之悽，寄寓在高渾典麗，純情自然的詞境裏，哀
婉中愈見其悲壯剛烈之情，令人動容。如〈天仙子・春恨〉云：

　　　　古道堂梨寒側側，子規滿路東風溼。留連好景為誰愁？歸

　　潮急，暮雲碧，和風和晴人不識。　　北望音書迷故國，
　　一江春水無消息。強將此恨問花枝，嫣紅積，鶯如織，我
　　淚未彈花淚滴。（頁619）

上片刻意營造出一片淒迷之景，下片則是充滿懷念故國的情感，無限
心事，只能強問花枝，可見寄恨的深沉。「我淚未彈花淚滴」句，化
用杜甫名篇〈春望〉中「感時花濺淚」之句意，但此處的花淚先滴，
卻是由詞人的「強問」而來，在語意上更富有感情的色彩。再如〈柳
梢青‧春望〉：

　　繡嶺平川，漢家故壘，一抹蒼煙。陌上香塵，樓前紅燭，
　　依舊金鈿。　　十年夢斷嬋娟，迴首離愁萬千。綠柳新蒲，
　　昏鴉春雁，芳草連天。（頁603）

詞中有多處語句，如「繡嶺平川」、「漢家故壘」、「十年夢斷嬋娟」等，
均提示讀者，作者所感傷的決非一般的閑愁，而是民族興亡的深層悲
痛。題為「春望」，自然令人想起杜甫寫於安史之亂的同題名篇。全
詞詞眼就在一個「望」字，上闋「陌上香塵」三句，是就眼前而望，
卻勾起了故國之思。下闋「綠柳新蒲」三句，則是因舊日之思而引起
了無限的悲痛。祖國已破，往事不堪回首，更何來好夢？極目遠望，
無垠的芳草，恰似詞人心中的哀愁，更行更遠還生。

　　又〈山花子‧春恨〉亦是抒發江山非舊，好景難留的感傷：

　　柳楊迷離曉霧中，杏花零落五更鐘。寂寂景陽宮外月，照
　　殘紅。　　蝶化綵衣金縷盡，蟲銜畫粉玉樓空，惟有無情
　　雙燕子，舞東風。（頁602）

在暮春清晨，落花殘月，曉霧迷離中，昔日繁華的宮殿，如今已是人
去樓空，一片荒蕪，徒留不知情的燕子在東風中飛舞。景物依舊，人
事全非，這一切看在詞人眼中，怎能不心生雨雪楊柳、王謝堂燕的悲
悽呢？所以清代詞人陳廷焯評陳子龍詞為：「淒麗近南唐二主，詞意
亦哀以思矣。」〔註8〕

────────────

〔註8〕陳廷焯：《白語齋詞話》卷三，收於唐圭璋：《詞話叢編》冊四，頁
　　　　3824。

再如〈浪淘沙‧感舊〉：

清淺木蘭舟，春思悠悠。暮雲凝碧舊妝樓，當日畫堂紅燭
下，戲與藏鉤。　　何處問重遊？好景難留。誰家花月惹
人愁？總有笙歌如夢也，別樣風流。（頁606）

表面看來，似乎是閨情相思之作，但細細品嘗後，會發現藏在花好月
圓之中的，竟是無盡的家國之念。故清朝顧琦坊評此詞云：「湘眞詞
皆申酉以後作，故令人如讀〈長門篇〉，幽房爲之掩涕。」（頁606）
眞可謂一語中的。

　　再如〈小重山‧憶舊〉中，詞人所寄託的，也是對故國無盡的思
念：

曉日重簷掛玉鉤，鳳凰臺上客，憶同遊。笙歌如夢倚無愁，
長江水，偏是愛東流。　　荒草思悠悠，空花飛不盡，覆
芳洲。臨春非復舊妝樓，樓頭月，波上對揚州。（頁611）

詞境的哀婉，很容易令人想起李後主名作〈相見歡〉：

林花謝了春紅，太匆匆，無奈朝來寒雨晚來風。　　胭脂
淚，留人醉。幾時重？自是人生長恨水長東。〔註9〕

故譚獻在其《復堂詞話》卷三中推崇陳子龍：「李重光後身，惟臥子
足以當之。」〔註10〕但陳子龍將對故國的眷戀化爲具體行動，捨身爲
國；人格的偉大崇高，似乎又較李後主的終日以淚洗面更進一層，所
以胡允瑗比較二者曰：「先生詞悽惻徘徊，可方李後主感舊諸作，然
以彼之流淚洗面，視先生之灑血埋魂，猶應顏赧。」（頁611）還有
〈二郎神‧清明感舊〉是陳子龍的「絕筆」詞，〔註11〕更是以血淚揉
合而成的感人佳作，也是陳詞中少見的長篇：

〔註 9〕 張璋、黃畲編：《全唐五代詞》（臺北：文史哲出版社，1986年10月），
　　　　頁449。

〔註10〕 唐圭璋：《詞話叢編》冊四，頁3997。

〔註11〕 據王澐《續陳子龍年譜》：「順治四年丁亥，先生年四十歲，在富林
　　　　寓居。……三月，會葬夏考功，賦詩二章，又作〈寒食〉、〈清明〉
　　　　二詞，先生絕筆也。」見施蟄存、馬祖熙標校：《陳子龍詩集‧附錄
　　　　二》下冊，頁717～718。

韶光有幾？催遍鶯歌豔舞。醞釀一番春，穠李夭桃嬌妒。東
君無主，多少紅顏天上落，總添了數坏黃土。最恨你年年芳
草，不管江山如許！　　何處，當年此日，柳堤花墅。內家
妝，褰帷一生笑。馳寶馬漢家陵墓。玉雁金魚誰借問？空令
我傷今弔古。歎繡嶺宮前，野老吞聲，漫天風雨。（頁618）

清兵入關後，一路南襲，江南抗清的義旅，又盡皆失敗。臥子因尚有
祖母需要服侍，只好託為浮屠，藏在鄉間菴寺，以待時機。順治三年
（1646）祖母高太安人亡後，子龍本欲渡海投效魯王、唐王，因清兵
封鎖甚嚴，未能如願。繼而又約吳勝謀兵太湖舉事，又遭失敗。〔註12〕
詞人撫時感事，一時百憂千愁並至，於是寫下了這首絕命詞，詞境的
沉痛自是可想而知。

　　上闋是感傷南明成立後，原本詞人以為將會大有作為，光復大
業，希望無窮，所以說「醞釀一番春」。不料朝廷中卻是小人當道，
正人君子多遭排擠，「穠李夭桃嬌妒」正是此意。抗清行動一再失敗，
最後南都傾覆，愛國志士們在抗清義舉中紛紛殉國，正如暮春時節
裏紅花的飄零，留下的是幾坏黃土。然而無情的芳草，卻完全沒有
江山淪陷的悲痛，依然逢春生長，令人望之生恨。下闋詞人撫今追
昔，感嘆昔日風光明媚的皇室陵墓，今日已破敗荒蕪；而原本陪葬
的玉雁金魚等物品，也早已流落在人間，詞人弔古傷今，不禁悲痛
萬分，卻是一籌莫展，只能在衰敗的故宮前，漫天風雨之中，吞聲
飲恨罷了。

　　這樣的傑作，情志的高尚當然不在話下；從藝術的表現來看，深
於比興，長於造境以寓心緒，幽婉清麗中自有令人景仰的風骨。可見
在子龍生命的晚期，詞藝之精，已達爐火純青之境。可惜天不假之以
長年，令其在大有可為的壯年即為國捐軀，而不能在詞學發展上有進
一步的貢獻，這真是一大憾事。

〔註12〕上述情事乃據王澐《續陳子龍年譜》所載，見施蟄存、馬祖熙標校：
　　　　《陳子龍詩集・附錄二》下冊，頁710～716。

二、誓志恢復

作做爲一個愛國志士，目睹國家社稷的凋零，陳子龍心中的悲痛自是不言可喻；除了撫今追昔，無限感傷之外，詞人心中最大的期盼，就是希望能驅逐韃虜，以還我大好河山。所以在陳子龍的詞集中，誓志恢復，不惜灑血埋魂的作品也相當多，這類作品是他在朱明國變之後愛國節操的具體反映，情感眞摯高尚，幾乎無篇不佳。正印驗了趙翼在〈題元遺山集〉中所言：「國家不幸詩家幸，賦到滄桑句便工。」〔註13〕如〈蘇幕遮·清明〉：

> 冷風尖，清夢杳。柳蕩花飛，總爲愁顚倒。鉤較斷腸無一了，細雨連天，排演黃昏早。　　繡原長，青冢小，重問幽泉，可照紅裳曉？地下傷春應不老，香魂依舊嬌芳草。（頁613）

據沈雄《古今詞話·詞辨》卷下：「此三月十九日作，幾許悲涼，蓋詠清明也。」〔註14〕而三月十九日正是明崇禎皇帝自縊於煤山之日，〔註15〕宗社不保，君主殉國，詞人聞此惡耗，心中的悲痛可想而知。但詞人並不因此而絕望，在冷風細雨的黃昏裏，獨望青冢上的連天芳草，相信已逝帝王的魂魄會保佑國家，使得國祚綿延，一如芳草的無窮無盡。在悲涼的詞境中展露了剛強堅毅的氣節，復國之路雖然艱辛，但詞人從不放棄，更可見子龍人格的崇高。同樣的氣節，也表現在〈虞美人·有感〉裏：

〔註13〕趙翼〈題元遺山集〉：「身閱興亡浩劫空，兩朝文獻一衰翁。無官未害餐周粟，有史深愁失楚弓。行殿幽蘭悲夜火，故都喬木泣秋風。國家不幸詩家幸，賦到滄桑句便工。」見徐世昌：《清詩匯》（北京：北京出版社，1996年3月）中冊，頁1367。

〔註14〕唐圭璋：《詞話叢編》（臺北：新文豐出版公司，1988年2月）冊一，頁927。

〔註15〕張廷玉：《明史·莊烈帝二》：「十七年春正月庚寅朔，大風霾，鳳陽地震。……三月庚寅，賊至大同，……丙午，日晡，外城陷。是夕，皇后周氏崩。丁未，昧爽，內城陷。帝崩於萬歲山，王承恩從死。」楊家駱主編：《校本明史并附編六種》冊一，頁334～335。按三月丁未帝崩於萬歲山即指崇禎皇帝三月十九自縊於煤山之事。

天桃紅杏春將半，總被東風換。王孫芳草路微茫，只有青
山依舊對斜陽。　　綺羅如在無人到，明月空相照。夢中
樓閣水湛湛，撒下一天星露滿江南。（頁608）

「天桃紅杏」正是這些前撲後繼的愛國志士，雖然總是被無情的東風
（即清兵）摧殘；「王孫芳草」則是這舉步維艱的復國之路。前途雖
然微渺，但志士們依舊抛頭顱，灑熱血，用具體行動，效忠南明，共
築光復河山的美夢；清芳的志節，一如滿天繁星，照亮江南的夜空。
誠如詞人在〈望仙樓・夜宿大蒸西莊〉中所表白的：

滿階珠露溢啼痕，閒坐空庭淒絕。今夜鵑聲偏咽，紅透花
枝血。　　自慚虺尹匡持，回首山河殘缺。燈燼乍明還滅，
腸斷誰堪說！（頁601）

由詞意可知當時江南義旅一再失敗，所以詞人有「燈燼乍明還滅，腸
斷誰堪說！」的哀痛，詞人誓志恢復，自比為三代的仲虺〔註16〕與伊
尹，〔註17〕面對破碎的山河，只要有一絲希望，他是絕不放棄的。

到了順治四年（1647），陳子龍避居青浦富林鄉間。〔註18〕當時
江南一帶的抗清活動已漸趨沉寂。詞人孤行靜處之際，如火如荼的往
事不時在腦中映現，眼前遍地春光被狂風暴雨摧殘殆盡的景象，自然
觸動了他的心絃。於是他慨然地賦下了〈點絳唇・春日風雨有感〉：

〔註19〕

〔註16〕據《左傳・襄公十四年》：「仲虺有言曰：『亡者侮之，亂者取之。推
　　　　亡固存，國之道也。』」《杜預集解》：「仲虺：『湯左相也。』」見竹
　　　　添光鴻：《左傳會箋》（臺北：天工書局，1988年9月）下冊，頁1088。
〔註17〕據《史記・殷本紀第三》所載：「伊尹名阿衡，阿衡欲奸湯而無由，
　　　　乃為有莘氏媵臣，負鼎俎，以滋味說湯，致于王道。或曰伊尹處士，
　　　　湯使人聘迎之，五返而後肯從湯。……」除助湯伐夏桀以定天下外，
　　　　並為殷商成就了成湯、太宗及沃丁三代的基業。見瀧川龜太郎：《史
　　　　記會注考證》（臺北：洪氏出版社，1986年9月），頁55～58。
〔註18〕王澐《續陳子龍年譜》，見施蟄存、馬祖熙標校：陳子龍《陳子龍詩
　　　　集・附錄二》下冊，頁717。
〔註19〕據王澐《續陳子龍年譜》：「順治四年丁亥，……是時霖雨決旬，先
　　　　生往遊殷元素中翰村墅。」由詞意判斷此詞或作於當時。見施蟄存、
　　　　馬祖熙標校：陳子龍《陳子龍詩集》下冊附錄二，頁718～719。

> 滿眼韶華，東風慣是吹紅去。幾番煙霧，只有花難護。　夢
> 裏相思，故國王孫路。春無主，杜鵑啼處，淚染胭脂雨。（頁
> 596）

當時在他眼裏，「紅」、「花」幻化爲故國與抗清大業的象徵，「風雨」、「煙霧」給他帶來感觸，又與清兵南下後發生的一連串事變，和他在意識屏幕上留下的印象交相疊加；於是傷春惜花的表層意象，便與眷戀故國的深層意蘊融爲一體。詞人一心護花，但天不遂人願，「花」終於飄散零落了。詞人深感無可奈何，但又怨恨難消。一個「慣」字，一個「只」字，眞是嘆恨交集。

下片開頭寫夢境。時間上經歷了一次跳躍，但句斷意連。詞人對故國與抗清之大業不曾釋懷，悠悠一念直帶至夢中。「故國王孫」，指已在長汀被虜的唐王和逃亡居澳的魯王，詞人對他們的命運至爲關切。最後三句又從夢境回到現實，由於王孫已去，夢中難覓，夢醒後更覺滿目淒涼，春光無主。杜鵑啼血，在此既是用典，也是寫實，它彷彿是「故國王孫」的孤魂所化。那與被桃花染紅了的雨水相和而流的，不僅是杜鵑鳥的口水，也有詞人的血淚。作品至此，景愈慘，情愈哀，詞人淒苦欲絕之聲情如聞如見，令人不忍卒睹。

詞人眼見復國大業無望，祖母高太安人也已過世，生平知己如夏考功輩又已殉國，在寒食佳節，聞好友李雯所述的先朝陵寢，不禁感慨萬千，百感交集：﹝註20﹞既然不能復國，只有追隨前人足跡，捨身爲國。於是慨然賦下「絕筆」詞〈唐多令‧寒食〉，﹝註21﹞以示永不

﹝註20﹞ 此詞前有小序：「時聞先朝陵寢，有不忍言者」。據王澐《續陳子龍年譜》：「順治四年丁亥，先生四十歲，在富林盧居。時李舒章自北還，來訪先生，相向而泣，旋別去。蘇、李梁河之會，良可感也。」故判斷所謂「時聞先朝陵寢者」應是李雯告知的。見施蟄存、馬祖熙標校：陳子龍《陳子龍詩集‧附錄二》下冊，頁717。

﹝註21﹞ 據王澐《續陳子龍年譜》：「順治四年丁亥，先生年四十歲，……三月，會葬夏考功，賦詩二章，又作〈寒食〉、〈清明〉二詞，先生絕筆也。」見施蟄存、馬祖熙標校：陳子龍《陳子龍詩集‧附錄二》下冊，頁717～718。

磨滅的復國決心：

> 碧草帶芳林，寒塘帶水深。五更風雨斷遙岑。雨下飛花花上
> 淚，吹不去，兩難禁。　　　雙縷繡盤金，平沙油壁侵。宮人
> 斜外柳陰陰。回首西陵松柏路，腸斷也，結同心。（頁611）

詞的下片「回首西陵松柏路，腸斷也，結同心。」看似用五世紀時的
名妓蘇小小的故事，﹝註22﹞但實際上是對知己夏考功（字允彝）等人
的祭語，因陳、夏均為復社領袖，允彝在順治二年（1645）為國捐軀
後，﹝註23﹞子龍因祖母尚在堂，不忍遽死，故常有自慚形穢之感。其
絕筆之一的〈會葬夏瑗公〉七律二首有云：「范張未畢平生語，淚灑南
枝恨有餘」、「自傷舊約慚嬰杵，未敢題君墮淚碑。」（頁531）

　　現在再也了無牽掛，故對友明志，期能共通心聲於地下。兩個月
後的五月十三日，陳子龍在被清兵捕獲之後，即和夏允彝一樣投水而
死；既是實踐了對知己的承諾，也是自我人格塑造的完成。陳子龍留
在人間的，是光彩英烈的情操與氣節！

第二節　豔情綺懷

　　陳子龍雖為一代英雄烈士，風骨凜然，光照千古。但畢竟是血肉
之軀，人類亙古以來所陶醉的才子佳人愛情物語，也轟轟烈烈地產生
在此位華亭才子與一代名伎柳如是（當時名楊影憐）之間。據筆者的
研究爬梳，在子龍現存84首詞作中，與柳如相關的情愛之作即有28
首，恰佔全部詞作的三分之一，可見柳如是在子龍詞作生命中所佔有
的分量。

﹝註22﹞李賀〈蘇小小墓〉：「幽蘭露，如啼眼，無物結同心；煙花不堪剪。
　　　草如茵，松如蓋；風為裳，水為珮；油壁車，夕相待。勞光彩，西
　　　陵下，風吹雨。」見《全唐詩》（北京：中華書局，1992年10月）
　　　冊十二，頁4396。
﹝註23﹞陳子龍自撰《陳子龍年譜》中之附錄載宋徵輿〈夏瑗公私諡號〉：「乙
　　　酉秋八月，華亭夏瑗公自沈於淵以死。」見施蟄存、馬祖熙標校：
　　　陳子龍《陳子龍詩集・附錄二》下冊，頁70。

關於柳如是的風韻才情及生平，從陳子龍的弟子王澐《輞川詩鈔》卷六之〈虞山柳枝詞〉第一首大約可得到一些梗概：

> 章臺十五喚卿卿，素影爭憐飛絮輕。白舫青蓮隨意住，淡
> 雲微月最含情。

自注云：

> 姬少為吳中大家婢，流落北里。楊氏，小字影憐，後自更
> 姓柳，名是。一時盛名，從吳越間諸名士游。〔註24〕

陳寅恪先生在其名著《柳如是別傳》第三章中，以大量的篇幅，論證陳子龍與柳如是情緣的始末與相關詩詞，〔註25〕使得吾人在閱讀陳柳情詞時有了更明確的背景概念，從而對陳柳之間短暫的情緣有了深刻的認識。以下依陳寅恪的說法，加上個人的研究所得，將陳子龍對柳如是一往情深的相關詞作，做如下的分析。

一、情愛相思的獨詠

陳子龍與柳如是的邂逅，據陳寅恪的考證，最遲應在崇禎五年（1632）冬天，〔註26〕當時二十五歲的子龍正是綺思滿懷的青春少年，而年方十五的柳如是，嬌媚可人的模樣，深深打動子龍的心靈。於是子龍為她賦下了〈乳燕飛〉，用陳詞中少見的長調慢詞，細細刻畫佳人的形象：

> 瓊樹紅雲漉，彩虹低，護花梢瀉，膩涼香浴。珊枕柔鄉凝
> 荳蔻，款款半推情靨。更小語不明深曲，解語夜舒蓮是藥，
> 生憎人夢醒皆相屬。鳳簫歇，停紅玉。　　嬌鶯啼破東風
> 獨，移來三起閶門柳，館娃遺綠。栽近粧臺郎記取，年年
> 雙燕來逐。雲鬟沉滑藏雅足。漫折櫻桃背人立，倚肩低問
> 麝衾馥。渾不應，強他續。（頁619）

〔註24〕王義士：《輞川詩鈔》卷六，收於《古今叢書集成新編》冊 72，頁
　　　　163。

〔註25〕陳寅恪：《柳如是別傳》（北京：生活、讀書、新知三聯書店，2001
　　　　年 5 月）上冊，頁38～347。

〔註26〕陳寅恪：《柳如是別傳》上冊，頁106。

陳柳二人在蘇州相識之後，情好日密，至崇禎八年（1935）春天，已同居在松江城南門內徐氏的南樓，而南門外陸氏的南園，則是陳子龍與幾社諸子（或含如如是）讀書論文吟詠遊宴之處。〔註27〕二人形影相隨，濃情蜜意，自不在話下。子龍在〈浣溪沙・閨情〉裏，就如此地寫下了他們的閨房之樂：

> 龍腦金爐試寶奩，蝦鬚銀蒜掛珠簾，莫將心事上眉尖。
>
> 　鬥草文無知獨勝，彈棋粉石好重拈，一鉤紅影月纖纖。（頁 597）

鎮日與所愛的人歡聚，情投意合，宛如神仙眷侶，怎不令人稱羨。和情人相聚的歡欣，正是「春宵一刻值千金」，多麼令人流連。在〈如夢令・豔情〉裏，我們看到了子龍對佳人的依戀：

> 紅燭逢迎何處？笑倚玉人私語。莫上軟金鉤，留取水沉濃霧。難去！難去！門外尺深花雨。（頁 596）

這樣的閨房意趣，這樣的兩情纏綿，當然教陳子龍不忍離去。可惜陳柳這段情緣並不見容於子龍的正室張氏，〔註28〕同年秋天，二人只得黯然分手。臨別依依，檢視佳人的衣物，回顧伊人的倩影，不禁悲從中來。〈蝶戀花・春曉〉傾訴的就是這樣不捨的情感：

> 纔與五更春夢別，半醒簾櫳，偷照人清切。檢點鳳鞋交半折，淚痕落鏡紅明滅。　　枝上流鶯啼不絕，故脫餘綿，忍耐寒時節。慵把玉釵輕綰結，恁移花影窗前沒。（頁 612）

雖然離別在即，但佳人堅毅地拭乾淚痕，梳妝整齊。如此的行徑，看在子龍眼中，更是無限的憐惜。

　　送別佳人，是多麼令人心碎！從此與故人只能在夢中相會。而伊人此去，又會有什麼樣的境遇？明知所愛的無依與無助，卻又無能為

〔註27〕陳寅恪：《柳如是別傳》上冊，頁 282。

〔註28〕據陳寅恪先生之說：「臥子之家，人多屋狹，張孺人復有支配財務之權，勢必不能更有餘地及餘資以安置志在獨立門戶的河東君。陳楊因緣的失敗，當與此點有關。」見陳寅恪：《柳如是別傳》上冊，頁 314。

力，此刻的子龍，真是痛如刀割，千愁百恨，齊湧心頭。在〈滿庭芳‧送別〉裏，我們看到了子龍對柳如是無盡的牽掛：

> 紫燕翻飛，青梅帶雨，共尋芳草啼痕。明知此會，不得久殷勤。約略別離時候，綠楊外，多少銷魂。纔提起，淚盈紅袖，未說兩三分。　　紛紛，從去後，瘦憎玉鏡，寬損羅裙。念飄零何處，煙水相聞。欲夢故人憔悴，依稀只隔楚山雲。無過是，怨花楊柳，一樣怕黃昏。（頁 617）

陳子龍的真情摯意，柳如是深深感動，所以在兩人分手十年後，即崇禎十七年（1644），她還在友人黃媛介的畫扇上題下「無過是，怨花楊柳，一樣怕黃昏」的詞句，〔註29〕可見感念之深刻。兩情繾綣，卻不能長相廝守，別離時刻，美人顧影自憐，文士斷腸銷魂，怎不令人黯然神傷？

　　二人分手後，每逢黃昏時刻，子龍對佳人總是特別的思念。在風光明媚，行人多儷影成雙，出遊踏青的寒食佳節，子龍卻是形單影隻。觸景生情，不免憶起昔日甜美生活的點點滴滴，在碧雲芳草下，悠悠地賦下〈驀山溪‧寒食〉，寄予對伊人無盡的思念：

> 碧雲芳草，極目平川繡。翡翠點寒塘，雨霏微，淡黃楊柳。玉輪聲斷，羅襪印花陰，桃花透，梨花瘦，遍試纖纖手。　　去年此日，小苑重回首。暈薄酒闌時，擲春心，暗垂紅袖。韶光一樣好，好夢已天涯，斜陽候，黃昏又，人落東風後。（頁 616）

上片寫的是與佳人共遊時的明媚寒食風光，而下片則是佳節舊地重遊，此時二人已黯然分手；景色依舊，斜陽黃昏之下，子龍心情的落寞，卻是東風無力吹拂的。頓時間，淒涼的情感蕩漾在美麗的春景中，令讀者也感染了些許的哀愁。故胡允瑗評之曰：「只是淡到極處，而一種豔情，反自此傳，其故實不可解。」（頁 617）詞人委婉含蓄地傳達了觸景戚然的傷春情懷。

〔註29〕陳寅恪：《柳如是別傳》上冊，頁 292～293。

伊人遠離之後，陳子龍獨自漫步在滿載二人濃清蜜意的南園裏，極目望去，只見南浦上的一葉扁舟，不知將飄向何方？不免心繫飄泊的柳如是。於是在黃昏細雨中，寫下了〈桃源憶故人·南樓雨暮〉，道出對佳人不盡的牽掛：

> 小樓極望連平楚，簾捲一帆南浦。試問晚風吹去，狼籍春何處？　相思此路無從數，畢竟天涯幾許？莫聽嬌鶯私語，怨盡梨花雨。（頁602）

本該是悅耳的鶯啼聲，現在聽來竟是如此地惱人，梨花上的春雨，恰似子龍汨汨的相思淚。

陳子龍與柳如是二人之間的深情摯意，由此可見一斑。

二、與柳如是的倡和

柳如是為一代才女，自幼穎悟明慧，雖因境遇不佳而流落北里，但她擅長詩文翰墨，卻是不爭的事實。〔註30〕又王澐《輞川詩鈔》卷六之〈虞山柳枝詞〉第二首亦可證明：

> 河東女史善尋芳，放誕風流獨擅場。文選每吟十九首，法書臨得十三行。

自注云：

> 姬解詩知書。〔註31〕

檢視柳如是現存的詩文中，有許多是留戀陳子龍的作品。再看陳子龍與柳如是的詞作，赫然發現二人有許多倡和之作：藉填詞以互訴衷曲，為文壇平添了佳話。茲將二人的倡和詞分為：同調同題、同調不同題、不同調而詞意相關三種來論述。

（一）同調同題

在陳子龍詞作中，與柳如是同調同題的倡和之作共有二首，其一為〈浣溪沙·五更〉：

〔註30〕陳寅恪：《柳如是別傳》上冊，頁47～66。
〔註31〕王義士：《輞川詩鈔》卷六，收於《古今叢書集成新編》冊72，頁163。

> 半枕輕寒淚暗流，愁時如夢夢時愁，角聲初到小紅樓。
>
> 風動殘燈搖繡幕，花籠微月淡簾鉤，陡然舊恨上心頭。

（頁598）

此詞應作於兩人分手之後，在五更初曉，花籠微月之時，子龍傾訴對佳人滿懷的思念。而柳如是的〈浣溪沙・五更〉則是：

> 金猊春守簾兒暗，一點舊魂飛不起。幾分夢影難飄斷。
>
> 醒時惱見小紅樓，朦朧更怕青青草，薇風漲滿花階院。

〔註32〕

就詞意來看，柳詞應是和作，回應陳子龍的一片深情。「薇風」恰點出季節，可見此詞應作於二人剛分手的崇禎八年（1635）初夏。兩情依舊款款悱惻，陳作中「角聲初到」，與柳作中「醒時惱見」的小紅樓，指的即是二人雙棲雙宿的松江城南門內之徐氏南樓。陳陡然上心頭的「舊恨」，柳飛不起的「舊魂」，陳的「愁時如夢夢時愁」，柳的「幾分夢影難飄斷」都是表明別後相思的淒苦與無奈。細細讀來，令人不免為這對因迫於現實的無奈而分離的愛侶，寄予無限的同情。

又如陳子龍的〈踏莎行・寄書〉云：

> 無限心苗，鸞箋半截，寫成親襯胸前折。臨行檢點淚痕多，重題小字三聲咽。　　兩地魂銷，一分難說，也須暗裏思清切。歸來認取斷腸人，開緘應見紅文滅。（頁610）

柳如是同調同題之作為：

> 花痕月片，愁頭恨尾。臨書已是無多淚。寫成忽被巧風吹，巧風吹醉人兒意。　　半簾燈焰，還如夢水，銷魂照箇人來矣。開時須索十分思，緣他小夢難尋視。（《柳如是詩詞評註》，頁207）

子龍的寄書之作，寫得情真意摯，感人至深：「臨行檢點」與「重題小字」，點出了對佳人離去的依依，而「三聲咽」則是寄書前的一段

〔註32〕劉燕遠：《柳如是詩詞評註》（北京：北京古籍出版社，2000年元月），頁207。以下引用柳如是詞皆根據此本，僅在詞之後註明書名與頁數，不再一一詳註。

感傷。「兩地銷魂」、「一分難說」傾訴了對此番別離的無限惆悵；而「歸來認取斷腸人」則是款款道出盼望再與伊人重逢的深情。如此的真情摯意，怎不令人感動？而柳如是的和作，則是寫她「愁頭恨尾」的一腔幽怨，面對子龍的真心誠意，自己卻是無緣消受，只能期待在夢中相會，「銷魂照箇人來矣」，多麼令人心酸！

雖然在二人的詞作中，同調同題的倡和之作僅有〈浣溪沙‧五更〉與〈踏莎行‧寄書〉兩闋，但已將二人彼此之間的真摯情愛表露無遺。以下再看二人同調不同題的相關詞作：

（二）同調不同題

檢視二人的詞作中，存在更多的是同調不同題的相關詞作，如陳子龍的〈南鄉子〉系列之作：

> 〈南鄉子‧春閨〉
>
> 羅袂曉寒侵，寂寂飛花雨外深。草色萋迷郎去路，沈沈，一帶浮雲斷碧岑。　　無限暗傷心，粉冷香銷憎錦衾。溼透海棠渾欲睡，陰陰，枝上啼紅恐不禁。（頁607）

> 〈南鄉子〉
>
> 花發小屏山，凍徹胭脂暮倚闌。添得金鑪人意懶，雲鬟，為整犀梳玉手寒。　　儘日對紅顏，畫閣深深半掩關。冰雪滿天何去也，眉彎，兩臉春風莫放殘。（頁607）

> 〈南鄉子‧春寒〉
>
> 小院雨初殘，一半春風繡幕間。強向玉樓花下去，珊珊，飛花輕狂點翠鬟。　　淡月滿闌干，添上羅衣扣幾番。今夜西樓寒欲透，紅顏，黛色平分凍兩山。（頁607）

而柳如是亦有〈南鄉子‧落花〉之作：

> 拂斷垂垂雨。傷心蕩盡春風語。況是櫻桃薇院也，堪悲。又有箇人兒似你。　　莫道無歸處。點點香魂清夢裏。做殺多情留不得，飛去。願他少識相思路。（《柳如是詩詞評注》，頁212）

從詞意看來，陳子龍詞中充滿對佳人的眷戀與不捨，但又不得不離去，只得將滿懷的依戀化為文字，要玉人今宵多珍重。而柳如是對愛人的離去亦是萬般不願，但卻又無可奈何，只好期待情郎能來夢中相會，減少彼此的思念。

二人之作雖不同題，但依此看來，應也是倡和之作。

再者柳如是《戊寅草》中有〈夢江南‧懷人〉二十闋，而陳子龍的詞中則有〈雙調望江南‧感舊〉一闋，〈夢江南〉、〈望江南〉，都是〈憶江南〉的別名，〔註33〕而「懷人」與「感舊」意亦相連：柳氏所懷之人，即為子龍，而子龍所感之舊，亦語語正與柳如是相關：

> 思往事，花月正朦朧。玉燕風斜雲鬢上，金猊香爐繡屏中，
> 半醉倚輕紅。　　何限恨，消息更悠悠。弱柳三眠春夢杳，
> 遠山一角曉眉愁。無計問東流。（頁 606）

上闋寫的是昔日兩情的繾綣，下闋寫的是今日的惆悵。佳人別後，春夢已杳，無盡的相思與恨憾，恰似江水東流。在清麗的詞作中，看到了子龍對柳如是始終如一的深情。

而柳如是的二十首〈夢江南‧懷人〉原作，則是反覆曲折地寫少女懷人的心事，字裏行間，透露著真摯的思念之情。從第一首至第十首，皆言「人去」，按陳寅恪的說法，是指離開與陳子龍同居的南樓（即鴛鴦樓），與一同遊宴的南園。〔註34〕第十一首至第二十首皆言「人在」，雖未能明確看出其所在之處，但盡是追憶與子龍相聚時的甜蜜，與訴說離別後的相思和孤寂。今且錄其中數首以證之：

> 人去也，人去小池臺。道是情多還不是，若為恨少卻教猜。
> 一望損莓苔。（〈夢江南‧懷人〉其四（頁 171））

〔註33〕〈夢江南〉即〈憶江南〉，唐皇甫松有「閒夢江南梅熟日」句，故名〈夢江南〉。見吳藕汀：《詞名索引》（臺北：仁愛書局，1985 年 10 月），頁 98。

〈望江南〉即〈憶江南〉，唐溫庭筠詞有「梳洗罷，獨倚望江南」句，故名〈望江南〉。見吳藕汀：《詞名索引》（臺北：仁愛書局，1985 年 10 月），頁 70。

〔註34〕陳寅恪：《柳如是別傳》上冊，頁 265。

人去也，人去碧梧陰。未信賺人腸斷曲，卻疑誤我字同心。
幽怨不須尋。(〈夢江南·懷人〉其七（頁176）)

人去也，人去夢偏多。憶昔見時多不語，而今偷悔更生疏。
夢裏自歡娛。(〈夢江南·懷人〉其九（頁178～179）)

人何在，人在蓼花汀。鑪鴨自沉香霧煖，春山爭遠畫屏深。
金雀斂啼痕。(〈夢江南·懷人〉其十一（頁180～181）)

人何在，人在木蘭舟。總見客時常獨由，更無知處在梳頭。
碧麗怨風流。(〈夢江南·懷人〉其十四（頁184）)

人何在，人在玉階行。不是情癡還欲生，未曾憐處卻多心。
應是怕情深。(〈夢江南·懷人〉其十八（頁188）)

人何在，人在枕函邊。只有被頭無限淚，一時偷拭又須牽。
好否要他憐。(〈夢江南·懷人〉其二十（頁192）)

柳詞句句情深意摯，更增添了才子佳人有情卻不能成為眷屬的感傷。
柳如是身世坎坷，最大的心願，即是覓得良婿以託終身，以不負其絕
世的芳華。可惜這段兩情相悅的姻緣，終不見容於陳子龍的家庭，柳
如是不得不離去。「一望損莓苔」是離去南園之意，〔註35〕「道是情
多還不是，若為恨少卻教猜。」說明了別離時依依不捨的感受：柳如
是對陳子龍沒有怨恨，只有無限的深情。「未信賺人腸斷曲，卻疑誤
我字同心」，所謂「同心」即是指子龍，〔註36〕在此可見少女的多情
與嬌嗔。「不是情癡還欲生，未曾憐處卻多心。」道出了去留兩難的
心境，既不忍心離開所愛，又不願看到所愛的人因自己留下而遭受到
巨大的壓力，真是情深使人心傷。最後只得強忍悲痛，拭乾淚水；將
滿腹思念留在心中，要良人多多珍重。二十首「只有被頭無限淚，一
時偷拭又須牽。好否要他憐。」訴盡了無限的不捨與無奈。在相憐相
戀之中，真有「相見不如不見」的感傷。這樣的心緒，身為知己與戀
人的陳子龍當然了然於胸，所以在和作中才會有「無計問東流」，這

〔註35〕陳寅恪：《柳如是別傳》上冊，頁262。
〔註36〕陳寅恪：《柳如是別傳》上冊，頁274。

樣沈重的傷痛：對她既有無限的眷戀與牽掛，又無力解決現實的困境，只得將悠悠思念，寄語東流的江水，流向無垠的大海。凡此皆是陳子龍與柳如是之間深情的證明。而在陳子龍的詞作中，也有不少與柳如是雖用不同調，但詞意卻相關的作品。

（三）不同調而詞意相關

華亭才子陳子龍與秦淮名伎柳如是之間以詞來互訴衷曲，傳達情意，從而譜成一代佳話。在二人的詞作中，還有不少是不同調而詞意卻相關者，如子龍的〈少年遊・春情〉云：

> 滿庭清露浸花明，攜手月中行。玉枕寒深，冰綃香淺，無計與多情。　　奈他先滴離時淚，禁得夢難成，半晌歡娛，幾分憔悴，重疊到三更。（頁603）

由詞意判斷，此闋詞應作於柳如是將離去之時。兩人在花前月下攜手同行，想到離別在即，自此再無好夢，不禁黯然神傷，輾轉反側而不能入眠，正是憔悴傷心總為伊一人。

而〈青玉案・春暮〉所傾訴的也是這種臨別依依的不捨之情：

> 青樓惱亂楊花起。能幾日，東風裏？回首三春渾欲悔，落紅如夢，芳郊似海，只有情無底。　　華年一擲隨流水，留不住，人千里。此際斷腸誰可比？離筵催散，小窗惜別，淚眼欄干倚。（頁614）

詞中以「楊花」來比喻佳人。暮春時節，小樓楊花隨風飄零，正似佳人此去，不知將歸何處，故云「落紅如夢，芳郊似海」。離別的筵席愈到尾聲，愈是令人腸斷魂銷；淚眼相望，迫於現實的無奈，只得將無限的深情，留在彼此的心裏。此詞寫來句句情深意切，悽惻動人，更見陳、柳之間的深情與摯意。

而柳如是在《戊寅草》中的〈江城子・憶夢〉，所傾訴的便是這種捨不得離去，卻又不得不離去的無奈與惆悵：

> 夢中本是傷心路。芙蓉淚，櫻桃語。滿簾花片，都受人心誤。遮莫今宵風雨話。要他來，來得麼？　　安排無限銷

魂事。砑紅箋，青綾被。留他無計。去便隨他去。籌來還
有許多時，人近也，愁回處。（《柳如是詩詞評註》，頁199）

詞中「留他無計。去便隨他去。籌來還有許多時，人近也，愁回處。」
是全篇警策，謂此夢不久便將醒。昨夜枕畔的良人，終究無法伴我共
度今生；雖然有緣相知相惜，卻無緣共結連理。無可奈何，只得將過
去的甜蜜留在夢中追憶。娓娓道來，盡是無限的傷心與不捨，故此詞
應是柳如是將離開臥子時所作。有情人終究無法成為眷屬，是多麼令
人感傷，所以子龍也賦下了〈少年遊・春情〉與〈青玉案・春暮〉，
以抒發臨別之際，心中無限的悲悽與落寞。

　　又崇禎八年（1635）春天多雨，陳子龍詞中題為「春雨」與「春
閨風雨」的共有三首，由詞意判斷，應都是在崇禎八年春天為柳如是
而作。柳如是《戊寅草》中亦有〈更漏子・聽雨〉二闋，亦是以春雨
為背景，傾訴與陳子龍的相思之情，故二人之作應有所關連。如陳子
龍〈醉落魄・春閨風雨〉之一云：

春樓繡句，韶光一半無人見。海棠夢斷前春怨，幾處垂楊，
不耐東風捲。　　飛花狼藉深深院，滿簾寒雨鑪煙篆。黃
昏相對殘燈面，聽徹三更，玉枕欹將半。（頁609）

全詞寫的是小樓香閨的春天風雨景象。深深庭院中飛花狼藉，窗簾內
卻是裊裊香鑪煙篆，從而帶出玉人嫵媚的聽雨姿態：在黃昏裏，殘燈
下，輕倚玉枕，直到三更，絲絲細雨，似乎道盡伊人無限心緒。

　　而〈醉落魄・春閨風雨〉之二云：

花嬌玉煖，鏡臺曉拂雙蛾展。一天風雨青樓斷，斜倚欄干，
簾幕重重掩。　　紅酥輕點櫻桃淺，碧紗半掛芙蓉捲。真
珠細滴金杯軟。幾曲屏山，鎮日飄香篆。（頁609）

雖是鎮日的風雨，卻不減佳人的嬌媚。清早即在曉鏡前淡掃蛾眉，輕
點紅唇，粧成之時，艷光照人，直可嬌花暖玉。在此風雨中的春閨是：
終日在裊裊香篆中，與所愛共同把酒高歌。如此的春閨風雨，怎不令
人繾綣？

　　但好夢終究容易醒，陳、柳二人在甫同居之時，即發現現實的阻

力相當大，柳如是亦在暮春之時萌生離去之意。〔註37〕此刻的子龍，再看紛紛細雨，竟似千針穿透胸膛，在漫天碧草中斷人衷腸，故賦下了〈菩薩蠻・春雨〉以遣心緒：

> 廉纖暗鎖金塘曲，聲聲滴碎平蕪綠。無語欲摧紅，斷腸芳草中。　幾分消夢影，數點胭脂冷。何處望春歸？空林鶯暮啼。（頁598）

多想讓這密密斜織的細雨，就此網住與佳人共處的美好時光，可惜終是天不能從人所願。枝頭上嬌豔的花兒，不勝東風摧折，化爲滿徑殘紅，正似與伊人共織的美夢也逐漸消褪。好夢何時能再回來呢？黃昏裏，空曠的林野中傳來的鶯啼聲，竟是如此令人痛徹心扉。「何處望春歸？空林鶯暮啼。」道盡了子龍此刻淒然欲絕的心情。

而柳如是的二首〈更漏子・聽雨〉，所傾訴的正是在春雨綿綿中對子龍不盡的相思：

其一云：

> 風繡幕，雨簾櫳。好箇淒涼時候，被兒裏，夢兒中，一樣溼殘紅。　香燄短，黃昏促。催得愁魂千簇。只怕是，那兒，浸在傷心綠。（《柳如是詩詞評註》，頁196）

其二云：

> 花夢滑，杏絲飛，又在冷和風處。合歡被，水晶幃，總是相思塊。　影落盡，人歸去。簡點昨宵紅淚。都寄與，有些兒，卻是今宵雨。（《柳如是詩詞評註》，頁197）

香閨外是風雨瀟淅，香閨內卻是孤枕難眠。在合歡被裏，在水晶幃帳中，想的盡是曾經共枕的良人，不禁淚溼殘紅。只得將滿懷思念，寄與紛飛細雨，傳給另一個傷心的人兒。在此，我們也看到了柳如是對陳子龍的一片癡情與眞心。

透過以上陳子龍與柳如是的倡和之作，更可明瞭陳、柳之間情感的眞摯。這種眞情與摯意，正是陳子龍豔情綺懷的情詞能寫得如此深

〔註37〕陳寅恪：《柳如是別傳》上冊，頁252。

刻細膩、動人心絃的最主要原因。

第三節　寫景詠物

　　在陳子龍的詞作中，寫景詠物的作品亦復不少，約有 38 篇，接近全部作品數量的二分之一；此固與詞人個人創作的興味有關，但何嘗不也是文藝創作之必然？因在文學創作的過程中，文人的情感與外在的景物總是密切結合，不可分離的。文人或藉景抒情，或借歌詠外在景物來抒發自我的心志，故王夫之《薑齋詩話》說：「情景名爲二，而實不可離。神於詩者，妙合無垠。巧者則有情中景，景中情。」〔註38〕王國維《人間詞話》亦云：「昔人論詩詞，有景語、情語之別。不知一切景語皆情語也。」〔註39〕文人情感與外在景物的密不可分，由此可見。

　　以下爲了論述的方便，且將陳子龍寫景詠物的詞篇分爲即景抒情與詠物言志兩方面來討論。

一、即景抒情

　　陳子龍的詞以小令創作爲主，其中即景抒情的詞即有 24 首，佔了相當大的比例，這些作品或是藉景抒情，或是寓情於景；風格大多婉約輕豔，韻致清麗，自然渾成，令人有北宋小詞的精神面貌，恍然重現於人間的驚豔之嘆，也是清初詞評家王士禎、鄒祗謨對陳子龍詞傾心不已之所在。以下按景、情的比重分爲即景與抒情二方面來論述。

（一）風韻天然的寫景妙作

　　陳子龍筆下的寫景之作，大多是風韻天然，能達到妙麗的境界，如〈訴衷情‧春遊〉言：

> 小桃枝下試羅裳，蛺粉鬥遺香。玉輪輾平芳草，半面惱紅妝。　　風乍煖，日初長，裊垂楊。一雙舞燕，萬點飛花，滿地斜陽。（頁 598～599）

〔註38〕王夫之等：《清詩話》（臺北：西南書局，1979 年 11 月），頁 9。
〔註39〕唐圭璋：《詞話叢編》冊五，頁 4257。

雖題爲「春遊」，卻是以渲染的筆法，全力表現春光的明媚，只用「玉輪輾平芳草」帶出「遊」字。「一雙舞燕，萬點飛花，滿地斜陽」十二個字，將春天的意象描繪得淋漓盡致，景色嫵媚而人自愜意，此番春遊，必是盡興至極。故王士禎讚美曰：「清眞能作景語，不能作情語。至大樽而情景相生，令人有後來之嘆。」（頁 599）張仲謀《明詞史》亦稱：「自少游、方回之後，少見此種筆力。」〔註40〕

又如〈謁金門・五月雨〉：

　　鶯啼處，搖蕩一天疏雨。極目平蕪人盡去，斷紅明碧樹。
　　　　費得罏煙無數，只有輕寒難度。忽見西樓花影露，弄晴催薄暮。（頁 599）

詞中所描繪的是「五月雨」，故不似春雨的煙雨迷濛，更不是七、八月的狂風暴雨，而是用「疏、明、輕、薄」等字，將「五月雨」渲染得清朗明潤。景色如畫，卻又畫不出來；好似在水彩畫中加了透明的明礬，澄澈至極；可見子龍用筆之考究與表現功力的精確不凡。故鄒祗謨評之曰：「縹緲澹宕，全見用筆之妙。」（頁 599）又〈醉桃源・題畫〉曰：

　　朱闌清影下簾時，泠泠修竹低。滿園空翠拂人衣，流鶯無限啼。　　蓮葉小，荇花齊，雨餘雙燕歸。紅泉一帶過橋西，香銷午夜微。（頁 601）

用筆雅潔清空，既見畫意，又見詩心，由詞而想見畫境，神韻天成，誠爲題畫詩詞的佳構。故鄒祗謨讚美之曰：「秦、黃佳處，有句可摘，大樽覺無句可摘，總由天才神逸，不許他人掎摭也。」（頁 601）

再如〈驀山溪・寒食〉亦是寫景佳作：

　　碧雲芳草，極目平川繡。翡翠點寒塘，雨霏微，淡黃楊柳。玉輪聲斷，羅襪卯花陰，桃花透，梨花瘦，遍試纖纖手。　　　　去年此日，小苑重回首。暈薄酒闌時，擲春心，暗垂紅袖。韶光一樣好，好夢已天涯，斜陽候，黃昏又，人落東風後。（頁 617）

〔註40〕張仲謀：《明詞史》（北京：人民文學出版社，2002 年 2 月），頁 299。

上片用精緻的工筆，將江南清明寒食的佳景，勾勒在讀者面前，下片的「韶光一樣好，好夢已天涯，斜陽候，黃昏又，人落東風後。」寫的是好景依舊，佳人卻不再的感傷，情景相生，予人無限的愁悵與不捨。故胡允瑗評曰：「只是淡到極處，而一種豔情，反自此傳，其故實不可解。」（頁617）大樽寫景摹情的功力，由此可見一番。

（二）深刻細膩的抒情佳篇

在陳子龍的詞集中，除了以上風韻天然的寫景妙作之外，更有一些深刻細膩的抒情佳作，訴說著主人翁的心緒，細細讀來，令人回味再三，如〈虞美人・立春〉：

> 玉樓昨夜冰壺瀉，又是春來也。韶光不與昔年同，只有花枝依舊愛東風。　　沉沉芳信初添繡，尚擁餘香透。今夜喜減相思，奈我多愁偏向日長時。（頁608）

詞中寫閨女喜春日初到，香滿花枝，卻又難掩閨中寂寥落寞的心情，深寓珍惜韶光又難遣清愁的的意念，將少女嬌嗔的情態刻畫得相當生動深刻。

又如〈眼兒媚〉云：

> 裊裊東風軟玉屏，間摘護花鈴。自薰羅袖，獨尋繡線，懶與丁寧。　　無端午夢逡巡起，春事已飄零。只愁又見，柳綿亂落，燕語星星。（頁602～603）

在裊裊東風裏，閨中女子本欲為玉飾屏風縫上花鈴，卻遍尋不得繡線，於是愁從中來，竟至午夜還輾轉難眠。眼見柳絮亂飛，不覺增添了心中的煩悶。詞中寫女主人翁的傷春心緒，寓情於景，極盡迷離恍惚，百般無奈。

同樣的心情，也出現在〈更漏子・春閨〉中：

> 愁眉曉，明妝夜，多為海棠欲謝。紗窗下，繡床間，沉吟花信寒。　　殘紅瀉，餘香惹，撩亂日長時也。人寂寂，意茫茫，憑他雙燕忙。（頁600）

在海棠花謝的暮春時刻，女子打扮得相當豔麗，卻是愁眉深鎖，佇立

在紗窗下，繡床間；看著成雙成對，往來穿梭的燕子，想到自己的形單影隻，孤單寂寞，不禁悲從中來，竟至無法自己。詞中寫主人翁傷春的心緒，空虛寂寥，如有所失。讀來有易安〈聲聲慢〉與〈如夢令〉相揉合的意味，說子龍詞是北宋遺風的再現，由此可再次得到證明。

再如〈醉花陰‧豔情〉中，殘月春星下愁眉難展的可人兒，亦是惹人憐惜：

> 繡幕屏山紅影對，兩點愁眉黛。消息又黃昏，立遍蒼苔，賺得心兒悔。　　一縷博山庭院內，人在秋千背。夜久落春星，幾陣東風，殘月梨花碎。（頁604）

深深庭院內，春星殘照，落花飄零，立在秋千背上，蛾眉緊鎖的女子，究竟在煩惱著什麼呢？詞中雖未點明，但卻讓讀者也感染了這種無端的傷春愁緒。子龍抒情之功力，不可謂不高。

陳子龍的抒情之筆，將詞中人物的情態，描繪得神氣活現，栩栩如生，彷彿就出現在眼前。如〈蝶戀花‧春閨〉中的美女情貌是：

> 紫燕香泥歸畫棟，捲上簾鉤，楊柳籠煙重。窗外曉鶯啼一弄，飛花只有東風送。　　錦瑟瑤琴都不動，倦倚欄干，白日耽幽夢。金鴨微溫紅袖擁，芙蓉半掩鞋頭鳳。（頁611）

詞的上片寫寂靜中豔麗的春景：風送落花、曉鶯啼弄、楊柳籠煙、紫燕翻飛。而閨中美女的姿態卻是百般無聊，倦倚著欄杆，任憑錦瑟瑤琴空蕩，將這個打扮得婀娜多姿的美女，襯托得更加慵懶無力，心緒茫然，傷春之情，不言可喻。故胡允瑗評之曰：「似懶似悶，畢竟不可言傳，乃其厚處。」。（頁611）

至於〈清平樂‧春繡〉中無心繡花，針線散亂，蛾眉緊蹙的美女樣貌則是：

> 繡簾花散，難與東風算。拈得金絲又亂，尚剩檀心一半。　　幾回黛蹙雙蛾，斜添紅縷微波。閒看燕泥欲墮，柳綿吹滿輕羅。（頁599～600）

王士禎評之曰：「此從瑤臺金屋中閱歷得來，非漫作者。」（頁600）可見陳子龍以筆傳情的功力，是眾所肯定的。

二、詠物言志

在中國「感物吟志」的抒情詩歌傳統中，對外物的感發是相當重視的，如陸機〈文賦〉云：「遵四時以嘆逝，瞻萬物而思紛。」〔註41〕劉勰《文心雕龍・明詩》亦言：「人稟七情，應物斯感，感物吟志，莫非自然。」〔註42〕藉由對外在事物的描寫而引發讀者的聯想；或是藉此來抒發內心的感懷，更是重要的寫作藝術，這就是詠物詩的源起。

雖然詞在開始時，只是文人寫給歌女們在酒筵時歌唱的曲子，多以美女和愛情為主，並不需借由外在事物的引發。但自從蘇軾將詞「詩化」之後，原本不含詠物性質的詞體，也產生了詠物的作品。〔註43〕大抵詠物詞與作者的情感均有密切的相關，因純詠物而不寄情寓意，將使作品索然無味。陳子龍很清楚地認識到詞應以有寄託為上，其在〈王介人詩餘序〉中即明白宣示道：

> 蓋以沉至之思而出之必淺近，使讀之者驟遇如在耳目之
> 表，久誦而得沉永之趣，則用意難也。（《安雅堂稿》卷二）

陳子龍的詞作即其詞學理論的高度實踐，故其將自己的理想、情操、愛憎與追求融合在對物的歌詠之中。筆者曾統計子龍詞中的詠物言志之作，共得 14 首，而所寄託的不外是與柳如是之間的愛情和對國家的一片忠貞之情；但亦有部分詞作，是無法強言所寄所託者為何。

（一）以詠物寄託愛情

據陳寅恪的考證，陳子龍與柳如是之間有段哀婉的情緣。〔註44〕二人相逢於崇禎五年（1632），陳子龍對柳如是一見傾心，〈玉蝴蝶・美人〉所描繪的，正是此一適逢荳蔻年華且才色兼備的佳人在子龍心

〔註41〕〔梁〕蕭統編，李善注：《文選》（臺北：華正書局，1987 年 9 月），頁 240。

〔註42〕〔梁〕劉勰著、黃叔琳注：《文心雕龍注》（臺北：臺灣開明書局，1993 年 5 月），卷 2，頁 1。

〔註43〕葉嘉瑩：〈論詠物詞之發展及王沂孫之詠物詞〉，見於繆鉞、葉嘉瑩：《靈谿詞說》（臺北：國文天地雜誌社，1989 年 12 月），頁 538～539。

〔註44〕有關陳子龍與柳如是的關係，可參考陳寅恪：《柳如是別傳》。

目中的形象：

> 才過十三春淺，珠簾開也，一段雲輕。愁絕膩香溫玉，弱不
> 勝情。漾波瀉、月華清曉；紅露滴、花睡初醒。理銀箏，纖
> 芽半掩，風送流鶯。　　娉婷，小屏深處，海棠微雨，楊柳
> 新晴。自笑無端，近來憔悴爲誰生？假嬌憨，戲揉芳草；暗
> 傷感，淚點春冰。且消停，蕭郎歸去，莫怨飄零。（頁 617～618）

「且消停，蕭郎歸去，莫怨飄零。」道盡了子龍對柳如是無限的深情
與憐惜，二人的情愫亦自此展開。崇禎八年（1635）春夏，二人同居
於南園，情投意合，共同生活，無限甜蜜。〈醉紅妝・詠螢〉便是藉
由對夏夜螢火蟲的詠讚，來說明二人的閨房情趣：

> 空庭星露暗香消，冷熒熒，煙外飄。一簾涼影點清宵，明
> 還滅，弄花梢。　　多情飛上翠雲翹，倩他照，晚妝嬌。
> 更喜玉纖輕拂下，偏不見，落紅綃。（頁 604）

清宵涼影下共享覓螢之樂，在忽明忽滅的螢光下，玉人愈顯嬌豔動
人，這樣的閨房之趣，是多麼悠閑愜意。

　　可惜好景不常，只同居了短短的兩季，就在當年（1635）間的秋
天，因爲不見容於陳子龍之妻張氏和其他種種原因，兩人只得黯然分
手。此刻的陳子龍，對柳如是自是感念萬分。人去樓空之後，睹物思
人，不免悲從中來。〈虞美人・詠鏡〉便是藉由歌詠閨房中的明鏡，
而抒發對伊人無盡的思念：

> 碧闌囊錦妝臺曉，冷冷相對早。剪來方尺小清波，容得許
> 多憔悴暗消磨。　　海棠一夜輕紅倦，何事教重見？數行
> 珠淚倩他流，莫道無情卻會替人愁。（頁 609）

此詞上片寫鏡的作用，在助人梳妝，故曉來相對最早，人的一切歡喜
和憂傷都包含在明鏡裏。下片寫鏡前之人，又在臨妝流淚，故明鏡亦
會替人愁。據詞意判斷，此鏡必是柳如是所有。才子對佳人的思念，
全寄託在這一方小鏡裏。與柳如是分手之後，子龍心中的無奈與不
捨，是無法言喻的；只得將這滿腔的思念，化爲文字，盡情傾訴。如
〈綄溪沙・楊花〉言：

　　百尺章臺撩亂飛，重重簾幕弄春暉，憐他飄泊奈他飛。

　　　　澹日滾殘花影下，軟風吹送玉樓西。天涯心事少人

知。（頁 597）

子龍在詞中宣洩了無盡的哀婉之思，明知所愛此去必是飄泊無所依，

卻又無力挽留；詞人內心的淒楚，豈是常人所能體會？故寄意飄零無

助的楊花，來傳達內心的感傷；情感與所詠之物合而為一，真切之至。

故鄒祗謨評此詞為：「不著形象，詠物神境。」（頁 597）對子龍的詠

物詞推崇至極。

　　在陳子龍詞中凡關涉楊柳之吟詠，大多是與他和柳如是之間的

愛情本事有關之作，此或許與柳如是姓「柳」或本姓「楊」有關，

〔註45〕如另一闋詠楊花之作〈憶秦娥・楊花〉云：

　　春漠漠，香雲吹斷紅文幕。紅文幕，一簾殘夢，任他飄泊。

　　　　輕狂無奈東風惡，蜂黃蝶粉同零落。同零落，滿地萍

水，夕陽樓閣。（頁 600）

詞中所言的東風，或即是指陳子龍的正室張氏。因東風的惡毒，使得

原本恩愛的黃蜂和粉蝶（即子龍和柳如是），只得同樣零落，留下未

竟的殘夢。可見陳子龍對柳如是的離去，是多麼地不捨與依戀。

　　由以上這些詞作，我們可以知道，在陳子龍的感情生命中，柳如

是曾佔有相當重要的地位。以此來檢驗陳詞中其他的豔情綺懷之作，

就知道是陳柳之間具體愛情的描述，少了《花間》、《尊前》的浮靡之

氣，而多了幾分深沉真摯的感受。

（二）以詠物寄託忠貞

　　陳子龍是明末的愛國志士，在善用比興寄託的詠物詞中，亦不乏

表現他的忠貞之作，如〈惜分飛・詠柳〉：

　　池上輕陰鶯暗度，啼破淡黃煙霧。一種愁難訴，不禁著意

東風處。　　千縷青青半吐，染就滿溪花露。多是三春誤，

〔註45〕孫康宜著、李奭學譯：《陳子龍柳如是詩詞情緣集》（臺北：允晨文
　　　　化實業公司，1992 年 2 月），頁 160。

常教斷送行人路。（頁604）

這個「愁」，讓人很難與一般的兒女情愁聯想在一起；東風所到之處，皆爲愁生處，而行人之路亦遭春誤。這惱人的「春」與「東風」，不就是覆滅國朝的清人政權嗎？而「行人路」，不就是朱明的國家之路嗎？詞人不畏時局的艱危，一心誓志恢復故國，在〈念奴嬌・春雪詠蘭〉中，我們看到了詞人忠貞不渝的復國之志：

> 問天何意：到春深，千里龍山飛雪？解珮凌波人不見，漫說蕊珠宮闕。楚殿煙微，湘潭月冷，料得都攀折。嫣然幽谷，只愁又聽啼鴃。　　當日九畹光風，數莖清露，纖手分花葉。曾在多情懷袖裏，一縷同心千結。玉腕香銷，雲鬟霧掩，空贈金跳脫。洛濱江上，尋芳再望佳節。（頁618）

本詞借春雪、蘭花、美人，用比興的手法來寫抗清復國的艱苦與自己所懷抱的希望。以「春深飛雪」暗示時局的艱難；以空谷幽蘭的命運，寄寓抗清復國之路的乖舛；以「尋芳再望佳節」展現自己始終不渝的復國大志。詞旨醇厚雅正，氣節高尚可敬；故清人顧景芳評此詞云：「此大樽之香草美人懷也，讀《湘眞詞》，俱均應作是想。」胡允瑗亦云：「滿腹蕭騷，只是不肯說出。」李葵生也說：「全首忠厚，在末句看出。」（頁618）大家都看出了子龍的一片忠貞。

　　詞一開始就感嘆已屆春深，而北方龍山飛來朔雪；暗示抗清的力量才剛增長，卻又橫生阻攔。「解珮凌波」句以江妃洛神比喻君國，國家殘破，昔日的珠蕊宮殿也遭劫難；本爲幽蘭生長的「楚殿」與「湘潭」已煙微月冷，故蘭花恐也折盡了。美人不見，幽蘭凋零，正象微故國的衰微；但令人欣慰的是幽蘭終不畏寒，繼續嫣然開放，正似抗清復國的行動正前仆後繼，希望仍在人間。然而詞人仍有其憂慮，只怕復國志業終究無法完成。「只愁又聽啼鴃」含蓄表達了這種心情。詞的末尾，以「洛濱江上，尋芳再望佳節。」回應主題，表示雖然在艱苦危難之中，仍充滿光明的希望，予人以無限的鼓舞。

　　況周頤在其《蕙風詞話》卷五中稱美陳詞：「含婀娜於剛健，有

風騷之遺則。」〔註46〕以此來評斷〈念奴嬌・春雪詠蘭〉一詞，就知況氏之論，實不虛妄。

（三）未可強解之作

因詠物詞的善用比興寄託，再加上現所存《陳忠裕公全集》的詩餘卷部分，已看不出各詞的寫作時間，故有些詠物詞，竟難以分析解釋其所寄託的情感，究竟是情愛或是忠貞。如〈畫堂春・雨中杏花〉言：

> 輕陰池館水平橋，一番弄雨花梢。微寒著處不勝嬌，此際魂銷。　憶昔青門堤外，粉香零亂朝朝。玉顏寂寞淡紅飄，無那春宵。（頁601）

若視為純粹對雨中杏花的歌詠，嫣然嬌媚的情態，栩栩如生，令人不由心生憐惜之情。若結合陳子龍與柳如是之間的愛情本事，會令人心折於陳柳之間淒婉的情緣。但若從詞人忠貞愛國的角度來聯想，「粉香零亂朝朝」、「玉顏寂寞淡紅飄」解為詞人對慘遭清人蹂躪的朱明王朝萬分的不捨，又何嘗不可呢？

又如〈南柯子・春月〉云：

> 淡淡花梢去，融融翠影流。碧天無際迥含愁，留得一庭清露上簾鉤。　花軟飛紅定，煙深慘綠收。為誰相送海西頭，應有玉簫吹斷鳳凰樓。（頁605）

若視為單純的詠物詞，一輪皎潔的明月，躍然呈現眼前。故鄒祇謨評此詞曰：「如此詠月，那數珠斗斕斑、銀河清淺也。」（頁605）可說是推崇備至。但若以明月喻詞人忠貞不渝的心志，豈不也是同樣令人動容？

再如〈探春令・游絲〉云：

> 碧天拖逗嬾悠悠，長短尋無處。為多情，繞遍閒庭院，牽不住，花飛去。　忽忽煙景催芳樹，一縷縈朝暮。可春心斷也，何曾斷了，蕩盡人間路。（頁605）

〔註46〕唐圭璋：《詞話叢編》冊五，頁4510。

這多情的游絲，是子龍對柳如是不盡的思念，或是志士對復國之路的一往情深，永恆不斷，永遠在人間游蕩呢？不論做何解釋，縈繞在吾人內心的，盡是陳子龍執著且堅貞不渝的崇高志節。

　　由上述可知，陳子龍的詠物詞作大多語俊情深，用心良苦；在綺麗的外貌之下，包含有深刻的內蘊，令人咀嚼再三。

第六章　陳子龍詞的形式技巧

　　陳子龍既以為詞應上繼《風》《騷》，抒情寓志，又要嚴格區別詩、詞的分際，必須以纖弱之體寄寓沉思，或以婉媚之境來顯微闡幽；並且在形式體製上要依循南唐北宋小詞言如貫珠、鏤裁至巧的高渾典麗，豔而有骨的佳構；而在情感和意境上則要推陳出新，要反映現實，情主怨刺，追求純情自然的高渾之格，方符合他的詞體期待，而陳子龍的創作即其理論的徹底實踐。本章即從詞調特色、表現手法、修辭技巧與藝術境界與等四方面來探討子龍詞的形式技巧。

第一節　詞調特色

　　筆者統計陳子龍現存 84 首詞作用調的情形，按使用次數由多至寡，列出下表：

詞調名稱	闋數	詞調名稱	闋數	詞調名稱	闋數	詞調名稱	闋數
蝶戀花	6	如夢令	5	虞美人	4	點絳唇	3
浣溪沙	3	踏莎行	3	南鄉子	3	畫堂春	2
山花子	2	探春令	2	浪淘沙	2	菩薩蠻	2
醉落魄	2	蘇幕遮	2	青玉案	2	天仙子	2
醉花陰	2	訴衷情	1	醜奴兒令	1	謁金門	1
清平樂	1	更漏子	1	憶秦娥	1	望仙樓	1

醉桃源	1	桃源憶故人	1	眼兒媚	1	木蘭花	1
錦帳春	1	一剪梅	1	柳梢青	1	武陵春	1
少年遊	1	惜分飛	1	長相思	1	醉紅妝	1
南柯子	1	望遠行	1	雙調望江南	1	望江南	1
木蘭花令	1	小重山	1	唐多令	1	臨江仙	1
漁家傲	1	江城子	1	千秋歲	1	驀山溪	1
滿江紅	1	滿庭芳	1	玉蝴蝶	1	念奴嬌	1
二郎神	1	乳燕飛	1				

發現在陳子龍所使用的詞調中，除了〈驀山溪〉、〈滿江紅〉、〈滿庭芳〉、〈玉蝴蝶〉、〈念奴嬌〉、〈二郎神〉、〈乳燕飛〉等七首屬於長調（80字以上）外，其餘皆屬於小令；且特別偏好〈蝶戀花〉、〈如夢令〉、〈虞美人〉、〈點絳唇〉、〈浣溪沙〉、〈踏莎行〉、〈南鄉子〉等調，各有 6 至 3 首的創作，合計此七調共有 27 首，接近其全部作品總數的三分之一，是否與其個人的審美風格有關？以下擬就此二個特點來探討陳子龍詞的詞調特色。

一、以小令為主

唐宋時詞調並無小令、中調、長調之分，這樣的分法是從明代中葉顧從敬刻《類編草堂詩餘》開始，但也是約略畫分而已。到清代毛先舒《塡詞名解》才將 58 字以內定為小令，59 至 90 字為中調，91字以上為長調。但這樣的分法僅從詞調長短、字數多寡而定，殊屬牽強。所以清·萬樹在《詞律·發凡》中反駁說：

> 所謂定律，有何所據？若以少一字為短，多一字為長，必無是理。如〈七娘子〉者，有五十八字者，有六十字者，將名之曰小令乎？抑中調乎？如〈雪獅子〉，有八十九字者，有九十二字者，將名之曰中調乎？抑長調乎？〔註1〕

所言甚是。所以鄭騫先生在〈再論詞調〉一文中，亦以為毛氏之說是穿鑿附會，於古無據的說法，不足憑信。並另外畫分：「大概七八十

〔註1〕 萬樹：《索引本詞律》（臺北：廣文書局，1988 年 10 月），頁 1。

字以下即是小令，八九十字以上即是長調。」〔註2〕這樣的分法比較
不受拘泥，亦較符合詞調發展的歷程，故本文關於小令、長調之定義
即以此爲依據。

　　筆者統計陳子龍的詞作，發現小令占其詞作的百分之九十以上，
比例相當重。這應是與詞人個人的詞體意識及審美觀念有關。陳子龍
在〈幽蘭草詞序〉中曾極力稱美南唐至北宋之詞作：

> 自金陵二主，以至靖康，代有作者，或穠纖婉麗，極哀豔
> 之情；或流暢澹逸，窮盼倩之趣。然皆境由情生，辭隨意
> 啓，天機偶發，元音自成，繁促之中，尚存高渾，斯爲最
> 盛也。（《安雅堂稿》卷三）

而這一時期的詞作，正是以小令爲主的。〔註3〕而考察陳子龍的小令
諸作，發現有二個特色：一是詞作情感相當眞摯深刻；二是相當容易
引發讀者豐富的聯想。

（一）情感眞摯深刻

　　朱東潤先生在《陳子龍及其時代》中綜輯各種史料，對陳子龍的
時代及生平做了相當深入的論述，並將陳子龍短短四十年的生命分爲
文士、志士與鬥士三個時期。〔註4〕事實上，這樣的分別，是就陳子
龍在現實生活中所經歷的過程而言；細加體會詞人的作品，會發現這
些不同的發展，其實都是來自陳子龍天性中所具有的眞摯性情。陳子
龍不論是寫兒女柔情，或是家國忠愛，這種深摯的感情與專一的態
度，都是不變的，甚至二者是可以相通的，因陳子龍在經歷與柳如是
遇合的愛情本事時，也正經歷著家國的憂患。如其自撰《年譜》中記
崇禎六年（1633）「文史之暇，流連聲酒」的生活時，亦同時記載著

〔註2〕　鄭騫：〈再論詞調〉，《從詩到曲》（臺北：中國文化雜誌社，1971 年
　　　　7 月），頁 96。
〔註3〕　長調在唐五代雖已產生，但爲數甚少，只是在醞釀階段，至北宋後
　　　　期才興盛。見黃文吉：《北宋十大詞家研究》，頁 111。
〔註4〕　朱東潤：《陳子龍及其時代》，《朱東潤傳記作品全集》（上海：東方
　　　　出版中心，1999 年 7 月）第三卷，頁 4～5。

「是時，烏程當國，政事苛促。……相對蒿目而已。」〔註5〕明白地
表現了對國事的憂患之思。因此陳子龍在詞作中，往往將兒女柔情與
愛國壯志相結合，而做一種幽約要眇的傳達；但陳子龍的兒女柔情與
家國憂思，其實是相連貫的，即是他真摯深刻的情感與忠實專一的態
度。茲舉〈點絳唇‧春日風雨有感〉為例來說明：

> 滿眼韶華，東風慣是吹紅去。幾番煙霧，只有花難護。　　　夢
> 裏相思，故國王孫路。春無主，杜鵑啼處，淚染胭脂雨。(頁
> 596)

首句「滿眼韶華」所指的，固然是眼前春日景物的萬紫千紅，但也可
以包舉天地間鳥啼花放、行雲流水等一切春日美好的景物；而下句的
「東風慣是吹紅去」卻是如此有力的反跌，不僅把之前的「滿眼韶華」
一掃而空，而且是如此的不斷與難留。「幾番煙霧，只有花難護」寫
出了詞人對此一現象的悲痛與無奈。

　　若只從表面情意來看，此詞上半闋所敘寫的原只是詞人在春日看
見春雨摧花，一種自然現象與所生的哀感之情。但若聯繫陳子龍的生
平及時代，則陳、柳之間的愛情悲劇，與陳子龍所經歷的家國憂思，
都可能是陳子龍產生此種悲慨的原因。而下片除「故國王孫路」稍明
白地點明家國之思外，其餘各句亦同時兼有兩種悲慨的潛能，但無論
其是家國之思或兒女之情，「夢裏相思」所表現的都是一種魂牽夢縈的
深摯懷念。

　　春日風雨中的花朵，一化而為苦難中的人事，花上的雨滴就如人
間的淚水。如此深廣的象喻，將一片傷痛之情寫得百轉千回，纏綿往
復，令人動容。其中最大的動能，就是陳子龍源於天性所流露出來的
真摯而深刻的情感。

　　像這樣融合愛情與憂思，真情摯意的佳構，在陳子龍的詞作中幾

〔註5〕陳子龍《陳子龍年譜》，施蟄存、馬祖熙標校：《陳子龍詩集‧附錄
　　　二》下冊，頁648。又按烏程，指溫體仁，字長卿，烏程人。見張廷
　　　玉：《明史‧奸臣傳》

乎是信手拈來，如〈惜分飛·詠柳〉中的「一種愁難訴，不禁著意東風處」，〈醉花陰·豔情〉中的「夜久落春星，幾陣東風，殘月梨花碎。」〈探春令·游絲〉中的「可春心斷也，何曾斷了，蕩盡人間路。」……等作品，無不令人感受到陳子龍天賦的一片誠心與摯意。

（二）易引發讀者豐富的聯想

陳子龍生當晚明憂患的時代，又是一位「好奇負氣，邁激豪上」、「慨然以天下為務，好言王伯大略」的人物，〔註6〕一生為國家的存亡而努力；再加上與柳如是之間又有一段深刻纏綿的戀情。從詞人一生的經歷來看，正是所謂「強直之士，懷情正深」〔註7〕的性情中人。這樣的性格與際遇，表現在纖柔婉約的詞作中，常易使人產生豐富的聯想。且以〈憶秦娥·楊花〉為例說明之：

> 春漠漠，香雲吹斷紅文幕。紅文幕，一簾殘夢，任他飄泊。
> 輕狂無奈東風惡，蜂黃蝶粉同零落。同零落，滿池萍水，夕陽樓閣。（頁600）

首句以「漠漠」寫春，將讀者帶入廣漠無邊的春日景色中。而以「香雲」指楊花本質的芬芳美好，香雲吹拂於鮮濃綺麗的紅文幕上，本該是一段相當幸福的遇合，但終是「吹斷」，徒留悲劇收場。重複「紅文幕」所造成的頓挫，表現詞人對此遭遇的深重哀悼。而「一簾殘夢，任他飄泊」所寫者，則是詞人對楊花在回顧中的感傷。

過片「輕狂無奈東風惡」，則是在回顧之餘，追想造成此一悲劇的因素，由於外在環境的摧殘，不僅吹斷飄泊的「香雲」，也摧殘了多情的蜂蝶。重複「同零落」，更加強表現了此摧殘零落的無可逃避，

〔註6〕夏允彝〈陳、李癸酉倡和詩·序〉，施蟄存、馬祖熙標校：《陳子龍詩集·附錄三》下冊，頁759。

〔註7〕「強直之士，懷情正深」二句見張溥：《漢魏六朝百三家集卷39·傅玄集題詞》「休奕（傅玄字）天性峻急，正色白簡，臺閣生風，獨為詩篇，新溫婉麗，善言兒女，強直之士，懷情正深，賦好色者，何必宋玉哉！」《景印文淵閣四庫全書》（臺北：臺灣商務印書館，1984年3月）冊1413，頁133。

而最後以「滿池萍水，夕陽樓閣」總結全詞。「滿池萍水」寫楊花不僅已被東風摧殘落盡，且更落入水中化爲浮萍，如此寫楊花之飄零斷滅以至無可挽回，眞是沉悲至極。而驀然躍出的「夕陽樓閣」，表面看來雖與楊花無涉，但細加玩味，會發現在言外含有極深沉的悲慨：在一切美好多情之事物，皆已摧殘殆盡之時，天地間更有何物存留？只有高寒寂寞的「樓閣」，與沉沒難留的「夕陽」，更顯出絕望後面對命運的無限感傷。

本詞從「楊花」的標題來看，當然是一首詠物詞，從楊花與柳如是的聯想看，亦可能是指陳、柳間的愛情本事。但若將楊花想成凋零的朱明王朝，又何嘗不是同樣感人呢？

陳子龍以客觀寫景之筆，將極深沉的悲慨融入其中，而給了讀者更多回思想像的空間，不必說明所指本事究竟爲何，在敘寫之中，已呈現出可供讀者豐富感發與聯想的情境。王國維在《人間詞話》中說：「詞以境界爲最上。有境界則自成高格，自有名句。五代北宋之詞所以獨絕者在此。」〔註8〕陳子龍此作即是具有五代北宋詞境界的作品。而其餘如〈青玉案・春暮〉、〈訴衷情・春遊〉、〈柳梢青・春望〉、〈眼兒媚〉……等亦均是容易引發讀者豐富聯想的好作品。這樣的特色，也是譚獻在《復堂詞話》中稱美陳子龍「重光後身，惟臥子足以當之」、「明則臥子，直接唐人，爲天才」〔註9〕的重要因素之一。

二、聲情詞意相諧暢

填詞既然稱爲倚聲之學，不但它的句度長短，韻位疏密，必須與所用曲調（即詞牌）的節拍相適應，就是文字所表達的情意，也必須與每一曲調的聲情相互諧會，如此才能取得音樂與語言，內容與形式的緊密結合，使得聲容與詞情相諧暢，而增加感人的力量。大抵一首曲調的完成，一定是作者有所感觸，才寄託於管絃。所以唐、五代及

〔註8〕 王國維《人間詞話》，唐圭璋：《詞話叢編》冊五，頁4239。
〔註9〕 譚獻《復堂詞話》，唐圭璋：《詞話叢編》冊四，頁3997；3998。

北宋初期的作品，調外並沒有題目，如〈更漏子〉一定是詠夜間情景，〔註10〕〈漁父〉則寫煙波釣徒的生活。〔註11〕沈括《夢溪筆談・樂律》曾說：

> 唐人填曲，多詠其曲名，所以意與聲，常相諧會。今人則
> 不復知有聲矣！哀聲而歌樂詞，樂聲而歌怨詞，故語雖切
> 而不能感動人情，由聲與意不相諧故也。〔註12〕

沈氏生於南宋，其時詞樂猶未全亡，且有「今人則不復知有聲」之慨。因填詞者對每一曲調的聲情不能有深入的體會，所以在詞體逐漸脫離音樂，不可復歌之後，學者只知按照一定的格律來填詞。雖然平仄聲韻不差，但卻可能與各曲調原有的聲情不相諧，所以就很難感動人。

那麼在詞樂久亡的今日，究竟要如何來探求某一曲調適合表達何種情感呢？應是取唐宋名家的傑作，仔細品味其內容格律：如句讀之長短、字音的輕重，協韻的疏密與四聲配合之宜，應可由其詞中所表之情來推求其曲中所表之情。今試以此法來檢視陳子龍較常使用的詞調如〈蝶戀花〉、〈浣溪沙〉等作，以探求其聲情與詞意是否相諧暢。

（一）〈蝶戀花〉

〈蝶戀花〉本名〈鵲踏枝〉，其雜言體由宋晏殊改今名，乃採梁簡文帝蕭綱〈東飛伯勞歌〉詩句「翻飛蛺蝶戀花情」為調名。《詞譜》卷十三列馮延已「六曲闌干偎碧樹」為正體。雙調，六十字，上、下片，各五句四仄韻。〔註13〕

此調上下闋共十句，其中八句皆用韻，是用韻很密的詞調。其句式以七言句為主，共六句；另有四言句和五言句各兩句。這樣的句式安排本應造成熱情奔放的聲情特點，但其中既有平和的四字句，又用

〔註10〕張夢機：《詞律探源》（臺北：文史哲出版社，1981 年 11 月），頁 349。

〔註11〕張夢機：《詞律探源》，頁 383。

〔註12〕沈括：《夢溪筆談》，黃杰、林柏壽主編：《中國子學名著集成》（臺北：中國子學名著集成編印委員會，1978 年 12 月）冊 96，頁 87。

〔註13〕馬興榮等主編：《中國詞學大辭典》（杭州：浙江教育出版社，1996 年 10 月），頁 598～599。

仄聲韻加以壓抑，於是就形成了流暢又柔婉，激越而又低迴的聲情。

　　今探討〈蝶戀花〉的範式——馮延巳〈鵲踏枝〉（六曲闌干偎碧樹），以求得此調之表情特色：

　　　六曲闌干偎碧樹。楊柳風輕，展盡黃金縷。誰把鈿箏移玉
　　　柱？穿簾海燕雙飛去。　　滿眼游絲兼落絮。紅杏開時，
　　　一霎清明雨。濃睡覺來鶯亂語，驚殘好夢無尋處。〔註14〕

詞人以清新流利的語言，著力展示人物的內心世界，表現閨中女子難以排遣的春情愁思。作為偏處一隅，國運危殆的南唐小朝廷宰相，「不能有所匡拯，危苦煩亂之中，鬱不能自達者，一於詞發之。」〔註15〕詞中隱約地透露出詞人對南唐岌岌可危國勢的關心和憂傷，正是所謂「流連光景，惆悵自憐，蓋亦易飄揚於風雨者。」〔註16〕馮延巳把從晚唐以來婉約詞風更向前推進，使之與作者的學識品格相結合，擴大了詞的境界，並為北宋晏殊、歐陽修所繼承。故王國維在《人間詞話》中讚美馮詞「雖不失五代風格，而堂廡特大，開北宋一代風氣。」〔註17〕

　　陳子龍現存的詞作中共有六首〈蝶戀花〉，是使用最多的詞調；大多以淺近的語言來刻畫女子玲瓏剔透的閨怨形象，並寄予深刻的寓意，含蓄不盡而意味雋永，頗有馮延巳〈鵲踏枝〉（即〈蝶戀花〉）「俯仰身世，所懷萬端，繆悠其辭，若顯若晦，……其旨隱，其辭微，類勞人思婦，羇臣屏子鬱伊愴怳之所為。」〔註18〕的風味。今試以其中一首來說明之：

　　　金屋珠樓都遍了，試問東風，著意知多少？一種豔陽渾欲

〔註14〕張璋、黃畬：《全唐五代詞》（臺北：文史哲出版社，1986年10月），頁372。
〔註15〕馮煦〈四印齋刻陽春集序〉，見金啟華、張惠民等編：《唐宋詞集序跋匯編》，頁9。
〔註16〕馮煦〈四印齋刻陽春集序〉引劉融齋語，見金啟華、張惠民等編：《唐宋詞集序跋匯編》，頁9。
〔註17〕王國維《人間詞話》，唐圭璋：《詞話叢編》冊五，頁4243。
〔註18〕馮煦〈四印齋刻陽春集序〉，見金啟華、張惠民等編：《唐宋詞集序跋匯編》，頁8。

掃，飛煙淺破丁香小。　　初放柳條明月曉，爲寫相思，
學繡鴛鴦鳥。莫說輕紅何處好，催人連夜傷春早。（頁 612）
表面看來，是女子感傷落紅飄零，空閨獨守；但細加體會，這吹遍
金屋珠樓，吹得滿地殘紅的東風，是否就是暗指摧毀朱明王朝，來
自東北的滿族清人政權？而「爲寫相思，學繡鴛鴦」的深情女子，
不就是這位請纓無路的愛國志士的化身嗎？他所思念的，正是往昔
大好的江山和清明的政治。言語清新自然，意境含蓄而深厚。容易
引起讀者深刻的感受與豐富的聯想，正是陳子龍與馮延巳詞所共有
的品質，而陳子龍其餘五首〈蝶戀花〉詞，亦有如此的異曲同工之
妙。

（二）〈綄溪沙〉

　　〈綄溪沙〉也是陳子龍喜用的詞調之一，共有三首分別題爲閨
情、楊花與五更的作品。今傳唐人所作此調之正體爲七言六句四十二
個字，五平韻，第四、第五句對偶。〔註19〕〈綄溪沙〉體制短小，句
式簡單，適於抒寫片斷情懷，點滴感受。欲作好此調，須處理好起句、
過片與結句三個環結，與詞律、句法、章法等方面的因素，立意新奇，
造境獨特者方是佳作。〔註20〕
　　今試以晏殊膾炙人口的〈綄溪沙〉（一曲新詞酒一杯）來說明：
　　　　一曲新詞酒一杯，報年天氣舊亭臺。夕陽西下幾時回？　　無
　　　　可奈何花落去，似曾相似燕歸來。小園香徑獨徘徊。〔註21〕
此詞語言圓轉流利，明白如話，意蘊卻無比深廣，能給人一種哲理性
的啓迪。清・沈祥龍在《論詞隨筆》中論及小令的作法時說：「小令
須突然而來，悠然而去，數語曲折含蓄，有言外不盡之意。」〔註22〕
晏殊此詞起句「一曲新詞酒一杯」寫對酒聽歌之現境，語言輕快流利，

〔註19〕馬興榮等主編：《中國詞學大辭典》，頁 561。
〔註20〕竺金藏選注：《分調好詞──浣溪沙》（北京：東方出版社，2001 年
　　　　1 月），頁 2～3。
〔註21〕唐圭璋：《全宋詞》（臺北：世界書局，1984 年 3 月）冊一，頁 89。
〔註22〕沈祥龍《論詞隨筆》，唐圭璋：《詞話叢編》冊五，頁 4050。

可以體味出詞人在面對現境時開始是瀟灑安閒的，但在邊聽邊飲時，卻又不期然地觸發對類似境界的追憶，於是即景興感，以這一聯工巧渾成的對句「無可奈何花落去，似曾相似燕歸來」，委婉地表露對美好景物的流連，對時光流逝的悵惘，與對美好事物重現的微茫希望。而末句「小園香徑獨徘徊」，是詞人在惋惜、欣慰、悵惘之餘的獨自沉思，辭盡而意無窮，令人再三品味。陳廷焯在《白雨齋詞話》卷一中說：「〈浣溪沙〉結句，貴情餘言外，含蓄不盡。」〔註23〕觀晏殊此作，確是神韻天然的佳作。

　　且以此來檢視陳子龍的〈浣溪沙・楊花〉，看其詞意是否與〈浣溪沙〉的聲情相諧暢：

　　　　百尺章臺撩亂吹，重重簾幕弄春暉，憐他飄泊奈他飛。　　淡
　　　日滾殘花影下，軟風吹送玉樓西，天涯心事少人知！（頁597）

首句「百尺章臺撩亂吹」劈空而至，語意精警，以簡約的語言來概括豐富的內容。詞人以此小令來詠物抒懷，寫與柳如是分手之初，內心複雜的難言之痛。明知所愛此番離去的飄泊，卻又無力挽留，來自心靈深處的失落與歉疚，是難以用言語表達的；「憐他」句的動人處，就在於這種「理還亂」的心靈悸動。

　　過片「淡日滾殘花影下，軟風吹送玉樓西」是對句，寫出陳子龍與柳如是之間心靈的契合，雖然柳如是此番的飄泊是身難由己，但決無自甘墮落的可能。這樣的判斷，正是來自陳、柳之間的相知與相惜，從末句的「天涯心事少人知」，可以感受到彼此之間的這份契合，他人不能知而我卻能知。而這份少人知的心事，若擴大結合陳、柳的生平遭遇來看，又何嘗不可能與日漸危殆的國勢有關呢？

　　由詠物而寫人，本已不大容易，細察此詞，卻能由寫人而傳神魂、寫心靈，又得句句不脫離於「物」，自然更是難能可貴。所以王士禎以「不著形象，詠物神境」八字來評論此詞（頁597），是神韻天然的詠物佳篇。而陳子龍的其餘兩首詠閨情與五更的〈浣溪沙〉之作，

────────────────

〔註23〕陳廷焯《白雨齋詞話》卷一，唐圭璋：《詞話叢編》冊四，頁3786。

亦是「本色當行」的作品，（王士禎評〈浣溪沙‧五更〉語，頁 598）可見陳子龍在詞調的選用上，是能使聲情與詞意相諧暢的。

第二節　以佻言妍貌寫哀宣志

　　陳子龍在〈三子詩餘序〉中說：「夫《風》《騷》之旨，皆本言情。」（《安雅堂稿》卷二）可見「言情」是一切文學體式的根本。因詞與聲樂的關係較詩歌更爲密切，所以在情感的表達上，詞更能貼近人情。從宋代以來，論者就一直以「曲盡人情」爲詞的特性，如胡寅在〈酒邊集序〉裏即言：「名曰曲，以其曲盡人情耳。」〔註 24〕張炎《詞源》亦言：「簸弄風月，陶寫性情，詞婉於詩。蓋聲出鶯吭燕舌間，稍近乎情可也。」〔註 25〕而此「情」的具體表現又是如何呢？宋人沈義父有一段論述似乎作了較好的說明：

> 作詞與詩不同，縱是花卉之類，也須略用情意，或要入閨房之意。然多流淫豔之語，當自斟酌。如只詠花卉，而不著些豔語，又不似詞家體例，所以爲難。〔註 26〕

雖然張、沈二人所言之「情」似指狹義的「閨情」，但能從物與情的關係中看出人「情」表現的主導性，肯定詞的表現乃重在心靈的感發，仍是有其見地的。

　　可見作爲一種「要眇宜修」〔註 27〕的文學體式，詞體之美，就在於具有深遠而含蘊的特質，〔註 28〕所以在表達深刻情感上，最能達到曲折隱約，意在言外的效果。

　　作爲明末的愛國志士，陳子龍對當時的政局自是憂心忡忡，恰

〔註 24〕金啓華、張惠民等：《唐宋詞集序跋匯編》，頁 117。
〔註 25〕張炎《詞源》卷下，見唐圭璋：《詞話叢編》冊一，頁 263。
〔註 26〕沈義父《樂府指迷》，見唐圭璋：《詞話叢編》冊一，頁 281。
〔註 27〕王國維《人間詞話》言：「詞之爲體，要眇宜修。能言詩之所不能言，而不能盡詩之所能言。詩之境闊，詞之言長。」見唐圭璋：《詞話叢編》冊五，頁 4258。
〔註 28〕葉嘉瑩〈論詞的起源〉見繆鉞、葉嘉瑩：《靈谿詞說》，頁 7。

如劉辰翁在〈辛稼軒詞序〉中所言:「英雄感愴,有在常情之外。」
〔註29〕但陳子龍依據自己的詞體意識,其在〈三子詩餘序〉中說詞
應:「託貞心於妍貌,隱摯念於佻言。」(《安雅堂稿》卷二)以為
應當用婉約綿麗的詞體,來表現溫柔敦厚的諷諫內容。陳子龍的詞
作,即是他詞學理論的實踐,通過意象的暗示與閨情的託喻來寫哀
宣志,是他的詞作在形式技巧上的一大特色。

一、以意象暗示忠愛之情

「意象」是中國古代文論中既有的概念和詞語,但一直沒有明確
的定義,各家說法,不一而足。

劉勰在《文心雕龍‧神思》中首先有意義地提出「意象」一詞:

然後使玄解之宰,尋聲律而定墨,獨照之匠,闚意象而運
斤;此蓋馭文之首術,謀篇之大端。〔註30〕

這裏的「意象」,顯然是指意念中的形象。劉勰用《莊子‧天道》中
輪扁斲斤的典故,〔註31〕來說明意象在創作過程中的重要性;以為意
象的形成,是馭文謀篇的首要關鍵。而有的「意象」則接近於境界,
如姜夔在〈念奴嬌序〉中所言:

古城野水,喬木參天,余與二三友,日蕩舟其間,薄荷花
而飲,意象幽閒,不類人境。〔註32〕

上句言「意象幽閒」,下句言「不類人境」,顯然是指人境之外的一種
境界。而有的「意象」則接近於今日所言的藝術形象,如沈德潛《說
詩晬語》卷上所言:「孟東野詩,亦從《風》《騷》出,特意象孤傲,

〔註29〕劉辰翁〈辛稼軒詞序〉,見金啓華、張惠民等:《唐宋詞集序跋匯編》,
頁 174。

〔註30〕(梁)劉勰撰,黃叔琳注:《文心雕龍注》,卷 6,頁 1。

〔註31〕《莊子‧天道》:輪扁曰:「……斲輪,徐則甘而不固,疾則苦而不
入。不疾不徐,得之手而應於心,口不能言,有數存焉於其間。」
見郭慶藩:《莊子集釋》(臺北:華正書局,1982 年 8 月),頁 491。

〔註32〕馬興榮、劉乃昌、劉繼才主編:《廣選、新注、集評全宋詞》(瀋陽:
遼寧人民出版社,1999 年 1 月)冊四,頁 29。

元氣不無斫削耳。」〔註33〕

　　現代學者袁行霈參酌諸家意見，為「意象」一詞下了定義，以為所謂「意象」，是指融入詩人主觀情感的客觀物象，或是詩人借助客觀物象表現出來的主觀情意。〔註34〕

　　而王夢鷗先生則援引西方文論，分別從心理與文學兩方面來為「意象」做詮釋：

> 在心理學方面，「意象」一詞乃指過去的感覺，或已被知解的經驗在心靈上再生或記憶，雖不一定是屬於視覺的。……心理學者與美學家均有著各式各樣的分類，其中不但有味覺的、嗅覺的、且還有熱的、壓力的（筋肉感覺的、平面輪廓的、感情移入的）等等。最重要的區別，則為靜的和動的（亦即力學的）意象。色彩的意象之運用，有時是代表著傳統的或個人的，有時則否。至於同時感受的意象，都是此一感覺轉化為彼一感覺，有如聲音之轉化為顏色。最後，意象還有「制約」與「自由」之區別，且適用於詩的讀者：前者是聽覺的與筋肉的，不但讀者自己必然會引起，就連所有相對應的讀者，也必然會引起同樣的意象。後者則是視覺的以及其他種種，因人而異，隨型式而變化的意象。〔註35〕

透過這樣的詮釋，更能掌握「意象」一詞的意蘊，並且更進一步貼進子龍的心靈，來理解其所欲藉由意象所傳遞的詞作內涵。

　　在陳子龍詞作中。常可看到他藉由意象的暗示，將對國家的忠愛之情寄託在婉約清麗的詞境之中。如其寫於丁亥年（1647）三月的兩首絕命詞〈唐多令・寒食〉與〈二郎神・清明感舊〉，〔註36〕即是最

〔註33〕蘇文擢：《說詩晬語詮評》（臺北：文史哲出版社，1985 年 10 月），頁 208。

〔註34〕袁行霈：《中國詩歌藝術研究》（臺北：五南圖書出版公司，1999 年 5 月），頁 61。

〔註35〕韋勒克等原著、王夢鷗等譯：《文學論》（臺北：志文出版社，1996 年 11 月），頁 303。

〔註36〕據王澐《續陳子龍年譜》：「順治四年丁亥，先生年四十歲，在富林

佳證明。其中〈唐多令・寒食〉云：

> 碧草帶芳林，寒塘帶水深。五更風雨斷遙岑。雨下飛花花上淚，吹不去，兩難禁。　　雙縷繡盤金，平沙油壁侵。宮人斜外柳陰陰。回首西陵松柏路，腸斷也，結同心。（頁611）

此詞前有小序曰：「時聞先朝陵寢，有不忍言者。」因明朝諸王陵寢在今日北京郊區，而陳子龍當時在南方，故其所聞者，當為李雯所述。（註37）

　　上片詞人刻意營造出一片淒清的意境：清明前夕的寒食，風狂雨疾，眼前的碧草芳林，竟是無限淒清與寒冷。淒風苦雨之中，又聽到崇禎皇帝自縊煤山的惡耗，詞人此刻心中的悲痛，真是不可言喻；故淚眼看雨中落花，竟覺花兒亦在垂淚，與詞人共同為故國的沉淪而流淚。下片則婉委含蓄地暗示先朝陵寢遭清人破壞的慘狀：「雙縷繡盤金」是以刺繡裝飾的金縷衣，應是宮中嬪妃的服飾；「油壁車」是以油彩繪飾車身，專供婦女乘坐的車子，想必是後宮佳麗們的座車。而「宮人斜」是宮人們的墳墓，如今卻是楊柳陰陰圍繞著。以皇宮景物的殘破，象徵著昔日的繁華已隨風而逝，徒留慘遭敵人破壞的陵墓，獨在風雨中飄搖，怎不令人唏噓呢？

　　詞人通過晦暗的意象：風雨中的寒塘落花、陰陰宮人斜……等，暗示故國的沉淪，心情的悲痛自是不堪言說，但傷心至極的詞人並不因此而消沉，遙望祖國先帝墓園，他期許自己，要與先烈們永結同心於地下，共同為復國大業而努力。這樣的人格，這樣的志節，無疑是令人動容的。而〈二郎神・清明感舊〉更是詞人傷心至極，無語問天的哀痛之作：

　　廬居。……三月，會葬夏考功，賦詩二章，又作〈寒食〉、〈清明〉二詞，先生絕筆也。」見施蟄存、馬祖熙標校：《陳子龍詩集》下冊附錄二，頁717～718。

〔註37〕據王澐《續陳子龍年譜》：「順治四年丁亥，先生四十歲，在富林廬居。時李舒章自北還，來訪先生，相向而泣，旋別去。蘇、李梁河之會，良可感也。」故判斷所謂「時聞先朝陵寢者」應是李雯告知的。見施蟄存、馬祖熙標校：陳子龍《陳子龍詩集・附錄二》下冊，頁717

　　韶光有幾？催遍鶯歌豔舞。醞釀一番春，穠李天桃嬌妒。東
　　君無主，多少紅顏天上落，總添了數坏黃土。最恨你年年芳
　　草，不管江山如許！　　何處，當年此日，柳堤花墅。內家
　　妝，搴帷一生笑。馳寶馬漢家陵墓。玉雁金魚誰借問？空令
　　我傷今弔古。歎繡嶺宮前，野老吞聲，漫天風雨。（頁618）

上闋詞人通過落英繽紛的傷春意象，感傷南明成立後，原以為這是大
明春天的來臨，故言「鶯歌豔舞。醞釀一番春。」不料國君卻昏庸無
能，朝中小人當道，致使南都傾覆，愛國志士慘遭清廷殺害，正似紅
顏紛紛隕落，化為眼前地上黃土的事實。而陵墓上無情的芳草，卻依
然逢春生長，全然沒有江山淪陷的傷痛，令詞人望之生恨。

　　下闋是以玉雁金魚等皇陵的陪葬品，流落人間的意象，慨想當年
宮女們身著內家妝，搴帷、馳寶馬至柳堤花墅上的皇陵踏青掃墓的盛
況，而如今皇陵內的殉葬品如玉雁、金魚等已流落人間，恰說明今日
皇陵的殘敗與故國的沉淪。兩相對照之下，怎能不令詞人產生弔古傷
今的悲痛呢？只能在漫天風雨之中，在殘破的故宮（化用唐代故宮繡
嶺宮的典故）前吞聲飲恨罷了。

　　詞旨鮮明生動，卻無一語直接道破，讓人由韶光、桃李、紅顏、
黃土、芳草、玉雁金魚、繡嶺宮等意象織成的意境中去體會言外之旨
與詞外之趣，深於比興，長於即事造境以寓心緒，在清麗幽婉的詞境
中自見詞人清高不凡的風骨，而達到抒情的極致。

　　清代江順詒《詞學集成》附錄引《古今詞話》言：「大樽文高兩
漢，詩軼三唐，蒼勁之色，與節義相符。乃《湘真》一集，風流婉麗
如此！」而江順詒案語稱：「文有因人而存者，人有因文而存者，《湘
真》一集，固因其詞而重其人，又因其人而益重其詞也。」〔註38〕實
在是對陳子龍詞作了相當公允的評價。

　　以意象的暗示言忠愛之情，是陳子龍詞作「託貞心於妍貌，隱摯
念於姚言」的重要表現方式之一，而另一個重要的表現方式，就是藉

〔註38〕唐圭璋：《詞話叢編》冊四，頁3304。

閨怨之情以抒發憂時之志。

二、藉閨怨抒發憂時之志

我國文學自來就有以閨襜婉孌之情喻君臣際遇、邦國興衰的傳統。〔註39〕而原本是「綺筵公子」爲「繡幌佳人」所填寫的詞，到了有思想、有抱負的文士手中，便將對國家民族的隱憂和政治上的抑鬱不得志，寄寓在香草美人之詞中，於是這些作品就上接到《詩經》、《離騷》的比興傳統。

以閨情的託喻來抒發內心的憤懣之情與身世之慨，並不是陳子龍所獨創的。早在宋人如晏幾道、秦觀、辛棄疾等人的詞作中就已常見，到了南宋後期的劉克莊，甚至明確地提出作詞者應「借花卉以發騷人墨客之豪，託閨怨以寓放臣逐子之感。」〔註40〕而陳子龍在〈三子詩餘序〉中亦說「溫厚之篇，含蓄之旨，未足寫哀而宣志也。」，故「言情之作，必託於閨襜之際」。（《安雅堂稿》卷二）

在陳子龍的詞作中，當然有如此理論之實踐，如其〈蝶戀花·春日〉即是借閨中女子感嘆韶光易逝，來寄寓自己深沉的家國之慨：

> 雨外黃昏花外曉，催得流年，有恨何時了？燕子乍來春漸老，亂紅相對愁眉掃。　　午夢闌珊歸夢杳，醒後思量，蹋遍閒庭草。幾度東風人意惱，深深院落芳心小。（頁612）

上片作者用雨絲和鮮花將歲月催走的意象，來寫春光流逝的快速，而引起佳人無限的愁思與恨意；詞的下片是寫希望不能實現的苦悶：在午夜夢迴時，想到歸夢難成，不禁心潮起伏，思緒萬千，只得到庭院中閒步。幾度春風迎來，又是一年的開始，與上片歲月如流的意念是相連貫的。而偌大的院落裏，只有自己獨自一人，孤單寂寞之情溢於言表，於是心中各種感慨風湧而至。末句表面上看似冷靜，但在情感

〔註39〕張惠民：《宋代詞學審美理想》（北京：人民文出版社，1995 年 4 月），頁 76。

〔註40〕劉克莊〈跋劉叔安感秋八詞〉，見金啓華、張惠民等：《唐宋詞集序跋匯編》，頁 253。

上卻是洶湧澎湃的。

在感慨春光流逝之餘，究竟作者想藉此抒發的愁恨是什麼？這就需聯繫到作者的身世來考量：陳子龍在南明弘光帝時，因平定許都之亂有功，遂被拔擢任兵科給事中。「命甫下而京師陷，乃事福王於南京」，但福王並無中興之意，子龍所提的建言均未獲採納，於是在次年二月，乞終養去。〔註41〕

子龍原本希望能為國家做一番事業，但卻請纓無路，所以在花雨催流年的暮春時節，報國無門，功業未就的感慨也就特別深刻，於是藉閨中多情女子的傷春情懷，寄寓自己一往情深的愛國之志；在明白曉暢的詞語中，另有一種含蘊之美在其中。

再如〈武陵春・閨怨〉，亦是將對故國的深切思念，寄託在看似閒愁的閨怨之中：

> 看盡雕梁雙燕子，倦倚綠雲鬆。拋卻閒愁入夢中，一半剩
> 眉峰。　　強躞凌波尋蝶路，金縷冒芳叢。杜宇聲聲和淚
> 紅，灑不遍，落花風。（頁603）

一位秀髮如雲的美女，在深閨中看梁上儷影成雙的燕子，想到自己的形單影隻，不禁悲從中來；想拋卻閒愁入夢中，卻是輾轉難入眠。只得踩著輕盈的步履，到庭院中捕捉蝴蝶，卻看到片片落花，和著淒切的杜鵑啼聲，怎不令人更加孤寂落寞呢？此刻再也按捺不住心中的酸楚，只得任由傷心的淚水傾瀉而下。

這樣的作品，若聯繫到作者的生平遭遇，則詞中閨女的尋蝶之路，不就是陳子龍心中所嚮慕的復國之路嗎？而「杜宇聲聲和淚紅」，不就是詞人在眼見故國凋零殘敗，復國無望之後所傾瀉的感傷之淚嗎？如此「託貞心於妍貌」的詞作，讓人細細品味詞人寄託在詞旨之後的一片忠心與貞亮的情操。

陳子龍依據自己的詞學理論，刻意地「託貞心於妍貌，隱摯念

〔註41〕以上陳子龍情事見於張廷玉：《明史・陳子龍傳》，楊家駱主編《新校本明史并附編六種》，卷277，冊十，頁7097～7098。

於佻言」，在維護詞體清麗柔婉的本色之下，藉由意象的暗示與閨情的託寓，來傾訴自我對家國的一片赤誠，致力於詞體品格的提昇，所以能為漸趨衰頹的晚明詞壇，留下光輝燦爛的尾聲。這種成就，決不是偶然的。

第三節　善用託寓技巧以抒情言志

　　託寓技巧的使用，在中國文學傳統上是相當淵遠流長的。司馬遷在《史記‧屈原賈生列傳》中所說的：「離騷者猶離憂也。……其文約，其辭微，其志絜，其行廉。其稱文小，而其指極大，舉類邇而見義遠。」〔註42〕大致可視為後世寄託說的基本內涵。本是應歌娛人的詞作，到了有思想、有抱負的文士手中，便以花草、美人、懷古等常見的題材，來寄寓自己的身世之感或表現社會政治的現實，於是詞能包蘊更多更廣的內容，詞境便因此而開拓了。到了南宋愛國詞人如辛棄疾等人，因有感於國家局勢的日見危殆與滿腔的抑鬱不得抒發，於是便以大量的傷春留春、問春惜春之作，來寄寓忠愛纏綿的情感，以小詞來抒發他百世英豪的氣概。誠如劉熙載在《詞概》中所評的：「陳同甫與稼軒為友，其人才相若，詞亦相似。……同甫〈水龍吟〉云：『恨芳菲世界，游人未賞，都付鶯和燕。』言近旨遠，直有宗留守大呼渡河之意。」〔註43〕能在「惜春」的微言中體會出「渡河」的復國之意，真可說是稼軒與同甫的千古的音。

　　而陳子龍身處朱明危亂之際，身世遭遇與稼軒亦有相似之處，所以在他的詞作中，也可見到大量的傷春惜春與香草美人之作；而詞人在此所寄寓的亦正是他滿腔的愛國赤忱。以下擬就對春天不斷的描寫和以香草美人間接寓意這兩條路徑，來分析陳子龍詞中的託寓技巧。

〔註42〕瀧川龜太郎：《史記會注考證》，頁 1009～1010。
〔註43〕唐圭璋：《詞話叢編》冊四，頁 3694。

一、對春天反覆不斷的描寫

（一）就題材而言

讀陳子龍的詞，人們通常會有一個相當突出而且鮮明的印象，就是陳子龍的詞大部分是以春天爲描寫的對象，或至少是以春天爲背景來言情抒懷的。筆者曾針對此一特點做過統計，在陳子龍現存的八十四首詞作中，詞題含「春」字者共有 31 首；〔註 44〕而詞題中雖無「春」字，而詞中實在是寫春天的景物或感春之情者更多達 37 首。〔註 45〕總計此二者，那麼在陳子龍現存的詞作中，以春天爲題材者竟多達 68 首，佔其全部作的百分之八十以上，比例不可謂不高。而這種對春天大量的描寫，在詞家中是相當罕見的，〔註 46〕故王英志將陳子龍的詞稱爲「春天的詞」。〔註 47〕

總觀而言，這些「春天的詞」或是描寫春天的節氣與景物，如春雨、春潮、春月、楊花、春雪詠蘭、南樓雨暮……等；或是抒發作者

〔註 44〕此 31 首詞題爲：春曉 2 首、春雨、春潮、春閨 4 首、春月、春閨風雨 2 首、春暮 2 首、春夜、春日風雨有感、春恨 3 首、春望、春情、春寒閨恨、春思、病起春盡、春寒 2 首、立春、春日、小春、春遊、春繡、春雪詠蘭。

〔註 45〕此 37 首詞爲：〈望江南・憶舊〉、〈木蘭花・楊花〉、〈如夢令・本意之一〉、〈如夢令・本意之四〉、〈如夢令・豔情〉、〈點絳唇〉、〈點絳唇・閨情〉、〈浣溪沙・楊花〉、〈浣溪沙・五更〉、〈憶秦娥・楊花〉、〈畫堂春・雨中杏花〉、〈望仙樓・夜宿大蒸西莊〉、〈醉桃源・題畫〉、〈山花子〉、〈桃源憶故人・南樓雨暮〉、〈眼兒媚〉、〈武陵春・閨怨〉、〈惜分飛・詠柳〉、〈醉花陰・豔情〉、〈探春令・上元雨〉、〈探春令・游絲〉、〈望遠行・人日〉、〈浪淘沙・感舊〉、〈雙調望江南・感舊〉、〈南鄉子〉、〈木蘭花令・寒食〉、〈虞美人・有感〉、〈虞美人〉、〈虞美人・詠鏡〉、〈小重山・憶舊〉、〈唐多令・寒食〉、〈蝶戀花〉、〈千秋歲・有恨〉、〈蕎山溪・寒食〉、〈滿庭芳・送別〉、〈玉蝴蝶・美人〉、〈乳燕飛〉。

〔註 46〕如以陳子龍所推崇的周邦彥爲例，其《片玉詞》分爲春、夏、秋、冬四景及單題、雜賦等類，詠春之作只占其中一小部分，且有些作品並無傷春、惜春的內容。見唐圭璋編：《全宋詞》冊二，頁 595～631。

〔註 47〕王英志：〈濃纖婉麗，寄興深微——論陳子龍詞〉，見《中州學刊》（1990年 2 期），頁 82～86。

面對春景的主觀感受，如春日風雨有感、春恨、春望、夜宿大蒸西莊、清明時感舊……等；或是寫女子的閨怨與幽思，如春繡、春閨、豔情、閨情、閨怨……等，不一而足。但相當明顯的是在這些「春天的詞」中，幾乎看不到傳統春天予人的明朗、歡娛與無限生機；相反的，呈現在我們面前的是風雨飄搖、落紅散盡，鶯鳥空啼的殘春景象，與詞人對此景所流露出來的迷惘與傷悼；色彩是晦暗的，情感是哀怨的。這樣的例子，在陳子龍的詞作裏，俯拾皆是。（參見附錄二〈陳子龍詞作中含有傷春情感的詞句〉）

究竟陳子龍在這些傷春詞中，寄寓什麼樣的情感呢？

（二）就寓意而言

一般研究陳子龍詞作的方式有兩種：一種是以甲申國變爲界，對之進行分期研究，認爲前期的詞作妍麗婉約，主要是抒發年少情懷；後期詞作則飽含亡國之痛，價值較高。〔註48〕一種是按題材的不同，將陳子龍的詞作分爲閨情、詠物與感懷等類來評介，以顯現其詞的全貌。〔註49〕因在第五章中已就題材的分類，介紹過陳子龍詞的內容，故在此擬以分期的方式，來探討陳子龍傷春詞作所蘊含的寓意。

《幽蘭草》是陳子龍作於明亡之前的作品，共有55首，其中以春天爲描寫對象或抒情背景的，約占五分之四。〔註50〕一般人圍於客觀史料，認爲此時期的傷春詞所寄寓的是少年陳子龍的情懷，大多與秦淮名伎柳如是之間的情愛相思有關，〔註51〕但若細細體察陳子龍的時代背景和生平經歷，或許能對這些傷春詞有不同的體會。如其〈青

〔註48〕如嚴迪昌：《清詞史》（南京：江蘇古籍出版社，1990 年元月），頁15～16；李康化：《明清之際江南詞學思想研究》（成都：巴蜀出版社，2001 年 11 月），頁81～86。

〔註49〕如趙山林：〈陳子龍的詞和詞論〉，見於《詞學》編輯委員會編：《詞學》第七輯，頁184～196；張仲謀：《明詞史》，頁293～298。

〔註50〕李康化：《明清之際江南詞學思想研究》，頁81。

〔註51〕如陳寅恪：《柳如是別傳》第三章對陳、柳之間的情愛往來即有詳細的考證。

玉案・春暮〉云：

> 青樓惱亂楊花起。能幾日，東風裏？回首三春渾欲悔，落
> 紅如夢，芳郊似海，只有情無底。　　華年一擲隨流水，
> 留不住，人千里。此際斷腸誰可比？離筵催散，小窗惜別，
> 淚眼欄干倚。（頁614）

據陳寅恪的考證，此詞作於崇禎八年（1635 年）的暮春，〔註52〕所
以就時令上來說是寫實的，但因同居南樓的二人對同結連理沒有信
心，〔註53〕所以詞中楊花亂飛的暮春景象，實寓有二人愛情的春天即
將結束的意義。

　　綜觀陳子龍不長的一生，他生於萬曆後期，活動於天啓、崇禎、
弘光諸朝。天啓年間，少年陳子龍看到的是宦官當權，忠臣慘遭屠戮，
政治黑暗，國事日非。崇禎年間，青年陳子龍更看到朱明王朝已入「暮
春時節」，建州女眞鐵騎頻頻入寇，國內百姓反抗政府已成燎原之勢。
國難方殷，民族日危，民生多艱，終於釀成甲申之變。崇禎皇帝自縊，
清人入關，明朝的「春光」一去不復返。〔註54〕而南明弘光一朝，是
明帝國「春光」在南方的曇花一現，壯年陳子龍側身其間，雖欲傾全
力保住此春光，但壯士有心，當道無志，南明諸朝危如累卵，很快即
遭覆滅，而陳子龍也以身殉國了，故朱東潤將陳子龍的一生，分爲文
士、志士與鬥士三個時期。〔註55〕

　　若是以此觀點來看陳子龍在甲申國變以前的作品，就不會以爲陳
子龍前期的詞只寫風月與綺思，而至亡國之後的作品，才流露出家國

〔註52〕陳寅恪：《柳如是別傳》上冊，頁271。
〔註53〕據陳寅恪先生的考證，陳、柳二人雖於崇禎八年（1635）春天同居，
　　　　但柳如是也因而知道陳子龍家庭的複雜與經濟情勢，兩人必無法長
　　　　久共居，故離開臥子之心，亦萌於此。見陳寅恪：《柳如是別傳》上
　　　　冊，頁252。
〔註54〕劉揚忠：〈論陳子龍在詞史上的貢獻及其地位〉，見曾純純：《第一屆
　　　　詞學國際研討會論文集》（臺北：中研院文哲所，1994 年 7 月），頁
　　　　310。
〔註55〕朱東潤：《陳子龍及其時代》，收在《朱東潤傳紀作品全集》第三卷，
　　　　頁 4～5。

之愛。事實上，對國家民族的情感，一直是貫串他不長的一生。

　　如此，那麼前述〈青玉案‧春暮〉中的「華年一擲隨流水，留不住，人千里。此際斷腸誰可比？」又何嘗不能解釋爲青年陳子龍對大明江山即將易主，社稷即將頹圮的無限感傷呢？

　　再如其〈江城子‧病起春盡〉言：

　　　一簾病枕五更簾，曉雲空，捲殘紅。無情春色，去矣幾時逢？添我千行清淚也，留不住，苦匆匆。　　楚宮吳苑草茸茸，戀芳叢，繞遊蜂，料得來年，相見畫屏中。人自傷心花自笑，憑燕子，罵東風。（頁616）

陳寅恪以爲此闋詞乃陳子龍爲柳如是而作，並釋詞題「病」字曰：「在昔竺西淨名居士之病，乃爲眾生而病。華亭才子陳子龍之病，則爲河東君而病。」且謂：「詞中『曉雲空』之『雲』，即指阿雲也。」〔註56〕

　　但劉揚忠與李康化二位均不同意陳寅恪的說法，一則是因此詞作的時間無可考，且未見於明亡前的《幽蘭草》詞集，二則是就其內容而言，全詞極寫春盡後的哀悼之情，似與健在之美女無關。〔註57〕

　　今且不論其寫成之年代，而從其寓意來討論：全詞上片寫春天消逝的無可挽回。作者一病數日，醒來後只見滿地殘紅，想到春光的無情，來去匆匆，不禁淚流滿面；無可奈何之餘，只得將希望寄託於將來，問道：「去矣幾時逢？」下片作者更是滿懷癡情，設想來年春日，楚宮吳苑已長滿豐茸的芳草，遊蜂在花叢中縈繞著，再與「春」相逢於此如畫的美景中。後二句場景又拉回到現在，在傷心之餘，只得讓春天的使者——燕子，去罵無情的東風了。

　　劉揚忠與李康化二人均贊成錢仲聯先生在《金元明清詞鑒賞辭典》中的意見，〔註58〕以爲此詞乃陳子龍用比興的手法來哀悼明亡，

〔註56〕陳寅恪：《柳如是別傳》上冊，頁253。

〔註57〕劉揚忠：〈論陳子龍在詞史上的貢獻及其地位〉，見曾純純編：《第一屆詞學國際研討會論文集》，頁301～311；李康化：《明清之際江南詞學思想研究》，頁84～85。

〔註58〕唐圭璋：《金元明清詞鑒賞辭典》（南京：江蘇古籍出版社，1989年

〔註59〕上片以「春」的留不住，喻明政權的垮臺；下片以分明的地點「楚宮吳苑」，道出南京弘光朝的覆滅；而「遊蜂戀芳叢」則是包括陳子龍在內的愛國志士們對故國的眷戀，奉唐王、魯王等為首領，繼續為反清復明而奮鬥。而東風，當然指的是無情地捲去殘紅（指朱明政權）的清王朝。這樣的解釋，似乎更令人感受到陳子龍崇高偉大的愛國情操。而陳寅恪與錢仲聯二位學術前輩不同的詮釋，更是陳子龍的詞作可以引發讀者豐富感發與聯想的最有力證明。

　　至於那些可以判斷作於明亡之後的傷春詞，其哀時託志的意義就更明顯了。如〈山花子・春恨〉：

> 柳楊迷離曉霧中，杏花零落五更鐘。寂寂景陽宮外月，照
> 殘紅。　　蝶化彩衣金縷盡，蟲銜畫粉玉樓空，惟有無情
> 雙燕子，舞東風。（頁602）

上片所寫的是一幅殘春之景，以楊柳迷離、杏花零落、鐘聲淒涼，營造出一片衰敗悲涼的氣氛；在這個背景下，清冷的月色，籠照著寂寥的景陽宮，映照著遍地的落花殘紅。「景陽宮」是南朝陳的宮名，故址在現今南京市北郊的玄武湖畔。作者以景陽宮的暮春殘景，來比喻明亡的慘痛，用景喻情，詞筆是相當曲折而深刻的。

　　下片以曲筆直言人事，「蝶化彩衣金縷盡，蟲銜畫粉玉樓空」二句，是說昔日宮女的彩衣已化為蝴蝶，連金線都不見了；而原本金碧輝煌的雕梁畫棟，也遭蠹蟲蛀蝕成空。作者一方面以彩衣的不見、宮殿的殘敗，來比喻朱明一朝王室的凋零與殘局的悲涼；一方面亦是指斥奸佞為蠹蟲，腐蝕朝廷，終而落到「玉樓空」的下場。一個「空」字，既是寫實，亦是哀悼，寫恨之深極。兩句十四個字，以形象的筆墨來寫亡國的慘痛現實，字字血淚，筆力萬鈞。末二句以無情的燕子仍在東風裏翩然起舞，來諷刺投降於新朝的叛臣們無情無義，努力鑽

　　5月），頁717～718。
〔註59〕劉揚忠：〈論陳子龍在詞史上的貢獻及其地位〉，見曾純純主編：《第一屆詞學國際研討會論文集》，頁311；李康化：《明清之際江南詞學思想研究》，頁85。

營，拜倒在新貴的門下。語極含蓄，而寓意深遠，憤懣與輕蔑之情躍然紙上。

另外如〈點絳唇‧春日風雨有感〉、〈望仙樓‧夜宿大蒸西莊〉、〈柳梢青‧春望〉、〈天仙子‧春恨〉、〈蘇幕遮‧清明〉等亦是藉傷春之情來抒發深沉的家國之痛。

由此可知，陳子龍詞中的傷春意識，與貫串他一生的憂時愛國之情，其實是不可分離的，對其詞作意涵可作多重的理解。在全盤觀照下，陳子龍詞中的春天意象已超越某個特定女子、某種春天景象的具體描繪，而寓有大明社稷瓦解，大好江山易主的深層意涵在其中。

當然，這並不一定是陳子龍刻意爲之，而是這位愛國志士在詞學上主張詞體要有柔婉的風采，再加上他所生活的時代，所給予他的一份憂患意識，而使他在下筆時流於不自知，將胸中的鬱積無意間傾注到詞境中，從而提昇了詞作的內涵與風骨。

二、以香草美人間接寓意

如前所述，對春天的大量描寫，是陳子龍詞作的一大特色，且在這些傷春詞作中，陳子龍常有意識或不自覺地將自己的憂患意識與家國之慨傾注於其中，從而豐富了詞作的內涵，也提昇了詞的品格與風骨，更爲有明一代纖靡傷格的詞壇，注入了清新與活力，而有了輝煌的終結。所以清末況周頤在《蕙風詞話》卷五中讚美陳子龍的詞：

> 世譏明詞纖靡傷格，未爲充協之論。……洎乎晚季，夏節愍、陳忠裕、彭茗齋、王薑齋諸賢，含婀娜於剛健，有《風》《騷》之遺則，庶幾纖靡者之藥石矣。〔註60〕

近人劉子庚在其《詞史》中亦言：「明末詞人必以陳子龍爲之冠，曲終奏雅，其在斯人與？」〔註61〕這種「含婀娜於剛健，有《風》《騷》

〔註60〕況周頤：《蕙風詞話》卷五，見唐圭璋：《詞話叢編》冊五，頁4510。
〔註61〕劉子庚：《詞史》（臺北：臺灣學生書局，1972年4月），頁149。

之遺則」的特點，在陳子龍後期的傷春詞作中，因飽含亡國之痛，滿心的忠貞與悲憤，只得藉香草美人以抒發，最能得到充分的證明。

清初顧璟芳評陳子龍〈念奴嬌・春雪詠蘭〉一詞云：「此大樽之香草美人懷也，讀《湘眞閣詞》，均應作是想。」（頁 618）若要說陳子龍的詞每首都有寄託，不免過於牽強，但如果說陳子龍後期的傷春詞，大多有香草美人之懷，即是託貞心於妍貌的哀時託志之作，大致上應是沒有疑問的。且以此詞爲例說明之：

> 問天何意；到春深，千里龍山飛雪？解珮凌波人不見，漫說蕊珠宮闕。楚殿煙微，湘潭月冷，料得都攀折。嫣然幽谷，只愁又聽啼鴃。　　當日九畹光風，數莖清露，纖手分花葉。曾在多情懷袖裏，一縷同心千結。玉腕香銷，雲鬟霧掩，空贈金跳脫。洛濱江上，尋芳再望佳節。（〈念奴嬌・春雪詠蘭〉，頁 618）

上片以春雪蘭殘，美人不見的意境，象徵時局的險惡，飽含著亡國的悲憤；下片借描寫昔日美人與蘭草的情懷來寄託故國之思，最後以「洛濱江上，尋芳再望佳節」表示爭取復國勝利的心願。

陳子龍此詞中的「蘭」，是忠貞愛國志士的象徵，寄託著作者復國的理想。誠如王逸在《離騷經・序》中所指明的「善鳥香草，以配忠貞」，[註62] 而詞中的「美人」亦如《離騷》「惟草木之零落兮，恐美人之遲暮」中的美人，是「託辭而寄意於君也」。[註63]

全詞繼承了屈原《離騷》的愛國主義精神，言抗清復國之志，不像岳飛〈滿江紅〉的慷慨激昂，直抒胸臆；而是用比興、象徵的手法，將作者深刻的思想與情感，寄託在「春雪詠蘭」的婉媚詞境與具體的飛霜、美人、蘭草等具體形象之中，讓讀者細細去體會言外之意，從而爲作者高尚的愛國志節所動容。

[註62] 王逸：《離騷章句・序》，見於《景印文淵閣四庫全書》冊 1062，頁 3。

[註63] 朱熹：《楚辭集註》（臺北：國立中央圖書館善本叢刊第六種，1991 年 2 月），頁 5～6。

　　如此的寫作技巧，恰如陳子龍在〈王介人詩餘序〉中所揭示的，是如鸞鳳的「必有鮮妍之姿，而不藉粉澤」，〔註 64〕即有婉媚之容，又不落俗套，清新自然，恰到好處地展現了詞旨。

　　再如其〈浪淘沙‧春恨〉，表面看來是深居閨中的女子，在暮春時節，面對滿地落花飄零所抒發的閨怨之詞，但細細讀來，將體會到作者隱藏在其中的愛國深情：

> 閣外曉雲生，煙草初醒。一番風雨一番晴，幾度銷魂還未
> 了。又是清明。　　不嫁惜娉婷，特地飄零。落花春夢兩
> 無憑，滿眼離愁留不住，斷送多情。（頁 606）

上片寫閨中女子於春曉時分，在樓閣中向外遠眺時所見到的景象。因暮春時節氣候的陰晴不定，所以心情不免備受折磨，憶起許多傷心事，卻又恰逢令人銷魂的清明時節，真是令人無恨惆悵。下片直抒春恨之情，因品格的高潔，所以寧可飄零，也不願輕易嫁出，在滿地落花之中，只能傷悼春光的流逝與春夢的消褪，在無盡的離愁中，收束全篇。

　　詞中寫的是春天，卻沒有鳥語花香與盎然的生意，有的只是煙草初醒，落花滿地，天上地下，到處一片朦朧。這既是寫景，也是作者心情的反映，意味著對朱明王朝黯淡前景的憂心忡忡。女子的傷春惜春，何嘗不是此位愛國志士對覆滅王朝的無限傷痛。而「不嫁惜娉婷」、「滿眼離愁留不住，斷送多情」，更表現了陳子龍對大明王朝的一片忠貞與無限的深情。在清新婉麗的詞境中，自然地展現了作者貞潔不凡的品德與氣節，令人為之折節欽讚。一如王逸讚美《離騷》所言：「其詞溫而雅，其義皎而朗，凡百君子，莫不慕其清高，嘉其文采，哀其不遇而閔其志焉。」〔註 65〕

　　另外如〈點絳唇‧春日風雨有感〉、〈菩薩蠻‧春雨〉、〈望仙樓‧夜宿大蒸西莊〉、〈山花子‧春恨〉、〈柳梢青‧春望〉、〈浪淘沙‧感舊〉、〈虞美人‧有感〉……等諸作，皆是以春光的淒迷，春景的黯淡，來

〔註 64〕陳子龍：《安雅堂稿》卷二，收於《陳子龍文集》下冊，頁 55。
〔註 65〕王逸：《離騷章句序》，見於《景印文淵閣四庫全書》第 1062 冊，頁 3。

譬喻國家前途的渺茫和自己的憂心，而以香草芬芳來比擬自己永遠堅持的復國心願，這樣的高尚志節，讓陳子龍英烈的光彩人格，照亮明末詞壇晦暗的天空。故清初顧琦坊在評〈浪淘沙・感舊〉云：「《湘眞詞》皆申酉以後作。故令人如讀〈長門篇〉，幽房爲之掩涕。」（頁606）這樣的評論對陳子龍大部分的傷春詞作，尤其是甲申國變以後的作品，無疑是中肯的。

第四節　自然渾成的藝術造境

在我國傳統的文藝理論中，意境是指作者的主觀情意與客觀物境互相交融而形成的藝術境界。這個美學範疇的形成，是總結了長期創作實踐經驗的積極成果。〔註66〕而作爲一種「要眇宜修」的文學體式，〔註67〕詞的藝術境界自宋朝以來，除了張炎在《詞源》中提倡「詞要清空，不要質實」，〔註68〕有所觸及之外，卻少有人提到，這或許和當時詞尚被視爲不能登大雅之堂的詩餘小道有關。一直到了清代乾、嘉詞學重振之後，在詞學理論上有了更完善的探討，陳廷焯在其《白雨齋詞話》中對於詞境有相當詳盡的發揮：

> 作詞之法，首貴沉鬱，沉則不浮，鬱則不薄，顧沈鬱未易強求，不根柢於《風》《騷》，烏能沉鬱。十三國變風、二十五篇楚辭，忠厚之至，亦沉鬱之至，詞之源也。不究心於此、率爾操觚，烏有是處。〔註69〕

提出了「沉鬱」爲詞的最高境界，究竟「沉鬱」的含意爲何呢？他亦有相當深刻的論述：

〔註66〕袁行霈：《中國詩歌藝術研究》（臺北：五南圖書出版公司，1989年5月），頁25～26。
〔註67〕王國維《人間詞話》言：「詞之爲體，要眇宜修。能言詩之所不能言，而不能盡詩之所能言。詩之境闊，詞之言長。」，見唐圭璋：《詞話叢編》冊五，頁4258。
〔註68〕張炎《詞源》，唐圭璋：《詞話叢編》冊一，頁259。
〔註69〕陳廷焯《白雨齋詞話》，唐圭璋：《詞話叢編》冊四，頁3776。

> 所謂沉鬱者，意在筆先，神餘言外，寫怨夫思婦之懷，寓
> 孽子孤臣之感。凡交情之冷淡，身世之飄零，皆可於一草
> 一木發之。而發之又必若隱若見，欲露不露，反復纏綿，
> 終不許一語道破，匪獨體格之高，亦可見性情之厚。〔註70〕

前人評杜甫詩為「沉鬱頓挫」，若以陳廷焯之說證之，可說句句道著。
陳廷焯「沉鬱」之境的論述與發明，豐富了詞學的境界理論。到了王
國維《人間詞話》的「境界說」，則對詞境有了更明確的闡發與深化，
其《人間詞話》的開宗語即是：「詞以境界為最上，有境界則自成高
格，自有名句。」〔註71〕

　　而何謂有「境界」？其亦明白揭示道：

> 境非獨謂景物也。喜怒哀樂，亦人心中之一境界。故能寫
> 真景物、真感情者，謂之有境界。否則謂之無境界。〔註72〕

> 言氣質，言神韻，不如言境界。有境界，本也。氣質、神
> 韻，末也。有境界而二者隨之矣。〔註73〕

強調詩人詞家的內在精神世界之美，由作品中所創造並呈現出來的境
界，實即就是他整個精神品格的實現。由情而真，是王國維對境界最
深刻的體悟和把握。

　　依上述陳廷焯和王國維的理論，來檢驗陳子龍的詞作，會發現其
以清柔婉約的言語來傳達真摯細膩的情感，使情思與物境自然地交
融，且在柔婉的詞風中自然展現詞人不凡的風骨。詞境是極為自然而
渾成的，是為「沉鬱」和「有境界」之作。

一、情思與物境的交融

　　樊志厚在《人間詞話・乙稿序》中言：

> 文學之事，其內足以攄己，而外足以感人者，意與境二者
> 而已。上者意與境渾，其次或以境勝，或以意勝。苟缺其

〔註70〕陳廷焯《白雨齋詞話》，唐圭璋：《詞話叢編》冊四，頁3777。
〔註71〕王國維《人間詞話》，唐圭璋：《詞話叢編》冊五，頁4239。
〔註72〕王國維《人間詞話》，唐圭璋：《詞話叢編》冊五，頁4240。
〔註73〕王國維《人間詞話・刪稿》，唐圭璋：《詞話叢編》冊五，頁4258。

一，不足以言文學。〔註74〕

可見文學的意境，是由作者主觀眞摯的情思，與外在客觀的物境二者交融而後產生的。而詞的意境應當如何表現呢？陳子龍在〈王介人詩餘序〉中曾有「其爲境也婉媚，雖以警露取妍，實貴含蓄，有餘不盡。」（《安雅堂稿》卷二）的明確主張。自然在陳子龍的作品中，含蓄婉約，眞感情與眞景物相互交融的意境渾成之作，是隨處可見的。茲舉其〈醉桃源・題畫〉爲例來說明：

> 朱闌清影下簾時，泠泠修竹低。滿園空翠拂人衣，流鶯無限啼。　蓮葉小，荇花齊，雨餘雙燕歸。紅泉一帶過橋西，香銷午夢微。（頁601）

題目是「題畫」，開篇即是一幅宜人的春末夏初景色圖：朱欄映水，清影橫斜，簾捲初下，蓊鬱的竹林裏，不時傳來悅耳的風聲。在滿園蒼翠、鶯啼無限之中，自可感受到恬適愜意的情趣。詞中似無人，但人卻隱然在簾內，暗應首句的「下簾時」。

過片承上寫景，「蓮葉小，荇花齊」，一「小」一「齊」，用字清秀俏巧，不落俗套。在此清景幽境下，喜見雨後雙燕歸來；而此刻但見覆蓋紅花的泉水如帶，正輕輕地流過橋西，恰呼應上片的「滿園空翠」。行筆至此，終於始見女主人翁的廬山眞面目：「香銷午夢微」，她午夢醒來，一任爐香消滅。而方才的夢，是否爲「行盡江南數千里」的「枕上春夢」呢？

全詞委婉含蓄，寄隱隱的情愫於無限清景之中；詞境一派高渾，卻不露纖痕。恰如陳子龍在〈幽蘭草詞序〉中讚美自南唐二主至北宋靖康年間的佳作：

> 穠纖婉麗，極哀豔之情；或流暢澹逸，窮盼倩之趣。然皆境由情生，辭隨意啓，天機偶發，元音自成。繁促之中，尚存高渾。（《安雅堂稿》卷三）

陳子龍本人的作品，正是南唐北宋這種意境高渾小詞的再現：風味高

〔註74〕王國維《人間詞話》附錄二，唐圭璋：《詞話叢編》冊五，頁4276

雅不俗,卻不易窺得其章法與脈絡。故清初鄒祗謨讚美此詞曰:「秦、黃佳處,有句可摘,大樽覺無句可摘,總由天才神逸,不許他人掎摭也。」(頁601)

再如〈訴衷情‧春遊〉,亦是情思與物境交融的美篇佳構:

> 小桃枝下試羅裳,蜨粉鬥遺香。玉輪碾平芳草,半面惱紅妝。　　風乍煖,日初長,裊垂楊。一雙舞燕,萬點飛花,滿地斜陽。(頁598〜599)

此詞先寫情,後寫景,以顛覆傳統小詞先景後情的方式來描述少女的春情。上片寫情,以橫斜的桃枝爲背景來襯托美人的試妝,綽約的丰姿與濃豔的桃花交相輝映,分外動人。讓粉蝶兒都忍不住來一親芳澤。「蜨粉鬥遺香」一句乃化用南宋吳文英〈唐多令〉(何處合成愁)中「黃蜂頻撲秋千索,有當時、纖手香凝」之意。而在這大好春日裏,乘著香車寶馬到郊外踏青的人也漸漸多了,當身旁有玉輪馳過時,女子不敢正眼相看,而是把頭轉過去,只讓車上遊客看到羞紅了半面的臉。詞筆至此,一個端莊矜持,含羞帶怯的少女形象,已是如在目前,呼之欲出了。

下片轉入寫景。過片連用三個三字句,音節短促,音韻流暢,讓人有一氣呵成之感。以「風乍煖,日初長」補足上片首句意,說明女子爲何要試春裝。而「裊垂楊」則與「小桃枝」相襯,花紅柳綠,相映成趣,使春意益顯盎然。再來連用三個四字句:「一雙舞燕,萬點飛花,滿地斜陽」收束。表面看來,似是一句一景,彼此獨立,然而每句之間,卻有其內在聯繫,且層層遞進,成爲一幅美麗的畫面。

清人王士禎評此詞時稱「清眞能作景語,不能作情語。至大樽而情景相生,令人有後來之嘆。」(頁599)此詞上片主要用情語,卻能融情入景;而下片主要是寫景,卻是景中含情。情思與物境自然地融合,誠如王國維所云:「一切景語皆情語也。」﹝註75﹞於是便構成優美的意境。而全詞予人的美感經驗,正是陳子龍在〈王介人詩餘序〉

﹝註75﹞王國維《人間詞話》刪稿,唐圭璋:《詞話叢編》冊五,頁4257。

中所主張的：「其爲境也婉媚。雖以警露取妍，實貴含蓄，有餘不盡。」（《安雅堂稿》卷二）全詞委婉含蓄，景中含有悠長的情味。

　　清代譚獻在其《復堂詞話》中曾讚美陳子龍的詞說：「重光後身，惟臥子足以當之。」〔註76〕事實上，「生于深宮之中，長于婦人之手」〔註77〕的李後主，詞作是相當自然率眞，直抒性情，不假雕飾，絕少含蓄的。陳子龍詞的含蓄不露，意韻無窮，恰如王士禎評其〈雙調望江南・感舊〉所云：「神韻天然，風味不盡，如瑤臺仙子獨立卻扇時。」（頁607）達到了所謂「極鍊如不鍊，出色而本色」〔註78〕的自然含蓄詞境。陳子龍的詞作雖是柔麗深婉，綿邈凄惻，卻自有不凡的風骨在其中。

二、柔婉中自見風骨

　　如前所述，陳子龍的詞作幽約纏綿，寄慨深遠，形成很具特色的深婉柔麗詞風。其在〈王介人詩餘序〉中論到詞體的特殊性時即說到：
　　　　其爲體也纖弱，所謂明珠翠羽，猶嫌其重，何況龍鸞？必有鮮妍之姿，而不藉粉澤，則設色難也。（《安雅堂稿》卷二）
他以爲詞體纖弱，弱即柔，正是以綺靡柔麗爲詞之本色的一種說法，也是他作詞取法《花間》、北宋的依據。而在纖弱之體中，又應寄以深摯之情，沉頓之思。故陳子龍又說「情深於柔靡，婉變之趣合」、「夫《風》《騷》之旨，皆本言情。言情之作，必託於閨襜之際。」（《安雅堂稿》卷二），以深婉之詞來體現深刻的寄寓，正是子龍詞的一大特色。而通過詞作的分析，我們不難理解，陳子龍詞中的寄寓，正是出自他忠厚的性情與愛國家愛民族的氣節。故在柔靡、婉變、妙麗的詞境中，自有一股忠貞之氣流蕩在其中，展現了磊磊不凡的風骨。茲舉〈浣溪沙・五更〉爲例以證之：
　　　　半枕輕寒淚暗流，愁時如夢夢時愁，角聲初到小紅樓。

〔註76〕譚獻《復堂詞話》，唐圭璋：《詞話叢編》冊四，頁3997。
〔註77〕王國維《人間詞話》，唐圭璋：《詞話叢編》冊五，頁4242。
〔註78〕劉熙載《詞概》，唐圭璋：《詞話叢編》冊四，頁3709。

> 風動殘燈搖繡幕，花籠微月淡簾鉤，陡然舊恨上心頭。
>（頁598）

此為詠閨思之作，所取正是閨中女子幽夢醒來的一剎那。此刻已近破曉，女子醒來，香淚暗流；是夢中遇見悲傷的事，或是醒來後勾起愁腸，而不禁淚流滿面呢？其實這樣的分辨是多餘的，因她醒後既無時不愁，夢中又怎會遇見歡愉的事情呢？「愁時如夢夢時愁」，一語娓娓地道出女子閨愁的特徵，又予人以無限的聯想，是否與時局不安，身世飄零有關呢？遠方角聲隱約地傳到小紅樓上，提醒女子這不再是夢境。案上的紅燭已快燒完，殘焰在微風中晃動著，孤寂不安的身影投射在繡幕上；庭前淡月朦朧，籠罩著花朵，映照著帘幕。但閨中女子卻再也無法寧靜，驀然間，往日的傷心事又湧上心頭……。「半枕輕寒」、「花籠微月」，著筆是多麼婉媚，而詞中所展現的閨女新愁又是如此地躍然紙上，則女子所愁所苦，是否正是詞人心境的投射呢？綿邈的言外之意，含蘊不盡；令人吟之，不禁低回唱嘆，反覆再三。恰如王世貞《藝苑巵言》所言：

> 詞須宛轉綿麗，淺至儇俏，挾春月煙花於閨幨內奏之，一語之豔，令人魂絕，一字之工，令人色飛，乃為貴耳。〔註79〕

如此的閨思之作，尚且如此柔婉綿麗，寓意深刻，令人反覆沉吟，再三致意。而那些明顯是抒發民族危亡之恨，故國舊君之思的作品，更是以清麗淒切的筆調，來展現凜然不凡的風骨與氣節。如〈天仙子・春恨〉言：

> 古道棠梨寒側側，子規滿路東風溼。留連好景為誰愁？歸潮急，暮雲碧，和風和晴人不識。　　北望音書迷故國，一江春水無消息。強將此恨問花枝，嫣紅積，鶯如織，我淚未彈花淚滴。（頁615）

起拍二句「古道棠梨寒側側，子規滿路東風溼」烘染環境的氣氛，為全詞奠定了淒惋的基調。晚春時節，在荒僻的古道上，雜亂的棠梨樹

〔註79〕王世貞《藝苑巵言》，唐圭璋：《詞話叢編》冊一，頁385

叢中，傳來子規鳥淒厲的啼聲；東風夾帶著涼雨不時襲來，令人倍感寒意。子規悲啼，春光歸去，格外渲染出一種悲涼的氣氛。「留連好景爲誰愁」用反問句承接，再過渡到下文的寫景，「歸潮急，暮雲碧，和風和晴人不識」三句，進一步描寫當時的具體環境：正當雨後，潮水更急，時至傍晚，天氣又轉爲晴朗。上片寫古道、子規、歸潮、暮雲、晴雨變幻，刻意渲染環境的荒涼寥落，而時序正是春歸日暮，眼前景象迷離蒼茫。作者所描述的環境，正是晚明王朝大勢已去，風雨飄搖政治情勢的曲折投影和藝術象徵；而「留連好景爲誰愁」則是喚起人們的沉思，隱隱流露出作者對國事的憂慮和悵惘。

　　上片作者緣情設景，含蓄委婉地表達憂國的情思；下片詞人即景宣情，情景交煉地抒發了滿腔時代的悵恨。「北望音書迷故國，一江春水無消息」直接說明詞的本旨。據《明史・陳子龍傳》記載，陳子龍於崇禎十年（1637）考中進士，選紹興推官。以定亂功，擢兵科給事中。命甫下而京師陷，乃事福王於南京。屢策進，不聽，辭官罷歸。後起兵抗清，事洩被捕，乘間投水而死。〔註80〕此詞當作於詞人南下後，被捕之前。此刻正是清兵攻陷北京，中原淪陷，社稷危急存亡之際，豪傑之士紛紛請纓赴敵，報國疆場。不料南明小朝卻不思進取，志士英雄無用武之地，壯志難酬；這對愛國志士陳子龍而言，該是多麼殘忍的現實。

　　詞人只得將滿腔悲憤寄寓小詞之中，「北望音書」表達他對故國情勢的關切，和對中原故舊的懷念之情。「迷故國」則說明故國的沉淪和國家前景的難測。「一江春水」既是寫江南實景，亦是寄寓胸中憂思之深有如迷茫無際的春江；「無消息」乃承「北望音書」而來，見出兵燹的阻隔。詞人報國無門，有志難伸，滿腹國愁家恨，向誰訴說？只有對花彈淚，向鳥說愁罷了。但花鳥又怎能理解如今風雨飄搖的局勢與國破家亡的沉重呢？「強將此恨問花枝」寫出了詞人孤獨寂

〔註80〕上述陳子龍本事，參見張廷玉：《明史・陳子龍傳》，楊家駱主編《新校本明史并附編六種》冊10，頁7096～7098。

寞與無可奈何的心境；而詞人悽悽惶惶，竟覺春花也為感時而憂傷，以致凋零落敗，堆積枯槁於階前；黃鶯亦因國變而不安，焦慮地往來穿梭不息。時代的動盪，使得萬物萬象失常離序，詞人與花鳥同悲，一片嗚咽，詞境自是哀婉動人。

　　其餘如〈柳梢青‧春望〉、〈千秋歲‧有恨〉、〈菩薩蠻‧春雨〉……等撫時感事之作，皆是以婉麗之語道出詞人對時代的憂憤和沉重的家國之恨，含蓄委婉，寄綿綿不盡之意於言外，令人沉吟低迴，品味不盡，而折節於其凜然不凡的風骨之中。

第七章　陳子龍詞的風格

　　陳子龍的詞作是其詞學理論的高度實踐，故在風格上大致呈現婉媚纖柔的特色。且因子龍曾經歷過與柳如是之間一段刻骨銘心的露水情緣，又面臨朱明社稷土崩瓦解的滄桑之際，滿腹的眞誠與赤忱，託諸於花草風月與傷春閨怨，以輕靈細巧的詞境，來寄寓纏綿悽愴之情與憂時忠國之志，從而形成意蘊相當深美的特質。而在陳子龍生命的末期，親見南明諸朝小人當道，君臣苟安於當世，淪亡之勢已不可挽，胸中的抑鬱與悲愴自是不言可喻，終於堅定了以身殉國的意志。此刻子龍內心的忠憤，再也無法以輕靈細巧之境表現，故其仿屈子之問天，或直抒胸臆，或以香草美人與怨夫思婦之懷，寄寓放臣逐子之感與身世之飄零，而展現了沉鬱悲愴的風格；但此類作品在子龍的詞作中終是少數，故名之爲別格。

第一節　婉媚纖柔的基調

　　誠如本文在第三、四兩章所討論的，陳子龍所標榜的是從南唐到北宋的婉約令詞，而此類詞作，「或穠纖婉麗，極哀豔之情；或流暢淡逸，窮盼倩之趣。」（〈幽蘭草詞序〉）乃以婉媚纖柔爲其基本特徵；他在〈王介人詩餘序〉中並進一步總結詞的創作實踐，提出所謂作詞

的「四難」之說，來說明其以纖弱之體寄寓沉摯之思與以婉媚之境來顯微闡幽的詞體期待。在同篇文字中，其又提出了「俊逸之韻、深刻之思、流暢之調與穠麗之態」的審美標準來與「四難」相對應，這四項標準，正是子龍詞的創作傾向。但或因經歷的不同，詞人早期作品所抒發的多爲少年才子的花月心性，以傳統的豔情綺懷爲題材；而晚期的詞作雖也是託意於閨襜兒女，則別有一種淒婉的神韻在其中，甚至達到張惠言在《詞選・序》中所謂的「意內而言外謂之詞」的境地。〔註1〕故陳子龍前後二期的詞作，表面看來雖同是婉媚纖柔之作，但因作者所傾注的情感不同，給予讀者的感情沖擊力自然有異，一是眞摯，一是淒婉，可謂同貌異心之作。

一、早期的豔情婉約之作

陳子龍在〈二宋倡和春詞序〉（按此處的二宋即宋徵輿、宋徵璧兄弟）中，即明白地表達其詞體意識乃是以綺羅香澤之態來傾洩綢繆婉約之情，並說少年有才，則宜大作詞；而其自撰的《年譜》在崇禎六年癸酉（1633）亦言：「文史之暇，流連聲酒，多與舒章（李雯）倡和，今《陳李倡和集》是也。季秋，偕尙木（宋徵輿）諸子遊京師。」〔註2〕此刻的子龍正是二十餘歲的少年之才，多愁善感，與柳如是又正是關係密切之時。宋存楠在〈陳李倡和集序〉對此亦有所說明：「臥子弱年孤弱，心多傷悼，遇物纏綿。……是以遊思流暢，不廢兒女之情。」〔註3〕故其詞中所抒的多是與柳如是的纏綿豔情，自是充滿綺羅香澤之態。試看其〈少年游・春情〉云：

> 滿庭清露浸花明，攜手月中行。玉枕寒深，冰綃香淺，無計與多情。　奈他先滴離時淚，禁得夢難成。半晌歡愉，幾分憔悴，重疊到三更。（頁603）

題目「春情」，即「春心綺懷之意」；全詞流露出離別在即，春愁無限

〔註1〕 張惠言《詞選・序》，唐圭璋《詞話叢編》冊二，頁1617。
〔註2〕 施蟄存、馬祖熙標校：《陳子龍詩集・附錄二》下冊，頁648。
〔註3〕 施蟄存、馬祖熙標校：《陳子龍詩集・附錄三》下冊，頁761。

的情緒。對照陳寅恪在《柳如是別傳》第三章中所言的陳、柳愛情本事，本詞應作於崇禎八年（1635）暮春時節，此時柳如是雖已與子龍同居，但亦因而知其家庭之複雜與經濟之情況，知道兩人不可能長此共居，故亦在此刻表明離去之意，並在這年夏初真的離去。本詞即寫在柳如是離去前夕。

首二句寫詞人與伊人在月下攜手同遊，流連忘返；句中以「庭」點明約會的地點，以「露浸花明」說明約會的時間及景色，更以「攜手」寫雙方的兩情繾綣。子龍遣詞用字的精鍊，在此可見一斑。而夜已深沉，想和意中人共度良宵卻是不可能，玉枕（即瓷枕）因夜深而寒意生，冰綃（按即薄白絹，在此借代紗帳）內的薰香亦因夜深而飄散殆盡，此情此景，空令兩個因現實而無法結合的有情人更加感傷。詞中無一「悲」字，而悲傷的情緒，卻是自此開始，從而引發了下片的述懷。意中人想起離別在即，便不由得潸然淚下，在這種情況下，怎能做成好夢呢？於是方才短暫的歡愉，與現今連綿的感傷憔悴交相重疊，直至夜闌更深，猶未能成眠。

本闋詞上片為「即事」，以花間相約，月下漫步起首，寫情思漫漫，兩情繾綣的美好，猶如晶瑩月光與珠露的彌天鋪地。而以「玉枕」、「冰綃」寫閨房無限情事，卻用「無計」收住，而引起下片的感懷：「先滴離時淚」為好夢難成之因，而以「歡娛」應上片之歡情，以「憔悴」應離時淚，以「半晌」言歡娛之短，以「幾分」言憔悴之多，在兩者交疊中收住全篇，使得感情的波瀾在紙上大起大落，極其曲折跌宕。構景優雅生動，語言工巧纖細，情調卻是憂傷朦朧與含蓄蘊藉，誠然是纖弱婉媚的抒情佳篇。

對陳、柳情事有相當的認知之後，讀子龍此類有具體感情歸向的柔婉之作，更可感受到其性情的真摯，而不再有《花間》、《尊前》常有的浮靡之氣。故鄒祗謨評此詞為：「詞不極情者，未能臻妙如此，朦朧宕折應稱獨絕。」（頁604）再看其寫伊人形貌的〈虞美人〉云：

枝頭殘雪餘寒透，人影花陰瘦。紅妝悄立暗消魂，鎮日相

看無語又黃昏。　　香雲黯淡疏更歇，慣伴纖纖月。冰心
寂寞恐難禁，早被曉風零亂又春深。（頁609）

上片寫花兼人，以花襯人；「殘雪」既形容梅花，又予人以寒意。在
餘寒未盡、猶未有芳華的早春時節，只有冰清玉潔的梅花迎寒而開，
卓然特立；此刻，清瘦的人影卻在花下出現了，一個「瘦」字，為人
物投注了特定的情感。接著以「紅妝」點明人物的身份，在花陰下悄
然獨立，說明佳人心中的幽恨與索寞，卻無處訴說；矜持高雅的伊人
只得將一片癡心付予同是素雅的梅花，以「鎮日相看無語又黃昏」，
說明佳人悄立花下並非一日，則其身世之寥落與哀怨之深長，已是不
言可喻了。短短四句，已可感受到子龍用字的精巧與內蘊情感律動的
強烈。

下片寫花兼寫月，以月夜中的梅花來比況佳人，借客寫主，進一
步描繪伊人的命運和歸宿。「香雲」即指梅花，隨著時光的流逝，梅
香已日漸淡薄、蕭條，這樣的凋零，看在經常陪伴她的纖纖冷月眼中，
應是倍感淒涼吧。但這份寂寞的冰心，卻不被無情的曉風所體恤，在
她淒寂難禁之時，反而將點點殘雪掃落在她身上。「冰心恐難禁」賦
梅花以人格，更說明她正是詞中佳人的化身；「早被曉風零亂又春
深」，則透露出人哀婉又無可奈何的心緒，「春深」遙應「殘雪」，使
全詞的意蘊更進一層。

梅花是高雅的象徵，此詞將人與花融為一體，以花襯人，賓主相
映，亦花亦人，朦朧隱約，啟發讀者以無限的遐思，在纖柔婉約的詞
境中，更可體會到子龍對柳如是的一片真情與憐惜。

子龍詞作中的〈如夢令・豔情〉、〈浣溪沙・五更〉、〈驀山溪・寒
食〉……等，皆是此類少年時期有具體感情歸向的作品，在纖柔婉媚
之中別有一番令人感動的深情。

二、晚期的淒婉之作

身為愛國志士，目睹社稷的日漸頹敗，知亡國之勢已不可挽，子

龍心中眞有說不出的淒楚。而又基於其個人的詞體意識，故將這種對家國社稷的深濃感傷，託諸於花月閨襜，以輕靈細巧之境，來寄寓他幽深淒愴的情懷，形成了個性色彩相當鮮明的哀婉詞風。子龍此類詞作，幾乎無篇不佳，而在明代頹靡的詞風中拔出流俗，一枝獨秀，從而爲晚明的詞壇留下輝煌的尾聲。子龍及其他遺民詞人，能夠取得較同朝前期詞人更大的成就，與這種滄桑的際遇是分不開的，亦是趙翼在〈題元遺山集〉中所謂「國家不幸詩家幸，賦到滄桑句便工」理論的具體實現。試看其〈蘇幕遮・清明〉云：

> 冷風尖，清夢杳。柳蕩花飛，總爲愁顚倒。鉤較斷腸無一了，細雨連天，排演黃昏早。　　繡原長，青冢小，重問幽泉，可照紅裳曉？地下傷春應不老，香魂依舊嬌芳草。（頁613）

此詞表面看來是詞人在清明時節的感時傷心之作：細雨紛飛的黃昏，眾芳搖落，冷風襲來，不但讓人難成好夢，且更加感傷。在廣闊的原野上，先人的青冢顯得特別渺小與無助；看地上落花點點，詞人不免興起憐憫之心，想請流到地下的幽泉好好照料，讓化作春泥的落紅，香魂永遠不死，可以再與無情的芳草爭妍。

這樣的詞作，若連繫到詞人的生平，則不難看出，詞中的青冢與落紅，正是朱明的象徵，而冷風細雨的殘春，恰是當時惡劣的局勢。幽泉護花，正是詞人始終不渝的忠貞之志。他希望落紅的香魂能與恣肆的芳草（指清朝）分庭抗禮。這樣的志節，無疑是令人感動的。

陳子龍期待在清兵入關，北京淪陷之後，福王的政權即使不能恢復大明江山，至少亦能像南宋一樣保有半壁江山。他屢次上疏，但均不被君主採納，在心灰意懶之餘，便乞歸終養。其在自撰《年譜》崇禎十七年甲申（1644）中云：「予在言路，不過五十日，章無慮三十餘上，多觸時之言，時人見嫉如仇。及予歸而政益異，木瓜盈路，小人成群，海內無智愚，皆知顚覆不遠矣。」〔註4〕看到朝廷內小人當

〔註4〕陳子龍：《陳子龍年譜》，施蟄存、馬祖熙標校：《陳子龍詩集・附錄

道，君臣上下不思恢復，志士請纓報國無路，致使國家日益沉淪，滅亡之勢已不可挽，詞人心中的憂思與悲憤，豈是言語所能形容？發而爲詞，也就更加哀婉悲涼，如〈柳梢青・春望〉云：

> 繡嶺平川，漢家故壘，一抹蒼煙。陌上香塵，樓前紅燭，依舊金鈿。　　十年夢斷嬋娟，迴首處離愁萬千。綠柳新蒲，昏鴉春雁，芳草連天。（頁603）

題曰「春望」，很容易讓人想到杜甫的名篇〈春望〉，而詞中主旨亦是撫今追昔，感懷時事。此處所稱的漢唐宮闕、陵墓，當是借指南京明太祖孝陵或杭州的宋宮遺址。〔註5〕作者在春日遠眺，看見昔日的故宮與先王陵寢，如今只剩一抹蒼煙。面對這樣的歷史榮衰興替，怎能不令人感慨萬千？尤其是在國家即將滅亡的此刻，詞人更是悲痛萬分。接著筆鋒一轉，由歷史的回顧轉向現實的刻畫：清兵勢如破竹，江北半壁江山業已沉淪，而南明小朝君臣仍不知振奮，成日沉醉在輕歌曼舞之中，難怪子龍要發出「陌上香塵，樓前紅燭，依舊金鈿」的沉痛慨嘆了。在此，可看出詞人對現實批判的強烈，亦是其「反映現實，情主怨刺」、「託貞心於妍貌，隱摯念於佻言」等詞學理論的實踐。

下片由寫景轉入抒情，「十年夢斷嬋娟」乃是詞人回憶這十年來對美好事物的追尋（即爲國家興亡所付出的努力），究竟所得爲何呢？不過是無從排遣的萬般離愁（指對國家將亡，依依不捨的眷戀）罷了，這愁緒之多，恰似春日蔓生的新蒲綠柳，又似紛飛歸巢的昏鴉與北歸的春雁，更如連天的茫茫芳草。子龍就眼前景色鋪敘，卻使情與景融合無間，令人爲其深厚的家國之愛所感動。

二》下冊，頁702。

〔註5〕繡嶺宮爲唐宮室名，故址在今河南陝縣，乃唐高宗所建。李玖〈白衣叟途中吟二首〉之一云：「春草萋萋春水綠，野棠開盡飄香玉。繡嶺宮前鶴髮人，猶唱開元太平曲。」〔清〕聖祖御製，王全點校：《全唐詩》冊十七，562卷，頁6528。考證《陳子龍年譜》，自子龍於崇禎十七年甲申（1644）乞歸終養後，並無北方之行，故可知此處的「繡嶺平川，漢家故壘」，乃是借指同在江南的南宋宮闕遺址或明太祖孝陵。

　　本篇用詞明麗輕巧，而其家國之思，美刺之意，卻又是含蓄蘊藉，不言可喻。陳子龍在〈王介人詩餘序〉中言作詞有四難，第一即是「用意難」，必須「以沉摯之思，而出之必淺近，使讀之者驟遇之，如在耳目之表，久誦之，而得雋永之趣。」而此詞正是所謂的用意之妙，將婉麗輕豔的詞風與深沉鬱勃的情思相結合，從而形成子龍所獨具的哀婉詞風。故陳廷焯在其《白雨齋詞話》卷三評子龍詞作乃是「能以穠豔之筆，傳淒婉之神」，〔註6〕這樣的評語，對照陳子龍後期的詞作，無疑是相當符合的。

第二節　意蘊深美的特質

　　子龍生逢晚明這樣一個多難的時代，本身既是才人，又是烈士，有著濃厚的家國之愛，與深沉的憂慮；與柳如是之間，更有一段淒美的遇合，正是所謂「強直之士，懷情正深」的典型性格。其在作詞上力主應「託意於閨襜兒女」，使能達到「鏤裁至巧而若出於自然」、「警露已深而意含未盡」的境地。這樣的性格、經歷與作詞主張，使得子龍無論前後期的詞作，均有著一種意蘊深美的特質，就連那些經陳寅恪先生考證為陳、柳情事的柔情之作，也具有這樣的特質。且以〈青玉案・春暮〉為例來說明：

> 青樓惱亂楊花起，能幾日，東風裏？回首三春渾欲悔，落紅如夢，芳郊似海，只有情無底。　　華年一擲隨流水，留不住，人千里。此際斷腸誰可比？離筵催散，小窗惜別，淚眼欄干倚。（頁614）

此詞陳寅恪《柳如是別傳》以為乃是子龍迫於家庭環境，不得不與柳氏分手時所作，〔註7〕但題目是「春暮」，即抒寫春光的短暫無常。首句楊花「能幾日，東風裏」即是緊扣此一韶光易逝的主題，寫楊花生命的短暫；而春光易逝，正暗示美好事物的短暫，故在下片引出「華

〔註6〕陳廷焯《白雨齋詞話》卷三，唐圭璋《詞話叢編》冊四，頁3823。
〔註7〕陳寅恪：《柳如是別傳》上冊，頁314。

年一擲」、「離筵催散」等人事的悲涼。並結之以「淚眼欄干倚」，既是傷春，也是怨別，尤其「落紅如夢，芳郊似海，只有情無底」三句，乃就眼前形象與心中情意相感相生，使情景交融的形象得到有力的敘寫，既表現了「紅稀」與「綠暗」等春光已逝的結果，更道出了詞人「似海」的無盡深情，令人為之驚豔與震懾。全詞寫出多方面多層次的傷悼之情，只是自「此際斷腸誰可比」以下，畢竟寫得過於現實，致使詞境又跌回怨別的本事之中，而較少了含蓄朦朧的美感。但整體而言，全詞所蘊蓄的感發力量，仍是相當強烈的。

再看其〈畫堂春‧雨中杏花〉云：

> 輕陰池館水平橋，一番弄雨花梢。微寒著處不勝嬌，此際魂銷。　　憶昔青門堤外，粉香零亂朝朝。玉顏寂寞淡紅飄，無那春宵。（頁601）

題為「雨中杏花」，表面看來，乃是詠物之作。前二句勾勒出「池館」的氛圍：天色微陰，春雨綿綿，池塘水漲與橋平，細雨將杏花浸洗一番。柔弱的杏花似乎不堪微寒的風雨，而令傷春的詞人黯然銷魂。下片則從回憶昔日青門外的殘香飄散，再回到眼前在雨中飄散的杏花，而有著無限的感傷。

但若連繫到陳柳的愛情本事，知道「雨中杏花」乃暗指柳如是，〔註8〕則對全詞將會有不一樣的體會，會發現在詠物之外的深美意蘊與作者無限的深情：上闋詞人一反詩詞中常用杏花裝點熱鬧場面的手法，而是用重筆，極力刻畫它在春寒風雨中「不勝嬌」的情景。此刻，作為虛影疊映的柳如是，已是綽約在其中，而令人不勝憐惜了。下闋則是借杏花的零亂，寫柳如是飄零的身世，以雨中飄零的杏花，狀擬美人淚眼婆娑。想到佳人的薄命，怎不令人無奈呢？（按「無那」即

〔註8〕柳如是喜著繡有杏花的春衫，觀其〈夢江南‧懷人〉之六云：「雉媒嬌擁燕香看，杏子是春衫」可知。劉燕遠：《柳如是詩詞評注》，頁173～175。且陳子龍亦慣用「雨中杏花」暗指柳如是，如其〈菩薩蠻‧春曉〉云：「玉人裊裊東風急，半晴半雨胭脂濕。芳草襯凌波，杏花紅粉多。」

「無奈」）至此，詞人淒然欲絕的情感，即一唱三嘆地躍然紙上，令讀者對此段露水姻緣，更有著無限的同情。

　　而陳子龍的部分詞作，雖亦屬柔情之作，卻不一定要連繫到具體的本事，只從其遣詞用語，便可感受到深美的意蘊，從而引發讀者豐富的感發意趣，試以〈憶秦娥・楊花〉為例來說明：

　　　春漠漠，香雲吹斷紅文幕。紅文幕，一簾殘夢，任他飄泊。

　　　　輕狂無奈東風惡，蜂黃蝶粉同零落。同零落，滿池萍
　　水，夕陽樓閣。（頁600）

從題目來看，本詞乃是以「楊花」為題的詠物之作，陳寅恪在《柳如是別傳》中對此詞並無任何有關陳柳愛情本事的考證，故今且不將其與柳如是做任何聯想，只從文字本身來看詞人遣詞用語的功力。

　　首句「春漠漠」即將讀者籠罩在廣漠無邊的春日景色與聯想中，而「香雲」所指，自是題中所詠的「楊花」，香雲吹拂於紅文幕，本該是一段美好的遇合，而今卻「吹斷」了，徒留一簾殘夢，只得任他飄泊；文中重複「紅文幕」三字，更令人對其所遭遇的悲劇深感哀悼。

　　下闋過片「輕狂無奈東風惡」，則在回顧造成此一悲劇的因素，實在是由於外在環境的摧殘，而更繼之以「蜂黃蝶粉同零落」，說明此一摧殘外力之強大，不僅吹斷了飄泊的香雲，也摧殘了多情的蜂蝶，然後重複「同零落」，更加強了此一零落的無可避免，最後則總結「滿池萍水，夕陽樓閣」，重新點明所詠之楊花。

　　細玩之，「滿池萍水」乃化用蘇軾〈水龍吟・次韻章質夫楊花詞〉（似花還似非花）下半闋「不恨此花飛盡，恨西園、落紅難綴。曉來雨過，遺蹤何在？一池萍碎。春色三分，二分塵土，一分流水。細看不是楊花，點點是離人淚。」〔註9〕的典故，寫楊花不僅已被東風摧殘殆盡，且落水化而為浮萍，其飄零斷滅更是無可挽回，寫來令人悲痛至極。詞至此，似已達極處而更無可寫，而子龍卻驀然躍起，以「夕陽樓閣」收束全篇，敘寫高寒寂寞的樓閣與沉沒難留的夕陽，更予人

〔註9〕唐圭璋編：《全宋詞》冊一，頁277。

一份在傷心絕望後面對宿命的哀痛。

　　故子龍此詞從題目來看，誠然爲詠物之作，且從楊花與柳如是的密切關係來說，亦有可能暗指與聊氏的愛情本事。但從其敘寫表現而言，不但超越所詠之楊花與任何本事，且在敘寫中已傳達出深美的意蘊，而予讀者豐富的感發與聯想的意境，故鄒祗謨評之曰：「情景并入三昧。此譬畫家神品，不應於字句求之。」〔註10〕即說明此詞已達情景相融的境界，誠是富於感發的遠韻之作。如王國維《人間詞話》開卷所言：「詞以境界爲上。有境界則自成高格，自有名句。五代北宋詞之所以獨絕者在此。」〔註11〕子龍論詞，向以南唐北宋爲宗，觀此小詞，可知子龍已得其神髓，故能在晚明頹靡的詞壇拔出流俗，復振宗風。

　　其實以閑淡的景色敘寫來表現深沉的幽思，一向是陳子龍極爲擅長的寫作筆法，如〈訴衷情・春遊〉中的「一雙舞燕，萬點飛花，滿地斜陽。」〈醉桃源・題畫〉中的「紅泉一帶過橋西，香銷午夢微。」與〈醉花陰・豔情〉中的「夜久落春星，幾陣東風，殘月梨花碎。」等句，都是在表面上看似乎不相關的客觀景物敘寫中，傳達出無限蘊藉深微的情意，這樣的寫法，較之直接抒感，能給予讀者更多想像的空間和回思的餘地，而使詞境更加含蓄蘊藉，韻味無窮。故王士禎評子龍詞：「神韻天然，風味不盡，如瑤臺仙子，獨立卻扇時。」〔註12〕另外在子龍詞中也常見其以情語與景語相接的方式，來傳達他蘊藉的情意，如〈菩薩蠻・春雨〉中的「何處望春歸？空林鶯暮啼。」〈眼媚兒〉中的「只愁又見，柳綿亂落，燕語星星。」與〈驀山溪・寒食〉中的「斜陽候？黃昏又，人落東風後。」均是極佳的例證。子龍詞所予人的感發力量，就是如此地妙不可

〔註10〕王士禎、鄒祗謨編：《倚聲初集》（清順治庚子刻本），卷五。

〔註11〕王國維《人間詞話》，唐圭璋《詞話叢編》冊五，頁4239。

〔註12〕王士禎評陳子龍〈雙調望江南・感舊〉語，施蟄存、馬祖熙標校：《陳子龍詩集》下冊，頁607。

言，正如胡允瑗所言：「只是淡到極處，而一種豔情，反自此傳，其故實不可解。」〔註13〕

　　通過上述詞作的分析與說明，可以知道真誠與深摯的情感，正是陳子龍詞的基本特質，也是他性格的根本內涵。誠如陸以謙在《詞林紀事‧序》中所言：「蓋古來忠孝節義之事，大抵發於情，情本於性，未能無情而自立於天地間者。」〔註14〕且這樣的纏綿之情，也正是陳子龍日後慷慨義赴國難的最大動力，清代謝章鋌在《賭棋山莊詞話》卷四亦言：「情語則熱血所鍾，纏綿惻悱，而即近知遠，即微知著，其人一生大節，可於此得其端倪。」〔註15〕故其不論是寫兒女的柔情，或寫家國的忠愛，這樣的品質與態度是始終一貫的，總令人感到一股忠貞之氣，流蕩在柔婉妙麗的詞境之中。

　　且陳子龍在經歷與柳如是的情愛遇合時，也正經歷著家國的憂患，即如其在自撰的《年譜》中，於崇禎六年（1633）的敘寫言其「流連聲酒」的生活時，即同時言「是時，烏程當國，政事苛促。吳鹿友、文湛持、許霞城諸賢皆在列，皆與予善，相對蒿目而已。」〔註16〕明白表示對國家的憂心忡忡。子龍這樣的性格與經歷相結合，發而為詞，往往將情與忠相結合，從而做一種幽微要眇的傳達。故在其愛情詞中，常隱含有憂患的底色；而在寫憂患詞時，也帶有愛情的底色，深刻地表現出詞人對家國淪亡無可奈何的悲悼，從而使詞作的意蘊更為深美。如其〈千秋歲‧有恨〉一詞言：

　　　　章臺西弄，纖手曾攜送。花影下，相珍重。玉鞭紅帛袖，
　　　　寶馬青絲鞚。人去後，簫聲永斷秦樓鳳。　　菡萏雙燈捧，
　　　　翡翠香雲擁。金縷枕，今誰共？醉中過白日，望裏悲青冢。

〔註13〕胡允瑗評陳子龍〈蕎山溪‧寒食〉語，施蟄存、馬祖熙標校：《陳子龍詩集》下冊，頁616。
〔註14〕金啓華、張惠民等：《唐宋詞集序跋匯編》，頁429。
〔註15〕謝章鋌《賭棋山莊詞話》卷四，唐圭璋：《詞話叢編》冊四，頁3366。
〔註16〕陳子龍《陳子龍年譜》，施蟄存、馬祖熙：《陳子龍詩集‧附錄二》下冊，頁648。

休恨也，黃鶯啼破前春夢。（頁 616）

初看之下，似爲與柳如是分手時所作，且「章臺」、「紅帛袖」、「香雲」、「金縷枕」等語碼均給予這樣的提示。但下片的「青冢」又深深地撼動讀者，猛驚此悲與此恨的沉重，竟是今生無法負荷，徒令詞人傷心失志，只得藉酒澆愁。若與詞人的生平相結合，則此恨莫不是壯士請纓無路，報國無門的沉痛悲憤？而「春夢」，豈非志士一心期待的復國之夢？在這樣的聯繫之下，這首看似表述情愛的令詞，便有了不同的詮釋，是詞人對故國不捨的祝禱與眷戀。能使情愛相思與國愁家恨融而爲一，並做如此幽微要眇的傳達，的確是子龍性格、經歷與詞體意識相結合，而呈現出來的一大特色。

再看其〈點絳唇・春日風雨有感〉言：

滿眼韶華，東風慣是吹紅去。幾番煙霧，只有花難護。　　夢裏相思，故國王孫路。春無主，杜鵑啼處，淚染胭脂雨。（頁 596）

題目「春日風雨有感」，即予人以相當豐富的託喻聯想。「春日」本當是萬紫千紅的美好季節，卻是風雨飄搖，自然也暗示了美好事物的橫遭摧殘。在風雨之中，本就最易引人感發，清末況周頤在《蕙風詞話》卷一中言及詞的創作時嘗云：

吾聽風雨，吾覽江山，常覺風雨江山外有萬不得已者在。此萬不得已者，即詞心也。而能以吾言寫吾心，即吾詞也。此萬不得已者，由吾心醞釀而出，即吾詞之眞也，非可彊爲，亦無庸彊求。視吾心之醞釀何如耳。……吾蒼茫獨立於寂寞無人之區，忽有匪夷所思之一念，自沉冥杳靄中來，吾於是乎有詞。泊吾詞成，則於傾者一念若相屬若不相屬也。而此一念，方綿邈引演於吾詞之外，而吾詞不能殫陳，斯爲不盡之妙。〔註17〕

子龍此詞題曰「春日風雨有感」，與況周頤所言「風雨江山外有萬不

〔註17〕況周頤：《蕙風詞話》卷一，唐圭璋：《詞話叢編》冊五，頁 4411～4412。

得已者在」恰有相合之處；且子龍此刻正是獨行於風雨之中，〔註18〕
回想平生遭遇，不免感慨萬千，故更能成就「綿邈引演」、「不盡之妙」
的佳作。

　　詞的上片乃就眼前景象，寫春花在風雨中的凋零與無可挽回，所
用景象有韶華紅花與東風煙霧，其實是有深刻寓意的。當時（順治四
年，1647）清兵一路南下，勢如破竹，北京既已淪陷，南明諸朝亦是
朝不保夕。大明王朝的「韶華」，正如落紅散盡，一去不回；而吹散
落紅的「東風」與「煙霧」，自然就是摧毀朱明社稷的清人政權。「只
有花難護」表面看似平常，其實是作者沉重的感慨，子龍為挽救朱明
滅亡所做的種種出生入死的努力，以及對國家滅亡的刻骨銘心之痛，
盡在此一句之中。

　　下片更進一層敘寫亡國的傷痛。借對王孫的相思，表達對故國的
相思。而相思在夢裏，更見此一思念的深摯與沉痛。以「春無主，杜
鵑啼處，淚染胭脂雨。」作結，則傳達了子龍在心斷望絕之後，仍對
故國忠貞的深情。花上的雨滴，其實就是詞人的淚點，一片愛國赤忱，
在天地間纏綿往復，令人為之動容。

　　這首表面是傷春惜花的小詞，起句以風，結尾以雨，一路寫來，
處處扣題。細讀之後，即會發現一切景語皆是情語，意旨相當遙深，
隱藏在其中的詞心，乃是詞人慨嘆亡國的哀痛。雖然思潮起伏，哀慟
之至，但詞人仍以綿邈澹宕之筆傳出，絲毫不見任何劍拔弩張之氣，
而深美的意蘊，卻自在其中。

　　可見陳子龍真誠深摯的性格、與柳如是之間的愛情遇合，及所經
歷的憂患遭遇和其個人對詞體的期待，都是形成其詞作具有深美意蘊

〔註18〕王澐《續陳子龍年譜》於順治四年云：「先生年四十歲，在富林廬居。……
　　　　三月，會葬夏考功，賦詩二章，又作〈寒食〉、〈清明〉二詞，此先生
　　　　絕筆也。是時霖雨浹旬，先生往遊殷元素中翰村墅，又過武塘錢彥林
　　　　家，予皆以雨阻，不獲從焉。」施蟄存、馬祖熙標校：《陳子龍詩集‧
　　　　附錄二》下冊，頁717～718。似與詞中所述的情景相似，故據此判斷
　　　　此詞乃作於順治四年春，與〈寒食〉、〈清明〉等背景相同。

的重要原因。

第三節　沉鬱悲愴的別格

自從甲申（1644）國變北京失守之後，朱明社稷已是危如累卵。但愛國志士如陳子龍等，仍將復國的心願寄望於南明小朝，期盼就算不能恢復失土，也能如南宋般保有半壁江山，故願拋頭顱，灑熱血，誓死效忠故國舊君。但子龍在歷經萬難，投奔南京福王之後，始知南明朝廷小人當道，君臣苟安，不圖恢復。乃知時勢必不可爲，顛覆之日必在不遠，於是乞歸終養。〔註19〕歸鄉後的子龍，仍心繫國家，踽踽獨行於鄉間小路，看到昔時漢王的陵寢，不禁勾起他的黍離麥秀之悲。壯士有心，卻無處請纓，於是慷慨地賦下〈望仙樓·夜宿大蒸西莊〉，〔註20〕直抒胸臆：

> 滿階珠露溢啼痕，閒坐空庭淒絕。今夜鵑聲偏咽，紅透花枝血。　　自慚匹尹匡持，回首山河殘缺，燈爐乍明還滅，腸斷誰堪說！（頁601）

上片的「今夜鵑聲偏咽，紅透花枝血」，爲全詞奠下了悽愴的悲調。鵑鳥的啼聲，似故君的呼喚，而杜鵑花上火紅的斑點，不正是詞人爲思念故國所灑下的點滴血淚？此刻坐在滿是露水的大蒸西莊庭院，遙望漢王陵寢，想到已逝的先王與破碎的山河，真是淒然欲絕。詞人本以復國自期，盼能效法殷商的伊尹與仲虺，再創國家生機。無奈時不我予，覆亡在即的國祚，就如眼前乍明還滅的殘燈，孤臣的悲痛，又豈是言語所能道說？

這樣的壯烈抒懷，字字血淚，教人怎能不爲子龍高尚的愛國情操

〔註19〕陳子龍《陳子龍年譜》：「崇禎十七年甲申，……予念時事必不可爲，……予在言路，不過五十日，章無慮三十餘上，多觸時之言，時人見嫉如仇。及予歸而政益異，木瓜盈路，小人成群。海內無智愚，知顛覆不遠矣。」，施蟄存、馬祖熙標校：《陳子龍詩集·附錄二》下冊，頁702。

〔註20〕《青浦縣志》：「小蒸，在縣西南三十里，其西十里名大蒸。相傳漢濮王葬此，蒸土爲墓，故名。」

所動容，更爲小人當朝的南明政權感到可悲。子龍在其自撰《年譜》弘光元年乙酉中亦言道：「時群小愈張，諸君子多被彈射，予爲此輩深忌，而未有以中。」〔註21〕詞人的悲愴，實在是良有以也。

執著而深情的子龍，對南明福王政權雖感到失望而乞歸終養，對朝中小人當道，忠良遇害的情形亦感到憤懣。但詞人復國之志終不稍減，婉拒清廷的招降，並加入江南抗清義旅的行列，〔註22〕觀其〈念奴嬌・春雪詠蘭〉一詞可知：〔註23〕

> 問天何意，到春深，千里龍山飛雪？解珮凌波人不見，漫說蕊珠宮闕。楚殿煙微，湘潭月冷，料得都攀折。嫣然幽谷，只愁又聽啼鴃。　當日九畹光風，數莖清露，纖手分花葉。曾在多情懷袖裏，一縷同心千結。玉腕香銷，雲鬟霧掩，空贈金跳脫。洛濱江上，尋芳再望佳節。（頁618）

一開始，即以大雪摧殘春天來責問上天，傾訴了滿心的憤懣。詞人以飛雪來指當時勢如破竹，一路南侵的清兵；以「龍山」「楚殿」與「湘潭」，暗指爲清人所掠奪的大明江山；而「解珮」、「凌波」的美人，〔註24〕自是朱明帝王；「空谷幽蘭」則是愛國志士的象徵。故君（即1644年自縊於煤山的明朝崇禎皇帝）已殉國，更何況淪陷的京城，「煙微」與「月冷」，勾勒出沉淪故土蕭索淒涼的景象，也寫出詞人滿心的悲痛。縱使在這樣艱困的局勢下，空谷幽蘭（即忠貞志士，亦即子

〔註21〕施蟄存、馬祖熙標校：《陳子龍詩集・附錄二》下冊，頁703。

〔註22〕陳子龍《陳子龍年譜》：「弘光元年乙酉，……五月，聞南都不守，予避地泖濱，叛帥陳洪範，舊交也，遣其裨將致書，以貝勒意招予及夏考功，考功抗辭答之，而予避之不與見。又有洪弁者，素執弟子禮，自稱安撫使，過郡求見，亦拒之。閏六月，各郡義兵起，予亦從同郡諸公後，奔走戎索。」，施蟄存、馬祖熙標校：《陳子龍詩集・附錄二》下冊，頁706～707。

〔註23〕據陳寅恪考證，此詞乃是弘光元年（1645）春天，子龍乞終養後爲答宋徵璧〈朝以病請假，戲摘幽蘭緘寄大樽〉一詩所作。陳寅恪《柳如是別傳》下冊第五章，頁877～878。

〔註24〕劉向《列仙傳》「江妃二女，……出遊於江、漢之湄，逢鄭交甫，見而悅之，……遂手解佩與交甫。」曹植〈洛神賦〉：「凌波微步，羅襪生塵。」故「解佩」與「凌波」均是美女的代稱。

龍自己）仍堅持理想，依然逢春生長。這樣的口吻，不無自豪之意。但面對嚴酷的現實，深情的子龍心緒是相當複雜的，他也擔心小人的爲害，使賢人遭難，〔註25〕故委婉地言道：「只愁又聽啼鴃」，此乃用屈原〈離騷〉：「恐鵜鴃之先鳴兮，使夫百草爲不芳」的典故。

上片子龍仿屈原〈天問〉、〈離騷〉，以香草美人爲喻，委婉深刻且眞誠地寫出了心中的憤懣與悲痛，飽含對故國的忠貞與對時局的憂心等各種複雜的情感。深情的子龍，復國的鬥志始終是高昂的，故其在下片一改上片悲哀低沉的情緒，以熱烈的筆調來敘寫。首先回憶美人對蘭草的細心呵護，藉以說明志士們所受的故君恩澤；而蘭草亦在美人的懷袖裏結下同心之言，則詞人對故君的忠貞已盡在不言中。今日美人雖是形容憔悴，蘭草之香亦不復存在美人的玉腕衣袖，但美人所贈的信物仍在，鼓舞著詞人高尚的鬥志，不再悲傷與頹喪，深信在明媚的時節裏。在洛濱江上（即北方故土），美人與香草必再重逢，重新開創美好的未來。詞人最後一筆，將詞境推向新的思想高度，而呈現出如朝暾般的亮光，予人以無限的希望，也表現了詞人對恢復中原的熱切嚮往與堅定的信念。

本首詠物詞，通過描寫春雪突降，使美人憔悴，蘭草摧折的景象，來寄寓詞人懷慮時事、感傷故君的沉痛心情與熱切復國的心願。全詞語意隱曲，無一語道破，但深刻的詞旨卻盡在不言中。清沈祥龍《論詞隨筆》說明「詠物之作，在借物以寓性情。凡身世之感，君國之憂，隱然蘊於其內。」〔註26〕子龍此詞實在是詠物的上乘之作，「滿腹蕭騷，只是不肯說出。」〔註27〕

但隨著一次次抗清運動的失敗，詞人終於體會到局勢的不可挽

〔註25〕陳子龍《陳子龍年譜》，弘光元年乙酉：「時群小愈張，諸君子多被彈射，予爲此筆深忌，而未有以中。」施蟄存、馬祖熙標校：《陳子龍詩集・附錄二》下冊，頁703。

〔註26〕沈祥龍《論詞隨筆》，唐圭璋：《詞話叢編》冊五，頁4058。

〔註27〕胡允瑗評〈念奴嬌・春雪詠蘭〉語，施蟄存、馬祖熙標校：《陳子龍詩集》下冊，頁618

回。復國之計既不可成，殉國之心遂油然生之。在王澐的《續陳子龍年譜》順治三年丙戌（1646）即如此記載：「先生向以歸國之計不遂，沉憂吒歎，至廢寢興。及閩、越失守，志不欲生。」〔註28〕除了以筆言志外，詞人更決心殉國以守節。其在順治四年丁亥（1647）所賦下的絕筆詞〈唐多令·寒食〉與〈二郎神·清明感舊〉，〔註29〕託意於閨怨和傷春，以血作書，寄寓他沉重的亡國之痛，風格更顯沉鬱悲壯，是他殉國的誓詞。其中〈二郎神·清明感舊〉云：

> 韶光有幾？催遍鶯歌豔舞。醞釀一番春，穠李夭桃嬌妒。東君無主，多少紅顏天上落，總添了數抔黃土。最恨你年年芳草，不管江山如許！　　何處，當年此日，柳堤花墅。內家妝，褰帷生一笑。馳寶馬漢家陵墓。玉雁金魚誰借問？空令我傷今弔古。歎繡嶺宮前，野老吞聲，漫天風雨。（頁618～619）

上片所寫，乃是清明所見的暮春景象：群花搖落，芳草萋萋，春光將盡。面對這樣的景象，詞人首句即以大聲問天來宣洩心中的憤懣，更遷怒於忙碌的鶯燕，怪牠們的歌舞，更加速春光的逝去。在這春神已無力做主的情況下，穠豔的桃李雖有醞釀熱鬧春景的功勞，終究不免橫遭嫉妒，而使紅顏殞落，化為黃土。這樣的敘寫，很容易讓人想起詞人在南明弘光朝中的境遇，而無情的芳草，卻依然逢春生長，與殘破的江山形成鮮明的對比，怎能不令人望之生恨？上片在寫景中，含有詞人忠良橫遭殘害的愴痛，與面對山河變色的無限淒楚，故名為寫景，實為抒情，亦印證了王國維所謂「一切景語皆情語也」〔註30〕的理論。

　　過片詞人轉入回憶，遙想當年此時春光爛縵，宮女們乘坐香車寶

〔註28〕王澐《續陳子龍年譜》，施蟄存、馬祖熙標校：《陳子龍詩集·附錄二》下冊，頁715。

〔註29〕王澐《續陳子龍年譜》順治四年丁亥「先生四十歲，……三月，會葬賦夏考功，賦詩二章，又作〈寒食〉、〈清明〉二詞，先生絕筆也。」施蟄存、馬祖熙標校：《陳子龍詩集·附錄二》下冊，頁717～718。

〔註30〕王國維《人間詞話》，唐圭璋：《詞話叢編》冊五，頁4257。

馬到皇陵祭掃，還不時撩起車帷向路人嫣然一笑的情景。玉雁、金魚本都是高貴的飾物，〔註31〕是皇陵中的陪葬品，但如今，皇陵慘遭敵人蹂躪，玉雁、金魚不知流落何處？詞人無力收拾，只能在繡嶺宮（原指唐玄宗建於驪山的行宮，此處或指明朝建於江南的行宮）前空自弔古傷今，亡國的悲痛，至此又更深入一層。而「野老吞聲」一詞脫胎於杜甫〈哀江頭〉：「少陵野老吞聲哭，春日潛行曲江曲。江頭宮殿鎖千門，細柳新蒲爲誰綠。」〔註32〕以「野老」自居，不僅道出自己的年暮，更寫出與杜甫相仿的處境：哀故國卻只能匿跡而行，吞聲哭泣。一個失去故國，躑躅於荒野僻道，慟哭於漫天風雨之間的遺老形象，躍然呈現眼前，實是淒切悲愴之至。

　　誠如杜甫不甘心只做個終日以淚洗面的野老，最後投奔避難四川的唐肅宗，以期能爲平定安史之亂出力一樣，子龍雖對南明弘光政權失望至極，在其覆滅之後，卻仍堅持復國理想，投奔效忠在閩、越間轉徙不定的唐王隆武帝，並與浙東的魯王聯繫，〔註33〕最後終於在寫完此詞的二個月之後，因參與松江吳兆勝起義，事敗被補而投水自盡，以身殉國，而留下他光彩英烈、足與日月爭輝的偉大人格，而這首〈二郎神・清明感舊〉即爲詞人殉國守節之志的表白。

　　綜觀陳子龍後期的詞作，在國破家亡的特定歷史背景下，情至文生，眞氣流衍。在藝術表現上深於比興，長於即事造境以寓悲愴的心緒。雖仍以南唐北宋詞爲宗，卻能做到柔中有骨，突破明詞刻紅剪翠的浮靡之風，使詞體又重新回歸到文士詞抒情言志的功能，進而負載起更重大嚴肅的歷史使命，而不再有沉思未足之憾。晚清況周頤在《蕙

〔註31〕李廓〈雜曲歌辭・長安少年行十首之八〉：「新年高殿上，始見有光輝。玉雁排方帶，金鵝立仗衣。」〔清〕聖祖御製、王全點校：《全唐詩》冊2，卷24，頁328。劉禹錫〈酬樂天見貽賀金紫之什〉：「久學文章含白鳳，卻因政事賜金魚。」〔清〕聖祖御製、王全點校：《全唐詩》冊11，卷360，頁4067。
〔註32〕〔清〕聖祖御製、王全點校：《全唐詩》冊7，卷216，頁2268。
〔註33〕朱東潤：《陳子龍及其時代》，頁245。

風詞話》卷五中讚美子龍詞的優點在於能「含婀娜於剛健，有《風》
《騷》之遺則」，〔註34〕這樣的風格表現，在陳子龍後期的詞作中最
能得到證明。

〔註34〕況周頤《蕙風詞話》，唐圭璋：《詞話叢編》冊五，頁 4510。

第八章　結　論

　　詞發展至明代，由於政治、社會、歷史、文化與文體自身發展的因素，整個詞壇所呈現的是一個中衰低潮的階段。總體說來，明初詞家在格調上尚保存宋元遺風；中葉以後，雖然風流蘊藉之作亦所在多有，但因受到戲曲興盛的影響，詞風已日趨卑下。而到了晚明，由於社會動盪，滿清入關，不少英才卓絕之士目睹時局艱難，慷慨悲歌，創作出大量的愛國詞篇，使衰頹的詞壇又放射出新的光芒，從而奠定清詞中興的基礎。所以在詞史上，晚明詞所扮演的正是一個興衰繼絕的積極角色。

　　而晚明詞壇的翹楚則非陳子龍莫屬，陳子龍是明詞作者中唯一既有完整而系統的詞學理論，又有當行本色詞作的專家。雖然他的理論和創作二者都有相當程度的缺陷，但以他在當時文壇的地位，登高一呼，對扭轉當時衰頹的詞風，廓清詞學復興之路，卻有著不容抹滅的意義與價值。以下擬從成就、限制與影響三方面，來總結個人研究陳子龍詞學理論及其詞作的心得，期能為子龍在詞史上的地位賦予客觀的評價。

第一節　陳子龍詞學的成就

　　面對明代中葉以來詞學宗風傾頹的情況，陳子龍與友人李雯（1608

～1647）、宋徵輿（1618～1667）等同組雲間詞派（按雲間乃今上海松江縣的古稱，因社友多爲雲間人，故稱之），共同致力於詞風的重振，陳子龍是他們的領袖，無論在理論或創作上都有著最高的成就。

　　陳子龍的詞學理論，其實就是他「復古」文學思潮下的產物。他力倡抒情寓志，上繼《風》《騷》，從本質上推尊了詞體，並標舉南唐、北宋高渾典麗、豔而有骨的令詞爲範式，力挽當代衰頹浮靡的詞風，指出積極向上的道路。且相當難能可貴的是子龍不但有完整的理論，更有成功實踐理論的創作，以洗盡鉛華、獨標清麗的詞作，爲當時委靡的詞壇注入清新的活水；尤其晚年的詞作，以他所標榜的穠豔詞筆，將滿腹的忠心與悲憤寄寓在秀媚的詞境中，從而表現出清麗淒婉的特質，並曲折含蓄地展現他偉大英烈的人格。子龍的詞學，不但爲明詞留下光彩的尾聲，更成爲清詞復興的先導，在整個詞學發展史上，自有其不容抹滅的地位。

一、推尊詞體，標舉詞統

　　詞發展至明代中葉以後，由於詞樂的失傳與詞的曲化，所呈現的是吟風月弄花草、卑弱無格、詞曲不分的頹靡景況。子龍以一代文學領袖之尊，登高疾呼，通過「復古」以矯時弊，揭示抒情寓志，上繼《風》《騷》的作詞要旨，並標舉南唐北宋婉麗的詞統，力主作詞當以纖弱之體寄寓沉摯之思，以婉媚之境顯微闡幽，標示詞體之上不似詩，下不類曲的獨特性，企圖恢復詞體「麗而逸」、「幽以婉」的本色。在當時詞運惟危，風雅寢聲的詞壇氛圍中，子龍這樣的主張，無疑具有存亡繼絕的意義與價值，不但授予明末志在振衰起弊的詞家們以理論原則和創作典範，並遙遙地影響到清代創作與審美情趣與之相近的詞人和詞論家。

（一）推尊詞體，揭示詞體的獨特性

　　觀察中國文學發展的規律，可以發現任何一種文學體式，若想成爲一代文學，就必須上承《風》《騷》抒情寓志的特質。陳子龍是當

時文壇領袖，深諳此道理，故在致力於詞風重振時，即鮮明地提出了
與作詩大旨相同的作詞總綱，即「夫《風》《騷》之旨，皆本言情。
言情之作，必託於閨襜之際。」（〈三子詩餘序〉）強調詩詞同源，皆
應上繼《風》《騷》，以抒情言志爲貴。

　　此一推尊詞體的主張，從本質上提高了詞的地位，並爲力挽明詞
纖弱無骨的頹風，找到了堂皇響亮的理論口號。此一上接《風》《騷》，
自尊其體與抒情寓志的作詞總綱，在明代詞運衰微，《風》《雅》寢聲
之際，無論在理論或實踐上，都具有撥亂反正的意義存在。

　　值得提出來的是這樣的主張，並不是子龍首先提出來的，而是受
當時明辨詞體特色，與比附於《風》《騷》的詞壇思潮所影響。但此
一推尊詞體，標榜詞上接《風》《騷》抒情寓志的主張，的確帶給詞
樂已失傳的詞壇，一股相當大的積極向上動力，使詞逐漸脫離「倚聲」
小道，不再僅是淺酌低唱，雕紅刻翠的豔科，而是在整體意義上，可
以與詩並立的抒情寓志的文體。這樣的主張，深深影響了清代的詞學
發展。並且由於詞的抒情容量被擴大，再加上後來詞律專家的努力，
使抒情寓志功能與聲韻格律之美相結合，從而成就了清詞的中興。雖
然陳子龍受時代思潮所影響，力主詞要自尊其體，上接《風》《騷》
抒情寓志的主張，還未有大到足以開清詞中興的功勞，但對力挽明詞
頹風，廓清詞學復興之路，具有相當積極正向的意義。

　　子龍雖將詞體提昇至與詩同源，但因受到個人審美趨向的影響，
對於詞體，子龍有他嚴謹的詞體意識存在。他主張詞要有自己獨特的
文學體式，必須上不似詩，下不類曲，要用綺羅香澤之態來傾瀉綢繆
婉變之情。他以爲詞體在思想上要上繼《詩經》採蘭贈芍與《楚辭》
香草美人的傳統，善用比興寄託，使之能以纖弱之體來寄寓沉摯之
思，以婉媚之境來顯微闡幽，亦即所謂「託貞心於妍貌，隱摯念於佻
言」（〈三子詩餘序〉），做到意存比興而寓旨遙深。

　　爲了達到這樣的詞體要求，陳子龍具體而微地揭示了詞欲稱體的
四項標準，即〈王介人詩餘序〉中所謂的「四難」：「用意難」、「鑄調

難」、「設色難」、「命篇難」。子龍從詞體的獨特性出發，嚴格地要求作詞時要作到寄淺於深，鑄調工煉，詞體纖柔，詞境婉媚。這樣的要求，是總結和提煉了詞史上久居主導地位的本色派（即婉約派、尊體派）的創作經驗，表現了子龍詞學觀中嚴詩詞之界，力主詩莊詞媚、詩境闊而詞言長的基本框架，也是對李清照首倡詞「別是一家」，標榜詞的獨特性和以婉約為宗的理論，進行最忠實的繼承和發揮。

（二）標舉詞統，存亡繼絕

陳子龍的〈幽蘭草詞序〉是雲間詞派具有綱領性的一篇詞學論文，在這篇論文中，子龍力主詞當「境由情生，辭隨意啟，天機偶發，元音自成。」追求純情自然的高渾之格，並推尊南唐的李璟、李煜父子與北宋的周邦彥、李清照為「最盛」時期的典範。子龍極力稱美從南唐到北宋的令詞：雖然風格各有不同，或穠纖婉麗，極哀豔之情；或流暢淡逸，窮盼倩之趣，但均是境由情生，辭隨意啟，天機偶發，元音自成的高渾之作，是深切符合他「以纖弱之體寄寓沉摯之思」與「以婉媚之境顯微闡幽」的詞體期待的。故子龍的標舉南唐北宋詞統與他推尊詞體，力主抒情寓志的《風》《騷》之旨，和標榜詞體的獨特性，並以婉約為宗的詞體意識，其實是從不同向度思考所得的相同結果。

平心而論，子龍在從中唐到晚明九百多年的詞史中，獨舉南唐到北宋這一段，是有其相當見識的。因為詞在中晚唐初起階段，藝術形式和表現方法，都還在探索和不成熟的階段，故作品是語多俊巧而意鮮深至。南渡以後，受到時代與文壇風氣的影響，雖然詞作的抒情主體功能強化了，但離「鏤裁至巧而若出自然，警露已深而意猶未盡」（〈三子詩餘序〉）的本色樣貌，卻是愈來愈遠。反觀南唐二主及秦觀、李清照、周邦彥等人的令詞之作，不但能寫真景物、真性情，且高渾典麗，雅正婉妍，深深符合詞體婉美含蓄的抒情特性。故陳子龍的標舉南唐北宋詞統，不僅與其詞體意識相符合，也是取法乎上的。

　　標舉南唐北宋詞統為範式之後，子龍進一步揭示了對詞徑的追求，即是他對文學創作一貫的主張──「情以獨至為真，文以範古為美」（〈佩月堂詩稿〉）。在形式體制上依循前人，上繼婉妍雅正之旨，追求純情自然之格；在情感意境上卻要力陳出新，要反映現實，情主怨刺。當然，這與子龍積極的愛國主義精神是密不可分的。

　　雖因受到個人文學思潮與審美趨向的影響，陳子龍所力倡標舉南唐北宋高格以矯時流的詞統，在基本上仍未越出婉妍雅正之旨的範疇；且他所昭示的創作法式，也僅是一條規摹之路，忽略了與所處時代的有機契合，則難有突破與創新。但在明代中葉以後受戲曲勃興的影響，致使詞學宗風傾頹的情況下，陳子龍的理論，也顯示了在明詞中衰的困境中接續「詞統」的最早努力，且他在〈幽蘭草詞序〉對當代詞壇的批評，如劉基的欠缺驚魂動魄，楊慎的以學問為巧，王世貞的時墜吳歌，也都要言不繁，深中肯綮。更顯示他之所以上覓南唐北宋詞統，揭示創作法式，實在是為了扭轉詞壇頹風，恢復詞體本色。

　　所以，陳子龍以一代文學之尊，高居其位以力挽頹勢，標舉詞統，推尊詞體，這樣的廓清之功，應是值得肯定的。在清代以前詞學理論比較不發達的歷史背景中，陳子龍提出這樣的主張，維護久已墜緒的本色詞統，重振詞學宗風。這樣的建樹，在婉約派詞史的發展上，無疑具有里程碑的意義與存亡繼絕的價值。

二、拔出濁流，樹立詞壇新風

　　陳子龍的詞作，其實就是他詞學理論的成功實踐，風流婉麗，即使是閨情之作，也是情真意切，毫無庸俗低下之感。總體說來，子龍的詞作長於比興，深於寄託，以佻言妍貌來寫哀宣志，並將滿腹的忠愛之情，寄寓在輕靈細巧的詞境裏，使得婀娜與剛健相濟，在穠麗的樣貌下，卻別有淒婉的神韻在其中，與當時明詞末流那些纖弱無骨之作，形成鮮明的對照，拔出濁流，一枝獨秀，為衰頹的晚明詞壇，注入新的活力。不但為明詞留下光彩的尾聲，與他偉大忠烈的人格相呼

應，更直接影響清初順治詞壇，爲清詞的中興奠下了基礎。

（一）理論的成功實踐

陳子龍在甲申（1644）國變以前，就已形成獨尊南唐北宋、追求幽婉逸麗風格的詞學觀。這樣的審美觀是如此的根深蒂固，故表現在詞作上，早期的豔情綺懷之作，固然是以綺羅香澤之態，來傾洩綢繆婉變之情；佔詞作中最大多數的寫景詠懷諸篇，或是寫景詠物，或是寓情於景，風格大多婉約清麗，意味深長，予人有南唐北宋小詞，恍然重現人間的驚嘆。而後期的詞作，在國破家亡的特定歷史背景下，更是情至文生，真氣流衍：或以意象暗示愛情，或藉閨怨抒發憂時之志，深於比興，長於造境，滿懷的忠心託諸於花草風月、勞人思婦之中，藉以傳達幽約悽愴的情懷，雖仍是以南唐北宋詞爲宗，卻能做到柔中有骨，是其「以纖弱之體寄寓沉摯之思，以婉媚之境顯微闡幽」的詞體期待的高度實踐。

總體說來，陳子龍詞所呈現的，是以小令爲主的婉媚纖柔基調，因強調上承《風》《騷》抒情寓志之旨，故容易予人以豐富的聯想，從而形成意蘊相當深美的特質。而到了生命末期，目睹國家沉淪的不可挽回，滿腔的悲憤再也無法以輕柔婉約的詞境表現，故以長調慢詞來縱情宣洩，或仿屈子問天之直抒胸臆，或藉香草美人來間接寓意，而展現了詞作中少現的沉鬱悲愴風格。嚴格說來，這類作品或深於比興，或長於造境，在子龍詞作中的藝術成就是最高的。倘若陳子龍能有更多的生命，則或許會因實際創作，而對其理論有更一步的修正，並給後代詞壇以更深遠、更正面的影響。

以子龍的人格、才學與時代背景，在創作上是極可能達到如辛稼軒般婉約與豪放兼容並包的詞學成就。只可惜天不假之以長年，讓他在詞藝達登峰造極之境時，即以壯年爲國捐軀，而不能在詞史上有進一步的貢獻，這真是詞史上的一大憾事。

（二）得倚聲之正則

作為一種與詩、詞鼎足而立的文學體式，詞體之美，就在於具有深遠曲折、耐人尋繹的意蘊，故歷來詞評家所讚賞的絕妙好詞，即是具有纖柔婉約，且可引發讀者豐富聯想的作品。當然，這樣的作品除了時代背景因素外，必然與作者個人的身世遭遇和性格學養有關。從整個詞學發展的歷史來看，最符合此種審美標準的即是南唐至北宋的令詞。

陳子龍論詞獨尊南唐北宋詞統，標舉《風》《騷》比興寄託之旨，強調俊逸之韻、深刻之思、流暢之調與穠麗之態的稱體標準。而子龍本身的性格又是所謂的「強直之士，懷情正深」，與秦淮名伎柳如是之間有過纏綿悱惻的愛情遇合，再加上所處時代所給予他的家國的憂患意識。這諸種因素加在一起，使子龍因緣際會地彷彿置身在南唐北宋間，綺筵公子既為繡幬佳人遞纖柔婉約之箋，又懷抱家國身世之感的時空背景中，故表現在詞作上就別有一股忠愛纏綿，意蘊深美的特質，恍如南唐北宋佳作重現人間。所以歷來詞評家對子龍的詞學成就多有上追《風》《騷》，直接唐人，得倚聲之正則的評論。

陳子龍的詞重新振作起令詞意蘊深美的特質，使詞的生命能從空洞衰微中重新復活，並從此而發展了清代詞學中興的盛況。雖然後來清詞的創作，在眾多詞人的努力下，已超脫子龍力主的婉約令詞範疇，而展現更為蓬勃的生氣，但子龍實在是扭轉時代風氣，廓清復興之路的重要關鍵。

第二節　陳子龍詞學的限制

如前所述，子龍因在詞藝達爐火純青時即以壯年為國捐軀，使他來不及有更多更成熟的創作，並對其理論有進一步的修正，故其無論在理論或創作上，都呈現出相當程度的缺陷。約而言之，在理論方面是因未能通觀詞史的全貌，和個人審美觀上的盲點，而窄化了整個理論視野；在實際創作上，則是專力於婉約小令的纖柔之美，致使題材過於集中，風格也偏向單一，致使無法開展出兼容並蓄的大格局。

一、理論視野與審美觀的盲點

通觀陳子龍的詞學理論，會發現其實是對李清照詞「別是一家」之論，進行最忠實的繼承和發揮。不但揭櫫詞體創作的用意、鑄調、設色、命篇等四難，來彰顯詞體纖柔婉媚，流暢澹逸的獨特性，對詞史更採取簡單的回歸認同方式，以南唐北宋詞統爲標準，通過「復古」來力矯時弊，卻忽略了與現實環境的密切配合，欠缺了通變意識。另外，子龍根深蒂固的審美觀、詞學理論與創作，其實是從不同向度考量的相同結果。但是顯然的，從宏觀的角度來看，這樣的審美觀無疑是褊狹的。

（一）欠缺通變意識

陳子龍在明詞衰頹之際，標舉以南唐北宋詞統爲範式，力倡古道，盼能通過復古以矯正時弊，從而開創出詞壇的新局面。這原是無可非議的，但子龍在復詞學之古時卻片面強調繼承，而欠缺了通變意識，這多少可從其「情以獨至爲眞，文以範古爲美」（〈彷彿樓詩稿序〉）的文學創作總綱中看出來。

範古的目的應是爲了突破時弊，如果一味地認定只有古的才美，就很容易流於食古不化，更何況其在解釋何以文須範古時，也有很大的片面性。他說：「既生於古人之後，其體格之雅，音調之美，此前哲之所已備，無可獨造者也。」（〈彷彿樓詩稿序〉）。

大凡文學在發展的過程中，有其源遠流長的一面，如文章的體裁、體式等，也有其日新月異的一面，如文辭的變化技巧等，此即劉勰在《文心雕龍・通變》所謂的：「設文之體有常，通變之數無方。」以詞而論，固然子龍所標舉的南唐北宋令詞，在格律、聲韻等形式上或許已臻定格，後來填詞者只須按譜填詞，確實是「無可獨造者」。但所謂的體格，不但與文字形式，更與詞人的內在情感密切配合。詞人要有自己的創造性，就應在寓意獨創的同時，由表及裏地表現自己抒情主體的特質，而不是削足適履，一味地向南唐北宋令詞認同，這

就必然限制了抒情主體性的充分發展，而削弱了本來極爲充沛的創造性和獨特性。

　　陳子龍忽略了創作主體與現實社會的契合，對詞史的總結採取了簡單的回歸認同方式，只知李璟、李煜、秦觀、李清照的令詞值得學習，卻忽略了他們的作品之所以感動人的原因，就在於反映了當代動蕩不安的社會實況，表現了他們悲劇的人生。

　　陳子龍忽略了與現實的契合，一味地向古道認同的理論，也限制了他在實際創作上的成就。試想子龍所處的時代，較諸李煜、李清照等人所處的時代，不也是歷史的洪流再次陷入風雲變色，國仇家恨齊湧的悲壯場景中，甚至有過之而無不及。但相當遺憾的是，陳子龍囿於個人狹隘的理論，並未創作出大量足以反映時代苦難的佳篇。

　　雖然到了生命晚期，子龍終於以長調慢詞來直抒滿腔的悲憤，終於理解到婉約小令，再無法表現內心洶湧澎湃的情感。但畢竟爲時已晚，使他來不及從實踐中爲理論做出修正，也來不及寫出更多與現實相結合的佳構，否則以陳子龍的人品和詞品，其成就豈僅是「以穠豔之筆，傳淒婉之神」所能概括的呢？

（二）未能通觀詞史全貌

　　陳子龍推崇南唐北宋令詞，並揭示創作四難，企圖恢復詞體「託貞心於妍貌，隱摯念於佻言」（〈彷彿樓詩稿序〉）的婉約本色，以挽救明代詞不像詞的弊病。這樣的見解和作法，無寧是頗有眼光的。但子龍對詞史採取簡單的回歸認同方式，對宋南渡以後的詞只以「南渡以來，此聲遂渺」（〈幽蘭草詞序〉）八字來籠統概括並抹煞，未免就太武斷偏激，而且也不符合詞史上的實際情況，甚至將詞史上寶貴的珍產都割棄了。

　　平心而論，若從子龍所認同的「要眇宜修」、「言美情長」這一審美標準出發，北宋詞在總體上的確是優於南宋詞。但就詞史發展而言，南宋詞也是在以北宋詞爲基礎上，大大向前發展的，而且在藝術

技巧上有更多的創新與蛻變，不但有辛棄疾這樣能婉能豪，涵匯萬狀的偉大作家，且在繼承北宋「本色派」中，也產生了如姜白石、吳夢窗、史達祖、張炎、王沂孫等傑出的作者，子龍對這些詞家的成就似乎視而不見，除了曾稱美文天祥〈念奴嬌・驛中與友人言別〉與《樂府補題》諸作外，對南宋詞一概以「亢率」、「儉武」與「鄙淺」目之，這就使他的詞史觀流於偏頗，不但號召力不夠，而且在實際創作中也顯得題材狹窄與風格單一。

另外陳子龍詞史觀的片面性，也表現在他對南唐北宋詞的成就亦不能全面通觀。明顯的是他對詞史上以詩為詞，解放詞體，使詞體突破發展的瓶頸，從而開拓詞體內容，提昇詞體意境的北宋大家蘇軾，在論詞文字中竟無一處提及，這就更顯示出陳子龍審美觀的過度褊狹，與理論的不夠周全。而且子龍詞論主要揄揚的詞作特色，如俊逸之韻、深刻之思、流暢之調與穠麗之態等，均是小令的藝術特徵。但子龍所深為折服的大家如秦觀、周邦彥與李清照等，都是小令與長調兼擅的作手，秦觀將小令的含蓄曲折，貫注到長調的曲折鋪敘中；周邦彥則進一步運用賦的鋪敘手法來填詞，使詞的結構縝密，形態多樣化，而在詞的形式及技巧上取得了重大的成就。但子龍未能全面檢視他們的成就，僅偏嗜小令，而只取他們寶山中的一小部分來稱揚學習，實在是相當可惜的。

如果陳子龍只是單獨一位詞家，其偏嗜小令，唯工短調的審美偏向或不足為憾；但子龍是詞派領袖，並在詞學傾頹之際，以上繼南唐北宋詞統，樹立詞壇新風的使命自任，這樣的理論取向和創作實踐，就是相當明顯的缺陷了。子龍專嗜小令的審美偏向，在他身後被雲間末流推向極端，如沈億年等甚至只專學唐五代的小令，連北宋都拋棄了。雖然這並非子龍的初衷，但又何嘗不是子龍的理論偏向而授人以藉口呢？

光是從這一點，就可以知道龍榆生所謂「子龍開清以來三百年詞學中興之盛」的稱美是過譽之言了。試想，如果清代詞家都對子龍亦

步亦趨，僅在婉約小令中打轉，如何能有百花競放、風格繁複的局面出現，故子龍的詞學，不論理論或實踐，均有相當程度的缺陷存在。

二、藝術功力不夠深廣

陳子龍的詞學理論，既有因欠缺通變意識與未能通觀詞史全貌，致使理論視野與審美觀都有盲點存在。表現在詞作上，便有題材過於集中與風格偏向單一的問題。因過分專力於小令的創作，而忽略長調慢詞的價值與創作，就詞家藝術功力而言，是不夠深廣的。

（一）題材過於集中

在子龍現存的 84 首詞作中，詞題中含「春」字者有 31 首，而詞題不含「春」字，但是詞中實寫春景或抒發感春之情者則有 37 首，總計此二者，則子龍詞作中以春天為題或內容與春有關的共有 64 首，高達全部作品的百分之八十以上，這種題材狹窄的情形，在詞史上是相當少見的。

雖然子龍善用託寓技巧來言志抒情，使詞能達到「託貞心於妍貌，隱摯念於佻言」的含蓄蘊藉之境，但子龍為表達他滿腹的忠誠，託諸「香草美人，花月閨襜」的結果，所呈現出來的一概是風雨飄搖、落紅散盡、鶯鳥空啼的殘春景象，與詞人對此殘春敗景所流露出的迷惘與傷悼。整個詞作的色彩是晦暗的，情感則是哀怨的。大體言之，就是詞人用主觀化色彩極為濃厚的殘春意象，來比喻朱明王朝的走向覆滅，並表現他對終不可挽回的時局之憂心，企盼終至失望而絕望的複雜情感。

陳子龍有意識地寫了這麼多的傷春、惜春詞，並將家國之憂與志士之節注入其中，這在某種程度上，就充實了詞作的內涵，也提高了詞的品格與風骨，使子龍的詞作，能以清新婉麗的風貌，拔出明末纖弱無骨的濁流之上。但也是因為這個特色，讓人在讀子龍詞時，也感染了些許的哀愁，在低迴唱嘆之際，竟不知要如何吐露胸中的抑鬱之氣，而欠缺了鼓舞人心與積極向上的動力。這樣的詞品，對照子龍高

尚英烈、奮勇抗敵，甚至慷慨爲國捐軀的史實，其實是不盡相合的。

平心而論，成功的文學作品，就在於能充分展現抒情主體的特質，子龍卻囿於個人的詞體意識和詞體期待，以爲詞體僅能傾洩綢繆婉孌之情，所以他選擇以殘春敗絮爲題材，曲折隱約地表達他對家國淪亡的悲痛。

若子龍能通觀詞史全貌，開拓理論視野，修正他傾斜的審美觀，則在取材上，或許將不再受限於殘春意象，並從而開展出豪婉相兼、剛柔並濟的多樣詞風，令人讀其詞，就能知曉子龍不但是深懷孤出的江南才子，更是忠義兼資的愛國志士。

（二）風格偏向單一

如前所述，子龍因受其理論的限制，故無論早期的豔情之作，或晚期的淒婉之作，大多是以輕靈細巧的詞境，來寄寓纏綿悽愴之情與憂時忠國之志，故在風格上大體呈現出婉媚纖柔的基調，並具有意蘊深美的特質。且這些詞作亦都符合子龍對詞徑的追求，大多是言如貫珠、清麗俊逸的令詞。

據筆者統計，在陳子龍現存的 84 首詞作中，長調僅有 7 首；換言之，有百分九十以上是小令，而令詞之美就在鑄調工煉、言美情長，則子龍詞作風格的趨整單一是可以想見的。從宏觀的角度來看，這樣趨整單一的風格，恰也暴露出子龍藝術功力的不夠深廣。

大體言之，一種文學體式的生命力若想豐盈充沛，則其包含的內容必是多樣飽滿，所呈現的風格必也是多元的，如此才能開展出涵匯萬狀、兼容並蓄的大格局。而子龍卻因太過強調詞體婉媚纖柔的獨特性，而使他不能從客觀的審美角度，來看待詞史發展的全部過程，只標舉南唐北宋令詞爲範式，並專力學習，使他的詞作，只能展現婉媚纖柔的基本風格。

就算子龍以爲蘇軾詞風過於豪放，不符合詞體本色，而無視於他對詞體從內容、形式到風格解放的巨大貢獻。但子龍對其所心折的南

唐二主、秦觀、周邦彥、李清照等婉約派詞人的學習亦不周全，試想上列諸家，有那一個是只專工小令的？不到八十字的詞體，又如何能淋漓盡致地表現創作主體豐沛的情感與繁複的文學技巧？以秦觀而言，如果不是將小令的含蓄蘊藉，貫注到長調的鋪敘曲折中，又如何能在「以詩言詞」的大環境中，極力維護詞體婉約綿麗的本色，並開展出「情韻兼勝」的新局面？而後來的周邦彥，即是在秦觀的基礎上，將小令度爲長調，或犯調以創新調，大量運用鋪敘手法，融化前人的詩句與典故，並講究對仗。雖然內容較爲貧乏，取材亦較狹隘，卻在藝術形式上取得了重大的成就，使詞體走向藝術化與典雅化，集婉約派之大成。

　　可惜陳子龍對秦觀、周邦彥這些卓越的成就都沒有看到，一味地強調「穠纖婉麗、流暢澹逸、言如貫珠、鏤裁至巧」等特色，心慕手追的結果，就使他自己的作品不但題材狹窄，風格單一，而且在情感內容或形式技巧上，都沒有足以與之相容的空間，以致開展不出更大的格局。

　　否則以子龍的詞品與人品，表現在詞作上的，應不僅是婉媚纖柔的單一風格所能概括的。這從其在生命晚期或仿屈子之問天以寄寓放臣逐子之慨，或直抒胸臆以宣洩滿腔憤懣之情，從而呈現沉鬱悲愴別格的詞作可看出端倪。

第三節　陳子龍詞學的影響

　　雖然陳子龍的詞論有視野與審美觀褊狹的局限，致使表現在詞作上則顯藝術功力不夠深廣。但在明末《風》《雅》寢聲，詞運惟危的時代氛圍中，子龍推尊詞體，使能上繼《風》《騷》抒情寓志之旨，並揭示詞體的獨特性，標舉南唐北宋婉妍詞統，以圖恢復詞體婉媚纖柔的主張，及成功實踐理論的詞作，對後代詞學卻有著相當深遠的影響。此從清初陳子龍的著作是被禁燬，而在康熙 46 年（1707）王弈清等人奉敕所編的《歷代詞話》，卻收其在〈王介人詩餘序〉中的論

詞之語可知。

另外清初詞人如王士禎、鄒祗謨、納蘭性德等人多有和湘真之作，且所作小令多造境婉妙，以風韻取勝，這和陳子龍極力維護詞體的本色特點，是有相當密切關係的。此從王士禎、鄒祗謨等人所編的《倚聲初集》所收子龍詞作達 66 首，及譚獻在《復堂詞話》中多次將子龍與納蘭性德並舉可窺知一二，甚而晚清王國維專工小令，力主含蓄蘊藉，之境都可以看出陳子龍詞學的斑斑影響。

所以說陳子龍為清詞的中興廓清了道路，是清詞復興的先導，應是對陳子龍在詞史上的地位，所賦予相當客觀且公允的評價。

一、詞論的影響

陳子龍的詞論大體言之，是繼承李清照詞「別是一家」，以婉約為宗的理論闡發，在本色派的發展史上，自有其存亡繼絕的價值，在刻意維護詞體本色的論點上，更有其不可抹滅的貢獻。其對後代詞論的影響，可從揭示詞體要眇宜修的美學特徵，與強調比興寄託的藝術手法來說明。

（一）揭示要眇宜修的美學特徵

陳子龍在〈王介人詩餘序〉中，具體而微地提出了詞欲稱體的四項標準。綜觀詞史，自宋至明，似乎還沒有人像子龍這樣全面而細緻地論述過詞體的美學特徵，如此力主詞之為體，要眇宜修，能言詩之所不能言的觀點，得到了後代重視詞本體特徵，主張維護詞體言美情長的審美傳統的詞論家們，不斷的響應和發揚。

舉其犖犖大者，如馮煦在《蒿庵論詞》中評周邦彥詞，即是以子龍所標舉的「四難」為品評標準，並以為在兩宋詞人中，只有周邦彥、史達祖能達到這樣的審美標準，且周邦彥在渾成方面，又勝史達祖一籌。晚清王國維在《人間詞話》中論述詞之不易於詩時，也是引子龍在〈王介人詩餘序〉所言的「宋人不知詩而強作詩，故終宋之世無詩。然其歡愉愁怨之致，動於中而不能抑者，類發於詩餘，故其所造獨工。」

以為善乎臥子之言，並認為五代詞之所以獨勝，就是在此。而今人繆
鉞在其〈論詞〉一文中，詳盡地論述了詞體性之獨特，就在「文小、
質輕、徑狹、境隱」四大特色，文中並舉子龍同篇文字中的「其為體
也纖弱，明珠翠羽，猶嫌其重，何況龍鸞？」來說明何以詞之質輕；
這一番論述，總括了詞「要眇宜修，故能言詩之所不能言」的特質，
即是子龍對詞作之「用意、鑄調、設色、命篇」等四難的闡述。

　　以上這些都是有文字可證的影響，凡此皆可看出子龍所揭示的詞
審美特徵，論點之精闢與影響之遠大。

（二）強調比興寄託的藝術手法

　　在明末《風》《雅》寢聲，詞運惟危之際，陳子龍為提高詞的地
位，在〈三子詩餘序〉中不但將詞上接《風》《騷》，說明詩詞同源，
皆本言情；且刻意強調詞應善用比興寄託的藝術手法，藉兒女閨怨與
香草美人，以寄寓溫柔敦厚的詞旨。這對清代詞學發展的興盛，尤其
具有關鍵性的影響。

　　大體言之，清代詞學發展的興盛是從以朱彝尊（1629～1709）為
代表的浙派的興起及其詞學觀點的影響開始。朱彝尊的詞論可以其在
陳緯云〈紅鹽詞序〉中所言的：「蓋有詩所難言者，委曲倚之於聲，其
辭愈微而其旨愈遠。善言詞者，假閨房兒女子之言，通之於《離騷》、
變《雅》之義。」（《曝書亭集》卷四十）為代表。而其後張惠言（1761
～1802）編《詞選》，強調詞「意內言外」的特性，故應「言情造端興
於微言」，「低迴要眇，以喻其致」（《詞選・序》），主張詞既為抒情之
作，則具有「微婉多諷」的特點，要把幽約怨悱不能自言之情，藉著
微言，通過感人的抒情形象表達出來。這樣的論點，不但使《風》《騷》
比興諷喻的傳統，在詞的創作中得到充分的發揮，提高了詞的地位，
也使詞學能沿著正確的軌道發展，而開清代嘉慶以來詞學繁盛的景況。

　　常州詞派主要理論家周濟（1781～1893）在〈宋四家詞選目錄序
論〉中，明確地提出「非寄託不入，專寄託不出」的重要思想，及譚

獻（1832～1901）在《復堂詞話》中所言的「以有寄託入，以無寄託出，千古辭章之能盡事，豈獨填詞為然」的理論，都可以看出比興寄託在詞藝手法上的重要性。

而這樣一脈相承的思想根源，正是子龍在〈三子詩餘序〉中的詞學觀念所給予的啓發。

二、詞作的影響

陳子龍本是幾社與復社的領袖，再加上司理越中時，又廣得天下才士，一時江南英俊，盡在門下，在文壇自有其相當程度的影響力。朱明亡國之後，子龍奮而起事，壯烈殉國，品節人格更為世人所重。而其詞在詞運衰頹之際，多講比興，續存南唐北宋的法統宗風，也深為倚聲家所尊重。

故當子龍與李雯（1608～1647）、宋徵輿（1618～1667）等創雲間詞派以矯時流，樹立詞壇新風時，松江府屬各縣群起響應，且流風餘韻遍及東南，使清初詞壇瀰漫著醇正的詞旨與婉妙的詞風。在詞作風格上，王士禎（1634～1711）、納蘭性德（1654～1685）均以婉約取勝，與子龍相類，甚而連晚清的王國維（1877～1927）雖有譏湘真詞如綵花，無生香真色之論，但其專工小令，追求自然渾成之境，卻與子龍詞有幾分神似。

以下即從醇正的詞旨與婉約的詞風兩方面來說明子龍詞作的影響。

（一）醇正的詞旨

子龍詞最令人感動的地方，即是他醇正的詞旨。憂時託志之作，將家國之愛寄寓在香草美人與落紅殘葉之間，以輕靈細巧之境，來傳達他幽約悽愴的情懷，品格之高，自不在話下。而其他抒發兒女情長的相思之作，亦是情真意切，真摯感人。

雖然雲間詞派的另二位主將李雯和宋徵輿均屈志失節，入仕新朝，但在詞作中卻表現出一種愧疚的心態，此與子龍高潔的人品與詞

品,固不能相提並論,但俯仰之間,不也是受昔日盟友的精神感召嗎?

　　另外子龍在司理越中期間,所納於門下的陸圻、柴紹炳、張丹、符冶、陳延會、毛先舒、丁澎、吳百朋、沈謙、虞黃等西泠十子(約1619~1688間在世),受老師的精神感召,在由明入清時雖均隱逸以終老,卻主盟清初沂中詞壇甚久。西泠十子的詞作雖未臻其師陳子龍的高渾之境,但亦稱風雅有情味,對導正清初的詞風,自有其正面的影響。

　　吳偉業(1609~1671)是子龍的好友,亦是清初詞風丕變期,聲望最著的精神領袖式大家。他的詞作風格多樣,多融身世之感與時事之慨,在反映現實生活方面,較子龍詞來得有深度。雖然吳偉業在順治十年(1653)被迫應召擔任國子祭酒,但其內心是悲痛不已的,不能如子龍般地在進退出處間做出明智的抉擇,是他一生中最大的遺憾,此在其晚年的詩作〈過淮陰有感〉所云:「浮生所欠惟一死,塵世無由識九還,我本淮南舊雞犬,不能仙去落人間。」的沉痛表述可知。但影響他的不正是陳子龍等人義無反顧、慨然以身殉國的忠烈形象嗎?

　　而子龍在〈王介人詩餘序〉中所盛讚的王翃(1602~1653),其詞作奇麗精工,意蘊深沉,委婉而不柔弱,故子龍稱之為「真詞人也」,不但是子龍詞論的實踐,更是子龍詞作的傳承。其詞作對清代浙派詞人有一定程度的影響。

　　總之,子龍詞強調運用比興寄託,寫出心中的真情,呈現出來的詞旨自然是醇正的。此一良好的影響,不但直接影響了清順治一朝的詞壇,也導正了清詞發展的道路。

(二)婉約的詞風

　　陳子龍詞是其理論的成功實踐,託貞心於妍貌,隱摯念於佻言,故形成色彩極為鮮明的婉麗詞風,並具有意韻深美的特質。子龍這種婉媚纖柔的詞風,得到後世與其同樣重視風韻的詞家們的高度讚賞和

學習。流風所及，清初詞壇多呈現婉約小令的氣象，甚至晚清大家王國維的詞作與子龍亦有幾分神似，陳子龍的影響，不可謂不巨。

　　清初大家王士禎與鄒祗謨（約 1627～1670）在順治十七年（1660）曾合編《倚聲初集》，其中即選入子龍詞達 66 首，可見二人對子龍的高度推崇。王士禎並有和《湘眞》之作，其詞大體是沿子龍之緒，極妍豔深情，窮盼倩之逸趣，在敷辭選字上極費功夫，故即使是常語或淺語，亦婉媚動人。但較諸子龍諸作，終是只得神韻而欠缺眞實感人的力量，這應是和生命眞實的歷練有關。

　　納蘭性德於詞祚崇南唐後主，《飲水詞》淒豔眞摯，尤以悼念愛妻盧氏諸作最稱典型，其所作小令清麗淒婉，風格與陳子龍相當接近，故譚獻在《復堂詞話》中曾多次將子龍與納蘭性德並提，認爲他們都是李煜詞風的繼承者。子龍與納蘭都是眞情至性之人，又同樣經歷過深刻悱惻的愛情，或許，這才是致使他們詞風類似的重要原因。所不同的是因子龍有著對國家民族的憂患意識，故其詞作較納蘭多了一分深沉的哀痛。

　　而王國維的《觀堂長短句》專工小令，所標謗的亦是其在《人間詞話》所揭示的境界、眞切與不隔三項標準，以抒發「人間苦」爲多，亦以「亡國之音哀以思」爲主要傾向，內容消極，情調低沉，充滿著封建遺老對亡國的悲憫。雖然王國維貶斥《湘眞詞》是沒有生香眞色的綵花，但細讀《觀堂詞》，竟覺有幾分神似，這或許是陳子龍與王國維同樣經歷亡國之痛，同樣不能跳脫傳統窠臼，對覆滅的故國同樣有著一份深沉的依戀，再加上相近詞學觀的影響，故詞作風格亦同是充滿深婉蘊藉之美。

　　從子龍婉約詞風對王士禎、納蘭性德與王國維的影響，可以證明詞作風格固然與詞人的詞學理論和審美情趣有關，但與詞人的親身經歷和人格特質，其實有著更顯著的關連。

附　錄

附錄一　李清照〈詞論〉

　　樂府聲詩並著，最盛於唐。開元、天寶間，有李八郎者，能歌擅天下。時新及第進士開宴曲江，榜中一名士，先召李，使易服隱姓名，衣冠故敝，精神慘沮，與同之宴所，曰：「表弟願與坐末。」眾皆不顧。既酒行樂作，歌者進，時曹元謙念奴爲冠，歌罷，眾皆咨嗟稱賞，名士忽指李曰：「請表弟歌。」眾皆哂，或有怒者。及轉喉發聲，歌一曲，眾皆泣下，羅拜曰：「此李八郎也。」自後鄭、衛之聲日熾，流靡之變日煩。已有〈菩薩蠻〉、〈春光好〉、〈莎雞子〉、〈更漏子〉、〈浣溪沙〉、〈夢江南〉、〈漁父〉等詞，不可遍舉。五代干戈，四海瓜分豆剖，斯文道熄，獨江南李氏君臣尚文雅，故有「小樓吹徹玉笙寒」、「吹皺一池春水」之詞，語雖奇甚，所謂「亡國之音哀以思」也。逮至本朝，禮樂文武大備，又涵養百餘年，始有柳屯田永者，變舊聲作新聲，出《樂章集》，大得聲稱於世；雖協音律，而詞語塵下。又有張子野、宋子京兄弟、沈唐、元絳、晁次膺輩繼出，雖時時有妙語，而破碎何足名家？至晏元獻、歐陽永叔、蘇子瞻，學際天人，作爲小歌詞，直如酌蠡水於大海，然皆句讀不葺之詩爾！又往往不協音律者。何耶？蓋詩文分平側，而歌詞分五音，又分五聲，又分六律，又分清濁輕重。

且如近世所謂〈聲聲慢〉、〈雨中花〉、〈喜遷鶯〉，既押平聲韻，又押入聲韻；〈玉樓春〉本押平聲韻，又押上去聲，又押入聲。本押仄聲韻，如押上聲則協，如押入聲，則不可歌矣！王介甫、曾子固文章似西漢，若作一小歌詞，則人必絕倒，不可讀也。乃知別是一家，知之者少。後晏叔原、賀方回、秦少游、黃魯直出，始能知之。又晏苦無鋪敘；賀苦少典重；秦即專主情致而少故實，譬如貧家美女，雖極妍麗丰逸，而終乏富貴態；黃即尚故實而多疵病，譬如良玉有瑕，價自減半矣。

〔原載於胡仔《苕溪漁隱叢話・後集》卷 33，楊家駱主編：《中國學術名著第三輯・詩話叢編第一集》（臺北：世界書局，1976 年 2 月）冊二，頁 666～667。〕

附錄二　陳子龍詞作中含有傷春情感的詞句

1. 如夢！如夢！滿地落紅催送。（〈如夢令・本意之四〉）

2. 難去！難去！門外尺深花雨。（〈如夢令・豔情〉）

3. 滿眼韶華，東風慣是吹紅去。幾番煙霧，只有花難護。（〈點絳唇・春日風雨有感〉）

4. 春無主，淚染胭脂雨。（〈點絳唇・春日風雨有感〉）

5. 簾捲垂楊，東風羅帶吹芳徑。（〈點絳唇〉）

6. 海棠春晝，漫倚雕闌久。（〈點絳唇・閨情〉）

7. 淡日滾殘影下，軟風吹送玉樓西，天涯心事少人知。（〈浣溪沙・楊花〉）

8. 風動殘燈搖繡幕，花籠微月淡簾鉤，陡然舊恨上心頭。（〈浣溪沙・五更〉）

9. 玉人裊裊東風急，半晴半雨胭脂濕，芳草襯陵波，杏花紅粉多。（　）〈菩薩蠻・春曉〉

10. 無語欲摧紅，腸斷芳草中。幾分消夢影，數點胭脂冷。何處望春歸？空林鶯暮啼。（〈菩薩蠻・春雨〉）

11. 風乍煖，日初長，裊垂楊。一雙舞燕，萬點飛花，滿地斜陽。〈訴衷情・春遊〉（　）

12. 落花亂點湘文皺，昨暮瓊樓，今日蘭舟，為送多情曉夜流。（〈醜奴兒令・春潮〉）

13. 繡簾花散，難與東風算。拈得金針絲又亂，尚剩檀心一半。（〈清平樂・春繡〉）

14. 殘紅謝，餘香惹，撩亂日長時也。人寂寂，意茫茫，憑他雙燕忙。（〈更漏子・春閨〉）

15. 輕狂無奈東風急，蜂黃蝶粉同零落。（〈憶秦娥・楊花〉）

16. 豔陽深染杏花梢，曉妝初注櫻桃。滿堂春思捲紅綃，昨夜春消。

（〈畫堂春・春閨〉）

17. 憶昔青門堤外，粉香零亂朝朝。玉顏寂寞淡紅飄，無那春宵。（〈畫堂春・雨中杏花〉）

18. 今夜鵑聲偏咽，紅透花枝血。（〈望仙樓・夜宿大蒸西莊〉）

19. 楊柳迷離曉霧中，杏花零落五更鐘。寂寂景陽宮外月，照殘紅。（〈山花子・春恨〉）

20. 靜掩珠簾透麝蘭，黃昏池閣翠眉殘。葉上數聲梅子雨，損紅顏。（〈山花子〉）

21. 試問晚風吹去，狼籍春何處？相思從此無從數，畢竟天涯幾許？莫聽嬌鶯私語，怨盡梨花雨。（〈桃源憶故人・南樓雨暮〉）

22. 無端午夢逡巡起，春事已飄零。只愁又見，柳綿亂落，燕語星星。（〈眼兒媚〉）

23. 十年夢斷嬋娟，迴首處離愁萬千。綠柳新蒲，昏鴉春雁，芳草連天。（〈柳梢青・春望〉）

24. 強魘凌波尋蝶路，金縷冒芳叢。杜宇聲聲和淚紅，灑不遍，落花風。（〈武陵春・閨怨〉）

25. 滿庭清露浸花明，攜手月中行。玉枕寒深，冰綃香淺，無計與多情。（〈少年遊・春情〉）

26. 千縷青青半吐，染就滿溪花露。多是三春誤，常教斷送行人路。（〈惜分飛・詠柳〉）

27. 夜久落春星，幾陣東風，殘月梨花碎。（〈醉花陰・豔情〉）

28. 寒梅香斷滿簾風，庭院春無主。火微紅，明滅紗窗裏，知有玉人低語。（〈探春令・上元雨〉）

29. 匆匆煙景催芳樹，一縷縈朝暮。可春心斷也。何曾斷了，蕩盡人間路。（〈探春令・游絲〉）

30. 花軟飛紅定，煙深慘綠收。為誰相送海西頭，應有玉簫吹斷鳳凰樓。（〈南柯子・春月〉）

31. 思往事，恨綿綿。怕說梅妝柳煙。裁成華勝寄誰邊？一春常是淚

花前。(〈望遠行・人日〉)

32. 清淺木蘭舟，春思悠悠，暮雲凝碧舊妝樓，當日畫堂紅蠟下，戲與藏鉤。( )〈浪淘沙・感舊〉

33. 不嫁惜娉婷，特地飄零。落花春夢兩無憑，滿眼離愁留不住，斷送多情。(〈浪淘沙・春恨〉)

34. 弱柳三眠春夢杳，遠山一角曉眉愁。無計問東流。(〈雙調望江南・感舊〉)

35. 草色萋迷郎去路，沉沉，一帶浮雲斷碧岑。(〈南鄉子・春閨〉)

36. 小院雨初殘，一半春風繡幕間。強向玉樓花下走，珊珊，飛雪輕點翠鬟。(〈南鄉子・春寒〉)

37. 愁殺匆匆春去早，又恨懨懨春未了。羅襪痕輕映落花，玉輪碾處眠芳草。……不須此地怨東風，天涯何處銷魂少！(〈木蘭花令・寒食〉)

38. 夭桃紅杏春將半，總被東風換。王孫芳草路微茫，只有青山依舊對斜陽。(〈虞美人・有感〉)

39. 冰心恐難禁，早被曉風零亂又春深。(〈虞美人〉)

40. 海棠一夜輕紅倦，何事教重見？數行珠淚倩他流，莫道無情卻會替人愁。(〈虞美人・詠鏡〉)

41. 春樓繡甸，韶光一半無人見。海棠夢斷前春怨，幾處垂楊，不耐東風捲。(〈醉落魄・春閨風雨之一〉)

42. 一天風雨青樓斷，斜倚欄干，簾幕重重掩。(〈醉落魄・春閨風雨之二〉)

43. 幾番冰雪待春來，春來又是愁人處。(〈踏莎行・春寒〉)

44. 回首天涯，歸期又誤，羅衣不耐東風舞。垂楊枝上月華生，可憐獨上銀床去。(〈踏莎行・春寒閨恨〉)

45. 荒草思悠悠，空花飛不盡，覆芳洲。(〈小重山・憶舊〉)

46. 碧草帶芳林，寒塘漲水深。五更風雨斷遙岑。雨下飛花花上淚，吹不去，兩難禁。(〈唐多令・寒食〉)

47. 紫燕香泥歸畫棟，捲上簾鉤，楊柳籠煙重。窗外曉鶯啼一弄，飛花只有東風送。（〈蝶戀花・春閨〉）

48. 枝上流鶯啼不絕，故脫餘綿，忍耐寒食節。（〈蝶戀花・春曉〉）

49. 隔著亂紅人遠，畫樓今夜珠簾捲。（〈蝶戀花之一〉）

50. 莫說輕紅何處好，催人連夜傷春早。（〈蝶戀花之二〉）

51. 雨外黃昏花外曉，催得流年，有恨何時了？燕子乍來春漸老，亂紅相對愁眉掃。……幾度東風人意惱，深深院落芳心小。（〈蝶戀花・春日〉）

52. 繡原長，青冢小，重問幽泉，可照紅裳曉？地下傷春應不老，香魂依舊嬌芳草。（〈蘇幕遮・清明〉）

53. 倚遍玉樓無計款，問春此去誰為伴？明歲芳菲依舊滿，君莫算，未來先怕難消遣。（〈漁家傲・春暮〉）

54. 青樓惱亂楊花起，能幾日，東風裏？回首三春渾欲悔，落紅如夢，芳郊似海，只有情無底。（〈青玉案・春暮〉）

55. 海棠枝上流鶯囀，試小立，春風面。細草凌波紅一綫，碧雲凝照，綠楊零亂，重鎖深深院。（〈青玉案・春思〉）

56. 北望音書迷故國。一江春水無消息。強將此恨問花枝，嫣紅積，鶯如織，我淚未彈花淚滴。（〈天仙子・春恨〉）

57. 一簾病枕五更鐘，曉雲空，捲殘紅。無情春色，去矣幾時逢？添我千行清淚也，留不住，苦匆匆。……人自傷心花自笑，憑燕子，罵東風。（〈江城子・病起春盡〉）

58. 醉中過白日，望裏悲青冢，休恨也，黃鶯啼破前春夢。（〈千秋歲・有恨〉）

59. 韶光一樣，好夢已天涯，斜陽候，黃昏又，人落東風後。（〈驀山溪・寒食〉）

60. 百草分來紅袖滿，雙蛾飛上湘裙折，更亭亭無語照池塘，愁時節。傷心事，人難說；當年恨，經今切。（〈滿江紅・五日同子建、尚木〉）

61. 紫燕翻飛，青梅帶雨，共尋芳草啼痕。……無過是，怨花傷柳，一樣怕黃昏。（〈滿庭芳·送別〉）

62. 自笑無端，近來憔悴爲誰生？假嬌憨，戲揉芳草；暗傷感，淚點春冰。且消停，蕭郎歸去，莫怨飄零。（〈玉蝴蝶〉）

63. 問天何意，到春深，千里龍山飛雪？（〈念奴嬌·春雪詠蘭〉）

64. 韶光有幾？催遍鶯歌燕舞，醞釀一番春，穠李夭桃嬌妬。東君無主，多少紅顏天上落，總添了數抔黃土。最恨你年年芳草，不管江山如許！（）〈二郎神·清明感舊〉

65. 嬌鶯啼破東風獨，移來三起閶門柳。館娃遺綠。（〈乳燕飛〉）

重要參考書目

一、陳子龍著作及研究論著

（一）著作按：全集、詞集、詩集、文集、其他為序安排

1. 《陳忠裕公全集》，陳子龍，王昶編，清嘉慶八年（1803）斡山草堂刊本，中央研究院歷史語言研究所。

2. 《江蘺檻詞》一卷，陳子龍，收入幽蘭草卷中，上海圖書館。

3. 《陳忠裕公詩餘》一卷，陳子龍，清嘉慶八年（1803）斡山草堂刊本，中央研究院歷史語言研究所。

4. 《湘眞閣存稿》一卷，陳子龍，清順治刻倡和詩餘本，北京圖書館。

5. 《幽蘭草》，陳子龍、李雯、宋徵輿，瀋陽：瀋陽教育出版社，2000年標校本。

6. 《詩問略》，陳子龍，四庫全書存目叢書，臺南：莊嚴文化事業有限公司，1997年6月。

7. 《安雅堂稿》，陳子龍，清宣統元年（1909）上海時中書局本，上海圖書館。

8. 《兵垣奏議》，陳子龍，清光緒23年（1897）石印本，上海圖書館。

9. 《陳子龍年譜》，陳子龍，上海：上海古籍出版社，1983年7月。

10. 《陳子龍詩集》，陳子龍，施蟄存、馬祖熙標校，上海：上海古籍出版社，1983年7月。

11. 《陳子龍文集》，陳子龍，上海文獻叢書編委會，上海：華東師範大學，1988年11月。

12. 《史記測議》，陳子龍、徐孚遠，清嘉慶 11 年（1806）同人堂刊本，國家圖書館善本書室。

13. 《皇明經世文編》，陳子龍、徐孚遠、宋徵璧，四庫禁毀叢刊。

14. 《農政全書》，〔明〕徐光啓著、陳子龍編，影印文淵閣四庫全書，臺北，臺灣商務印書館，1985 年 2 月。

15. 《皇明詩選》，陳子龍、李雯、宋徵輿，上海：華東師範大學，1991 年。

16. 《史拾載補》，〔明〕吳弘基著、陳子龍鑑定，西安：三秦出版社，2002 年。

（二）研究論著按：生平傳記、詞、詩、其他爲序安排

17. 《續陳子龍年譜》，王澐，上海：上海古籍出版社，1983 年 7 月。

18. 《明史·陳子龍傳》，〔清〕張廷玉等，臺北：鼎文書局，1970 年 1 月。

19. 《南疆繹史·陳子龍傳》，溫睿德，臺灣文獻史料叢刊第五輯，臺北：大通書局，1986 年 10 月。

20. 《重修華亭縣志·陳子龍傳》，〔清〕楊開第修、姚光發等纂，臺北：成文書局，1983 年。

21. 《諸暨縣志·陳子龍傳》，〔清〕沈椿齡等修、樓卜瀍等纂，臺北：成文書局，1983 年。

22. 《紹興府志·陳子龍傳》，〔清〕李特享總裁、平恕等修、周徐彩纂，臺北：成文書局，1983 年。

23. 《陳子龍及其時代》，朱東潤，上海：東方出版中心，1999 年 1 月。

24. 《陳大樽詞研究》，涂茂齡，高雄：高雄師範大學國文研究所碩士論文，1992 年 7 月。

25. 《明末忠義詞人研究》，陳美，臺北：東吳大學國文研究所碩士論文，1985 年 6 月。

26. 《陳子龍詩學研究》，蔡勝德，臺北：東吳大學國文研究所碩士論文，1981 年 6 月。

27. 《陳子龍及其經世思想》，王坤地，臺中：東海大學國文研究所碩士論文，1992 年 6 月。

28. 《陳子龍柳如是詩詞情緣》，孫康宜著，李奭學譯，臺北：允晨文化實業公司，1992 年 2 月。

29. 《柳如是別傳》，陳寅恪，北京，生活·讀書·新知三聯書店，2001 年 1 月。

30. 〈陳子龍詞學觀芻議〉，王英志，《明清詩文研究叢刊》第一輯，無錫：江蘇師範學院中文系明清詩文研究室，1982 年 7 月。

31. 〈陳子龍「婉約」說詞例一則——簡析〈「念奴嬌·春雪詠蘭」〉，王英志，名作欣賞，1983 年 5 期。

32. 〈陳子龍詞學觀初論〉，王英志，齊魯學刊，1984 年 3 期。

33. 〈明末詞人陳子龍〉，培軍，固原師專學報，1987 年 4 期。

34. 〈陳子龍的詞和詞論〉，趙山林，詞學第七輯，上海：華東師範大學出版社, 1989 年 2 月。

35. 〈濃纖婉麗，寄興深微——論陳子龍〉，中州學刊，1990 年 2 期。

36. 〈評析陳大樽詞的風格技巧〉，劉月珠，中國文化月刊，1991 年 9 月。

37. 〈論陳子龍的詞——從一個新的理論談令詞之潛能與陳子龍詞之成就〉，葉嘉瑩，收錄在繆鉞、葉嘉瑩，《詞學古今談》，臺北：萬卷樓圖書公司，1992 年 10 月。

38. 〈論陳子龍在詞史的貢獻及其地位〉，劉揚忠，《第一屆詞學國際研討會論文集》，臺北：中央研究院中國文史哲研究所，1994 年 11 月。

39. 〈明代陳子龍詞學觀析論〉，涂茂齡、費臻懿，《建國學報》，1999 年 6 月。

40. 〈論陳子龍湘真閣詞——〈漁家傲〉記夢詞詮解〉，《中國國學》，1996 年 10 月。

41. 〈論陳子龍的詩歌理論及其詞作〉，陳美，《嶺東學報》，1996 年 2 月。

42. 〈評論孫著陳子龍柳如是詩詞情緣〉，謝正光，《當代月刊》，117 期，1996 年 1 月。

43. 〈回應謝正光先生〉，孫康宜，《當代月刊》，118 期，1996 年 2 月。

44. 〈與謝正光光生論書評——讀評論孫著陳子龍柳如是詩詞情緣有感〉，李奭學，《當代月刊》，118 期，1996 年 2 月。

45. 〈陳子龍《詩問略》研探〉，蔣秋華，《中國文史哲研究集刊》，臺北：中央研究院，1994 年 9 月。

二、詞　集

1. 《花間集》，〔後蜀〕趙崇祚輯，宋紹興本，臺北：鼎文書局，1974 年 10 月。

2. 《花間集》，〔後蜀〕趙崇祚輯，蕭繼宗評點校注，臺北：學生書局，1981 年 10 月。

3. 《花間集新注》，沈祥源、傅生文注，南昌：江西人民出版社，1997

年 2 月。

4. 《全唐五代詞》，張璋、黃畬編，臺北：文史哲出版社，1986 年 10 月。

5. 《全宋詞》，唐圭璋編，臺北：世界書局，1976 年 10 月。

6. 《全宋詞補輯》，孔凡禮輯，臺北：源流出版社，1982 年 12 月。

7. 《廣選新注集評全宋詞》，馬興榮、劉乃昌、劉繼才主編，瀋陽：遼寧人民出版社，1999 年 1 月。

8. 《全金元詞》，唐圭璋編，臺北：洪氏出版社，1980 年 11 月。

9. 《明詞彙刊》，趙尊嶽輯，上海：上海古籍出版社，1992 年 7 月。

10. 《全清詞》（順康卷，20 冊），南京大學中國語文學系全清詞編纂委員會，北京，中華書局，2002 年。

11. 《全清詞鈔》，葉公綽編，臺北：河洛圖書出版社，1975 年。

12. 《唐五代詞索引》，胡昭著、羅淑珍主編，北京：當代中國出版社，1996 年 5 月。

13. 《草堂詩餘》，〔宋〕佚名編，景印文淵閣四庫全書本，臺北：商務印書館，1984 年 3 月。

14. 《宋詞三百首箋注》，〔清〕朱祖謀選輯，唐圭璋箋注，臺北：漢京文化事業有限公司，1983 年 6 月。

15. 《唐宋元明百家詞》，〔明〕吳訥編，景印文淵閣四庫全書本，臺北：商務印書館，1984 年 3 月。

16. 《詞綜》，〔清〕朱彝尊，四庫備要本，臺北：中華書局，1970 年 6 月。

17. 《倚聲初集》，鄒祗謨、王士禛，清順治庚子刻本，台北：傅斯年圖書館。

18. 《明詞綜》，〔清〕王昶，四部備要本，臺北：中華書局，1970 年 6 月。

19. 《近三百年名家詞選》，龍榆生，臺北：宏業書局，1979 年 1 月。

20. 《詞選・續詞選》，鄭騫，臺北：中國文化大學出版部，1991 年 11 月。

21. 《清詞別集書三十四種》，楊家駱主編，臺北：鼎文書局，1976 年 8 月。

22. 《李璟、李煜詞》，詹安然編注，北京：人民文學出版社，1987 年 5 月。

23. 《歐陽修詞箋注》，黃畬，北京：中華書局，1986 年 12 月。

24. 《東坡樂府箋》，龍榆生，臺北：華正書局，1974 年 6 月。

25. 《淮海居士長短句》，〔宋〕秦觀，徐培均校注，上海：上海古籍出版社，1985 年 8 月。

26. 《周邦彥「清集」箋》，羅慷烈，香港：三聯書店，1985 年 2 月。

27. 《李清照集校注》，王學初，臺北：漢京文化事業公司，1984 年。

28. 《酒邊詞箋注》，〔宋〕向子諲，王沛霖、楊鍾賢箋注，南昌：江西人民出版社，1994 年 8 月。

29. 《誠意伯詞》，〔明〕劉基，《明詞彙刊本》，上海：上海古籍出版社，1992 年 7 月。

30. 《樂府遺音》，〔明〕瞿佑，《明詞彙刊本》，上海：上海古籍出版社，1992 年 7 月。

31. 《升庵長短句》，〔明〕楊慎，《明詞彙刊本》，上海：上海古籍出版社，1992 年 7 月。

32. 《弇州山人詞》，〔明〕王世貞，《明詞彙刊本》，上海：上海古籍出版社，1992 年 7 月。

33. 《蕊淵集》，〔明〕卓人月，《明詞彙刊本》，上海：上海古籍出版社，1992 年 7 月。

34. 《支機集》，〔清〕蔣平階等，《明詞彙刊本》，上海：上海古籍出版社，1992 年 7 月。

35. 《衍波詞》，〔清〕王士禎，李少雍編校，廣州：廣東人民出版社，1986 年 4 月。

36. 《飲水詞箋校》，〔清〕納蘭性德，趙秀亭，馮統一，瀋陽：遼寧教育出版社，2001 年 7 月。

37. 《柳如是詩詞評注》，劉燕遠，北京：北京古籍出版社，2000 年 1 月。

三、詞話、詞論

1. 《詞話叢編》，唐圭璋編，臺北：新文豐出版公司，1988 年 2 月。

2. 《古今詞話》，〔宋〕楊湜，《詞話叢編》本，臺北：新文豐出版公司，1988 年 2 月。

3. 《碧雞漫志》，〔宋〕王灼，《詞話叢編》本，臺北：新文豐出版公司，1988 年 2 月。

4. 《苕溪漁隱叢話》，〔宋〕胡仔，《詞話叢編》本，臺北：新文豐出版公司，1988 年 2 月。

5. 《詞源》，〔宋〕張炎，《詞話叢編》本，臺北：新文豐出版公司，1988

年 2 月。

6. 《詞源注》，〔宋〕張炎，夏承燾校注，臺北：木鐸出版社，1982 年 5 月。

7. 《詞源解箋》，〔宋〕張炎，關孟津、研平山箋，杭州，浙江古籍出版社，1990 年 12 月。

8. 《樂府指迷》，〔宋〕沈義父，《詞話叢編》本，臺北：新文豐出版公司，1988 年 2 月。

9. 《樂府指迷箋釋》，〔宋〕沈義父，蔡嵩雲箋釋，臺北：木鐸出版社，1982 年 5 月。

10. 《渚山堂詞話》，〔明〕陳霆，《詞話叢編》本，臺北：新文豐出版公司，1988 年 2 月。

11. 《藝苑卮言》，〔明〕王世貞，《詞話叢編》本，臺北：新文豐出版公司，1988 年 2 月。

12. 《詞品、拾遺》，〔明〕楊慎，《詞話叢編》本，臺北：新文豐出版公司，1988 年 2 月。

13. 《升庵詞品校證》，〔明〕楊慎，劉真倫校證，臺北：華正書局，1996 年 6 月。

14. 《窺詞管見》，〔清〕李漁，《詞話叢編》本，臺北：新文豐出版公司，1988 年 2 月。

15. 《古今詞論》，〔清〕王又華，《詞話叢編》本，臺北：新文豐出版公司，1988 年 2 月。

16. 《七頌堂詞繹》，〔清〕劉體仁，《詞話叢編》本，臺北：新文豐出版公司，1988 年 2 月。

17. 《談詞雜說》，〔清〕沈謙，《詞話叢編》本，臺北：新文豐出版公司，1988 年 2 月。

18. 《遠志齋詞衷》，〔清〕鄒祗謨撰，《詞話叢編》本，臺北：新文豐出版公司，1988 年 2 月。

19. 《花草蒙拾》，〔清〕王士禎，《詞話叢編》本，臺北：新文豐出版公司，1988 年 2 月。

20. 《金粟詞話》，〔清〕彭孫遹，《詞話叢編》本，臺北：新文豐出版公司，1988 年 2 月。

21. 《歷代詞話》，〔清〕王弈清等，《詞話叢編》本，臺北：新文豐出版公司，1988 年 2 月。

22. 《靈芬館詞話》，〔清〕郭麐撰，《詞話叢編》本，臺北：新文豐出版公司，1988 年 2 月。

23. 《張惠言論詞》，〔清〕張惠言，《詞話叢編》本，臺北：新文豐出版公司，1988 年 2 月。

24. 《介存齋論詞雜著》，〔清〕周濟，《詞話叢編》本，臺北：新文豐出版公司，1988 年 2 月。

25. 《宋四家詞選目錄序論》，〔清〕周濟，《詞話叢編》本，臺北：文豐出版公司，1988 年 2 月。

26. 《詞苑萃編》，〔清〕馮金伯輯，《詞話叢編》本，臺北：新文豐出版公司，1988 年 2 月。

27. 《蓮子居詞話》，〔清〕馮金伯輯，《詞話叢編》本，臺北：新文豐出版公司，1988 年 2 月。

28. 《詞苑萃編》，〔清〕馮金伯輯，《詞話叢編》本，臺北：新文豐出版公司，1988 年 2 月。

29. 《樂府餘論》，〔清〕宋翔鳳，《詞話叢編》本，臺北：新文豐出版公司，1988 年 2 月。

30. 《憩園詞話》，〔清〕杜文瀾，《詞話叢編》本，臺北：新文豐出版公司，1988 年 2 月。

31. 《蓼園詞評》，〔清〕黃氏，《詞話叢編》本，臺北：新文豐出版公司，1988 年 2 月。

32. 《詞學集成》，〔清〕江順詒，《詞話叢編》本，臺北：新文豐出版公司，1988 年 2 月。

33. 《賭棋山莊詞話、續詞話》，〔清〕謝章鋌，《詞話叢編》本，臺北：新文豐出版公司，1988 年 2 月。

34. 《蒿庵論詞》，〔清〕馮煦，《詞話叢編》本，臺北：新文豐出版公司，1988 年 2 月。

35. 《詞概》，〔清〕劉熙載，《詞話叢編》本，臺北：新文豐出版公司，1988 年 2 月。

36. 《藝概箋注》，〔清〕劉熙載，王氣中箋注，貴陽：貴州人民出版社，1986 年 6 月。

37. 《詞壇叢話》，〔清〕陳廷焯，《詞話叢編》本，臺北：新文豐出版公司，1988 年 2 月。

38. 《白雨齋詞話》，〔清〕陳廷焯，《詞話叢編》本，臺北：新文豐出版公司，1988 年 2 月。

39. 《白雨齋詞話足校本》，〔清〕陳廷焯，屈興國校注，濟南，齊魯書社，1983 年 11 月。

40. 《復堂詞話》，〔清〕譚獻，《詞話叢編》本，臺北：新文豐出版公司，

1988 年 2 月。

41. 《歲寒居詞話》，〔清〕胡薇元，《詞話叢編》本，臺北：新文豐出版公司，1988 年 2 月。

42. 《論詞隨筆》，〔清〕沈祥龍，《詞話叢編》本，臺北：新文豐出版公司，1988 年 2 月。

43. 《人間詞話》，王國維，《詞話叢編》本，臺北：新文豐出版公司，1988 年 2 月。

44. 《人間詞話新注》（修訂本），王國維撰，滕咸惠校注，濟南：齊魯書社，1989 年 7 月。

45. 《人間詞話譯註》，王國維，臺北：貫雅文化事業公司，1991 年 5 月。

46. 《蕙風詞話、續詞話》，〔清〕況周頤，《詞話叢編》本，臺北：新文豐出版公司，1988 年 2 月。

47. 《詞苑叢談》，〔清〕徐釚撰，臺北：木鐸出版社，1982 年 2 月。

48. 《詞苑叢談校箋》，〔清〕徐釚，王百里校箋，北京：人民文學出版社，1988 年 11 月。

49. 《歷代詞話敘錄》，王熙元，臺北：臺灣中華書局，1973 年 7 月。

50. 《詞林紀事》，〔清〕張宗橚輯，臺北：河洛圖書出版社，1975 年 9 月。

51. 《詞林紀事、詞林紀事補正合編》，〔清〕張宗橚輯，楊寶林補正，上海：上海古籍出版社，1998 年 11 月。

52. 《唐宋詞集序跋匯編》，金啓華等編，臺北：臺灣商務印書館，1993 年 2 月。

53. 《詞集序跋匯編》，施蟄存主編，北京：中國社會科學出版社，1994 年 12 月。

54. 《宋代詞學資料彙編》，張忠民等編，汕頭：汕頭大學出版社，1993 年 11 月。

55. 《中國歷代詞學論著選》，陳良運主編，南昌：百花文藝出版社，1998 年 8 月。

56. 《歷代詞論新編》，龔兆吉撰，北京：北京師範大學出版社，1984 年 11 月。

57. 《詞論史論稿》，邱世友，北京：人民文學出版社，2002 年 1 月。

58. 《詞學通論》，吳梅，臺北：臺灣商務印書館，1972 年 12 月。

59. 《詞論》，劉永濟，臺北：龍田出版社，1982 年 1 月。

60. 《詞話學》，朱崇才，臺北：文津出版社，1995 年 1 月。

61. 《詞學綜論》，馬興榮，濟南：齊魯書社，1989 年 11 月。

62. 《詞話十論》，劉慶雲，長沙：岳麓書社，1990 年 1 月。

63. 《唐宋詞的風格學》，楊海明，臺北：木鐸出版社，1987 年 6 月。

64. 《中國詞學的現代觀》，葉嘉瑩，臺北：大安出版社，1988 年 12 月。

65. 《宋詞的審美理想》，張惠民，北京：人民文學出版社，1995 年 4 月。

66. 《宋詞審美淺說》，黎小瑤，廣州：中山大學出版社，1992 年 5 月。

67. 《宋詞紀事》，唐圭璋，上海：上海古籍出版社，1982 年 11 月。

68. 《詞的藝術世界》，錢鴻瑛，上海：上海文藝出版社，1992 年 10 月。

69. 《唐宋詞美學》，鄧喬彬，濟南：齊魯書社，1993 年 12 月。

70. 《唐五代詞的文化觀照》，劉尊明，臺北：文津出版社，1994 年 12 月。

71. 《宋詞流派的美學研究》，陳振濂，南京：江蘇教育出版社，1994 年 11 月。

72. 《唐宋五十名詞論》，陳如江，上海：華東師範大學出版社，1992 年 7 月。

73. 《從詩到曲》，鄭騫，臺北：中國文化雜誌社，1971 年 3 月。

74. 《宋詞散論》，詹安泰，廣州：廣東人民出版社，1982 年 1 月。

75. 《宋詞人文精神與審美形態探論》，孫維城，合肥：安徽大學出版社，2002 年 5 月。

76. 《唐宋詞論叢》，夏承燾，香港：中華書局，1985 年 9 月。

77. 《唐宋詞史論》，王兆鵬，北京：人民文學出版社，2000 年 1 月。

78. 《唐宋詞論稿》，楊海明，杭州：浙江古籍出版社，1988 年 5 月。

79. 《詞學論叢》，唐圭璋，臺北：宏業書局，1988 年 9 月。

80. 《金元詞紀事會評》，鍾陵，合肥：黃山書社，1995 年 12 月。

81. 《明詞紀事會評》，尤振中、尤以丁，合肥：黃山書社，1995 年 12 月。

82. 《明代詞論研究》，朴永珠，臺北：私立中國文化大學中國文學研究所碩士論文，1982 年。

83. 《明代詞選研究》，陶子珍，臺北：私立東吳大學中國文學研究所博士論文，2001 年。

84. 《迦陵論詞叢稿》，葉嘉瑩，臺北：明文書局，1981 年 9 月。

85. 《唐宋詞名家論集》，葉嘉瑩，臺北：國文天地雜誌社，1987 年 11 月。

86. 《靈谿詞說》，繆鉞、葉嘉瑩，臺北：國文天地雜誌社，1989 年 12 月。

87. 《詞學古今談》，繆鉞、葉嘉瑩，臺北：萬卷樓圖書有限公司，1992 年 10 月。

88. 《詞的審美特性》，孫立，臺北：文津出版社，1995 年 2 月。

89. 《詞學考詮》，林玫儀，臺北：聯經出版事業公司，1987 年 12 月。

90. 《詞林屐步》，方智范等編選，南昌：江西教育出版社，1999 年 1 月。

91. 《詞學論稿》，華東師範大學中文系中國古典文學研究室主編，上海：華東師範大學出版社，1986 年 9 月。

92. 《晚清詞論研究》，林玫儀，國立臺灣大學中國文學研究所博士論文，1979 年。

93. 《明末清初詩詞正變觀研究——以陳、王、朱爲對象之考察》，陳美朱，臺南：國立成功大學中國文學研究所博士論文，2000 年。

94. 《詞學研究論文集（1911～1949）》，華東師範大學中文系中國古典文學研究室編，上海：上海古籍出版社，1988 年 3 月。

95. 《詞學研究論文集（19491～1979）》，華東師範大學中文系中國古典文學研究室主編，上海：上海古籍出版社，1982 年 3 月。

96. 《詞學論薈》，趙爲民、程郁綴選輯，臺北：五南圖書公司，1989 年 7 月。

97. 《龍榆生詞學論文集》，龍榆生，上海：上海古籍出版社，1997 年 7 月。

98. 《袖珍詞學》，張麗珠，臺北：里仁書局，2001 年 5 月。

四、詞史、詞家研究

1. 《詞史》，劉子庚，臺北：臺灣學生書局，1972 年 4 月。

2. 《詞曲史》，王易，北京：東方出版社，1996 年 3 月。

3. 《中國詞學史》，謝桃坊，成都：巴蜀書社，1993 年 6 月。

4. 《中國詞史》，黃拔荊，福州：福建人民出版社，2003 年 5 月。

5. 《中國詞學批評史》，方智範等，北京：中國社會科學出版社，1994 年 7 月。

6. 《唐宋詞史》，楊海明，高雄：麗文文化事業公司，1996 年 2 月。

7. 《唐宋詞通論》，吳熊和，杭州：杭州古籍出版社，1985 年 1 月。

8. 《晚唐迄北宋詞體演進與詞人風格》，孫康宜著，李奭學譯，臺北：聯經出版事業公司，1994 年 6 月。

9. 《宋詞通論》，薛礪若，臺北：臺灣開明書店，1980 年 1 月。

10. 《宋詞研究》，胡雲翼，臺南：大行出版社，1990 年 6 月。

11. 《宋詞概論》，謝桃坊，成都：四川文藝出版社，1992 年 8 月。

12. 《北宋詞史》，陶爾夫、諸葛憶兵，哈爾濱，黑龍江教育出版社，2002 年 12 月。

13. 《北宋六大詞家》，劉若愚著，王貴苓譯，臺北：幼獅文化事業公司，1986 年 6 月。

14. 《北宋十大詞家研究》，黃文吉，臺北：文史哲出版社，1996 年 3 月。

15. 《宋南渡詞人》，黃文吉，臺北：臺灣學生書局，1985 年 5 月。

16. 《宋南渡人群體研究》，王兆鵬，臺北：文津出版社，1992 年 3 月。

17. 《南宋詞研究》，王偉勇，臺北：文史哲出版社，1987 年 9 月。

18. 《南宋詞史》，陶爾夫、劉敬圻，哈爾濱：黑龍江人民出版社，1992 年 12 月。

19. 《金元詞史》，黃兆漢，臺北：臺灣學生書局，1992 年 12 月。

20. 《金元詞述評》，張子良，臺北：華正書局，1979 年 7 月。

21. 《金元明清詩詞理論史》，丁放，合肥：安徽大學出版社，2000 年 2 月。

22. 《明詞史》，張仲謀，北京：人民文學出版社，2002 年 2 月。

23. 《劉基「寫情集」研究》，潘麗琳，臺北：私立東吳大學中國文學研究所碩士論文，1999 年。

24. 《楊基「眉菴詞」研究》，雷佩怡，高雄：國立高雄師範大學中國文學研究所碩士論文，1999 年。

25. 《楊慎及其詞研究》，江俊亮，臺中：私立東海大學中國文學研究所碩士論文，1997 年。

26. 《瞿佑詞研究》，謝仁中，臺北：私立東吳大學中國文學研究所碩士論文，2001 年。

27. 《明清之際江南詞學思想研究》，李康化，成都：巴蜀書社，2001 年 11 月。

28. 《雲間詞派研究》，鄔秀容，臺北：國立臺北大學中文研究所碩士論文，1997 年。

29. 《清詞史》，嚴迪昌，上海：上海古籍出版社，2001 年 7 月。

30. 《清詞論說》，艾治平，上海：學林出版社，1999 年 7 月。

31. 《清代前中期詞學思想研究》，陳水雲，武漢，武漢大學出版社，1999

年 10 月。

五、詞律及工具書

1. 《(索引本) 詞律、附拾遺、補遺》,〔清〕萬樹撰、徐本立拾遺、杜文瀾補遺,臺北:廣文書局,1988 年 10 月。

2. 《御製詞譜》,〔清〕聖祖敕撰,臺北:聞汝賢據殿本縮印,1976 年 1 月。

3. 《唐宋詞格律》,龍沐勛,臺北:里仁書局,1979 年 3 月。

4. 《漢語詩律學》,王力,上海:新知識出版社,1958 年 1 月。

5. 《詞林正韻》,〔清〕戈載,臺北:世界書局,1982 年 11 月。

6. 《填詞名解》,〔清〕毛先舒,《四庫全書存目叢書‧集部》冊 425,臺南:莊嚴出版社,1997 年 6 月。

7. 《詞律探源》,張夢機,臺北:文史哲出版社,1981 年 11 月。

8. 《詞調溯源》,夏敬觀,臺北:臺灣商務印書館,1972 年 4 月。

9. 《詞牌彙釋》,聞汝賢,臺北:自印本,1963 年 5 月。

10. 《詞名索引》,吳藹汀,臺北:仁愛書局,1985 年 10 月。

11. 《倚聲學》,龍沐勛,臺北:里仁書局,1996 年 1 月。

12. 《分調好詞──浣溪沙》,竺金藏選注,北京:東方出版社,2001 年 1 月。

13. 《宋人擇調之翹楚──浣溪沙詞調研究》,林鍾勇,彰化,國立彰化師範大學國文研究所碩士論文,2002 年 6 月。

14. 《曲律》,王驥德,收入《歷代詩史長編二輯》,臺北:鼎文書局,1974 年 2 月。

15. 《唐宋詞人年譜》,夏承燾,上海:上海古籍出版社,1979 年 5 月。

16. 《詞學研究書目 (1912〜1992)》,黃文吉主編,臺北:文津出版社,1993 年 4 月。

17. 《唐五代詞鑒賞辭典》,潘慎主編,北京:燕山出版社,1991 年 5 月。

18. 《唐宋詞鑒賞集成》,唐圭璋主編,臺北:文南圖書出版公司,1998 年 7 月。

19. 《金元明清詞鑒賞辭典》,王步高主編,南京:南京大學出版社,1989 年 4 月。

20. 《金元明清詞鑒賞辭典》,唐圭璋主編,南京:江蘇古籍出版社,1989 年 5 月。

21. 《唐宋詞鑒賞集成》，唐圭璋主編，臺北：五南圖書出版有限公司，1998 年 7 月。

22. 《歷代詞賞析辭典》，章泰和主編，牡丹江：黑龍江朝鮮民族出版社，1988 年 11 月。

23. 《金元明清詩詞曲鑒賞辭典》，田軍等主編，北京：光明日報出版社，1990 年 8 月。

24. 《中國詞學大辭典》，馬興榮等，杭州：浙江教育出版社，1996 年 10 月。

25. 《唐宋詞百科大辭典》，王洪主編，北京：學苑出版社，1990 年 9 月。

26. 《宋詞大辭典》，張高寬等主編，瀋陽：遼寧人民出版社，1990 年 6 月。

27. 《全宋詞作者詞調索引》，高嘉田、寇琪編，北京：中華書局，1992 年 6 月。

28. 《詞話叢編索引》，李復波編，北京：中華書局，1991 年 9 月。

六、詩文集、詩文評

1. 《離騷章句》，〔東漢〕王逸，《景印文淵閣四庫全書》冊 1062，臺北：商務印書館，1985 年 2 月。

2. 《文心雕龍注》，〔梁〕劉勰撰，范文瀾，臺北：開明書店，1993 年 5 月。

3. 《文選》，〔梁〕蕭統輯，〔唐〕李善注，臺北：華正書局。

4. 《楚辭集註》，〔宋〕朱熹集註，臺北：國立中央圖書館善本叢刊第六種，1999 年 2 月。

5. 《陶淵明集》，〔東晉〕陶淵明，〔宋〕李公煥箋註，臺北：中央圖書管善本叢刊第七種，1991 年 2 月。

6. 《全唐詩》，〔清〕聖祖御製，王全點校，北京：中華書局，1992 年 10 月。

7. 《明清性靈小品》，致新主編，武漢：湖北辭書出版社，1994 年 10 月。

8. 《清詩匯》，徐世昌主編，北京：北京出版社，1996 年 3 月。

9. 《韓昌黎集》，〔唐〕韓愈，臺北：河洛出版社，1975 年 3 月。

10. 《歐陽修全集》，〔宋〕歐陽修，臺北：世界書局，1991 年 10 月。

11. 《司空圖詩品解說二種》，〔清〕孫聯奎、楊廷芝撰，孫昌熙、劉淦校點，濟南：齊魯書社，1980 年 8 月。

12. 《彭燕又先生文集》，〔清〕彭賓，《四庫全書存目存書・集部》冊 197，臺南：莊嚴文化事業有限公司，1997 年 6 月。

13. 《（增訂本）中國文學發展史》，劉大杰，臺北：華正書局，1986 年 6 月。

14. 《中國文學史初稿》，王忠林等，臺北：福記文化圖書公司，1985 年 5 月。

15. 《中國文學批評史》，王運熙、顧易生，臺北：五南圖書出版公司，1993 年 3 月。

16. 《清詩話》，丁福保編，臺北：西南書局，1979 年 11 月。

17. 《靜志居詩話》，〔清〕朱彝尊，北京：人民文學出版社，1990 年。

18. 《輞川詩鈔》，〔清〕王義士，《叢書集成新編》冊 72，臺北：新文豐出版社，1985 年 1 月。

19. 《說詩晬語詮評》，蘇文擢，臺北：文史哲出版社，1985 年 10 月。

20. 《中國文學理論批評發展史》，張少康、劉三富，北京：北京大學出版社，2001 年 6 月。

21. 《中國歷代文論選》，郭紹虞，香港：中華書局，1979 年。

22. 《明代文學研究》，季羨林等，北京：北京出版社，2001 年 2 月。

23. 《中國明代文學史》，趙景雲、何賢鋒，北京：人民出版社，1993 年 2 月。

24. 《復古派與明代文學思潮》，廖可斌，臺北：文津出版社，1994 年 6 月。

25. 《詩學美論與詩詞美境》，韓經太，北京：北京語言文化大學出版社，2000 年 1 月。

26. 《詩詞曲藝術論》，趙山林，杭州：浙江教育出版社，1988 年 6 月。

27. 《元明清詩鑑賞辭典》，錢仲聯等，上海：上海辭書出版社，2002 年 11 月。

28. 《中國詩學體系論》，陳良運，北京：中國社會科學出版社，1998 年 9 月。

29. 《唐詩宋詞十五講》，葛曉音，北京：北京大學出版社，2003 年 1 月。

30. 《文章明辨序說・文體明辨序說》，臺北：泰順書局，1973 年 9 月。

31. 《中國古代文學十大主題——原型與流變》，王立，臺北：文史哲出版社，1994 年 7 月。

32. 《中國古代文學論集》，湖北大學中國古代文學學科編，北京：中華書局，2002 年 1 月。

33. 《中國分體文學史——詩歌卷》，趙義山主編，上海：上海古籍出版社，2002 年 6 月。

34. 《文學概論》，王夢鷗，臺北：藝文印書館，1989 年 8 月。

35. 《文學論——文學研究方法論》，韋勒克等著，王夢鷗等譯，臺北：志文出版社，1996 年 11 月。

36. 《中國文學理論與實踐》，王夢鷗，臺北：時報文化出版企業有限公司，1995 年 11 月。

37. 《隱喻視野中的詩性傳統》，季廣茂，北京：高等教育出版社，1998 年 11 月。

38. 《詩與美》，黃永武，臺北：洪範書店，1997 年 4 月。

39. 《中國詩學——鑑賞篇》，黃永武，臺北：巨流圖書公司，1996 年 12 月。

40. 《文藝心理學》，朱光潛，臺北：金楓出版有限公司，1987 年 8 月。

41. 《王國維戲曲論文集》，王國維，北京：中國戲曲出版社，1957 年 11 月。

42. 《中國詩歌藝術研究》，袁行霈，臺北：五南圖書公司，1999 年 5 月。

43. 《明末清初吳中詩學研究——以分解爲中心》，江仰婉，嘉義，國立中正大學中國文學研究所博士論文，2001 年。

44. 《明七子派詩文其論評之研究》，龔顯宗，臺北：國立臺灣師範大學國文研究所博士論文，1978 年。

七、史部、子部

1. 《史記會注考證》，〔日〕瀧川龜太郎，臺北：洪氏出版社，1986 年 9 月。

2. 《陳書》，〔宋〕姚思廉，《景印文淵閣四庫全書》冊 260，1984 年 3 月。

3. 《明史》，〔清〕張廷玉，臺北：鼎文書局，1970 年 1 月。

4. 《南疆逸史》，〔清〕溫睿德，臺北：大通書局，1986 年 10 月。

5. 《諸暨縣志》，〔清〕沈椿齡等修、樓卜瀍等纂，臺北：成文書局，1983 年。

6. 《紹興府志》，〔清〕李特亨總裁、平恕等修、周徐彩纂，臺北：成文書局，1983 年。

7. 《重修華亭縣志》，〔清〕楊開第修、姚光發等纂，臺北：成文書局，1983 年。

8. 《歷代通鑑輯覽》，〔清〕傅恆等監修、龔德柏斷句，臺北：臺灣商務印書館，1972 年 1 月。

9. 《楊標點本清史稿附索引》，楊家駱，臺北：鼎文書局，1981 年 9 月。

10. 《國榷》，談遷，北京：中華書局，1988 年 6 月。

11. 《莊子集釋》，郭慶藩集釋，臺北：華正書局，1982 年 8 月。

12. 《北夢瑣言》，〔後蜀〕孫光憲，《景印文淵閣四庫全書》冊 3，1984 年 3 月。

13. 《避暑錄話》，〔宋〕葉夢得，《叢書集成新編》冊 84，臺北：新文豐出版社，1985 年 1 月。

14. 《貴耳集》，〔宋〕張端義，《叢書集成新編》冊 84，臺北：新文豐出版社，1985 年 1 月。

15. 《苕溪漁隱叢話》，〔宋〕胡仔，《叢書集成新編》冊 78，臺北：新文豐出版社，1985 年 1 月。

16. 《鶴林玉露》，〔宋〕羅大經撰，王瑞來點校，北京：中華書局，1997 年 12 月。

17. 《夢溪筆談》，〔宋〕沈括，臺北：中國子學名著集成編印委員會，1978 年 12 月。

18. 《三國志演義》，〔明〕羅貫中，〔清〕毛宗岡批，金聖嘆鑑定，臺北：老古文化事業公司，1985 年 6 月。

19. 《續藏書》，〔明〕李贄，臺北：臺灣學生書局，1974 年 5 月。

20. 《儼山外集》，〔明〕陸深，《景印文淵閣四庫全書》冊 885，1985 年 2 月。

21. 《四庫全書總目》，〔清〕紀昀等，《景印文淵閣四庫全書》冊 5，1984 年 3 月。

22. 《學林》，〔清〕王觀國，《叢書集成新編》冊 12，臺北：新文豐出版社，1985 年 1 月。

23. 《曝書亭集》，〔清〕朱彝尊，《四部叢刊初編》縮本，臺北：臺灣商務印書館，1975 年 6 月。

八、單篇論文

1. 〈論詞的起源〉，葉嘉瑩，收入《靈谿詞說》，臺北：國文天地雜誌社，1989 年 12 月。

2. 〈再論詞調〉，鄭騫，收入《從詩到曲》，臺北：中國文化雜誌社，

1971 年 7 月。

3. 〈填詞與選調〉，收入《詞學論薈》，臺北：五南圖書出版公司，1989 年 7 月。

4. 〈試論西蜀詞與南唐詞風格的異同〉，吳惠娟，《上海大學學報》社會科學版，第 6 卷第 4 期，1999 年 8 月。

5. 〈南唐詞人的創作及其在詞史演進中的地位〉，余恕誠，《安徽師專大學學報》人文社會科學版，第 28 卷第 3 期，2000 年 8 月。

6. 〈宋代詞論和審美思想與宋詞的發展〉，王維國，《青海師專學報》，1999 年第 2，期。

7. 〈宋代詠物詞的發展脈絡〉，南京大學學報社會科學版，2002 年 1 月。

8. 〈李清照的詞論〉，洪昭，收入《藝林叢錄·七編》，香港：商務印書館，1973 年 1 月。

9. 〈北宋婉約詞的創作思想和李清照的詞論〉，顧易生，《文藝理論研究》，1982 年 2 期。

10. 〈李清照詞論評析〉，林玫儀，收入《詞學考詮》，臺北：聯經出版社，1993 年 5 月。

11. 〈試論周邦彥詠物詞的藝術風格〉，《丹東紡專學報》，第 7 卷第 2 期，200 年 6 月。

12. 〈論辛棄疾愛情的心理成因〉，王玉蘭，《上饒師專學報》，第 20 卷第 2 期，2000 年 4 月。

13. 〈論詠物詞之發展及王沂孫之詠物詞〉，葉嘉瑩，收入《靈谿詞說》，臺北：國文天地雜詩社，1989 年 12 月。

14. 〈論王沂孫的詠物詞〉，孫謙，《龍岩師專學報》，第 19 卷第 4 期，2001 年 11 月。

15. 〈論蘇、辛詞與《莊》《騷》〉，繆鉞，收入《靈谿詞說》，臺北：正中書局，1993 年 8 月。

16. 〈姜夔詠物詞的審美趣尚和藝術風格〉，《天津師大學報》，1998 年第 1 期。

17. 〈金元明詞簡論〉，鐘東，《廣東師院學報》社會科學版，1996 年第 3 期。

18. 〈元明詞評議〉，黃天驥、李恒伯，《文學遺產》，1994 年第 4 期。

19. 〈明詞衰落的原因〉，鄭騫，臺北：《大陸雜誌》，1957 年 10 月。

20. 〈論詞衰於明曲衰於清〉，鄭騫，收入《從詩到曲》，臺北：中國文

化雜誌社，1971 年 3 月。

21. 〈明詞不可抹殺〉，張璋，《光明日報》，1984 年 12 月 25 日。

22. 〈聽我說句公道話——論明代的詞及《全明詞》的編纂〉，張璋，國文天地，6 卷 2 期，1990 年 7 月。

23. 〈明詞綜論〉，邵紅梅，《中國韻文學刊》，1999 年第 1 期。

24. 〈明詞簡論〉，任耕耘，《安徽師範大學人文社會科學報》，27 卷第 4 期，1999 年 11 月。

25. 〈論明詞衰敝的原因〉，孫家政，《寧波大學學報》，12 卷第 4 期，1999 年 12 月。

26. 〈無限傷心夕照中——試論明詞中的愛國思想〉，《社會科學》，1999 年第 6 期。

27. 〈論元明清詞及詞的鑒賞〉，馬興榮，《楚雄師專學報》，第 15 卷第 1 期，2000 年 1 月。

28. 〈淺論明代文學尊情觀的發展脈絡〉，曾東輝，《江西師範大學學報》哲學社會科學版，第 31 卷第 1 期，1998 年 2 月。

29. 〈論清詞中興的原因〉，周絢隆，《東岳論叢》，1997 年第 6 期。

30. 〈朱彝尊之愛情詞的美學特質〉，葉嘉瑩，《四川大學學報》哲學社會科學版，1994 年第 1 期。

31. 〈晚清詞論中的「詞品與人品說」〉，金鮮，《中國學術年刊》，第 18 期，1997 年 3 月。

32. 〈從文本之潛能與讀者之詮釋談令詞的評賞〉，葉嘉瑩，《天津大學學報》社會科學版，2 卷第 2 期，2000 年 6 月。

33. 〈詞學資料的檢索與利用〉，黃師文吉，《國文天地》，18 卷 8 期，2003 年 1 月。

34. 〈春意象與中國詩藝綜論〉，劉竹，《雲南師範大學哲學社會科學學報》，27 卷 6 期，1995 年 12 月。

35. 〈傷春：深層感傷心理結構的文化積淀〉，鄭顯德，《棗莊師專學報》，第 18 卷第 1 期，2001 年 2 月。

36. 〈傷春悲秋差異論〉，梁德林，《廣西師院學報》，1994 年第 2 期。

37. 〈中國古典詩詞中的傷春意識〉，陳坤等，《陰山學刊》社會科學版，1996 年第 3 期。